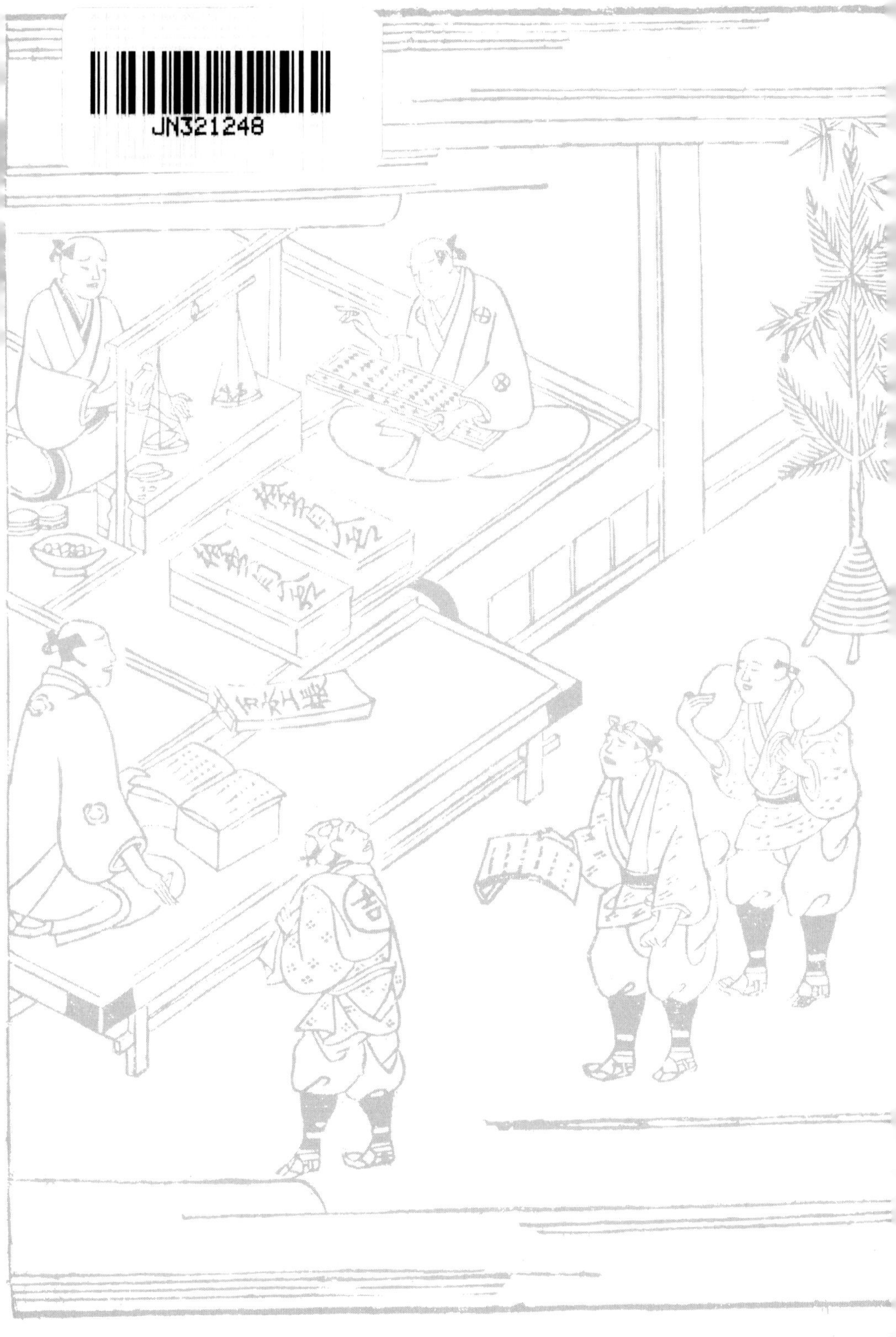

関西学院大学研究叢書第百十一編

西鶴浮世草子の展開

森田雅也著

和泉書院

はじめに

日本文学の理想的な研究方法とはどうあるべきか。

修士課程に入学したときに恩師田中俊一先生から与えられた課題はこれであった。即答できる学力がなかったのは言うまでもないが、やがてその問いに対する二つの懐疑を持った。

一つは消極的な懐疑である。日本文学研究には素晴らしい伝統的な独自の土壌がある。それは幾ばくかの日本文学研究者、特に古典研究者を覆ってきたものである。いや、未だ覆い続けていると言っても過言ではない。具体的に言えば、それは日本文学を研究するにあたっては、国学以来またはそれ以前の訓詁注釈、考証主義の伝統であり、いわゆる新資料の発掘、文献資料の解釈が目前の目標であり、いまさら、日本文学の研究方法など論じる必要性など考えなくていいという土壌である。

日本文学研究において、考証学や文献学等が研究の根幹に関わることは言うまでもない。文献資料の扱いは研究の資質にまで及ぶと考えている。私にしても、大学院進学以来、学内の講義等だけではなく、学外の多くの研究会に参加した理由でもある。

しかし、そのような土壌で育てられた研究者、またはその土壌にある日本文学の研究者にむかって、いまさら新しい研究方法の啓示を行うことなど可能であろうか。

さらに言えば、何人もこの単純な問いに、例外なく明解に、かつ万人が納得する研究方法が提示できることはないのではないかという消極的なものである。

学士の称号を得た関西学院大学文学部日本文学科は、実方清先生、恩師田中俊一先生をはじめとした日本文芸学を提唱する研究の場であった。一人一人が研究方法を持ち、日本文学研究を行うことは、当然のことと指導を得ていた。

先の土壌とは矛盾する部分もあるわけであるが、他に啓発しなくても自己の内部に文学研究（日本文学に限らず）の方法が必要であることはひしひしと感じていた。しかし、仮にその研究方法が見つかったとして、それが「理想的な研究方法」として、万人を納得させることができるだろうかと言うと、はたして、その自信のほどは皆無に近かった。

先輩方は実方清先生の提唱された「日本文芸学」に拠ったが、形成論的文芸学・作品論的文芸学という面では有効な日本文学の研究方法といえようが、私の目指す西鶴等近世日本文学を対象としては、かならずしも効果的ではなかった。また、「日本文芸学」の目指す体系的文芸学という面においても、例外は多く存在し、とても乖離したものであることに気づいた。

ここから、大きな懐疑が始まる。本来は日本文学の理想的な研究方法とはどうあるべきであろうかという疑問から入るべきであろうが、逆にそれは求めても得られないものではなかろうか、次には翻って、ないと言い切れるのであろうかという懐疑を抱くようになったのである。そこで日本文学を離れた文学の研究方法というものから考え直し、答えを見いだそうとしたのである。

当然、積極的に答えを求めようとすれば、世界文学の分析方法に目が向いた。

いろいろな文学理論をまのあたりにしながら、辿り着いたのは文学理論ではなく、ヘーゲルの美学理論であった。先行する芸術的作品の上にさらに芸術的に上昇した作品を求める、アウフヘーベンを用いた文学の形成方法の解明は、先行作品の影響研究や歌論研究、特に日本固有の本歌取りの趣向研究などには有効な理論であった。実方清先生が提唱する「日本文芸学」は、このような美学理論を基礎学と位置づけるところに課題を残したが、美学理論のもとで文芸学としての学的対象と領域を求め、それが西鶴なら西鶴文芸史を独自に検証し直すことに研究の場を求めるという方法論が成立するならば、「日本文芸学」という体系的学問の中に位置づけられるのでないかと考えるに至った。

しかし、実証主義からすれば、このような主観的な価値基準において、検証することには肯定し難いものであろうことも理解した。実際、一般的に日本文学史と呼ばれるものが様式美というような美学理論に基づく形成概念はなく、むしろ、現象面として客観的に判断できる、古代、中古、中世、近世、近代、現代というような政治的時代区分に固執した日本文学史となっていることは周知のことである。

もちろん、このことは日本文学史研究に限られた特異な事情ではなく、ヨーロッパ文学史の研究の場においても同じような相克があったことは認められるであろう。

この実証主義との相克の中で新しい文学研究方法として生まれたものが、昔に遡れば、ロシア・フォルマリズムであり、後の新批評と呼ばれる研究方法につながっているといえる。むろん、そこにはマルクス主義的歴史経済史観に基づいた文学研究の方法もあげられるであろうが、作品に形式と内容を求めるとき構造主義的研究方法ともなり、そこにデコントストラクションを求めるときにはポスト構造主義的研究ともなる。

右のような欧米の哲学思想史に基づいた文学の研究方法には元々興味があったが、さらにすすんでこれを学ぶとき、連歌俳諧研究においては、しばしば有効な研究方法を見いだすものの、江戸時代の散文を研究する方法としては、あまりに当時の読者の評価と壁を隔てた分析方法となってしまうことに愕然とするとともに苦悶した。

近世文学、特に西鶴作品は、短編集であり、個々の読みは作者からのメッセージの場合もあれば、主人公の懺悔や告白もある。モデル小説としての面白味もある。パロディとしての楽しみ方もある。そのような多様な要素が短編集であるために、一作品の中でも読みがさだまらない。読めば傑作であることは言うまでもないが、それは現代人としての読み方であろうか、当時の人々の読み方であろうか。それを研究するには、ある尺度としての規矩としての研究方法が必要であった。

そうなると、世界文学の既成の研究方法ではあくまで日本文学には、特に近世文学には通用しないのではなかろうか。しかし、それほど日本文学は、近世文学は特殊なのであろうか。はたまた、世界文学の世界から良くも悪くも日本文学、近世文学は、その水準が逸脱しているのであろうか。大きな懐疑が懐疑を呼び、諦めに近いものになったとき、もう一度「日本文芸学」を検証しようとした。

その中で、実方清先生の師、岡崎義恵氏が自らの提唱してきた「日本文芸学」に自ら補完すべき面として、受容論的文芸学の必要性を説かれた『史的文芸学の樹立』〔宝文館、一九七四年刊〕が目に入った。

「受容論」的方法。これこそが、西鶴作品の文芸性を解明する大切な糸口であることに気づかせていただいたご著書であったが、「受容論」と「文学」が学的にどのような関係となるかは、十分に理解できぬままであった。

そこで「受容論」すなわち「受容理論」と文学との関係を調べる中、三冊の著書に邂逅した。

それは、ドイツのH・R・ヤウス〔ハンス・ロベルト・ヤウス、ヤウスと略す〕氏のご著書『挑発としての文学史』〔轡田収訳、岩波書店、一九七〇年刊〕と、同じくドイツのW・イーザー〔ヴォルフガング・イーザー、以下イーザーと略す〕氏のご著書『行為としての読書』〔轡田収訳、岩波書店、一九七六年刊〕と、アメリカのスタンリー・フィッシュ氏のご著書『このクラスにテクストはありますか』〔小林昌夫訳、みすず書房、一九八〇年刊〕であった。

三冊より学ぶところははかり知れなかった。しかし、受け入れられない点もあった。

まず、スタンリー・フィッシュの著書については、読者=反応批評として、その読者を〈解釈共同体〉と限定し、分析を行っている。江戸時代、すなわち西鶴の当時の読者というものの状況が、まだまだ研究成果が少なかった二十年前では、この理論に飛びつくわけにはいかなかった。もっとも最近の近世文学研究は、この読者状況を探る研究が盛んで一グループを形成しはじめたとも言えるので、この限りではないことを断りたい。

イーザーの著書は、読書行為をテクストと読者の相互作用として捉える現象学的分析と理解した。そのテクストと読者の関係に焦点を当てた理論は明解ですべてが示唆的で魅力を感じ続けている。以下の本論でも引用しているのもそのためである。しかし、読んだ当初も、そして現在もイーザーのすぐれた理論の中に説明される用例に根本的な立場の違いを感じざるを得ない。それは、テクストや読者などの構成要素が、その書かれた時代を離れ、今と同時代のものとして、分析されていることである。

イーザーの理論は、現在の読者が西鶴を読むという行為の中では有効であるが、当時の、同時代の読者の反応や、現在の読者が読む前に作品に興味を覚える理由などは示唆してくれなかったからである。言い換えれば、テクストに対峙した読者を想定するときに、その読者に歴史性への理解が欠如しているという点への疑問である。私の理解が浅いかも知れないが。

しかし、テクストと読者が読む行為という作用の中に〝strategy〟（テクストの戦略）を求めるということについては、本書のすべての論文の基軸になっていることは確かである。その点からは、影響を受けた理論であった。とはいうものの、もっとも影響を受けたのはヤウスの著書『挑発としての文学史』であった。後に提出した博士論文副題で「受容理論を基底とした」とするのは、ほとんどヤウスの理論を指しているといってよい。

ヤウスは著書の中で以下のようなテーゼをあげている。

［テーゼⅠ］

文学史の革新が要求するのは、歴史的客観主義の先入観を除去し、伝統的な生産および叙述の美学を、受容および作用の美学で基礎づけることである。文学の歴史性は、事後的に作り出された〈文学的事実〉の連関に基づくのではなく、読者による文学作品の移行的な経験に基づいている。この対話的な関係は、文学史にとって第一の事実でもある。というのは、文学史家は、自ら常に、先ず一旦読者にならざるをえず、こうして一つの作品を理解し位置づけることができる、―別の言葉を用いれば―彼自身の判断の基礎を、彼が読者の歴史的系列の中でとっている現在の立場の意識におくことができるからである。

このあと、テーゼはⅦまで続くが、この著書でヤウスは読者中心の文学史を提唱し、文学は、読者の経験を通して初めて歴史化されることを論じている。ヤウスは繰り返し、この［テーゼⅠ］にもあるように、文学の歴史性の正当な認識は、読者を通してこそ行われるのだと主張する。

この読者に焦点をあわせた受容理論こそ、私の西鶴文芸の分析に不可欠な方法であることに気づくに至った。個々の作品分析を行うだけでは終らない、読者中心の文学史再構築を最終目標とするというテーゼは、西鶴作品を個々に分析するのではなく、西鶴文芸史、すなわち本書の表題である「西鶴浮世草子の展開」そのものを研究しようとした私の研究のよき指針となった。

また、ヤウスはその著書で、今は一般的な用語となった「期待の地平」という語を読者の現象として位置づけている。ヤウスは読者は個人ではなく、読者集団であり、これが文学史のパラダイムを形成していくという前提をとる。そのパラダイムを、ヤウスは、サッカーの試合とそれを観る観衆との関係を例に「期待の地平」と名付けている。

ここでヤウスが提唱する「期待の地平」とは、ある特定の時代の読者が文学テクストを判断するときの基準のことであり、時代が変われば解釈が変わることまで言及している。

西鶴の場合、現代から読む読み方もあるであろうが、西鶴と同時代の読者がどのように読み、作者西鶴もそのことを予期して作品を生み出しているのかを分析することは大きな意義があろう。それを何となく分析するのではなく、受容理論のもと、ヤウスの提唱する文学史の再構築を目指し、まずは、展開する西鶴浮世草子史にその本質を探究することは近世文芸史の考察、さらには日本文芸史の再考という大きな課題につながると考えた。〔この考えについては、近年、堀切実氏が『読みかえられる西鶴』（ぺりかん社　二〇〇一年刊）の中で「従前の作者中心の文学史に代わる、いわば読者（享受者）サイドからの文学史の構想」（「II　創作意識を探る　『好色五人女』の構想」）を標榜されているが、興味深く、賛同したい御教示である。〕

そこで日本文学の理想的な研究方法に受容理論を基底とした研究方法を解答とし、西鶴浮世草子の展開を探究する端緒としたのである。

この研究方法により、すでに今より二十余年前に「西鶴文芸の世界―初期好色物の構造を中心として―」と題して研究を行い、修士論文として提出したことは、その中に記すところである。

なお、恥ずかしいことに修士論文提出後、ヤウスの『挑発としての文学史』のテーゼを日本文学論どころか、西鶴論の中で紹介されている先達に慶應義塾大学の故檜谷昭彦氏がおられること〔『井原西鶴研究』（三弥井書店）一九七九年刊〕を知った。意想外の邂逅であった。檜谷昭彦氏には、ご生前このことを申し上げたが、西鶴研究に有効な理論として研究を推進することを勧めていただいた。あらためてご学恩に記して謝したい。

爾来、受容理論を基底として、西鶴作品を研究してきたが、本書では、その成果を本論にまとめ、「第一章　西鶴浮世草子の情報源―「米商人世之介」の側面からの一考察―」「第二章　西鶴浮世草子と先行文学」「第三章　西鶴浮世草子の近代的小説の手法」「第四章　西鶴浮世草子と同時代」という四章構成でまとめた。

かつての西鶴作品の研究においては、その題材としての対象認識のみを規準とし、好色物、雑話物、武家物、町人物という四つの世界に分け、その世界ごとに個々の作品の創作意識、主題等の方面から考察が加えられ、再び四つの世界を統一体とすることによって、西鶴文芸の世界を解明しようとする研究方法が行われてきた。しかし、この方法はあくまで西鶴の浮世草子作品群の形式的分類に従っただけで、いわば西鶴文芸の本質を分析するために便宜的に利用された分類方法であることは明らかである。

あるいは、作品の成立年次を追い、その刊行年から作品群を前期、中期、後期、あるいは初期、爛熟期、晩年期などと分類し特色を見いだす方法も試みられた。この方法を試みる中で、西鶴の作品群を時系列に組み立てていくことは、ほぼ先学の研究成果によって達成されたことで大きな足跡をしるしている。しかし、これらとても西鶴研究の長い歴史が何度も問題にしてきたように、西鶴作品が刊行年次に従って執筆されたものではないという数々の論証や西鶴助作者説、非西鶴作品という論まで加われば、西鶴文芸の世界をあまねく論じた分析方法とは言い難い。まだまだ論じられるべき荒野は広い。

かかる意味から、本書の目的は西鶴文芸の世界について受容理論を用いて解明するところにある。その対象が本書では西鶴の浮世草子に限られているために「西鶴浮世草子の展開」と題している。つまり、「西鶴文芸」は本質概念、「西鶴浮世草子」は西鶴散文作品群の呼称として使用している。また、ここで用いた「展開」という語は、単なる現象面の西鶴浮世草子史に基づいた歴史的内容考察のみを行おうとするのとは異なることを表明している。だからといって、各作品を言語芸術としてのみ解釈し、作品世界の形成を辿るものでもない。この表題は、西鶴浮世草子を対象として、形式的研究と内容的研究を両立した上で歴史的体系的考察を試みようとする贅沢な命名なのである。言い換えれば、西鶴浮世草子の具体的な個々の作品を前にその「形態」をあらゆる方法を用いて分析し、その積み重ねを「展開」として提示しようという大胆な発想によっているのである。

右の学的立場にあることを明言し、以下の本論で「西鶴浮世草子の展開」について具体的に論じていくこととする。その学的立場が受容文芸学と呼ばれるようになれば、至福の限りである。

目　次

本書見返し図版（関西学院大学図書館本）
表…『世間胸算用』巻一の一
裏…『世間胸算用』巻五の四

第一章　西鶴浮世草子の情報源

――「米商人世之介」の側面からの一考察――

西鶴文学の情報源と言えば、営々と近世文学研究の先達が、先行文学や周辺文学との関わりで論じられてきたところであるし、西鶴の俳人としてのネットワークからの情報収集も指摘されるところである。そして、何よりも『西鶴諸国はなし』の自序でのべるように、「諸国を見めぐりて」という西鶴自身の直接経験によるところも指摘できるところであろう。

本論考では、西鶴作品が、「話の種」を人から聞くという間接的方法で作品化されたとき、逆にそれを作品から、どのように読み解くことができるであろうか。そのことを『好色一代男』の巻七の五の場合から考察を試みるものである。

一　米商人としての世之介

西鶴の『好色一代男』巻七の五「諸分の日帳」冒頭部には、以下のように書かれている。

①うれしき物、其日の男はやういぬるの、中戸であふての別れ、やり手煩うて居る内、かさの高き文、かたじけなく詠入参らせ候は、木村屋の和州、一盛は吉野の花を見越、全盛の春にぞありける。三月三十日の日を書ておくられける。是ぞ恋の山、出羽の国庄内といふ所へ下りて、米など調て、大坂への舟便もまはり遠く、此里の事なほゆかしきにと、封じ目切て、「あけそむるより、朝ごみの客は中の嶋の塩屋の宇右衛門手代にて、昼は隙なき身とて高嶋屋にてあひ初、……〔波線部は森田。以下同じ〕

波線で示すように、主人公世之介が「出羽の国庄内といふ所」へ下っているときに、懐かしい大坂新町の「このむら屋の和州」から、三月の三十日間の日記、つまり、「諸分け」が届き、それを読んでいるうちにつらそうな「和州」の面影までが後ろに立ちそってきて、たまらず、難波の色里に立ち帰っていく、という趣向になっている。

しかし、大きな疑問が生ずることとなる。『好色一代男』の世之介は、すでに巻四の七で父からの莫大な遺産を受け継ぎ、「大大大尽」になっているわけであるから、この右の波線部のように「米など調へて」という庄内米を買い付けにやってきた「米商人」として、世之介をビジネスマンに設定するということは『好色一代男』を長編として読んだ場合、破綻が生じてくるといえるのではなかろうか。

このことに関して、諸先達による「米など調へて」の全集等の注釈においても、一様に「(世之介が)米などを買い整えて」というように訳されている。もちろん、古典文学集成の注釈のように「矛盾がある」という指摘(松田修氏)もあるが、ほとんど誰も殊更、問題視されなかったといってよかろう。いや、少なくとも研究としてまでの必要を求められなかったと言ってよい。

前田金五郎氏は『好色一代男全注釈』のこの箇所の注釈として、「庄内」の項目[1]に以下のように書かれている。

②庄内……山形県鶴岡市。(中略)。なお、庄内藩では、大阪商人等による藩貢租米の西廻り海運の請負輸送および販売が、遅くとも承応四年には行われており〔脇坂昭夫氏「西廻り海運開発に関する二・三」の問題」福井県立図書館・福井県郷土誌懇談会共編『日本海海運史の研究』S42〕、さらに、延宝二年には、藩営船による大阪廻米を開始したが、破損虫食いのため廻船が使用不可能となり、天和元年に廻漕を中止、藩米はすべて地払いとするまで、藩財政の貨幣収入を増大したが、世之介はその藩米の買い付けにおもむいたので、下文に「米など調て」と記したのであろう。〔引用書は森田補足〕

前田氏によれば、庄内藩では、藩米を延宝二年より「大坂廻米」とし、天和元年には中止し、地払いとした、そのような庄内藩に世之介は藩米の買い付けにおもむいた、とされているのである。

なお、本論考で「庄内藩」、「酒田藩」、「鶴岡藩」とするものは同一の藩である。またこの論考で、当時と呼ぶ『好色一代男』の刊記は、天和二年十月中旬。天和元年は、延宝九年九月に改元されている。

この当時の酒田の繁栄ぶりは、

③酒田湊からは単にこうした庄内米だけではなく最上川を通して米沢・山形・新庄など各藩からの年貢米も船積みされてゆくわけで、享保九年には酒田湊からの米穀沖出高五十八万六千二百三十九俵、これに幕府御城米三十万俵を加えれば八十八万俵もの多きに達した。従って諸国から米商人が酒田へきて、米を買いあさったことは想像にあまりある。

とあるように、諸国から多くの米商人が集まってきていたことは知られるところであった。(2)

大坂から米商人として米の買い付けにやってきた世之介が、酒田の里に未練を持って、「大坂への舟便もまはり遠く、此里の事なをゆかしき」と大坂への帰りを逡巡している姿は無理のない設定と読み取れる。前田氏は前掲の『好色一代男全注釈』の「大坂への舟便」の項で(3)

④「船便」は「海上運搬ヲスル人、又ハ、折ヨク恵マレタ船ノ便」(日葡)の意で、庄内地方で生産される米・大豆・紅花・青苧等を集散する酒田港から、大阪に至る西廻り海運を指す。この航路は、寛文十二年に河村瑞賢の手により整備され、飛躍的に発展した。

とされるように、「大坂廻米」がこの章を読み解くキーワードとなっている。

ここで「大坂廻米」とする大坂に至る西廻り航路についてであるが、これは下の航路図をご参照いただきたい。

江戸時代の米本位制経済の場合、各藩は年貢米の売りさばき元を探し、米を換金しなければならなかった。売りさばくには、大量の米を消費する場所が必要となるので、消費大都市である、京、大坂、江戸の三都。とくに京都と結ぶ大坂と江戸の二大都市が選ばれたのは云うまでもない。

近世前期において、九州、四国は瀬戸内海航路を用いて大坂に、その他が江戸へと米を廻送する中、東北諸藩は、その米の廻送方法に苦慮していた。

初期北国海運図（敦賀・小浜ルート）

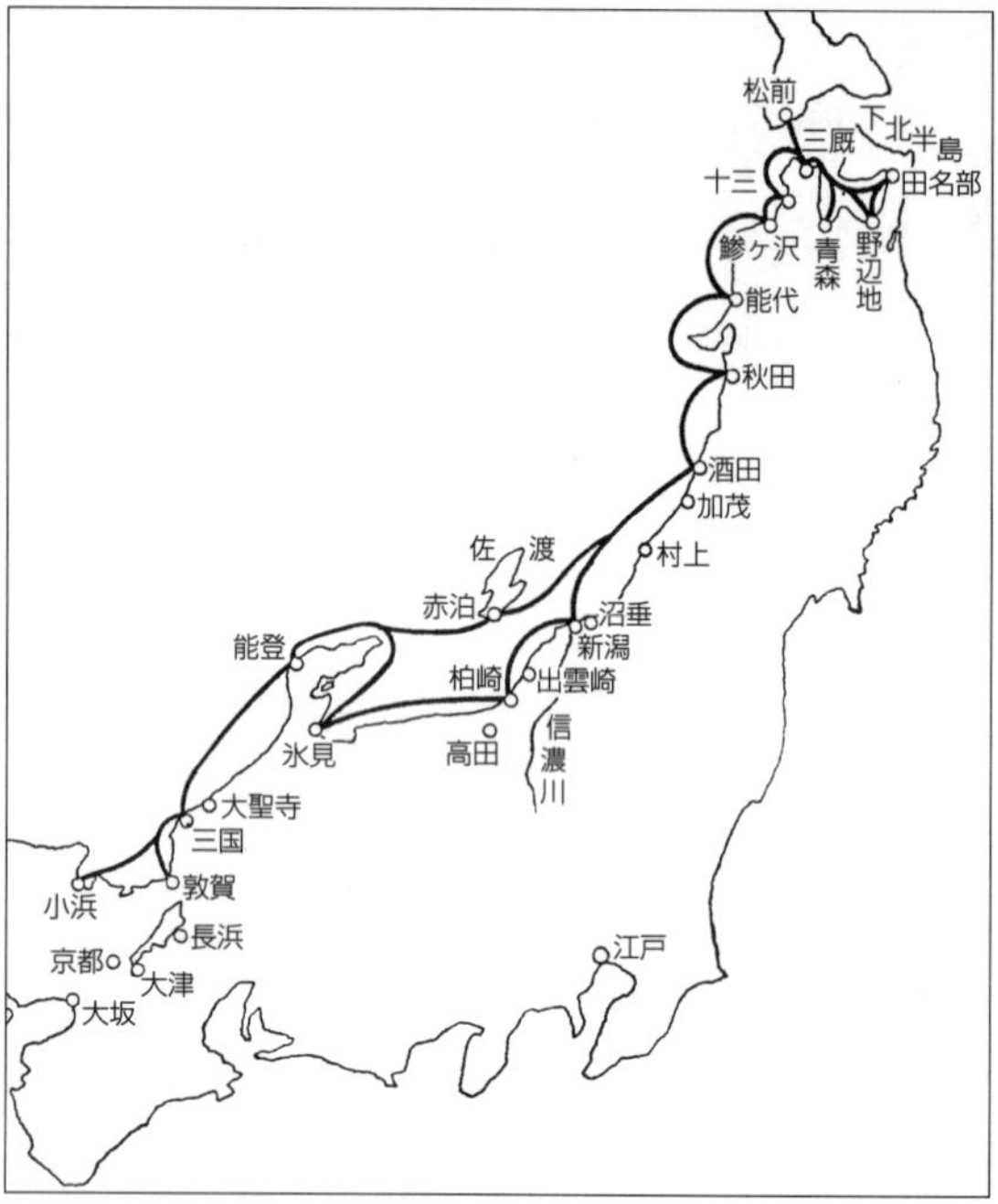

東廻り航路・西廻り航路および九州航路（大坂直接廻米ルート）

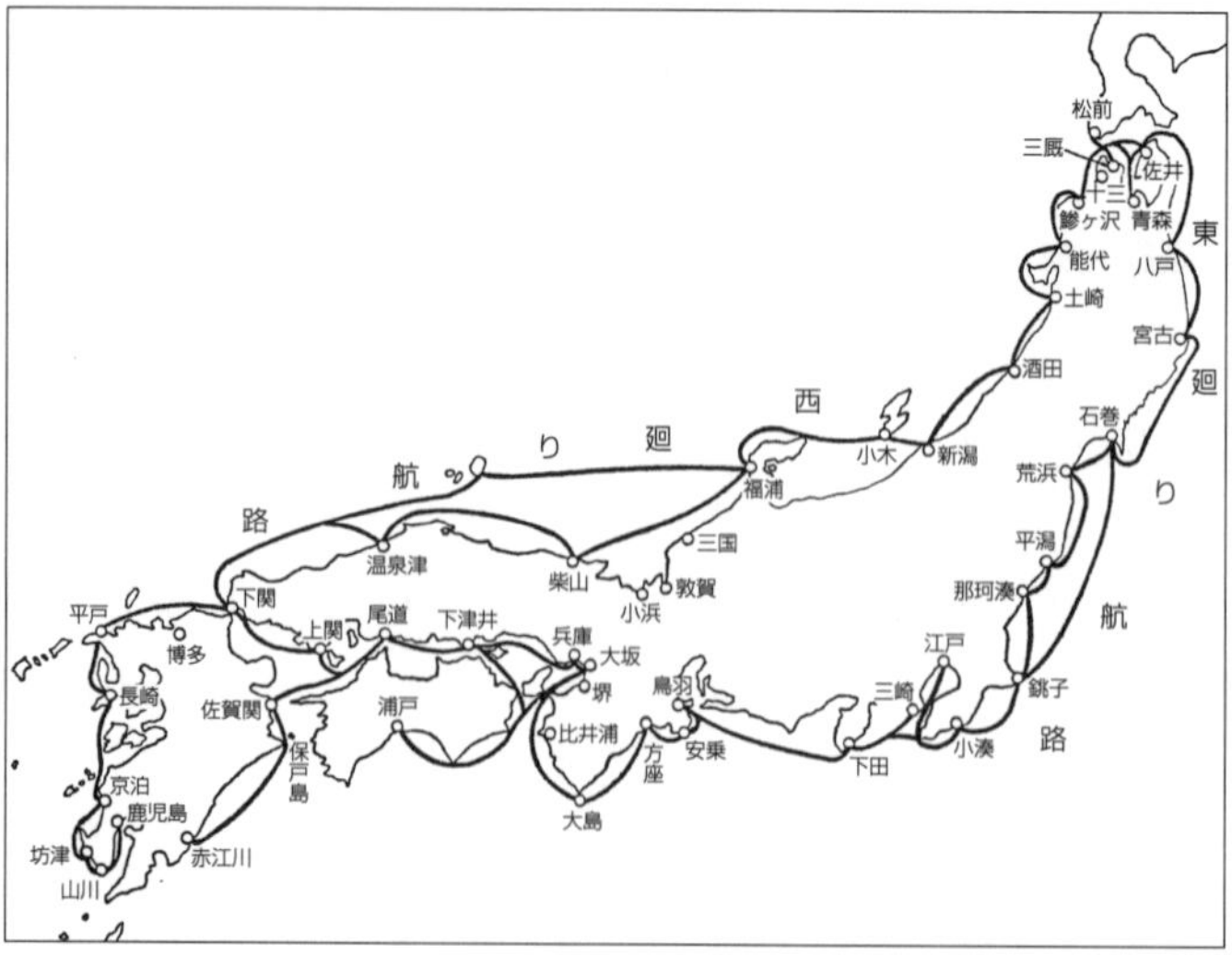

両航路図は豊田武・児玉幸多編『交通史』山川出版社　一九七〇年刊による。

東北諸藩にとって、地理的に江戸に近いとしても、陸上運送は莫大な費用を必要とし、海上交通に頼るしかない。幕府も河村瑞賢に命じ、東廻り航路を開発したが、海難事故が多く、日本海側東北諸藩はより安全な北前船による敦賀、小浜廻りを選ぶこととなる。敦賀・小浜ルートは北陸米の大坂廻米ルートとして早くから整備されていたが、敦賀・小浜から琵琶湖の湖上ルートへの積み替えは、相当の費用を要した。そこで、再び河村瑞賢は酒田、佐渡の小木、石川の福浦などを通って、敦賀・小浜に寄らず、日本海側の兵庫、鳥取、島根を経て、山口経由の瀬戸内海航路で大坂に直接廻米するルートを整備した。これが、西廻り航路である。河村瑞賢はさらに酒田湊を整備し、大石田を中心とする最上川運なども酒田に直結したので、この酒田を起点とする西廻り航路には、日本海側東北諸藩のみならず、東北中央部、松前などの藩も利用し、大量の藩米・物産が大坂へ直行することとなったのである。

しかし、この西廻り航路も日数は、敦賀・小浜経由よりかかることから、この大坂直接廻米が必ずしも破格の費用ではなく、庄内藩では論議の的であったことが次の資料よりわかる。(4)

⑤庄内藩では延宝元年はじめて大坂廻米を決行したものらしく、蔵宿の決定には、とくに鐙屋・加賀屋・上林ら三町年寄に相談するようにと述べている。知恩院その他京都への合力米も大坂廻しで送るといっているから、大津廻しはほとんど中絶したものであろう。

大坂廻米は延宝元年から八年間継続されたが、天和元年になって利害得失につき疑問を持つようになった。私領米を積む船は庄内藩の場合おおむね雇船である。

やがて安い東廻りの安全面が確保されるとそちらの利用も始まるのであるが、この延宝・天和期における庄内藩の廻米は郡代高力忠兵衛の建議により、大坂直接廻米を行っていたことがわかっている。(5)

⑥庄内藩は延宝二年、郡代高力忠兵衛の建議により、所謂廻米改革を実施し、蔵米の大坂廻送を行った。

さて、ここで世之介の厭う「大坂への舟便」とはこの「西廻り航路」による大坂への直接便を指していることは明白である。世之介にとって、便利とはいえ、大坂に帰るのに早ければ二十日足らず、長ければ二ケ月にも及ぶ船上生活を強いられることとなる。(6) この旅に、少しお尻が重くなることは、仕方ないことと言えるであろうし、当時の酒田と大坂を往復したことのある大坂米商人には痛いほどわかる心境であったとも考えられよう。

ところで、次の資料は、先の庄内藩の大坂廻米が延宝元年から八年間とする説や、延宝二年からとする説に対し、さらに延宝三年以降とする渡辺信夫氏の説(7)である。

⑦……延宝二年の郡代高力忠兵衛の建議による廻米改革（大坂廻米）の一環として実施されたとする説もあるが、それを裏付ける史料はない。むしろ、延宝三年（推定）正月林甚兵衛から石原平右衛門らに宛てたつぎの書翰の一節はこの点を否定しているように思われる。即ち、

一、当年ハ御米大坂江為御登可被遊候哉、左様相究候ハヽ、大坂ニて之御米宿之儀（中略）其元ニ而疋田多右衛門・酒田ニ而鐙屋惣左衛門・加賀や与助・上林五郎左衛門江御申付、大坂町人慥成者共を右四人之者ニ請負為致御米宿ニ定可然と被申候云云（下略）

本年の上方廻米を大坂廻米とするならば、大坂の米宿は国元の疋田多右衛門（鶴岡か）、酒田の鐙屋惣左衛門・加賀や与助・上林五郎左衛門の四人に申付け、四人の者の請負で身元確かな大坂商人を選定し同藩の米宿としたらよいであろう、と述べている。国元と大坂の商人大坂の商人間の流通組織を利用して藩蔵米の大坂廻米を行おうとする考えであった。その後の同藩の大坂廻米はこのような新しい廻米機構のもとで実施されたのではなかろうか。

最新の学説ということもあり、渡辺氏の延宝三年以降説をとるのが妥当と考えるが、そうすると「大坂米商人」である世之介の酒田滞在は、延宝三年以降から天和元年まで絞り込むことができそうである。しかも『好色一代男』巻七の五の「日帳」が綴る「三月三十日」というカレンダーがある。これは、『新撰古暦便覧』〔享保十七年刊〕

によれば、延宝元年より『好色一代男』刊行の天和二年までの年で、「三月」が「三十日」あるのは、延宝元・二・三・四・五・六年、天和二年であることから、最小延宝三、四、五、六年のこととまで絞り込むことができるのである。

また、この「米商人」の専横が幕府の取り締まりを受けることとなった資料もある。(8)

⑧延宝八年諸国登らず、米価一石銀六十七匁より七十匁に至り、翌天和元年正月、幕府特に京阪に令して、米穀の買占及び囲持を為す者を検挙せしめしが、米価尚騰貴の趨勢を持続し、貞享元年に至り始めて四十匁に下落せり。（中略）元禄八年には七十匁より八十匁、同九年には百五匁に上り、諸人の困窮大方ならず、官米穀買占人網干屋善右衛門を捕縛し、同人買持の米三万四五千石を没収し、……

この米価の騰貴の実態は延宝八年より米の買い付けに対して、一層取り締まりがきつくなっているが、土肥鑑高氏の研究(9)によると幕府は延宝五年に買置・占米を禁止している。このことで個人事業主の米商人は右の「網干屋」のように商業活動が制限されていくが、藩お抱えの米商人は庇護され、かえって米相場の独占を許し、淀屋のような有力米商人型豪商を生み出したと言って過言ではない。

以上の検証から、世之介がもし、個人営業の米商人であったなら、延宝五年以降は米の買い付け人としては稼ぎ時でなくなっているはずである。

そのように絞り込めば、「米商人世之介」が酒田に買い付けに来たのは延宝三、四年頃と推定できるのである。これは、あながち空論ではなく、『好色一代男』の中においてもこの巻七の五に続く、巻七の六「口添て酒軽籠」で、延宝五年あやめ八日に空しくなった「新町の太夫吾妻」が主人公となる話であることからも、むしろ裏付けられることではないだろうか。

いずれにせよ、この章を「米商人世之介」として読めば、あまりにすぐれた情報源が西鶴にあったということが理解できるとともに、当時の読者からも大変現実味を帯びた話として受け容れられたのではあるまいか。以下さらにその検証を行う。

二　世之介と酒田

それでは世之介と酒田の関係はというと、実はこのとき二回目の訪問となる。『好色一代男』巻三の六「木綿布子もかりの世」ではじめての訪問をしているが以下のように書かれている。

⑨干鮭は霜先の薬喰ぞかし。其冬は佐渡が嶋にも世を渡る舟なく、出雲崎のあるじをたのみ、魚売となって、北国の山々を過ごし、今男盛二十六の春、坂田といふ所にはじめてつきぬ。此浦のけしき、桜は浪にうつり、誠に「花の上漕ぐ蜑の釣舟」と読しは此所ぞと、御寺の門前より詠れば、勧進比丘尼声を揃てうたひ来れり。……世之介申せしは、「遊び尽して胸つかえて、虫こなしにすこしの商ひする」と語り捨て、それより去問屋に知べありてつけば、此津のはんじやう、諸国のつき合、皆十露盤にて年おくる人也。亭主のもてなし、おかたのけいはく、とかく金銀の光ぞ有難し。上方のはすは女とおぼしき者、十四五人も居間に見えわたりて、……異名を所言葉にて、「しやく」といへり。「人の心をくむといふ事か」と、そこの人に問へ共、子細はしらず。

その前の巻三の五で世之介は暮らしが立たなくなり、佐渡に儲けにいくが、出雲崎で日和待ちをすることとなる。そこから傾城町での話が展開する。巻三の六はそれをうけて、「出雲崎のあるじをたのみ」坂田（酒田）へと初めてやってくるのである。そして、「去問屋」に「知べありて」とどまるのである。すなわち、酒田の旅宿ではなく、わざわざかねてよりの知り合いであった「去問屋」に宿泊しているのに興味ひかれる。逆に言えば、旅館の機能も持つ問屋が酒田に存在しており、そこは世之介も直接、間接は不明ながら知己を介して、気軽に利用できたというのである。

さらにその問屋に集う人は「諸国」からの「十露盤にて年おくる人」、つまり全国の商売人たちなのである。世之介はここで記されるように気散じに少しの商いをしているから、その中に入ると言えようが、担い商いの行商の魚売りが簡単に利用できる施設ではなかろう。不審者を排除したビジネスマンのための施設である。世之介が利用できるとすれば、父親の店の力がそこにある。父親の商売は明言されていないが、『好色一代男』巻二の五で「江戸大伝馬町三丁目に、絹綿の店有ける」として世之介が京より江戸へ下されることを思えば、京都で相応の大店であることがわかる。全国規模の取引も多いであろうから、世之介も宿泊の資格を与えられるのである。

宿泊だけではない。ここの問屋には上方の「はすは女」に相当する「しやく」というものまで置かれていたことを記している。世之介の好色遍歴という趣向から持ち出されているのであろうが、ビジネスマンの接待をとことんまで行おうとする姿勢は大坂に学んだものである。

『好色一代女』巻五の四「濡問屋硯（ぬれのといやすずり）」には以下の記述がある。

⑩万売帳、なにはの浦は日本第一の大湊にして、諸国の商人爰に集りぬ。上問屋・下問屋数をしらず、客馳走のために蓮葉女といふ者を拵へ置ぬ。是は食炊女の見よげなるが、下に薄綿の小袖、上に紺染の無紋に、黒き大幅おび、あかまへだれ、吹鬢の京かうがい、伽羅の油にかためて、細緒の雪踏、延の鼻紙を見せ掛、其身持それとはかくれなく、随分つらのかわあつうして、人中ををそれず、尻居てのちよこちよこありき、びらしやらするがゆへに此名を付ぬ。

これは天下一の「なにはの浦」の「上問屋・下問屋」が「はすは女」を置いていたことを記すものであるが、酒田の特異性ではないことが知れるとともに、大坂の影響下で新興商業都市酒田も大坂商社のシステムを取り入れたことがわかる。

このシステムの中に身を置く世之介は、まさしく上方商人であり、酒田再来も天下の商人ゆえの再訪といえよう。

三　米商人と酒田

酒田の「はすは女」が「しやく」と呼ばれていたことは、『日本永代蔵』巻二の五「舟人馬かた鐙屋の庭」にも記されている。この章は酒田の鐙屋のみが詳述されている。西鶴作品の中で一軒の実在の商家の様子がここまで克明に書かれている点においては、いかな三井九郎右衛門の話でも遠く及ばない。活況の様を描く挿絵とともにその繁栄と豪商ぶりを活写するこの文章は、まさに「鐙屋惣左衛門」礼賛とも受け取れる好意的な描き方である。以下長文ながら引用する。

⑪爰に坂田の町に、鐙屋といへる大問屋住けるが、昔は纔(わづか)なる人宿せしに、其身才覚にて、近年次第に家栄へ、諸国の客を引請、北の国一番の米の買入、惣左衛門といふ名をしらざるはなし。表口卅間裏行六十五間を、家蔵に立つゞけ、台所の有様、目を覚しける。米・味噌出し入の役人、焼木の請取、肴奉行、料理人、椀家具の部屋を預り、菓子の捌き、莨若(たばこ)の役、茶の間の役、湯殿役、又は使番の者も極め、商手代、内証手代、金銀の渡し役、入帳の付手、諸事壱人に壱役づゝ渡して、物の自由を調へける。亭主、年中袴を着て、すこしも腰をのさず。内儀は、かるひ衣装をして、居間をはなれず、朝から晩まで、笑ひ顔して、中中上方の問屋とは各別、人の機嫌をとり、身過を大事に掛ける。座敷、数かぎりもなく、客壱人に壱間づゝ渡しける。都にて蓮葉女といふを、所詞にて「しやく」といへる女三十六七人、下に絹物、上に木綿の立嶋を着て、大かた今織の後帯、是にも女がしら有て指図をして、客に壱人づゝ、寝道具あげおろしのために付置ける。

十人よれば十国の客、難波津の人あれば、播州網干の人もあり。山城の伏見衆、京・大津・仙台・江戸の人、入まじりての世間咄、いづれを聞ても皆かしこく、其一分を捌き兼つるは独りもなし。年寄たる手代は、我ためになる事をしておく。若ひ手代は、悪所づかひ仕過し、とかく親かたに徳をつけず。是をおもふに、遠国へ商につかひぬる手代は、律義なる者はよろしからず。何事をもうちばにかまへて、人の跡につきて利を得る事かたし。又、大気にして主人に損かけぬる程の者は、よき商売をもして、取過しの引負をも埋る事はやし。此問屋に数年あまた商人形気を見及びけるに、はじめての馬おりより、葛籠をあげて、都染の定紋付に道中着物を脱かへ、皺皮取すて、新しき足袋・草履、鬢撫つけて咬楊枝、誰にか見すべき采觩をつくろひ、「此あたりの名所見に行」とて、用を勤めし手代を案内につれける人、今迄幾人か、して出られしためしなし。親かたがゝりの、程なく親かたになる人は、気の付所各別なり。爰に着といなや、面若ひ者に近寄、「いよいよ、跡月中比の書状の通りと、相場かはりたる事はないか」。「所々で気色はかはる物にて、日和見さだめがたく、あの山の雲だちは、二百日をまたずに風とは御らんなされぬか」、「当年の紅の花の出来は」、「青苧は何程」と、入事ばかりを尋ね、干鮭のぬけ目のない男、間なく、上がたの旦那殿より身袋よしとなられける。いづれ、物には仕やうの有事ぞかし。

此鐙屋も、武蔵野のごとく広ふ取しめもなく、問屋長者に似て、何国に内証あぶなかりしは、さだまりし貢銭とるをまだるく、手前の商をして、大かたは仕損じ、損をかけぬる物ぞかし。問屋一片にして、客の売物・買物大事にかくれば、何の気づかひもなし。惣じて問丸の内証、脇よりの見立と違ひ、思ひの外、諸事物の入事なり。それを実体なる所帯になせば、かならず衰微して、家久しからず。年中の足余り、元日の五つ前ならではしれず。常には、算用のならぬ事なり。鐙屋も仕合の有時、来年中の台所物、前年の極月に調へ置、それより年中取込金銀を、長持におとし穴を明て、是にうち入、十二月十一日さだまつて勘定を仕たてける。たしかなる買問屋、銀をあづけても夜の寝らるゝ宿なり。

ここでまず注目したいのは最初の波線部「坂田の町に、鐙屋といへる大問屋住けるが……」の箇所である。昔に比する今の鐙屋の繁栄ぶりを指摘するわけであるが、『酒田市史』(10)によれば、「明暦二年（一六五六）年の酒田の家数は合わせて一、二七七軒であった。それがわずか二十七年後の天和三（一六八三）年には二、二五一軒に増加している。」と調査されている。酒田は明暦二年から天和三（一六八三）年のわずか二十七年間で約二倍にも戸数が増加したわけである。

したがって、ここで「昔は纔(わづか)なる人宿せしに、其身才覚にて、近年次第に家栄へ」とする表現は酒田を今昔二度訪れて実感する繁栄ぶりで、前述した『好色一代男』の中に酒田に二章をもうけ、世之介を今昔二度酒田に訪れさせているのと呼応している。これは「鐙屋惣左衛門」方の詳しすぎる描写とともに、実際に酒田を訪れた人の情報源が西鶴の身辺にあったとして無理な推定ではない。

偶然にも前述した『好色一代男』巻三の六と巻七の五では、世之介の年立てに従えば、二十六歳と五十三歳。ちょうど二十七年間の年の隔たりがあり、あまりに現実味を帯びてくる。

また、『好色一代男』巻三の六で「しやく十四五人」が、資料⑪の『日本永代蔵』では「しやく三十六七人」と倍増していることも「鐙屋」の繁栄に比例しているためといえよう。

当時、酒田には三十六人衆と呼ばれる有力商人が存在したが『日本永代蔵』が刊行された貞享元禄期の「鐙屋」の財力は群を抜いていた。少し時代は下るが前掲の土肥鑑高氏(11)は、次のように指摘する。

⑫この鐙屋については、宝永元年（一七〇四）酒田の地に御用金七〇〇〇両が課せられたときに上林勇左衛門・加賀屋与助らとともに、合計四〇〇〇両を献納しているほどの有力な豪商であることがわかる。

前述した延宝期の資料⑦にも、「鐙屋」は、「上林・加賀屋」と責任ある米取引を庄内藩から任されており、貞享元禄期以前より米商人としての実力は指導者的役割にあったことがわかる。すなわち、『日本永代蔵』での「鐙屋」の繁盛ぶりは現実的で「北の国一番の米の買入、惣左衛門」という表現は『好色一代男』巻七の五当時にも、米商人「鐙屋」は酒田に君臨していたと考えるべきであろう。

そうなると、『日本永代蔵』で描かれる「鐙屋惣左衛門」方の昔の「問屋」の姿は『好色一代男』巻三の六となり、巻三の六の「去問屋」とは昔の「鐙屋」ということになる。

もっとも『日本永代蔵』の情報提供者は二回という酒田訪問回数ではなく、波線部に「此問屋に数年あまた商人形気を見及びけるに」とあることから複数年訪れた「商人気質」に興味を持つ者ということになる。

いや、その存在を匂わせるために、資料⑪であげたように「十人よれば十国の客」の情報交換の実態を延々と書いていているのではなかろうか。あまりにリアルすぎる全国の情報交換の場であり、ここなら、西鶴の情報源が立ち寄りそうな雰囲気である。ただ、そうなれば「鐙屋」という実名を使わなくとも『好色一代男』巻三の六のように、「去問屋」とすればよい。なぜ、「鐙屋」でなければならないのか。

それは、この情報提供者と「鐙屋」との関係から考えられよう。前述した資料⑦の延宝三年、林甚兵衛からの石原平右衛門宛書翰に「鐙屋惣左衛門」の名前が認められるように、「鐙屋」は許されて大坂の特に「米商人」を受け入れる問屋であったことがわかってくる。

『日本永代蔵』は、経済小説である。「大福新長者教」という副題が示すように西鶴としても読者が商人の階層であることを予想し、また読者もそのような内容を期待している。『日本永代蔵』にモデルが多いことや「三井越後屋」や「藤市」「桔梗屋」など実名を用いていることは知られるところである。細かな間違いでも酒田を訪れた商人が読者の場合、見逃してはくれない。西鶴は情報源から「鐙屋」という具体的な問屋の情報をもらったが、他の酒田の問屋の実態はわからなかったのであろう。そこで齟齬しないためにも「鐙屋」という実在の問屋の名前が必要だったのである。となれば、西鶴の情報源が大坂の米商人であったという可能性は非常に高くなってくるのである。

ところで、酒田の繁栄は西鶴だけが大仰に受け止めていたのではない。同時代の商人なら誰もが瞠目の繁栄ぶりだったのである。次の資料は『好色一代男』の刊行時とほぼ同じ頃の酒田港の繁栄ぶりを伝えている。(12)

⑬酒田湊へ入津仕候廻船、総て諸国之船出入仕候得共、上方より商売物取分多く参候物、播磨塩、大坂・境・伊勢より木綿類、出雲より鉄、美濃より茶、南部・津軽・秋田より材木、松前より肴、最上より大豆其外雑穀に御座候、幷ニ和泉・讃岐・加賀・越前・越後よりも船参申候。

また同じく、天和三年の酒田港への入船数と上陸者数を推定した渡辺信夫氏の記事もある。(13)

⑭天和三年の調べによると、酒田入港の船数は春より九月までに二五〇〇艘から三〇〇〇艘であった。月平均三一五艘から三七五艘、一日平均一〇艘から一三艘となる。滞在期間が一〇日間ほどとし、一艘の乗組員が三—四人から一六—一七人とすると、一〇〇〇人から一五〇〇—一六〇〇人の商人や船員が港に上陸していたことになる。

このように見てみると、海を利用する商人にとって、『好色一代男』刊行当時、その繁栄ぶりから最も注目していたのは、みちのくの海の玄関、酒田であったはずである。そして、彼らが西鶴作品の読者になったときには、必ずあげていい欲しい期待の地であったわけである。西鶴は、その読者の期待に見事に応えているると言えるのである。

四　「米商人世之介」と「和州」の客

さて、ここでもう一度『好色一代男』巻七の五にもどり、その中段を見たい。

そこには、世之介のもとにもたらされた大坂新町の太夫和州の「諸分の日帳」に書かれた内容が披露される。「日帳」は今日の日記に相当するが、三十日全部ではなく、十四日までしか読まれない。

一日は塩屋の手代。二日は肥後の八代衆。三四日は唐津の大尽。五日は「ご存じのいや男」。六日は灸。七日八日は最上の衆。九日は母親の十三回忌。十日は立売堀のお敵と仲直り。十一日は播磨の網干衆。十三日は自宅。十四日唐津の大尽と会いながら、世之介を思う、というものである。ここで客らしい客のお大尽を上げると以下になる。

・一日　　塩屋の手代
・二日　　肥後の八代衆
・七日八日　最上の衆
・十一日　播磨の網干衆
　　　　　　　　　　　　※なお、十日の「立売堀のお敵」の意味は諸注釈とも不明とする。

結果からは、和州の接する客は「唐津の大尽」を除き、すべて「米商人」ということになる。「唐津の大尽」は諸注釈によれば、唐津焼との関連を指摘されている場合が多い。窯元が太夫遊びを行った可能性は否定できないものの、なぜ大坂新町に常連客として存在するのか疑問が残る。半月の間に三度も通う「唐津の大尽」。これも佐賀の「西国米」を商う米商人の可能性がある。しかし、ここで「唐津の大尽」は不明としたい。それにしても、和州の客の多くが米商人であったことがわかる。天下の米相場大坂で儲けた商人が、新町で太夫遊びをすることに不思議はないが、以下和州の客を吟味したい。

まず、「塩屋」についてであるが、中の島における諸藩の蔵屋敷の名代に塩屋の名が確認できる（『難波鶴』）。また、「大阪所在の廻船問屋は市内の各河岸に軒を連ねていたが、このうち菱垣廻船および樽廻船についてみると、寛永年代には泉屋、毛馬屋、大津屋、顕屋、塩屋、富田屋の名がみえている。」という記述があるように[14]、「塩屋」

は蔵屋敷、廻船問屋などにその名を認めることができる。これらの職種は米商いにかかわっていたことは周知のことである。他にも近世前期の大坂に「塩屋」を名乗る商人は多いが、「塩屋」を調べていると偶然、次の「享保十二丁未年　御触書之留並び浜方記録」という資料をみつけた。[15]

⑮　一　米会所堂嶋永来町塩屋庄次郎屋敷に而、三月五日より商売仕旨ニ候間、此所へ中買其外米商売之者共相集、可致商売候、右場所之外に而相庭相立候儀、堅仕間敷事、

右之通三郷町中可触知もの也

未二月　　日向
　　　　　飛驒

これは、淀屋闕所の後、淀屋にあった米会所を堂島にあった塩屋屋敷に移すという記録である。「日向」とあるのは大坂西町奉行「松平日向守勘敬」、「飛驒」とあるのは同じく大坂東町奉行「鈴木飛驒守利雄」である。

まず、「塩屋の手代」であるが、堂島に移転する前の北浜米会所の閉鎖についての詳しい記録がないため、右の資料は米会所の歴史からは傍証資料でしかないが、この時期、堂島の「塩屋」が米商人として淀屋につぐ勢力を有していたことがわかる。米会所という性格から老舗であり、最大の信用がなければならないので、「塩屋」は延宝の頃すでに有力な米商人であったはずである。そこの手代なら、大坂新町で大尽として太夫遊びもできるであろうし、「和州」のような一流の太夫とも馴染みが交わせるであろう。また地理的にも、堂島と新町なら目と鼻の先である。

「肥後の八代衆」、「最上の衆」も有力な米商人である。「肥後の八代衆」は、球磨川水系の積出港として、川港の人吉、海路の八代港を有しており、[16]肥後米を商う米穀商として「西国米」を商う商団である。西鶴の場合、肥後の商人については、米商人としての描写が多く、以下の例がある。

⑯就中大坂は、余の所にかはりて、出舟あれば、入舟有。肥後の熊本より、商売は米を買入て、問屋着して、しかも難波津はじめての遊興に、新町の門立時、夜見せの詠めを望みて、宿の若ひ者を、さはぎの友として行に……（『好色盛衰記』巻三の四）

⑰西国にも物惜みせぬ大臣有。随分つとめて恋を奢て、たれかれと名をさされて、見事なさばきどもせしうちに、肥後の熊本米買、のぼりしが、その初心さ、おかしさ、今を取手の大臣の下地と見えしが……（『好色盛衰記』巻四の四「目前に裸大臣」）

『日本永代蔵』巻三の二「国に移して風呂釜の大臣」は豊後の話であるが、西国からの「船商い」がいかに儲かるかを記している。米所を有する「肥後の八代衆」も同様の豪商集団であったろう。

「最上の衆」は庄内米、紅花などを商う商人として、最上川水系の積出港として、川港の大石田、山形。海路の酒田港を有していた。(17) つまり、前節で述べた酒田の廻米などに関係する大商団である。西廻り航路開発以前から米相場を左右していたことは言うまでもない。

「播磨の網干衆」については、播州米を商う米穀商。揖保川水系の積出港として海路の網干港を有していたこと(18)がわかっている。その一人と目される「網干屋善右衛門」については、資料⑧でみたように米の買い占めで闕所にまでなっている。西鶴以降の時代ではあるが、これは米商人として儲けが過ぎたためと推定するが、淀屋闕所と同様幕府の政策の一線上にあるという指摘もある。(19) 翻れば「網干屋善右衛門」は「淀屋」に匹敵するほど豪商であり、それに連なる「播磨の網干衆」の地位も推し量られる。

以上のように検証すれば、世之介のなじみの太夫「和州」のもとには、毎日のように名だたる米商人が客として出入りしていたことがわかる。そうなれば、この状況から色恋を捨てた無粋な推論が許されれば、「和州」は米商人世之介の格好の米相場情報の収集源であった可能性が出てくるのである。

五　「米商人世之介」と太夫和州

このように読みすすめれば、『好色一代男』巻七の五「諸分の日帳」後半部の読みはどうなるであろうか。

⑱こまごま話気(わけ)書続けしを、泪にくれて読うちに、面影うしろに立添、「わたくしはいよいよ京への談合極り、大坂をつれなくあさつてのぼる」と鳴声にて申けるは、「此ほどすこし淋しきとて京へはむごきしかたぞかし。我は京へのぼりたらば追付死ます」といふ。「それは」と悲しく見あぐれば、四足五足あし音して、あじきなく跡見帰りて消ぬ。是まぼろしなればとて、此儘は捨難しと二たび難波の色里にかへりぬ。

通常に読めば、ここは大坂から京都へ勤めがかわることを告げるかなしい身の上の「和州」の面影に、「此儘は捨難し」と飛んで大坂に帰る世之介の情の熱さが物語となるのではなかろうか。

しかし、ここでは「和州」が京へ勤めがかわることとなった「京への談合」という語について考えてみたい。前田金五郎氏は二人の先人の注釈をあげておられる。[20] 一人は野間光辰氏。「はやらぬゆえ、京の島原へ位を落として住み替えさせるのである」とされている。もう一人は三田村鳶魚氏。『輪講』の中で「この時分に、京都のいい女郎は大概大坂へ替わっている。それだけ京都はさびれています。これから賑やかになる大坂から、さびれて行く京都へ帰るといふのが気の毒なわけなのです。一体延宝を境にして、大坂が盛んになり、京都が衰えている。これはいろんなものの上にありますが、この話もその一つです」と書かれている。

ここで「延宝」という時代が出てきたが、この時期に右のお二人の注からも新町の「和州」は戦力外通知をうけて、京都に行くわけである。天下の「大大大尽」、「わけ知りの世之介」が追いかける太夫としては、はなはだ不足といわざるをえない。とすれば、「和州」の魅力の付加価値が必要となってくる。それはここまで読み進めば、読者は暗黙のうちに、「和州」の魅力の付加価値が、綺羅星のごとき米商人からの米相場情報の提供者としての役割であることを了解するのではあるまいか。

そうすると、世之介は色恋沙汰を後回しにした猛烈仕事人間ということになるが、当時の読者たちはこのような世之介像を受け容れたのかということが疑問となる。しかし、それは世之介が他ならぬ「米商人」であったということで全て容認できるのである。

西鶴の時代において、米相場の情報がいかに重要な情報であるかは随所で確認できる。例えば、

⑲跡がさがつても買徳なる物、米の相場、あげまきが目つき。（『好色盛衰記』巻三の一）

というような用例は、米相場が当時の人々の暮らしと密着していたことを伝えている。また、

⑳鉦（どら）・女鉢（にょうはち）を打鳴し、添輿したる人、さのみ愁にも沈まず、跡取らしき者も見えず。町衆はふしやうの袴・肩衣を着て、珠数は手に持ながら、掛目安の談合、あるは又、米の相場、三尺坊の天狗咄し。（『好色一代女』巻三の二）

という笑話は、野辺送りの葬礼の列の中でも、商談を忘れない大坂の町衆を描いているが、商人、就中、上方の商人にとって、日々変わる米相場が生活のパイプラインであったことを示しているといえよう。

そのため、『西鶴織留』巻一の一「津の国のかくれ里」のような話までが登場しているのである。

㉑「是は目出たや、金銀抓取の内証、江戸の手代より申越した。関東筋大風ふきて、八木俄あがりなれば、是より大坂にくだりて、西国米大分買込、あがり請たらば、太夫を根引にして、我等が奥様にする事ぞ」と、「此たびの仕合を祈れ、夜が明次第に爰を立ぞ」と、今すこしの別れ惜み、床をはなれかねける。

時に伊丹の人、此事を聞耳立て、いまだ帯もとかぬに起別れ、おもしろき最中をおもひ捨、「我里に失念したる事あり」とて、首尾かまはず立帰り、早駕籠いそがせ、伏見より飛脚舟かりて、其日の四つ前に、大坂の

北浜へつきて、問屋をひそかにかたらひ、米大分買こみけるに、はや昼よりあがりて、只一時のうちに、三拾八貫目丁銀にてもうけ込、……

この話は、京の嶋原で「米相場」の大きな儲け話の情報を握った男が、好いた太夫との楽しみ事をしている間に、その情報を隣で漏れ聞いた「伊丹の人」の方は伊丹から嶋原まで好いた太夫のもとに駆けつけたにもかかわらず、楽しみ事を後にして、米の買い込みを行い、千金を得、それをきっかけとして、どんどん商売が広がり、大商家となったというサクセスストーリーである。この「伊丹の人」が江戸時代最大の商家となった鴻池善右衛門であることは言うまでもない。

ほんの数刻の差であるが、情報を生かすも殺すもその才覚次第であるという、当時の厳しい現実を描いた作品といえるであろう。伊丹→京・嶋原→米会所大坂の北浜というフットワークの良さは、商人魂と言え、ただ者ではない。なるほど、そのような商人としての資質を備えた者であったからこそ、今すでに大商人として名をなしている「鴻池」なのだ。そういう読みが成立する。

しかし、「米商人」という視点からは少々異なる。隣室の「米商人」の失敗話となる。米相場の千載一遇の動向を「江戸の手代」から握った「米商人」。江戸店を持つぐらいであるし、こんな大きな情報をいち早く主人のもとにもたらす優秀な手代を有するぐらいであるから、京・大坂の老舗の「米商人」であろう。かつては、この情報ネットワークで一財産を作ったのかも知れない。それが、嶋原の遊郭という遊興の場であるため、油断して、価千金の刻を逸してしまった。負けたのは隣室の米商売については素人の男である。ここであえて「素人」としたのは、㉑の波線部で「問屋をひそかにかたらひ」とあることによる。つまり、鴻池はこの時点では、米相場に介入できる米問屋ではなかったのである。そこでプロの「問屋」の力を借りなくてはいけなかったのである。

「米商人」にとってはいち早い情報が命。そして、それを生かすも殺すも、本人の才覚と決断次第という現実を嶋原の襖一枚の明暗に示した作品と読めるのである。

かくも情報が命綱となる「米商人」。情報者和州を失うことは「米商人世之介」には痛恨の痛手である。和州の付加価値はとても大きいのである。これは読者にも了解できた現実であろう。

さらに「米商人世之介」の行動ととれば、理解できるもう一つの根拠が「三月三十日の日帳」にある。

「出羽産米の、酒田湊からの積出しは、いまの四〜六月[21]」であったとするように、酒田からの大坂廻米のための酒田出帆時期は、ほとんどが陰暦の四月である。そうすると、世之介は太夫和州の三月中の日記を見て、「此儘は捨難しと二たび難波の色里にかへりぬ」と慌てて帰った体にしているが、この和州への想いは真実としても、「米商人」としては、定期便で帰ったに過ぎないということになる。

酒田湊に大坂からの船は二月から三月に入る。そして、四月になれば、大坂に向かって大量の廻船が米とともに出帆する。それ以外の時期では飛んで大坂に帰ってくることはできない。

以上のように理解すれば、「三月三十日の日帳」という設定は、ビジネスマンである「米商人」のほんの二、三ケ月の里心を描いていることになる。しかし、それは毎年「米商人」がビジネスマンとして味わう悲哀であることも確かであるため、より現実味を帯びて読者は受け取るのである。

太夫和州の側にとっては、世之介大尽がいない間の緊急事態であることは確かであるが、「米商人世之介」としては、純粋な恋愛感情だけではなく、和州の米相場情報の提供者としての役割をより認識していたのである。太夫和州は世之介に生き霊としてとりついてきた。しかし、世之介は和州の利用価値を計算していた。この「米商人世之介」の冷徹ともいえるビジネスマンとしての強かさは笑いともなって、同時代の読者に共感を得たのではあるまいか。

以上のように、西廻り航路を駆使して遠路、酒田と大坂を往来し、米相場情報の提供者を確保しようとするビジネスマン世之介像。『好色一代男』巻七の五から読み取ってもいいのではないだろか。

同時にその場合、このような大坂と酒田を船で往来する「米商人世之介」の物語は、特有の詳細な情報提供者「米商人」があって形成されたとも言えるのである。

では、西鶴文学の情報源に「米商人」ありとすれば、『好色一代男』の他の章の形成にも用いられていないか。次節で検証する。

六　「米商人世之介」としての「女護の嶋わたり」

『好色一代男』で「米商人」が使うような大型船の話が出てくるのは、最終章巻八の五の「女護の嶋わたり」である。この話を「米商人世之介」の立場から読み直してみたい。

㉒それより世之介は、ひとつこゝろの友を七人誘引（さそひ）あはせ、難波江の小嶋にて、新しき舟つくらせて、好色丸と名を記し、緋縮緬の吹貫、是はむかしの太夫吉野が名残の脚布也。縵幕は過にし女郎より、念記（かたみ）の着物をぬい継せて懸ならべ、床敷のうちには、太夫品定のこしばり、大綱に女の髪すぢをよりまぜ、さて台所には生舟に鰌（どぢやう）をはなち、…（中略）…是より女護の嶋にわたりて、抓どりの女を見せん」といへば、いづれも歓び、「譬ば腎虚してそこの土となるべき事、たまたま一代男に生れての、それこそ願ひの道なれ」と、恋風にまかせ、伊豆の国より日和見すまし、天和二年神無月の末に、行方しれず成にけり。（『好色一代男』巻八の五「床の責道具」）

まず、「難波江の小嶋」で新しい船を造ったことであるが、これは従来の諸注にあるように、造船にふさわしい「難波江」にある「小嶋」の地にこだわる必要はない。

㉓和船は固定施設としての造船所を必要とせず、適当な浜と材木さえあれば、よかったから、注文次第で船大工が船主の浜へ出掛けていって建造する場合も多かった。

これは和船について詳しい石井謙治氏のご指摘である[22]が、依頼主の持ち浜であればどこでも船は造れるわけである。つまり、「難波江」の「小嶋」は造船場としての固有名詞ではなく、普通名詞であって、どこか大坂の中州のような浜に臨む地を選んだという現実的な話となるのである。

つぎに「新しき舟つくらせて」という新造船「好色丸」のことであるが、この船をもって果たして、日本を遠く離れた外洋にある「女護の嶋」を目指すことが出来たかというと、はなはだ疑問である。

外洋に出るためには大船である必要があるが、当時の日本には、大船没収令[23]がでていた。

㉔猶々御領分の内、五百石入りより上之船者、有次第可有御上候、縦、あきない船ニて御座候共、不残御上可被成候、以上（慶長十四年の大船進上書）

右のことから、船には届け出制度が必要であったのかと調べたが調べきれず、菱垣廻船浪華丸を復元した『なにわ海の時空館』の方にお聞きすると、届け出制度は未見であることが現状と教えていただいた。となれば「好色丸」を世之介が密かに建造しても許されたであろう。

しかし、構造的にも挿絵で見るように「好色丸」は、何石の船かは不明にしても、「弁才舟」特に「菱垣廻船」である。菱垣廻船にしても樽廻船にしても竜骨を用いていないことで幕府が禁じた外洋船ではなく、その点で構造的には両舟とも廻船用の「弁才舟」に分類されている。それは次の『和漢船用集』[24]でも確認できる。

㉕檜垣（ヒカキ）　摂州大坂廻船問屋の仲間船を云、六七百石以上皆大船也。垣立の筋を檜垣にするゆへの名なり。今、檜垣と呼て、荷舟の名とす。すへて大廻し荷物を積といへとも、おほく酒樽油樽類を積ゆへ樽舟と云。是又荷舟の一法也。

以上から、「好色丸」は「米商人世之介」が発注し、所有しても当時のシステム的には何ら問題がない、普通の西廻り航路などに使用する船である。積み込んだ荷の数々の面白さは別としても、当時の米商人が西廻り航路などで使用する船と変わらない。見方を変えれば「好色丸」は外洋船や特別な船ではなく、構造的にも国内船なのである。つまり、外洋に出れば難破してしまう船なのである。

何よりも当時の日本にはいわゆる鎖国政策の一つとして、日本人の海外渡航・帰国の厳禁が発せられている（寛永十二年）。そのような幕府の政策を打ち破るような、日本国脱出の「女護の嶋わたり」礼賛など、いくら出版取り締まりが強化されていないこの頃でも許されなかったのではなかろうか。むしろ、当時の人々、特に商売などで船を知る読者たちにとっては、「好色丸」ごとき小舟で乗り出しても、いかほどの冒険もできないことを知っていたのではなかろうか。むしろ、それこそがここでの笑いである。ここでも、西鶴は当時の廻船事情に詳しい情報源を得ていたことになるのではなかろうか。

次に「好色丸と名を記し、緋縮緬の吹貫」を船に立てている点である。次のような資料がある。(25)

……御城米船出船より江戸着迄自今以降は白地之四半に大成朱丸有之船印立置候様申触候間、若船印違候カ又ハ印不立御城米船船頭誰と承届穿鑿之節有躰に可申上事右之通可申遣之旨御老中依御指図如是候　以上

天和二年十月

高　善右衛門

彦　源兵衛

大　五郎右衛門

右之趣堅可相守之、若違背之族於在之ハ可行罪科者也

これは、東北諸藩に徹底された米廻船の約束事である。ここでは、米廻船にすべて日の丸の船印を立てるように

命じたことが関係する。なお、天和二年とあるが、これとほぼ同様の触れが幕府から寛文十三年に全国各地に散在する天領からの米廻船に発せられていたことを石井謙治氏が書かれていることから[26]、『好色一代男』出版時にすでに周知の廻船の約束事ではなかったかと考える。

『好色一代男』の場合、日の丸をナデシコの世之介の紋にかえたところが法令を虚仮にしているが、「吹貫」を「太夫吉野が名残の脚布」とともに笑いの箇所である。しかし、これも「米商人世之介」の米廻船としての法を遵守している点であり、米商人として知っていなければならない情報である。

また、「好色丸」が大坂から伊豆に向かう点について諸注釈は、折口信夫氏の「伊豆をば日本の国の南の端と考えている。地理観念がすすんでいないからである。女護の嶋は南のほうにあるからだ[27]」と同じく、「女護の嶋」を探して伊豆より八丈島等南下した説が多くとられている。

しかし、これが「米商人世之介」の西廻り航路をとった行為とすればどうなるか。大坂から江戸湾に入る者は、次の資料にも見えるように必ず伊豆の下田番所で荷物改めを受けなくてはならなかった。当時は下田ではなく、次の資料[28]にみるように「須崎浦」であったが、海路に旅慣れた者ならば、下田つまり、「伊豆の国」に向かうというのは通常ルートであったのである。

元和二年伊豆の下田に番所を置き、今村彦兵衛を諸国廻船入津御改奉行に任じてここに居らしむ。蓋し江戸入津船数の次第に増加してその取締の必要を感ずるに至りしなるべく、その船の多くが上方方面より来りしことは下田に番所を置きしによりて察すべし。この番所は寛永十一年下田の附近なる須崎浦に移されしが、依然として下田番所と称したり。享保五年に相模国浦賀に移され浦賀番所と呼ぶに至る。

このことは当時に限らず堅く守られ、近世後期浦賀番所に移ったあとも下田番所は江戸湾管理を任され、ペリーの来航の際、下田、浦賀奉行がまず交渉にあたるのもこのシステムによっている。

その場合、「米商人世之介」は、当時の「米商人」としての航行ルールを遵守しての「女護の嶋わたり」を行ったことになる。つまり、「米商人世之介」は西廻り航路をとり、伊豆の下田でチェックをうけ、その後、江戸湾に向かうとみせて、消息を絶ったということになるのである。

そうなると「好色丸」は「伊豆の国」までは平穏な大坂から江戸へ向かう船。着いた「伊豆の国」よりは「日和見すまし」て出帆し、南の島々のむこう、はたまた流れる黒潮の先にある「女護の嶋」に向かったという読みになる。

しかし、さらに単純な選択肢として「女護の嶋」に向かったが、「伊豆の国」より江戸を指して向かう途中、はからずも消息を立ったという読みをすれば、それはまさしく、世之介が海難事故に遭遇して果てたという悲劇の終末となり、永遠の性の求道者としての世之介は消滅し、『好色一代男』の読みそのものを揺るがすことになりかねない。

さりながら、西鶴は『好色一代男』に続く、『好色二代男』こと『諸艶大鑑』で、「(父上は)なんぞやあぶなき海上を越、無景の女嶋にわたり給へり。」とすることで、その疑念を払拭している。

また、そのような結末から世之介像を読み直せば、『好色一代男』の前半部のような闊達な世之介像が面白くなくなってしまう。それに西鶴の浮世草子である以上、他の祝言形式の閉じ方から逸脱してしまう。何よりももっとも大きいのは、文学としての楽しみ方からの拒否である。

当然、この世之介の終焉をめぐる読みの問題は、先達の研究者によって論が重ねられてきたことは言うまでもない。古くは吉江久弥氏(29)、新しくは中嶋隆氏(30)の整った論がある。ここで、その論争に加わろうとしているわけではない。

ここでは、当時の海難事故の実態を知る読者にとっては、サプライズな終り方であったということである。海路を用いて日本を飛び回るビジネスマン「米商人」には宿命的な悲劇だったのである。

ところで右と逆であるが、前者の読みのには好都合な当時の面白い資料を見つけた。それは石井謙治氏(31)があげる延宝三年五月に幕府が行った無人島（小笠原諸島）巡検についてである。これは寛文九年、大風で南方海上の無人島に漂着した阿波国の廻船の乗組員が、翌年自力で帰国して報告したのがきっかけとなって正式の調査を行うことになったものであった。これに先立ち、幕府は偶然にも御城米輸送の効率化と海難防止のため、航洋性に優れた五百石積みの唐船を完成させており、この遠洋船に西洋式航海術を家伝とする嶋谷市左衛門が船頭として乗り込み実現した小笠原諸島探検だったのである。その詳細な実態を未だ把握していないので報告にとどめるが、仮にこの延宝三年五月の小笠原諸島巡検が、当時の人々が広く知るところであれば、「女護の嶋わたり」がその読者との関係を利用して成立したとも考えられる。むろん、先行文学として『御曹子嶋わたり』などもあるが、『御伽婢子』（寛文六年刊）巻六の一「伊勢兵庫仙境に到る」はまさしく伊豆を出帆し、小笠原諸島に向かう探検話であり、夢のある異界体験となっている。幕府の海外渡航禁止令とは矛盾するが、当時の人々にとって、伊豆より南の島々への憧れは『椿説弓張月』を待たなかったのかも知れない。

以上、『好色一代男』における「米商人世之介」としての読みを考察してきたが、このような精緻な「米商人」像を形象できるのは、西鶴の情報源により強力な情報提供者としての「米商人」がいたからに違いない。西鶴作品における素材、「諸国の話の種」が、全国を駆けめぐる米商人から得ていたとすれば、西鶴はその集積地大坂にいるだけで、膨大な、そして新しい情報を常に確保することができたといえるのではなかろうか。

七　おわりに

それでは、西鶴の情報源として存在した情報提供者としての「米商人」とは、西鶴とどういう関係であろうかということにある。

先に資料⑪をあげたが、『日本永代蔵』巻二の五の冒頭には、「世に船ほど、重宝なるものはなし」とある。これは、西鶴自身が海運に通じていなければ発せられない感慨であろう。すなわち、廻船という機構に従事してこそ抱く実感である。

このことは同じく『日本永代蔵』巻一の三「波風静に神通丸」で和泉の「米商人唐金屋」が大船「神通丸」をもって、北国米を廻送する姿に「その身調義のよきゆへぞかし」と褒め称えているが、「鐙屋」を見てきたように絶賛する姿勢といい、西鶴はただの商人ではなく、実際に酒田などと大坂の間を海路往還した商人ではなかったかと考える。

また、この話の舞台である北浜米市場の詳しすぎる取引情景や米相場とそれに携わる姿の活写が可能となったのも、米商人として西鶴自身がこの場にいたからかも知れない。それどころか、この章で「なにわ橋」から西の方に数千軒の問屋を見渡しながら、「中の嶋に、岡・肥前屋・木屋・深江屋・肥後屋・塩屋・大塚屋、桑名屋・鴻池屋・紙屋・備前屋・宇和嶋屋・塚口屋・淀屋など、此所久しき分限にして、商売やめて多く人を過しぬ。」とするのは、商いを譲って隠居した西鶴自身の感慨ではなかろうか。

そのように考えれば、大坂の「米商人西鶴」が隠居して、「浮世草子作家」として筆を執ったときに、元の「米商人」仲間からさらに「話のたね」となるべき情報を得たと仮定できるのではなかろうか。

先に推定したように『好色一代男』巻七の五の「米商人世之介」像は延宝三、四年のことであった。右の仮定に基づいて、西鶴が米商人であったとすればどうなるであろうか。

延宝三年

○四月三日、三人の子供を残して西鶴の妻が病没。

○四月八日、亡妻の追善のために独吟千句を詠む。『誹諧独吟一日千句』

○冬ごろ、剃髪。

＊妻の没後余り時のたたないうち、とも考えられる。同時に「名跡ヲ手代ニユヅリ」（『見聞談叢』）商人であることをやめて隠居、鑓屋町の草庵に入ったか。以降、俳諧師としての西鶴の活動は本格化する。

右に資料にあげたように、(32)西鶴は延宝三年に妻を亡くし、名跡を手代にゆずり、商人をやめたとされている。『好色一代男』巻七の五の世之介は遠い酒田の地で新町の太夫和州に思いを馳せたが、「米商人西鶴」も大坂をはるかはなれた土地から、病床の妻を想っていたのかも知れない。

延宝二年正月、大阪天満碁盤屋町西山宗因亭初会に出座す。

西翁宅にて初会

書初や七十歳筆摂州住

伊駒の難波津かざる蓬萊　西随

海に船あがれば咲し花見車　西鶴

右は野間光辰氏の『西鶴年譜考証』からあげたが、(33)ここで「海に船　あがれば咲きし　花見車」とあるのは、海の商人、西鶴が難波津に帰帆して感慨を覚えた心情そのままではなかろうか。

そう考えると、『好色一代男』最終章の「女護の嶋わたり」の挿絵にある、艫の先に立ち、舟日和を楽しむ人物

『好色一代男』巻八の五挿絵

は、西鶴その人で、櫓の上で寝そべる世之介よりも一際存在感が大きく感じられるのも意図的な構図ではなかろうか。

仮定が続き過ぎた。しかし、情報源を絞りながら、西鶴文芸の成立を思索できるのは、とりもなおさず、西鶴作品の資質が高いからであり、これこそ文芸作品を対象としたときの贅沢な思考ではないかとして、本論考を閉じたい。

注

（1）前田金五郎『好色一代男全注釈　下巻』角川書店　一九八一年刊。

（2）「第二章　経済の展開と酒田湊　第一節　米の湊の伝統」『酒田市史改訂版・上巻』一九八七年刊。

（3）前田金五郎氏の注（1）の書によるが、〔桜井英治・中西聡氏編『新体系日本史流通経済史』（山川出版社）二〇〇二年刊〕に詳細がしるされている。

（4）注（2）の書所収。「第二章　経済の展開と酒田湊　第二節　公私領米の酒田集散」によるが、一九五四年の旧版にも記されている。

（5）横山昭男「近世初期西廻海運の発達に関する諸問題」東北史学会編『東北水運史の研究』巖南堂書店　一九六五年刊。

（6）「四、海難時の措置」『江戸時代の大阪海運』〔大阪港史編集室　一九六二年刊〕に載せる、享保元年「丹後国竹野郡平村浦」において難破した大坂の網干屋市左衛門船の乗組員が船奉行に提出した口上書による。大阪木津川口から出帆し、酒田から年貢米を回漕中の帰途難破した記録を残す。往きは二ケ月。帰途は酒田から五日で兵庫の竹野に達している。難破しなければ、二週間以内に酒田から大坂まで航行できるペースである。しかし、季節による風向き等もあり、一概に定めにくい。

（7）「II　近世海運の研究　第三章　近世海運の研究について」渡辺信夫『日本海運史の研究』（清文堂出版）二〇〇二年刊。

（8）「御触及び口達（天和元年元禄九）」大阪市参事会編『大阪市史　第二』一九一三年刊。

（9）『米と江戸時代　米商人と取引の実態』雄山閣出版　一九八〇年刊の関連年表による。

（10）注（2）の書所収。「第三章　港のにぎわいと豪商たち　第一節　天和・元禄の栄え」。

（11）注（9）の書所収。「IV　有力米商人の盛衰　酒田あぶみ屋の盛衰」。

（12）「霊元天皇天和三年」『山形県史　巻二』一九二〇年刊。

（13）渡辺信夫『海からの文化　みちのく海運史』（河出書房）一九九二年刊。

（14）注（6）の書所収。「一、廻船の構成」による。

（15）「享保十二丁未年　御触書之留並び浜方記録」大阪市役所編『大阪市史　第三』一九九一年刊。

（16）鈴木直二『徳川時代の米穀配給組織』（国書刊行会）一九七七年刊。初版は一九三七年刊。

（17）注（16）に同じ。

（18）注（16）に同じ。

（19）注（9）の書所収。「IV　有力米商人の盛衰　淀屋の闕所とその歴史的意義」。

（20）注（1）に同じ。

（21）注（2）の書所収。「第二章　経済の展開と酒田湊　第二節　公私領米の酒田集散」。

（22）石井謙治「北国地方における廻船の発達」福井県立図書館・福井県郷土誌懇談会共編『日本海海運史の研究』一九六七年刊。

(23) 注(7)の書所収。「II　近世海運の研究　第二章　江戸幕府の大船禁止令について」。
(24) 金沢兼光『和漢船用集』(宝暦十一年刊)(『日本科学古典全集　第十二巻』所収(朝日新聞社)一九四三年刊)。
(25) 『鐙屋家文書』「浜御陣屋御高札之写」(鶴岡市立図書館所蔵)『酒田市史　史料篇三』一九六六年刊所収。
(26) 「V　海と船のこぼれ話　8　日の丸と船印」石井謙治『和船II』(法政大学出版局)一九九五年刊。
(27) 注(1)前田金五郎氏が全注釈でひくものに同じ。
(28) 「第五章　江戸上方間の海運」古田良一『日本海運史綱要』(経済図書)一九四三年刊。
(29) 『西鶴文学研究』(笠間書院)一九七四年刊。
(30) 「『好色一代男』終章の「俳諧」」『日本文学』(日本文学協会)第四十二巻九号　一九九三年刊。
(31) 注(26)の書所収。「V　海と船のこぼれ話　6　江戸時代の探検航海と船」。
(32) 江本裕・谷脇理史編『西鶴事典』(おうふう)一九九六年刊。
(33) 野間光辰『補冊　西鶴年譜考証』(中央公論社)一九八三年刊。

〔付記〕本章は、日本近世文学会平成十七年度春季大会(二〇〇五・六・十一　於立教大学)において口頭発表した「西鶴の情報源―〝米商人世之介〟の側面からの一考察―」を基に一部改稿したものである。会場では多数の方々から様々なご指摘をいただいた。心より感謝申し上げる次第である。

第二章　西鶴浮世草子と先行文学

第一節　『好色一代男』の構成

――巻四の七〝雲がくれ〟をめぐって――

一　はじめに

『好色一代男』が、世之介という主人公を中心に、その一代記として構成されていることはいうまでもない。しかし、その形式とは別に内容面から考えれば、巻一の一から巻四の七に至る前半部と、巻五の一から巻八の五の終章までの後半部に分かれることは明白である。それは巻五以下が一応世之介を主人公とするものの、遊女評判記的に個々の遊妓の形象化に重きが置かれているためで、前半部の世之介中心の話の展開と性格を異にしているからである。したがって、その転換地点（ターニング・ポイント）にあたるのが前半部の終章、巻四の七「火神鳴の雲がくれ」となるわけである。

この章の筋は以下である。

①世之介は、今金があれば「欲」には使わず、「世界の揚屋に目を覚」まさせたいが、親仁に勘当されている身にそれは叶わないことと吐露する。

②それも「我よからぬ事ども」をやってきたからで「身にこたえて」知っている。この上は山奥にひきこもって、身を清めようと、まずは昔は自分と同じように女におぼれながら、今は心を入れ換え、仏道に入られ、尊い僧となられている方が、紀州音無川におられるのを、尋ねてみようと思い立つ。

③それで海岸伝いに、泉州の佐野・嘉祥寺・加太を通ったが、その辺の漁師の女房たちと情交を重ね、その地で

日々をすごしてしまう。

④そのうち、「うらみいふ女」が限りなくなってきたので、その女たちの憂さを晴らそうと、世之介共々、数艘の舟で沖へと漕ぎ出す。

⑤ところが、丹波太郎という夕立雲が出て、神鳴が落ちかかるなど天候が荒れ、世之介と女たちの乗った舟は行方不明となる。

⑥しかし、世之介だけは「二時あまり」波に漂い、吹飯の浦に打ち上げられた。しばらくは気を失っていたが流れ木を拾う人に「呼びいけられ」危うい生死の境を切り抜ける。

⑦命が助かり、堺まで行くと、父親の死を知らされ、急ぎ家に帰ると、母がいろいろの蔵の鍵と、銀二万五千貫を譲り渡してくれたので「大大大じん」となった。

①から⑦に至る起伏に富む筋の展開は、この章を形成するだけでなく、その個々において、『好色一代男』の構成自体に重要な役割を果たしているのである。中でも⑦は、①で「世界の揚屋」相手に夢見た「大大大じん」が現実になったことを意味し、巻五以下の世之介の形象化に、経済的配慮を必要とせず、読者にも無理なく、その世界を享受することを可能にしているのである。

しかし、本論攷では、②及び⑥の項目に注目したい。つまり、世之介の発心と再生の意義である。その点を『好色一代男』と『源氏物語』の構成上の関係から考察するものである。

二　世之介の蘇生

世之介が発心し、出家しようとしたことは、我よからぬ事ども身にこたえて覚侍る。いかなる山にも引籠り、魚くはぬ世を送りて、やかましき真如の浪も、音なし川の谷陰に、ありがたき御僧あり。是ももとは女に身をそめて、是よりひるがへしたうとき道に入せたまふ。此人に尋（たづねん）。

と描写されている。懺悔→隠遁→精神修行、そのための名僧の引導による出家という図式は、自然な流れであり、これが世之介自身の言葉であるだけに、結果はともあれ、この時点で出家の意志は強く表出しているといえよう。

又、世之介の再生であるが、

されし共世之介は、浪によせられて、二時あまりに、吹飯の浦といふ所にあがりぬ。屢（しば）しが程は気を取うしなひ、そのまゝ真砂の埋れ貝、しづみはつるを、流れ木拾う人に呼いけられ、かすかに田鶴（たづ）の声のみきゝ覚て、浮雲（あぶな）き生死（しやうじ）の堺まで来て、……（波線部は森田。以下同じ）

と描写されている。この時点の世之介は気を失っていたのが、正気にもどったというような程度ではない。それは、波線部の「呼いけられ」という語の解釈にかかわってくるので、諸先学の注釈・訳を参照すること、

・名前を大声で呼ばれて生き返り。蘇生させられ。（全注釈・対訳西鶴全集）
・呼び生かされ（岩波古典文学大系頭注・小学館古典文学全集脚注）
・助けられ（現代語訳西鶴全集）

以上のようになっている。「呼いく」が「【呼活】死シタルモノヲ、名ヲ呼ビテ活キカヘラシム」（『大言海』）であることを考えると、この場合も、一度は死んだ世之介を呼び返して、蘇生させた、いわば「流れ木拾ふ人」が〝魂呼び〟を行った結果の生き返りと考えられよう。事実、『新可笑記』巻二の六「魂よばひ百日の楽しみ」では、〝魂呼び〟を行い、「されば唐土の魂呼とて、むなしきからだ呼生たる、その例おほし」という用例がある。ただ、前掲注釈・辞書類も用例としてあげている。『好色五人女』巻二の二で

「やれやれ、すさまじや、水が呑みたい」といふ声絶て、かぎりの様に見えしが、されども息のかよふを頼みにして呼生けるに、何の子細もなく正気になりぬ。

とする「呼生ける」は、「呼び生かす」ことによって、簡単に正気にもどるわけであるが、これは、樽屋とおせんを結びつけるための「いたづらかか」の猿芝居の場面であることを考えると、同じ西鶴が用いていても『好色一代男』と一様の用例とは言えないであろう。

いずれにしても、右の分析から、巻四の七で世之介は一度は死に、生き返ったことになるわけである。

それでは、何故、巻四の七で世之介は、出家を志したり、〝死〟に直面せねばならなかったのか。それを『好色一代男』の構成面から考える際、章題「大神鳴の雲がくれ」に興味ひかれる。

『源氏物語』と『好色一代男』の関係は早くから指摘されるところであるが(1)、今、章題の〝雲がくれ〟から、『源氏物語』の「雲隠」の巻を連想するとき、巻四の七のかかる世之介の形象化が意図するところが結びついてくるのである。『源氏物語』五十四帖に「雲隠」の巻など存在しないが、その内容が、その前後の「幻」・「匂宮」の巻から光源氏の出家・死を意味することは想像を許される。すなわち、光源氏の出家・死が、世之介の出家・死に擬されて、〝雲がくれ〟という章題になったと仮定するのである。その際、蘇生した世之介は、父親の遺産を身につけた別の〝世之介〟であり、『源氏物語』の薫・匂宮の活躍する後半部と同様に、巻五からは新たな物語が展開していくわけで、『好色一代男』の構成は、『源氏物語』と相通じるわけである。以下、その検証を行うものである。

三　巻四の七〝雲がくれ〟と『源氏物語』「雲隠」

巻四の七が〝雲がくれ〟という章題を持ち、主人公の出家と死を未遂ながらも形象化している点で、『源氏物語』

「雲隠」の巻に通じるものがあるとしたが、諸先学の見解は異なる。山口剛氏[2]は、

> 世之介の浮世ぐるひのこと、また勘当された後、和泉の佐野迦葉寺などの浦辺に侘住みすること、ゆるされて家に帰つたあと、大尽遊びをすることの筋立ては、源氏の君の色好みから、須磨の浦住み、更に帰京の後の栄華といふ『源氏物語』の大綱を移し来たものであることに論はあるまい。世之介の女護ヶ島わたりも、巻の名はあつて、事の実のない「雲隠」の巻に拠ることも承認せられるであろう。

とされ、巻四の七を『源氏物語』の須磨・明石の巻に結びつけておられる。また別稿[3]で、

> 或は世之介の勘当赦免の前に、和泉の佐野、迦葉寺の磯辺を書いてゐるのは、さながらの源氏の君の須磨・明石のさすらひ、続く都還り、殊には高浪電光の趣向などそつくりであり、……

とも述べられ、前引用のように、『好色一代男』の最終章こそを、『源氏物語』の「雲隠」の巻に結びつけておられる。この御見解には、前田金五郎氏[4]をはじめ、多くの研究者も賛同されているところであろう。その立場が認める最大の根拠ともいうべきものが、『好色二代男』（『諸艶大鑑』）の存在である。世之介の二代目、世伝が繰り広げる好色遍歴の世界こそ、光源氏の二代目、薫が活躍する後半部、特に「宇治十帖」の世界と見立てることができる。そうすれば、『源氏物語』が後半部を「匂宮」の巻以下展開させるために、あるやなきや不明の「雲隠」の巻を置いて主人公の転換を計ったように、『好色一代男』から『二代男』への転換地点（ターニング・ポイント）を、『好色一代男』最終章に置かざるを得ないわけである。

しかし、『好色一代男』は、そのような続編を書く余裕まで考えて創作されたものなのであろうか。俳諧師西鶴にとって、『好色一代男』は浮世草子としての試金石であって、最初で最期の叙事作品となっても仕方のない作品であったはずである。そう考えれば、『好色一代男』は世之介を主人公とした完結した作品でなければならなかったのである。特に世之介という、一人の男の一代記であってこそ、作品世界は成立し得たのである。その点を『好

色一代男』構想の第一と置いた時、前半部と後半部という違った世界に一人の主人公で統一するには、世之介という男を巻四の七で〝再生〟させ、二人の世之介で構成することが必要となったのではないかと考えるのである。

それでは、そのことが何故、巻四の七と「雲隠」の巻との構成上の関係につながるといえることになるのであろうか。

まず『好色一代男』の刊行は、天和三（一六八三）年であるが、当時の人々が「雲隠」の巻をどのように認識していたか、見てみたい。

『源氏物語』が『好色一代男』成立当時、写本・版本として相当流布していたことは言うまでもないが、梗概書、注釈書類の出版も多かった。それらの報告は寺本直彦氏[5]の研究に詳しいので、その個々について触れないが、寺本氏が

> 俳諧における源氏物語は、和歌・連歌における源氏物語のように必読の書とされたのではなく、それほどの重要性はもはや見出しえない。けれども連歌が和歌を承けたように、俳諧もまた連歌を承けるのであり、したがって、和歌・連歌において、源氏物語が重用な意味を有していた伝統に影響されて、俳諧における源氏物語の意味も必ずしも軽視することはできない。ことにいわゆる貞門・談林時代の近世初期俳諧においては、源氏物語は案外に多く扱われており、……[6]

とされるように、俳諧師西鶴が『源氏物語』と関係あることは容易に想像できる。長谷川強氏[7]は、

> 『好色一代男』は当時画期的な作品であった。…（中略）…西鶴にとっては前に規範となる作はなかったし、その発表は冒険であったのであり、一篇のまとまりを求めて『源氏物語』によった事は何ら西鶴の名を傷つけるものではない。好色的なスケッチ・紹介、また遊女評判記から本格的な小説への橋渡しを『源氏物語』が果たしたのが『好色一代男』の場合なのであった。但し、それが『源氏物語』の本質理解の上に立っての事であ

ったことは必ずしもいい難い。

とされているが、当時の読者レベルまで含めると判明しがたい命題といえる。しかし、当時出版された注釈書、梗概書は、『源氏物語』への新しい読みを求めたというわけではなく、啓蒙に近いものが意図されるところであったであろう。それらの内容と、『源氏物語』にある程度通じていた西鶴の知識とにそんなに大きな隔たりはないはずである。そこで、その幾つかをあげ、「雲隠」の巻の当時における常識を探りたい。

とりわけ、北村季吟の『湖月抄』（延宝二（一六七四）刊）に注目する。野口武彦氏(8)は、この書について、

すでに室町時代の末期から、『源氏物語』のダイジェスト版ともいうべき梗概書のたぐいが、世上に数多く流布していた。…（中略）…そうした梗概書よりはもっと高いレヴェルで、中世以来主として公卿たちの手になった注釈をみごとに集大成した源氏学書が出現する。北村季吟の『湖月抄』全六十巻である。

と述べておられる。『湖月抄』は当時の『源氏物語』学の最高峰に位置するものと考えられ得るが、流布した状況も過去の注釈書をはるかに凌いでいる。やはり『源氏物語』に興味を持った人々に多大の影響力を持ったことは言うまでもない。その『湖月抄』は「雲隠」の巻を「幻」の巻と「匂宮」の巻との間に置き、「系図」「巻之次第」で、「廿六　雲隠」とした上で、「年立」に

雲隠ノ巻は有二テ其名一無二其巻一源氏ノ君崩シ給事を此名にこめ侍也。（傍点は森田。以下同じ）

とし、『紫明抄』の光源氏の「頓滅」（急死）説を否定して、

幻ノ巻に世をさり給べき心まうけをし給へること疑(ウタガヒ)なきうへ、やどり木の巻に故院二三年の末に世をそむき給へるさがの院といへり。六条ノ嵯峨ノ院にうつりすみ給へる事、かれ是その証拠分明也。

とし、発心・隠遁後の死であるとしている。その事は、本文注釈の「雲隠」の巻でも検討を加え、「頓滅」否定を結論としている。

右に見る限り、『湖月抄』では、光源氏の発心・死を「雲隠」の巻の存在に認めているわけである。

この『湖月抄』の光源氏の「頓滅」を否定する立場は、十四世紀の『源氏物語』注釈書を代表する四辻善政の『河海抄』を踏まえるわけであるが、『河海抄』巻十五は、「第廿六　雲隠」とし、やはり「第廿五　幻」の後に置き、

此巻はもとよりなし只名をもて共心を顕す也。

とし、前掲の『湖月抄』の「名にこめ」と同様、「雲隠」の巻の存在の有無よりも、巻名の示唆する所に意義を見出している。又、十五世紀の『源氏物語』注釈書を代表する一条兼良の『花鳥余(餘)情』第廿三も、「廿六　雲隠」とし、

此巻は名のみありて其詞はなしもしそのこと葉あらは六条院の昇遐の事をのすへきによりて雲かくれとはなつけ侍り

と、巻名について記し、『河海抄』の「頓滅」否定説を承けている。更に、注釈書とも梗概書ともいえ、時期的に右の両書の間に成立した『源氏物語提要』（今川範政　永享四（一四三二）年成立）巻第五も、「第廿六　雲加具礼」とし、

此巻は名はありて其巻はなし、たゝ名をもつて其心をあらはす、いはゆる影署五見の心也。よく〳〵眼を付て見べし。此題号にて光源氏のかくれ給ふ事をしるべし。

と同様の立場をとっているのである。（他に『万水一路』（『源氏物語聞書』）・『源氏鬢鏡』も同様である。）

これらに共通する要素は

一）「雲隠」の巻で光源氏は、発心の後、死を迎える。

二）「雲隠」の巻は存在しないが、その巻名が、示唆するところに意義がある。

三）「雲隠」の巻は「幻」と「匂宮」の巻の間（廿八帖（幷の巻を含む）中廿六）に置かれている。

というものである。右の三つの要素は、当時の一般的な「雲隠」の巻の共通理解であったかも知れない。しかし、反面、連歌の世界を中心に、江戸時代には広く流布していた『源氏小鏡』「二十六　雲隠」では

・此巻よにふくまず大かた同前の言葉なり光源氏と申せば雲かくれのよきたよりなり（刊年不明三冊本・関西学院大学所蔵本）

〔参考〕

※このまき世にふくまず大かた雲がくれとは遁世のことなれば光源氏と申せば雲がくれよきたよりなり（異本・片桐洋一氏所蔵本）

と書かれており、この書には、前述の二三）の要素は認められるが、一）は難しい。又、注釈書『奥入』（藤原定家著）、仮名草子『おさな源氏』（野々口立圃　寛文五（一六六五）刊）には、一）二）三）とも認められないなどの面も指摘できる。

そのような読書環境において、西鶴がいかなる方法で『源氏物語』を受容し得たかは判明しないが、長谷川強氏[9]が、

『独吟一日千句』の序に「有し時はなき人をとひしかそれもなき身となり行ぬ」とあるが、頭注に『源氏釈』『奥入』『河海抄』等に見えるという「ある時はありのすさびにくかりきなくてぞ人の恋しかりける」の歌によるとある。この歌は『奥入』と注して『湖月抄』の「桐壺」頭注中に見える。西鶴が見たとしたらこの辺が考えられよう。

とされ、谷脇理史氏[10]も、

『源氏』の引用に『湖月抄』を用いたのは、『好色一代男』の執筆の際、それが広く行なわれ、西鶴も目にし

ていたものであることが確実だからである。

とされるように、『湖月抄』と西鶴の接近は指摘できる。そのことが、更に『好色二代男』（『諸艶大鑑』）巻七の二で、

有時、物覚のよはき人、「『わりなきは情の道』と書しは、柏木の巻にはなき」とあらそひ、去太夫殿へ、『源氏物語』を仮に遣しけるに、其まゝ『湖月』おくられて、即座に其埒もあけしに、此本を見て、「さてもさても、此里の太夫も衛になるかな。むかしは、名の有御筆の、歌書を揃えて、持ぬはなし。板本つかはされて、物毎あさまになりぬ。

とあることから、確認されることは周知の事である。『湖月抄』が西鶴に読まれたとすれば、先の「雲隠」の巻の共通項が、『好色一代男』の巻四の七〝雲がくれ〟に援用された可能性が出てくるのである。

その際、「雲隠」の巻と『好色一代男』巻四の七との関係は、

①世之介の発心・死の形象化

②『好色一代男』二部構成（主役の転換）を示唆する機能。

という二点において符合してくるのである。以下、この点について、更に究明するものである。

四　〝雲がくれ〟の位置

ところで、その重要な〝雲がくれ〟はどうして巻四の七に置かねばならなかったのであろうか。

『湖月抄』等があげる『源氏物語』本文は幷の巻を含めて二十八帖である。『湖月抄』「発端」「此物語冊数」は、

天台六十巻になぞらへて源氏六十帖といへり。其中に幷の巻ありて廿八帖になる也。是を法華経廿八品に擬

す。

としているが、巻四の七も二十八章目なのである。しかし、『湖月抄』にそこまで西鶴が影響されたとも考えられないし、「雲隠」の巻が「廿六」であることから矛盾も生じてくるので、二十八章目に〝雲がくれ〟を置いたことには固執する必要はない。

これを杜撰に因を置けば、『好色一代男』を二部構成にしようと構想した時点で、全章数の概ね半数目にあたる辺りにあり、全八巻の真中にあたる、巻四の七が、〝雲がくれ〟を置くのに好都合であったわけで、存外、その程度の可能性もある。

しかし、巻四の七が〝雲がくれ〟でなければならなかったという必然性はないであろうか。次の二方面から考察を行うものである。

『好色一代男』は全巻を五十四章とし、世之介七歳から六十歳までの年立を、各巻目録に一歳一章ずつに割当て記しているが、二十八章目の巻四の七は「卅四歳」となっている。したがって、世之介は「卅四歳」の時、成就せずとも、発心し、死に直面し、生まれ変わっているのである。

野間光辰氏の『刪補西鶴年譜考証』によれば、西鶴は三十四歳の延宝三（一六七五）年四月三日、妻を亡くし、同月八日、郭公独吟千句を手向け、『俳諧独吟一日千句』と題して上梓している。更に、この年、「是歳、法躰す」(11)ともなっている。西鶴にとっての「卅四歳」が妻の死と、自らの出家という大きな事件を持つ以上、重大な意義を有した年齢であることは確かである。作家と作品を同次元で扱うことは危険であるとしても、その「卅四歳」が作品に投影されたのが、『好色一代男』の巻四の七と考えられないであろうか。

光源氏が最愛の妻紫の上を亡くしたのは「御法」の巻である。続く「幻」の巻では、亡き紫の上を偲びながら、一周忌を行い、出家遁世への用意が固められていくのである。そして「雲隠」の巻となるのである。つまり、『源氏物語』では、「雲隠」の巻を導くのに、妻の死→発心・出家→死という図式が出来上がっているのである。西鶴にとっての妻の死は『俳諧独吟一日千句』の序がすべてを語る。

　有し時はなき人をとひしか。それもなき身となり行ぬ。是もとゝまるべきにあらず。夢の覚きはまぼろしの世とは思ひあたりたる時にぞ忘るゝ隙多し。月雪花は盛なるに風の心ちとて、其春も頼すくなく、四月三日の夜靏なく子を捨て空しくなりぬ折から、泪を添る郭公の発句おもひ、明るより暮るまでに独吟に一日千句手向にも成。執筆も一人して是を書付侍るものならし。

とするように、悲しみと追慕の念はやまない。その想いが出家を決意させたことは明らかである。奇しくも西鶴の場合は光源氏に対し、妻の死→出家という図式が「卌四歳」に集約されているのである。それらが世之介の「卌四歳」をして、《発心》→《死》と形象化されるわけである。

「幻」から「匂宮」の八年の歳月の間に、光源氏は〝雲隠れ〟する。だが、西鶴は出家はするが死ねない。明くる延宝四（一六七六）年十月二十五日自序とし、上梓された『古今俳諧師手鑑』の序には、

　……凡弐百四十六枚なき跡のかたみにもやと梓にちりはめ侍る。

とあり、死の準備を志向する上において、光源氏の姿にも似ている。四十一歳で『好色一代男』を刊行した西鶴であるが、その構想の際、「卌四歳」に自分の「雲隠」の巻に似た過去を想い、〝雲がくれ〟という章題を選んだと推論できないであろうか。その場合、巻四の七で、世之介の発心が翻り、死んだはずの世之介が蘇生するという設定は、諦念観を脱した、西鶴の作家意欲の表出とも理解できる。したがって、巻四の七は「卌四歳」でなくてはならず、その世界は「雲隠」の巻を反措定とした、〝雲がくれ〟でなくてはならないのである。

それでは、そのような外的必然性ではなく、『好色一代男』の展開から内的必然性は得られないのであろうか。巻四の七で世之介は「大大大じん」となるわけであるが、『好色一代男』の中で、「世之介はじめての遊女狂ひ」

とするのは巻四の六である。そして、その巻四の六の最後で、

世之介はたいこ女郎にさへふられて、「此口惜さ、人に買てもろうて遊べき所にあらず、おれも一度は、中々是では果てじ」とぞおもふ。

と心に決めるのである。つまり、世之介は巻四の六まで、遊里の世界のいわゆる〝粋人〟ではなく、〝野暮〟であったわけで、その屈辱を骨身にこたえて味わったのである。この挫折感は、そのまま巻四の七の冒頭へとつながる。

奥ぶかなる家にて、天秤はり口の響き、さもしくも耳に入て、「今おれに何程もたせたりとも、欲にはせまひ。物の見事につかふて、世界の揚屋に目を覚さして、『こいよ』とよべば、一度に十人計返事をさす事じやに。

という世之介の焦心と願望は、この章の終り部分で遺産相続したことによる「大大大じん」という夢の達成に終局を見るのである。同時に、巻四の六で「中々是では果てじ」とした世之介の決意の程は、巻四の七の「呼いけられ」て蘇生する生命力によって証明されているのである。これらの事は、巻四の六と巻四の七が有機的に構成されていることを示すものであり、長編小説としての主人公、世之介の、形象化における一貫性を認めざるを得ない。

ところが、巻四の七と巻五の一はそうではない。巻五の一「後は様つけて呼」が遊女吉野の形象化に中心が置かれていることは、『好色一代男』後半部が遊妓のそれに中心を置いた典型といえるので詳述を避けるが、その章で世之介は、

けふはわけ知の世之介様なれば、何隠すべし。

と「わけ知」即ち〝粋人〟（全注釈・対訳）として登場している。「卅三歳」で〝野暮〟で、「卅四歳」で〝野暮〟も抜け出、「大大大じん」となり、「卅五歳」で〝粋人〟になってしまうのは、あまりに性急で、無理な形象化ではなかろうか。やはり巻四の七での世之介の転換を認めざるを得ない。広末保氏(12)は、巻五の一からを『好色一代男』の

第二部とされ、

第一部最終章が蘇生即大大大じんへの変身の章であった以上、第二部冒頭の巻五ノ一に、いきなり「わけ知」の世之介が立っていなければならなかった。何にもまして、このことが優先しなければならなかった。

と述べられ、『好色一代男』を空間的長編小説と呼ばれた後、

一種の長篇的持続を必要としなければ、主人公も一貫して世之介である必要はない。たしかに世之介は変身的に出没する。

と見解を示され、「変身即存在」として、世之介が全編の主人公となっていると結論されている。(13)

課題も残るが少なくとも、世之介の転換が『好色一代男』の世界の限界を示すものではない。そこには『好色一代男』の構想において、二部構成を強く企図する西鶴の意志が見出せるのである。

逆に考えれば、巻四の六以前の世界を巻五の一以降の世界は、世之介の〝再生〟を挟んでこそ展開するのであり、そこに巻四の七の存在意義もあるといえるのである。

そのように結論する時、『源氏物語』において、主人公を光源氏→薫へと転換なさしめ、物語世界の変換をも予見したのは、「雲隠」の巻なのである。そのことは、先に述べたように当時の人々の知るところであった。然れば、巻四の七の章題に〝雲がくれ〟という語を入れることは、主人公の転換を意味し、『好色一代男』の二部構成をも示唆することにつながる、必然的なことであったのである。

以上のように『好色一代男』の構成における転換地点(ターニング・ポイント)、巻四の七「火神鳴の雲がくれ」の存在意義を考察したが、今後各章における作品世界の分析から、『好色一代男』の文芸構造の研究を行うものである。

注

（1）水谷不倒氏・藤岡作太郎氏・山口剛氏・島津久基氏等数多くの研究があげられる。
（2）「好色二代男考」『山口剛著作集　第二』（中央公論社）一九七二年刊。
（3）「好色一代男の成立」注（2）に同じ。
（4）『好色一代男全注釈　下巻』（角川書店）一九八一年刊の「総説」による。
（5）「第二章第八節　近世初期俳諧と源氏物語関係書の刊行」『源氏物語受容史論考　正編』（風間書房）一九七一年刊所収。
（6）注（5）に同じ。
（7）「『源氏物語』と『好色一代男』」寺本直彦編『『源氏物語』とその受容』（右文書院）一九八四年刊所収。
（8）『『源氏物語』を江戸から読む』（講談社）一九八五年刊。
（9）注（7）に同じ。
（10）「『源氏物語』と西鶴—『好色一代男』を中心に—」（『文学』五十巻七号　一九八二年刊）〔付記〕による。
（11）野間光辰氏は『西鶴年譜考証』（中央公論社　一九五二年刊）では「法躰の年」を延宝五年とされているが、『刪補西鶴年譜考証』（中央公論社　一九八三刊）では、森川昭氏「延宝四年西鶴歳旦帳」の報告（『文学』四十三巻六号一九七五年刊）をうけ、延宝四年と考察されている。
（12）『好色一代男』〈第二部〉」『西鶴の小説』（平凡社）一九八二年刊。
（13）注（12）に同じ。

〔付記〕近世における「雲隠」の巻の受容を考察するのに際し、浅井了意『雲隠抄』（『源氏雲隠抄』京都大学文学部国語国文学研究室所蔵本）を調査したが、その内容は擬古物語『雲隠六帖』の注解書というべきもので、『好色一代男』と直接の影響関係はないと考える。ただ、京大の六巻九冊本のように、『雲隠六帖』と『雲隠抄』とが、合冊になり、延宝五年以降読まれていたとすれば、「雲隠」の巻は当時流行・注目の書であったと考えられる。

なお、『対訳西鶴全集』に入っていない西鶴関係や西鶴以外のテキストは以下であり、旧字を適宜改訂した。

『独吟一日千句』『古今俳諧師手鑑』は『定本西鶴全集　第十巻』（中央公論社）一九五四年刊。

『源氏物語　湖月抄』（上）・（下）（講談社学術文庫）一九八二年刊。

『河海抄』　『源氏物語古注釈大成第六巻』（角川書店）一九七九年刊。

『花鳥余（餘）情』　『源氏物語古注釈集成第一巻』（角川書店）一九七九年刊。

『源氏物語提要』　『源氏物語古注釈集成第二巻』（角川書店）一九七八年刊。

また、『万水一露』は静嘉堂文庫マイクロにより、『源氏鬢鏡』は天理図書館所蔵本により調査した。

※『全注釈』は前田金五郎氏の『好色一代男全注釈』（角川書店　一九八一年刊）をさす。

第二節　『好色一代男』の世界

――『伊勢物語』からの読みの試み――

一　はじめに

西鶴の『好色一代男』が、『伊勢物語』の影響下に成立したことは、数多くの先学がご指摘されるところであり、歴然とした事実といってよい。しかし、『好色一代男』の世界を分析する上では、それは『伊勢物語』の世界をいかに受容したかという課題となる。そして、さらにそれは作品世界の分析に先立ち存在するものではなく、読者の読む行為と同時に解釈を経て存在する意味世界でなくてはならない。この立場は、W・イーザー氏[1]が、

> 作品は読者による具体化をまって、初めてその生命をもつがゆえに、テクスト以上のものであり、具体化は読者の主観に全く束縛されないことはないが、その主観性はテクストが与える条件を枠として働いている。つまり、テクストと読者とが収斂する場所に、文学作品が位置している。こうした場は、当然のことながら潜在的にしかありえない。それは、テクストそのものにも、読者の主観にも還元しえないためである。これをいい換えれば文学作品は、読書過程においてのみその独自の姿を示す、ということになる。

と述べておられるのに同じくするもので、自らが受容文芸学を志向しているところに起因している。

本論文の試みは、読者を『伊勢物語』の世界を知る読者像と考え、『好色一代男』という作品を読むことにより、作者西鶴のいかなる術中にはまり、それによってどのような期待の地平が惹起せられているかを分析するものである。

二　「俗」を「雅」を知る読者から読む

『好色一代男』と『伊勢物語』の関係について論じられた研究は多いが、その中で注視する論文に古くは福井貞助氏[2]、近くは箕輪吉次氏[3]のご論考がある。福井氏の場合、『伊勢物語』を典拠とした昇段について論究され、特に『好色一代男』巻四の一「因果の関守」に登場する「安倍外記」に注目され、『伊勢物語』諸本と関係深い阿部師安を浮かび上がらせられ、『伊勢物語』と『好色一代男』の関係を論じられた。箕輪氏は、『伊勢物語』の挿絵から、『好色一代男』の挿絵の絵解きを試みられたもので、その面から『伊勢物語』と『好色一代男』との関係を詳述されている。両氏とも『好色一代男』と『伊勢物語』との密接な関係に着目されてのご研究であるが、共通するもともとの着想に、『好色一代男』終章巻八の五「床の責道具」で

……櫓床の下には、地黄丸五十壺、女喜丹弐十箱、りんの玉三百五十、阿蘭陀糸七千すぢ、生海鼠輪六百懸、水牛の姿二千五百、錫の姿三千五百、革の姿八百、枕絵弐百札、伊勢物がたり弐百部、犢鼻褌百筋のべ鼻紙九百丸、……〔傍点は森田。以下同じ〕

とある、世之介が日本で遊び尽した後、女護ケ嶋を目指して船出した際の「好色丸」に積載した「伊勢物がたり弐百部」をあげておられる。なぜ、女護ケ嶋に、世之介をして、二百部もの『伊勢物語』を持参させねばならなかったのか。大きな課題である。これを単に『伊勢物語』を他の強精剤、媚薬、催淫具の類と同種の船荷とした滑稽さと読んでしまっては、事象面からとらえただけの読みに終ってしまう。むしろ、西鶴が『伊勢物語』を『好色一代男』のプリテクストとして宣言しようとしていた証拠に他ならないと読むべきではなかろうか。また、そのように仮定すれば、読者も作者の意図の表象として、『伊勢物語』を用いた読みを『好色一代男』の読みに用いるべきで

あろう。この読みの試みこそが、本稿の基本発想となっているのである。

両氏はまた、巻一の一「けした所が恋のはじまり」で

こゝろと恋に責られ、五十四歳まで、たはぶれし女、三千七百四十二人、少人のもてあそび、七百二十五人、手日記にしる。

とする「三千七百四十二人」が、『伊勢物語』古注釈等で、

凡、業平一期会所女、三千七百三十三人也。（『伊勢物語抄』宮内庁書陵部蔵。いわゆる『冷泉家流伊勢物語抄』）

と記すことを意識した上での数の設定の面白みを指摘されている点でも共通するが、当時の『伊勢物語』享受の文芸史的流れを把握する人々の中に『好色一代男』の読者を求めることは共感する。

このように、本節では『好色一代男』の世界の考察を『伊勢物語』からの読みによって解明することを目的としている。したがって『好色一代男』の全体像ではなく、あくまで当時の読者が『伊勢物語』からの読みによって楽しむ『好色一代男』の読みの世界の解明に焦点を絞りたい。「俗」の『好色一代男』を『伊勢物語』の古注釈等まで読んでいる「雅」の知識層が読む。それは、多角的に総合的に研究を進めることで明らかになる新しい西鶴の作品論なのである。

以上のような立場から、『好色一代男』の読みを具体的に行っていきたい。

三　『伊勢物語』の章段知識からの読み

『伊勢物語』の各段といえば、「初冠」「関守」「芥河」「東下り」等、その段の内容を単独で認識しているような有名な段がある。『好色一代男』においても、この読者の『伊勢物語』知識を利用した章段が多い。

まず、『好色一代男』巻二の三「女はおもはくの外」で、

「其方は十六なれば、初冠して、出来業平と申侍る。ちと似合たるお皃を見む」

とするのは、明らかに『伊勢物語』初段「初冠」を連想させる。更に続く巻二の四「誓紙のうるし判」では、

奈良坂や、……商売の道をしらではと、春日の里に、秤目しるよしして、……

とするが、これは『伊勢物語』「初冠」で、

むかし、男、初冠して、奈良の京春日の里に、しるよしして、狩にいにけり。

とするのに呼応している。又、巻二の五「旅のでき心」では、『伊勢物語』「初冠」での「いとなまめいたる女はらから」に相当する、美人姉妹「わかさ、若松」を登場させている。この美人姉妹は、再び、巻二の七「うら屋も住所」でも、

岡崎の長橋わたりて、すぎし年若狭・わか松と住ける昔しをおもひ出、……

と再び名があげられている。これは『伊勢物語』における「なまめいたる女はらから」が「女はらから」として四十一段に再登場することと連関性があると考えられよう。

このような『好色一代男』巻二の三より始まる一連の『伊勢物語』化は、巻三の四「一夜の枕物ぐるひ」では、『伊勢物語』十二段を連想させている。巻三の四は、大原で世之介が女を盗むもので、里の若者に追いかけられて、

此時のこゝろは、むさし野にかくれし人もやと、事しづまりて、……

と、世之介自身、『伊勢物語』の十二段を想起するというものである。しかし、『伊勢物語』がこの段で、

むかし、男ありけり。人のむすめを盗みて、武蔵野へ率てゆくほどにぬすびとになりければ、……

としている「女を盗む」という行為は、巻三の四では明示されず、巻三の五「集礼は五匁の外」冒頭で、

年籠の夜、大原の里にて盗し女に馴初、……

としているのである。これも巻二の場合と同様、巻三の四、三の五の連関性によって、『伊勢物語』十二段を形成していると読めるのである。

又、巻三の五から巻三の七は、越後、奥羽等への旅となるが、これは『伊勢物語』十四、十五段の、「陸奥の国」巡りと似ている。前掲の福井貞助氏は巻三の七「口舌の事ぶれ」では、世之介が塩釜の明神の巫女と通じたことにより片鬢剃られるが、これは、『無名抄』『東斎随筆』等が伝える『伊勢物語』「芥河」で二条后を盗もうとした業平が、その兄人達にもとどりを切られることに通じているとされている。それを承けて、福井氏は、続く巻四の一における、

……剃落されしあたまを隠し、遠近人にあふも愧（はづか）しく、信濃路に入て、……

も、第九段「東下り」への導入となっている八段で、信濃なるあさまのたけに立つけぶりをちこち人の見やはとがめぬによっているとされ、『伊勢物語』「東下り」と『好色一代男』を関係づけられている。[4] 巻四の一が「東下り」と読める可能性として参考になる見解である。

又、その巻四の一の章題は「因果の関守」である。章題が示すように、『伊勢物語』第五段「関守」の話に通じるもので、牢屋での世之介の恋文のやりとりは、『伊勢物語』の「むかし男」の「忍び」に通じるものがある。

続く巻四の二「形見の水櫛」は、まさしく『伊勢物語』第六段の「芥河」である。世之介は巻四の一の牢屋で知り合った女を、わざわざ背負って逃げるわけであるが、『伊勢物語』の「芥河」の完全な見立てである。『伊勢物語』では、「むかし男」が女を盗み、芥河まで来たところ、鬼の住む所とも知らず倉で休息する。折からの雷雨の中、鬼が現れ女を一口で喰ってしまうが、男には聞えず、夜明けを迎え、女のいなくなったことを知り、涙する。実は女とは二条后で、男が恋慕し、盗み出して背負っていったところが、后の兄や、その長男にとり返されたとい

う話であった、となっている。『好色一代男』でも、世之介が背負って筑摩川まで来たところで休息する。柴積車の上に女を置くが、女の家の兄弟らしい荒くれ男が四、五人現れ、世之介を殴打し、女を奪って行ってしまった、というものである。途中『伊勢物語』で、

　白玉か何ぞと人の問ひし時つゆとこたへて消えなましものを

という歌が詠まれるが、『好色一代男』では、「くず屋の軒につらぬきしは、味噌玉か何ぞ」と、見事に「白玉」を卑俗化しているのが象徴的であるが、他の例とともに、『伊勢物語』の世界を知る読者の読む行為によって、面白みが増幅されるように計算された章段といえる。

　以上のように『伊勢物語』を知った上で『好色一代男』を読めば、読むにつれて、世之介の形象がだんだんと「むかし男」と重なり合っていくことがわかる。その読む行為によって、面白くなる現象こそ読者の期待によるものであり、そういう読者を満足させようとするところに作家西鶴がある。

　そして、そのような読みによって、『好色一代男』の世界は単なる浮世草子の好色物ではなく、貴種流離の好色遍歴譚として、正統な伝統性を帯びた味わい深い作品として受容されていくのである。その上で、『伊勢物語』の「むかし男」も、世之介をして、今業平として甦るのである。

〔付記〕前田金五郎氏は巻一の三「人には見せぬ所」の垣間見の趣向を『伊勢物語』初段に、世之介の忍びを六十九段のパロディとされている（『好色一代男全注釈』角川書店　一九八〇年刊）が、読み手にそこまでの連想が必要とされたか、疑問である。

四　「むかし男」と世之介

『伊勢物語』の「むかし男」の主人公としての存在は面白い。彼を一人の人物（それが業平であるか否かは別として）として読むと、いくつかの矛盾が生じてくる。同様の矛盾は『好色一代男』でも受け継いでいる面がある。まず、『伊勢物語』（三条西家本）百二十五話中、「むかし、男ありけり」「むかし、男」で始まる話は七十一話しかない。『伊勢物語』の主人公は「むかし男」であるという先入主は、読む行為の中で幻となる。

「むかし男」を主人公として黙殺した話は、「むかし、なま心ある女」（十八段）、「むかし、男女」（二十一段）、「むかし、色好みなりける女」（二十八段）、「昔、おんなの」（百十九段）という、男女の仲や女性側だけの恋心を主題とした話から、多賀幾子の法要時の話（七十七・七十八段）、惟喬親王の話（八十二・八十三段）、源融（八十一段）、帝（百十七段）等、『伊勢物語』全体の三分の一にものぼるのである。反面、「在五中将」（六十三段）、「在原なりける男」（六十五段）、「右の馬の頭なりけるおきな」（七十七段）と登場させることで、『伊勢物語』の全体像が、「むかし男」＝業平物語となっていることも事実である。

『好色一代男』においても、世之介の存在感の薄い話が多く、特に巻五以下に存在する。例えば、巻五の一「後は様つけて呼」は吉野太夫中心の話であり、最後が

……ほどなく祝義を取急ぎ、樽・杉折の山をなし、嶋台の粧ひ、相生の松風、吉野は九十九まで。

と終るのを見ても、明らかに吉野太夫物語である。巻六の一「喰ひさして袖の橘」も三笠太夫に主体があり、巻六の二「身は火にくばるとも」も夕霧太夫中心の話である。もっとも、巻五以下が遊女評判記的に、実在の名妓を登場させた章段であることは、説明を必要としない事実である。したがって、世之介が脇役に徹し、名妓の性格づけ

が行われているのも当然である。

又、主人公の一貫性という点では、『好色一代男』終章巻八の五で、「親はなし、子はなし、定る妻女もなし」とするのが問題となる。そこを「(現在) 親はなし、子はなし、定まる妻もない」と読めばそれまでであるが、巻二の二で六角堂に捨てた子(『諸艶大鑑』の世伝)、巻三の七「籾挽」の女の懐妊の件はどうなったのか、巻二の七の「入聟」や巻五の一の妻吉野の件なども、真面目に考えれば、主人公世之介の生涯に矛盾を残す。

しかしながら、『伊勢物語』の場合と違い、世之介はどういう形にせよ、全話に登場し、主人公足り得ている。上方版『好色一代男』が、巻四の七、六の一、八の二、八の三を除く挿絵の殆どに、瞿麦の紋をつけた世之介を登場させていることからも首肯できる。

もっとも、この『好色一代男』の世之介の主人公としての処遇と、『伊勢物語』の「むかし男」との差異は、本来からすれば、モデル違いということになろう。

先学の多くがこれに代わる一貫した主人公のモデルとして、『源氏物語』の光源氏を選ばれた要員のひとつはここにあろうし、西鶴と同時代の俳人であり、西鶴の読者ともいえる「珊瑚」が、

秋の夜の記念也けり俗源氏(『こころ葉』)

と詠んだのも同じ所以であろう。

さりながら、光源氏と世之介を結びつける読みの出発点は、『好色一代男』の五十四章と「年立」に拠っている。世之介七歳より六十歳に至る五十四章が、『源氏物語』五十四帖をイメージするものであることは否めない。ただ、その「年立」という方法は、『源氏物語年立』等が考証する「年立」に倣うものであって、『源氏物語』からの直接の影響ではない。しかしながら、読む側にとって、主人公の出生秘話より、晩年まで歳を重ねるごとに物語が展開していく世界は、『源氏物語』と『好色一代男』の密接な関係を提示していると了解せざるを得ない。もっとも、

その場合でも、『好色一代男』の世之介は、光源氏のような穏当な成長過程をたどらない例がある。例えば『好色一代男』巻一の五「尋ねてきく程ちぎり」の世之介が伏見の遊里で馴染んだ遊女との場合がある。二人の話の成り行きから、彼女に親元の事を無理に尋ねると、元武士の家であると言う。世之介は娘のつらい立場と、親の恥ずかしい立場を知り、娘を請け出し、親元の山科に帰し、見捨てず通い続けるという粋人ぶりを見せる。これが十一歳である。前章巻一の四の冒頭で、

浮世の介點(こざか)しき事、十歳の翁と申べきか。

とその伏線を張ってはいるものの、早熟とはいえ、十一歳の粋人には少々無理がある。(5) 又、巻六の一「喰いさして袖の橘」の世之介と太夫三笠の恋は、世之介の零落が二人を裂く一大要因となっている。周知のごとく世之介は巻四の七で親の遺産をうけ、「大大大じん」となり、巻五以下のどの章でも金銭的苦悩から開放されている。この章の存在は、前後の章からの必然的な展開性もないことから、年立の上からはふさわしくない例である。他に巻七の六「口添て酒軽籠」などは、世之介と吾妻の恋を回想する形をとっており、これも例外のひとつといえようが、回想という時間を問題にすれば、『好色一代男』後半部の太夫のモデル論から検討する時、もっと多くの不適切な部分が指摘できると考える。

右のような点から、当時の読者も『好色一代男』の年立と『源氏物語』の「年立」と同様に考えて、そこに主人公世之介の正確な成長過程を読みとろうとするような姿勢はなかったのではないかと想像できる。その事はあくまで『好色一代男』と『源氏物語』の関係を否定するものではない。むしろ、『好色一代男』の構成において、『源氏物語』を受容したことは積極的に論じるべきという立場である。(6) すべて『好色一代男』を『伊勢物語』から読む場合の矛盾なのである。

ところが、『伊勢物語』は、「年立」が考えられないまでも「むかし男」の一代記となっている。初段「初冠」か

ら始まるものの年齢的展開がなく、終段の臨終の歌で帳尻を合わすだけの一代記は、前半部の展開と巻八の五の女護ケ嶋渡りの点とを結ぶ、世之介一代記と相通じている。その関係を示すものとして、『好色一代男』巻二の三の

「其方は十六なれば、初冠して、出来業平と申侍る。ちと似合たるお顔を見む」

がある。先述のようにここは、『伊勢物語』「初冠」を想起させる箇所である。この場面は、世之介がある夫を持つ身の女のもとへ密通しようと忍んでいき、逆に相手の女に薪雑把で眉間を割られたことを、男伊達仲間に報告する話である。つまり元服を迎えた今業平気取りの世之介が、色恋の道で多いに面目を失うという話なのである。

これこそ、西鶴自身が『伊勢物語』を知る読者に、世之介は業平に及ばない主役ながら、今業平として『好色一代男』の世界に形象されている主人公であることを宣布しようとする、意志の表出ではないかと考えるのである。そうすれば、『好色一代男』を読む時、『伊勢物語』から読む方が順当であり、殊更『源氏物語』の世界にのみ引き寄せなくともよいのではないかと言えるのである。

以上分析してみると、『好色一代男』巻一から巻四の前半部を読む時、『伊勢物語』から読むことが非常に有効であることがわかる。それに対し、『好色一代男』の後半部は『伊勢物語』から読めないのであろうか、『好色一代男』巻七の四は

露に時雨に両袖をぬれの開山、高雄が女郎盛を見んと、紅葉がさねの旅衣、八人肩の大乗物、五人の太鞁持、ばつとしたる出立に、陰陽の神ものりうつり給ひて、世に有程のわけしり男、夜やり日やりに行ば、宇津の山辺にのぼり詰、嶋原への伝手がなとおもふ所に、三条通の亀屋の清六……

とする。これは明らかに『伊勢物語』「東下り」で、友人と共に八橋に至り、「かきつばた」の折句を詠み、宇津の山に至り、修行者に会い、京の恋人への文を託する辺を踏まえての表現である。しかし、それはパロディ化、修辞上の問題にすぎない。『伊勢物語』から後半部を読み直す時、次のような章の読みが問題となる。

巻六の二「身は火にくばるとも」は大坂新町夕霧太夫の話である。新町でも評判の太夫夕霧を熱愛する世之介に、夕霧自身もその心底を見届け、ついに「けふこそしのべ」と内々に使いを出す。世之介は夕霧のもとへ忍ぶが、そこに約束客権七がやって来る。夕霧はあわてず世之介を炬燵の下にやり、機会を作り世之介を逃がすというものである。この時の世之介の心境は、

かしこき御心入忝くて、譬やけ死ぬるとも、爰ぞかし。

という感極まるもので、男冥利に尽きる感慨にふけっている。これとは角度を変えたのが『伊勢物語』二十四段「梓弓」である。男は宮中勤めをすると言って、女と別れを惜しみつつも家を出たまま三年間帰って来なかった。待ちくたびれた女は求婚してきた人と約束を交わすが、その夜、皮肉にも男が帰って来た。女は帰ってきた男に歌で事情を説明すると、男はどこかに行ってしまった。女は思い直し、その後を追ったが追いつけず、清水の所で倒れ伏し、そのまま死んでしまうという話である。『伊勢物語』の場合、『好色一代男』のように男二人と一人の女とが同じ時間、同じ空間に存在したかどうかは読み取れない。しかし、『伊勢物語』のあくまで愛する人を選ぶ態度は、『好色一代男』の夕霧が世之介を選ぶのに似ており、『伊勢物語』から読む時、愛する女の行為より、愛される男の側の喜びに重点を置き、悲劇を喜劇へと、『伊勢物語』を焼き直した『好色一代男』の世界が浮かび上がるのである。

又、巻八の二「情のかけろく」は、江戸吉原の小紫太夫との初会に振られるか否かを賭をした十蔵という男のために、世之介が紹介状を書いてやるという話が展開する。これは世之介が十蔵の小紫との初会での首尾を、楽しもうとする遊心によるものである反面、小紫自身は巻七の四にも出てくる世之介の大事な人で、世之介の行為は、その人を失うことにつながる自虐的なものであった。この話も『伊勢物語』百七段が思い出される。「むかし、あてなる男」が、その男の「もとなりける人」という女に求婚してきた男（藤原敏行）に、自らがその女に代わって

（幼かったからであるが）、恋文をしたためるというものである。この場合も「あてなる男」と「もとなりける人」との関係が、恋人同志か、主人と使用人か、血縁関係か読み切れないが、男が第三者の男と自らの知り合いの女性との仲立をするという点では共通している。やはり『伊勢物語』から読むと浮かび上がってくる男女の恋物語ではなかろうか。

五　『好色一代男』にみる〝都〟

右のような読みは、他にも見出せようが、各話ごとの読みではなく、全体的な作品世界の情緒性という面ではどうであろうか。西鶴は巻六の六「匂ひはかづけ物」の冒頭で、

京の女郎に江戸の張をもたせ、大坂の揚屋であはば、此上何か有べし。

と言っている。これは西鶴の率直な三都の遊廓論であろうが、「京の女郎」という「京＝（嶋原）」が起点となっていることに注目できる。元来、世之介の母は嶋原の遊女であるから、嶋原への思い入れが強いことは当然であるが、女護ケ嶋へ旅立つ世之介の決意も

「これぞ二度都へ帰るべくもしれがたし。いざ途首の酒よ」

という〝都〟が起点なのである。もっとも、『好色一代男』において、「京（都）＝嶋原」という図式は必ずしもではない。何しろ、世之介は巻四の六「目に三月」で初めて嶋原での遊女狂いを体験するわけで、巻四の七を含む前半部で「京」を舞台とする、巻一の一、二、三、四、五及び、一の七、二の三、四の六の各々の話は、「京」又はその周辺で、嶋原の廓遊びではない。「京＝嶋原」となるのは、巻五以下が中心で、その数も二十六話中、八話を数えている。

ところで『好色一代男』の「都」は必ずしも「嶋原」でないとしたが、「都＝京」でもない。それは巻八の四「都のすがた人形」で章題どおり、長崎の丸山の遊女たちに「都の女郎がたの風情が見たひ」とせがまれた世之介が、

長櫃十二さほ運ばせ、此中より太夫の衣装人形、京で十七人、江戸で八人、大坂で十九人、彼舞台に名書てならべける。

と教える辺り、都は「京＝(嶋原)」以外にも「江戸＝(吉原)」「大坂＝(新町)」を含めた、三都を指していることがわかる。

しかしながら、巻七の二「末社らく遊び」で

「太夫なぐさみに、金を拾はせて御目に懸る」と、服紗をあけて、一歩山をうつして有しを、小坊主に申付て、雨のごとく表に蒔共、誰取あぐる者もなく、只末社の芸尽しを見て居るこそ、石流都の人ごゝろ也。

という使用例のように強く「京」を意識しているものもあること（他にも用例は多い）から、『好色一代男』における〝都〟は「京」又は三都までも指した混然たる使用と言わざるを得ない。

又、巻七の七「新町の夕暮嶋原の曙」で

其日は扇屋(新町)に有しが、にくからぬ首尾ながら、与風(ふと)都こひしくおもふこそ二道也。

とするように〝都〟同士が対立項であることもある。まさしく混然とした〝都〟なのである。

その西鶴の〝都〟志向は強く、巻五以下二十六話中に三都の遊廓の話は十九話もある。

それは中心概念に巻五の七「今爰へ尻が出物」で

見ぬ所もあれど、遠国の傾城の曾而(かつて)おかしからぬにこりはてゝ、……

とする地方嫌いがあるからである。これは『伊勢物語』の十四、十五段の陸奥巡りで、恋歌を消極的に評価したり、

七、九段で都を慕う心に通じている。そう考えれば、その『好色一代男』の都鄙観は、この『伊勢物語』の世界の都鄙の対比の情調を連想させる意図によるものといえる。なぜなら、そのような狭量な都鄙観なるものが、広い浮世認識者西鶴の思想から発せられたものとは思えないからである。

以上のように『伊勢物語』の都鄙の問題意識から『好色一代男』を読み直すと、巻四の七で遺産相続をして「大大大じん」になるまでの前半の世界の放浪時において、

……見るに都なつかしくおもふうちに、亭主膳をすえける（巻三の五）

というような〝都〟への志向性が窺えるわけで、巻二の七で

「配所の月、久離きらずして、二人みる物かは」と、うつくしき女の書つるも、此身になりてそれはそうよと思はるゝ。

とする嘆きも『伊勢物語』の「東下り」に潜む、伝統の〝都〟志向性である。又、巻五以下の後半の世界は、それを一歩西鶴流に解釈し直した〝都〟志向性で、それは〝都＝遊廓〟への志向性である。その場合の〝都〟は〝三都〟であり、嶋原であったが、巻八の一「らく寝の車」で

遠かりし竜宮浄土を望、気立のしれぬ乙姫にあふよりは、しれた丸屋(嶋原)の口鼻(かゝ)がましと、……

とするのが総てを集約した発言である。これこそ終章の女護ケ嶋渡りを合理的に現実面から否定する興味深い発言なのである。その意義は、嶋原を好色の理想郷と宣言するものであり、『好色一代男』の世界が〝都〟を理想化しようとする意識の顕現なのである。それが後半部特に顕著になり、その世界を形成しているように読めるのである。

以上のような自由な試みこそ、『好色一代男』の世界の楽しみ方ではなかったかと結論するものである。

注

（1）「作用美学理論のための予備考察」『行為としての読書―美的作用の理論』轡田収訳（岩波現代選書）一九八二年刊所収。

（2）「好色一代男における伊勢物語の影響」『西鶴研究』第七集　一九五四年年刊所収。

（3）「『好色一代男』挿絵考―伊勢物語の享受―」『学苑』五三六号　一九八四年八月刊所収。

（4）注(2)に同じ。

（5）遊女の素性を尋ね親元に届けるという粋人ぶりは巻五の三（三十七歳）でも行われている大人の行為である。

（6）拙稿「『好色一代男』の構成―巻四の七〝雲がくれ〟をめぐって―」『日本文芸研究』四十二巻四号　一九九一年刊所収。本書所収。

なお、西鶴以外のテキストは以下で旧字は適宜改訂した。

『伊勢物語』『竹取物語・伊勢物語・大和物語・平中物語』日本古典文学全集（小学館）一九七二年刊。

第三節　『男色大鑑』における創作視点
——先行仮名草子との関係より——

一　はじめに

西鶴作『男色大鑑』（八巻八冊　貞享四（一六八七）年刊）は、〝男色〟という題目から、好色物に分類されている。それは、その序で「総て若道の有難き門に入事おそし」として、男色道の正当性を説くと共に、巻一の一で、

菟角（とかく）は男世帯にして、住所を武蔵の江府に極めて、浅草のかた陰にかり地をして、世の愁喜、人の治乱をもかまはず不断は門をとぢて、朝飯前に『若道根元記』の口談、見聞覚知の四つの二の年まで、諸国をたづね、一切衆道のありがたき事、残らず書集め、男女のわかちを沙汰する。

と自らを視点人物として、衆道話を構成した作品であると明示したことからも当然であり、西鶴作品史においても『諸艶大鑑』（八巻八冊　貞享元（一六八四）年刊）に対置したものと考えられるからである。

反面、後に版木を同じくして『古今武士気質』（五巻五冊　宝暦七（一七五七）年刊）という解題作が出版されているように、その内容が西鶴作品史の武家物的要素を帯びていることも否めない。

又、この『男色大鑑』は、前半四巻は主に武家の若衆であり、後半四巻は主に歌舞伎若衆で、対象素材を異にしている。これは副題「若衆物語」からすれば、統一されたものであるが、あまりの前・後半の世界の相違から、編纂にあたっての諸説も生まれている。(1)

西鶴作品の中で八巻八冊、四十話は大作に位置するが、西鶴は『男色大鑑』をどのような視点から創作したのか、それは右に述べた判然としない課題を知る上で、重要な意義を有する。

そこで、本論攷では西鶴が『男色大鑑』の世界を形成する上で、先行仮名草子の世界をどう取り入れ、形象化したかを検索することで、『男色大鑑』における創作視点を考察するものである。

二　『心友記』・『よだれかけ』との関係

『男色大鑑』は『心友記』（上下二冊　寛永二〇（一六四三）年刊）及び、『よだれかけ』（六巻四冊　寛文五（一六六五）年刊。洛陽隠士江流序。楳条軒作。）の世界と関係深いと考える。『心友記』は改題再版本に『衆道物語』があるように、衆道における「心友」を説いている。又、『よだれかけ』は巻一から巻四までは浄瑠璃・お茶・酒・万歳・傀儡師など諸事にわたるものを対象としているが、巻五・六は別名『男色二倫書』と呼ばれた衆道を対象としたものである。この『よだれかけ』と西鶴作品では、『日本永代蔵』と『好色一代男』に影響を及ぼしていると考えられる箇所がある。

以下森田作成の表（A）（B）（C）（D）を用いて論じるが、表では二作品の表現箇所の影響関係がはっきりと認められるものに、同一の数字番号を用いた。ダッシュは類似しているものである。

表（A）『よだれかけ』と『日本永代蔵』・『好色一代男』

『よだれかけ』	『日本永代蔵』
(1) 蘇摩訶童子経にも茶には十徳あり（巻一・巻二※に十徳の説明あり）	(1) 茶の十徳も一度に皆（巻四の四副題）
(2) 四百四病のやまひより、貧ほどつらき物あらじ（巻二）	(2) 四百四病は、世に名医ありて、験気をえたる事かならずなり。人は智恵・才覚にもよらず、貧病のくるしみ、是をなをせる療治のありや。（巻三の一）
	『好色一代男』
(3) 李節椎をたどりて風水洞にいたり、騎馬少年清且婉なりといひしは、蘇子瞻にこそ侍れ。（巻五）	(3) 東坡をじせつすいが風吹土にてさき立て待しが、それ程にこそは我も又。（巻一の四）

しかし、(2)の用例は『毛吹草』『可笑記』にも見られ、むしろ『可笑記』の影響と見るのが妥当で、[2] (3)の用例も、西鶴作品に散見する『俳諧初学抄』からの影響と見ることができることから、殊更『よだれかけ』によるものではないかもしれない。ただ(1)の場合は、西鶴が受容した可能性は考えられる。[3] 又、『男色大鑑』にいたっては、以下の用例が見出せる。

表（B）『よだれかけ』と『男色大鑑』

『よだれかけ』	『男色大鑑』
(1)　衛の霊公は弥子瑕にまどひて、……漢の高祖のたけくいさめるも、籍孺にあひては……（巻五）	(1)′　衛の霊公は弥子瑕に命をまかせ、高祖は籍孺に心をつくし、……（巻一の一）
(2)　本朝に此道（衆道）のさかんになり侍るは、伝教弘法の二大師渡唐のとき、天親菩薩にならひ来りて、帰朝の後よりの事なりと理尽抄には書り。（巻五）	(2)′　此道（衆道）のあさからぬ所を、あまねく弘法大師のひろめたまはぬは、人種を惜みて、末世の衆道を見通したまへり。（巻一の一）
(3)　また男色あるものには三宝の加護ありといふ事を、大悲華経にも説せ給ふといへば、非道と名づけしは、いとふつゝかなる詞にぞあめる。……支那には狎甎とぞいひし。（巻五）	(3)　此道（衆道）私ならず、三国のもてあそび、天竺にては非道といふもおかし。震旦にては押甎とたはぶれ、……（巻八の五）

というものである。(1)の例は、後述する『心友記』の場合と重なるものながら、(2)(3)の結果[4]を踏まえると、『よだれかけ』が『男色大鑑』に受容された可能性は残されている。

ところで、『よだれかけ』自体が、江流の序に

此三の巻（よだれかけ）の心ざしも、みな故人のいひ置し詞のながれをうけて書たるやうにおぼゆれば……

とあるように、先行作品の影響色の濃いものである。とりわけ、『心友記』との関係は、野間光辰氏が既に指摘する[5]ところであるので、項目としては扱うが、以下が同一素材である。

Ⅰ奥州の忠重卿の子息重光が家臣の景正と念友となり、それを知った忠重が景正を刑死とする。重光はこの父の処置に対し、悲しみ、十七歳の身で出家してしまったという事件。

II「看々流年暫不ㇾ停（留）　更世々無ㇾ保二長生一（誰能世上）
美人必不ㇾ免二衰老一（未ミ）　容色新時可ㇾ有ㇾ情」（須）

という詩の引用。

III衆道の道は十二歳から三年の間を過去とし、主童道（主童）とする。十五歳から三年の間を現在とし、殊道とする。十八歳から三年の間を未来とし、終道（主道）とする。※II III共に（　）内は『よだれかけ』の場合

文章として抜き出せば、相当量になるものであるが、このことは、『よだれかけ』が『心友記』の世界の受容を積極的に行った結果といえる。ここで、その『心友記』と『男色大鑑』との直接的関係[6]について見ると、

表（C）『心友記』と『男色大鑑』

『心友記』	『男色大鑑』
(1) 形容は陽桃の春を悵める靚粧垂柳の風を含める躰、毛嬙・西子も面を恥るほどなれば、……（巻上）	(1)′ 陽桃の春をいためるよそほひ、垂柳の風をふくめるにひとし。毛嬙・西施も恥ぬべし。（巻一の一）
(2) 昔も、大唐の鄭の荘公は子都を愛、……魏の哀王は竜陽君を愛、大帝は鄧通を愛、……（巻上）	(2)′ 大唐の鄭の荘公は……子都を愛し給ひて、……魏の哀王は、竜陽君を念友に定まりて後、……（巻一の二） (2)′ ましてや我恋人は、もころしの鄧通、本朝の義治にもおとるまじければ、……（巻三の一）
(3) 大唐に幽信といひて、大唐四百余州に隠れなき美少年あり。……されども此人、慈悲・情の道を嘗て知らざるなり。…また宗玢といふ者、楊州の守護なりしか、……一詩作りけるに無情少年非耶ㇾ是……（巻上）	(3)′ 大唐の幽信が楊州にて、『無情少年』と、宗玢に作られしも、強顔（つれなき）心からなり（巻一の三）

などがあがる。西鶴がこれらの用例を『心友記』からひいた目的は、古人・風流人の名前や事例をあげることによって、男色の世界そのものを肯定し、権威づけようとするもので、〝男色〟という非合理性を持つ主題そのものの

正当性を求めたのではないかと考える。その場合、表（C）(1)の用例は表（B）(1)でもあげたものであるが、より『心友記』を原拠と見なせそうである。一例だけでは判然としないものの、西鶴は『よだれかけ』からの受容より、むしろ『心友記』に価値性を見出していたのではあるまいかと思う。先述した『心友記』と『よだれかけ』の共通項目のⅠにある重光出家の話であるが、西鶴の『武道伝来記』巻五の二「吟味は奥嶋の袴」の発想契機としての可能性があるように思う。話は以下である。――若殿が美しい若衆糸鹿梅之助を一目御覧になって、召し出そうとするが、梅之助には自分より身分の低い村芝与十郎という兄分があった。そこで若殿は、与十郎を召し抱え、「何ぞ無調法を仕出させ、夫を次手に成敗すべし」と機会を狙い、与十郎の袴を盗んで事件を捏造し、「しばり首」とし、直ちに梅之助を呼び寄せるが、梅之助は事を讒言した十倉新六を兄分の敵として討ち取り、自らも切腹し、相果てる。――この話で、若殿は与十郎の不始末を待って、梅之助と引き離そうとするのであるが、『心友記』でも、父忠重が子重光の念者で身分の「賤しき」景正を、「罪科に企む」ことにより、引き離そうとしているのである。しかし、『よだれかけ』の方は、二人の念友関係を知った忠重卿が「事さらに腹だちのゝしり、景正をむくつけき刃の下になんうしなひ給ふてける」。というもので、計画性もなく、その場の感情で成敗したものとされている。右の結果から、西鶴が『よだれかけ』でなく、『心友記』を元に『武道伝来記』のこの話を構成したと仮説すれば、この点からも、西鶴の『心友記』重視の姿勢が窺われることになる。もっとも、先述したように、西鶴が『よだれかけ』を受容している可能性も高い。同素材と知りつつ、『よだれかけ』より『心友記』からの引用をするというのは、単なる権威主義だけではあるまい。そこには、より『心友記』に感銘を受けた西鶴があり、彼の創作視点につながるものが存在すると考える。

それを臆断すれば、『心友記』に多出する「情」であろう。特に巻下においては、「情」を前面に押し出して、「慈悲」「義理」「道」などと儒仏思想的教訓に結びつけているのに気づく。このことは『男色大鑑』にいたっても、

「情少人」「情」「情しらず」「情の道」「情と義理と」など多出しており、西鶴の創作視点の一端が垣間見られるところである。それでは、それは『心友記』のみの影響によるものであろうか。次にあげた〝男色〟を扱い題目に興味ひかれる『催情記』との関係より更に考察したい。

三　『催情記（さいせいき）』(7)との関係

いちおうは若衆に情あるべきことを説いているが大要は具体的な身だしなみについての教訓である。(8)『催情記』（大本一冊　明暦三（一六五七）年頃刊）は、暉峻康隆氏が、精神面を説く『心友記』に比べて、と評価されるように、男色における秘伝書のような色彩が濃い。実際、衆道における身だしなみの技術秘密的なものが多く占めているが、次のような精神的側面も見逃せない。

（表題）

一、人のほるる次第付目もと見つくる次第
一、はじめて状を請同心なき次第
一、一度はなしいやと思ふ次第
一、知音御きりあるべき状態
一、御心持かんようの事

これらで語られている若衆の精神面と身だしなみとして語られている肉体面との理想的在り方は、当時の衆道における至高の境地であったといって過言であるまい。それを提示することを意識したのが、この『催情記』だったのである。

しかし、『男色大鑑』との関係になると、直截できる箇所は指摘し難い。又、他の西鶴作品とも同様である。ただ『催情記』の序が、

ときひ（時日）をうつ（移）さむもあさまし。春のはな（花）のさき（咲）あへぬ。いつしかかゞみ（鏡）のなみにおどろ（驚）く。まことやきのふ（昨日）ハけふ（今日）のむかし（昔）。けふ（今日）あるとてもあす（明日）のことをたれ（誰）人かしら（知）んや。たゞ人ハかぜ（風）のまへ（前）のともしび（灯）。あさがほ（朝顔）のつゆ（露）におな（同）じ。つゐにハおひ（老）の白頭となる。……としたければ、むかし（昔）こひ（恋）しくなるものなり。

として、対象が若衆である故に、月日の流れの中で忽ち失われていく、若道の絶美に対する哀感を吐露するのは、男色讃美の中で最も現実的な欠落部分を指摘したといえる。『男色大鑑』においても、この点は目に見えない課題である。換言すれば〝男色〟という主題（テーマ）に課せられた制約といえるかもしれない。西鶴が『世間胸算用』を〝大晦日〟という時間設定のもとに集約したことは周知の通りであるが、この『男色大鑑』においても

「年々花は替らず、歳々人同じ姿にあらず」といへり。殊更若道の盛り、脇塞げば雨ふり、角入れば風立、元服すれば落花よりは強顔。是を思ふ時は、情といふ事、夢にたとへて見る間もなし。（巻一の四）

とあるように、「若道の盛り」という特殊な時期を設定し、誠に短いその「花」の時に集約したと考えられる。実際、各話の多くは、その時間設定の制約の中で事件の解決（二人の関係への精算が死、あるいは永遠の契りとなるにしても）を行っているのである。その均衡が崩れると、『武道伝来記』巻八の二「惜や前髪箱根山颪」のように、念者不承知の弟分の元服に対し、双方の死をもって贖（あがな）わなければならないような結末になるのである。『男色大鑑』では、そのような悲劇より、『催情記』の序に近い問題を作品中に提示する。それは巻四の四「詠めつゞけし老木の花の比」で、若年、衆道の仲であった老人二人が、ある日、

独りの親仁身の汗を流しけるを、友とせし年寄、後姿を見て、「かくもなる物か」と、背骨のふしくれ立しを撫おろし、腰よりしたの皺を悲しみ、泪にしづみ、「『高歌一曲掩二明鏡一昨日少年今日白頭』と作りしも、此

身のかはるに思ひくらべて悲し。過にしや、さんさぶしをうたはせて調謔(たはぶれ)し事も」と、手に手を取かはし、湯の水になるまでなげくを……

と「なげ」いている様子が描かれている。これは、衆道に生きた者の末路を改めて認識させるもので、「是恋道(れんどう)児(しよう)人(じん)を好(すけ)る鑑ならん」（巻四の四）というような衆道の精神的手本ではあっても、肉体的には反面の手本となっている。話は二人の「女嫌い」の一貫性が中心であるが、『男色大鑑』の時間設定から逸脱したもので、ここに全話を通じて、ただ一つ、このような話を入れることは、西鶴の意図的配慮のように思える。巻四の四はこの話であるが、続く巻四の五「色噪ぎは遊び寺の迷惑」では、前半に、衆道仲間二人が若衆仲間と留守寺で遊んでいて、誤って弟分を切ってしまった話を配し、後半では、その後を追って死のうとする兄分に婚約者が現れ、殺された弟分の親の願いにより二人を引き取り結婚させ、その家を継がせるという、いわば祝言型式に仕立てている。これを『男色大鑑』成立上の問題(9)と考え併せれば、巻四の五は男色→女色へと主題を変移させて前半部を終ったことになり、同時に巻四の四は〝男色〟の実質上の最終話である。それが衆道における〝老〟を主題としたことは、西鶴の創作視点そのものにかかわってくる。この老醜は男色の限界性を示すもので、『催情記』の序で先に確認されたものと一致するのである。『催情記』はこの〝老〟から「いにしへをわすれ(忘)かね（序）」書かれたものであるが、この境涯を実質上の衆道の最終章に入れたのは、やはり『催情記』と同質の西鶴の創作視点によるのではあるまいか。ただし、それはあくまで〝老〟を重要視するところから、作家レベルとして同位地にあるのであって、西鶴が『男色大鑑』で積極的に『催情記』を受容したとは言い難い。例えば、〝情〟という語は「情知らず」や「情の道」として多く用いられているが、西鶴の場合の〝情〟は恋愛心理・心情指すというよりは、巻四の三「待兼しは三年目の命」の「武士は情と義理とをやめぬ事」（副題）・「情あまり義理ふかく」の場合のように「情」と「義理」とを並置して、念契などに認める精神的契合の一種として、その意味を使用しているように思う。あるいは極論すれば、衆道そのものの世界を〃情〃という語で象徴したものではないかと考える。加えるに、『男色大鑑』における衆道の念友関係は、単なる事件発生の契機として用いられているようであり、『催情記』もしくは『心友記』で主眼を置いた〃情〃の心理的描写に固執したとは言い難い。

しかし、『催情記』と同類の視点は『男色大鑑』に他にも存在する。『催情記』にある

・いやしき二なさけ（情）へたつるものならはしつかふせや（伏屋）に月や上らし（寛永版には所収されず）

・なさけ（情）にはいやしき袖ハなきものをもらさてやとれ秋の夜の月　※〔傍点森田〕以下同じ。

という視点は、『男色大鑑』巻三の五で自分を慕って追尾しているうちに零落した者に、「情ふか」く想いを遂げてやる奥川主馬、巻五の三で「心掛しすゐずゐの者には、人しれぬ情ふかく」という心を持つ玉川千之丞が、零落した昔のなじみの人に情を尽す姿、巻六の二で「若道のさかり」である野郎若衆の小桜千之助が、「むかしはいやしから」ぬ男の恋心を叶えてやる心意気、という三人の形象化に生かされている。これらは、〃いやしき〃身ゆえに〃情〃の隔てなどしない、世間的金銭的欲得を離れたもので、二、で述べた『心友記』『よだれかけ』に登場する奥州の忠重卿の場合と好対照をなしている。その際あげた『武道伝来記』巻五の二で、

　およそ此一道におひては、高き賤しき隔なく……

と遺書にしたためてあるのを話の最後に置くのも西鶴が同様の創作視点を有していたことを明らかにする。もっともこの事は『心友記』巻上でもとり上げられている。

・さてまた、情なきもあり。また貴卑を隔つるもあり。是、可レ謂レ仁や、「君子は不レ隔二貴卑一」とこそ聞つるに、さればかやうの人は、滅後まで善き事なし。

・とかく貴賤によらず、思ひ寄りたる人あらば、情の理非を極め、非なきやうに情をかけ給ふ心の嗜みこそ、然るべからん哉。

〝いやしき〟〝貴卑〟を強調してはいるものの、その趣旨は同種であり、ゆえに『催情記』のみによって形成されたとは言い難いが、西鶴の創作視点を知る上には非常に重要なものである。それは『男色大鑑』では、その発想契機が『催情記』『心友記』どちらによるにしても、いずれもが問題化していない〝零落〟ということを介在させているからである。つまり、西鶴が後天的身分の〝零落〟を中心にすることは、彼の町人物、例えば『日本永代蔵』で「すでに西鶴の眼は、愛すべき〝貧者〟に向けられている(10)」とするのと、同質の創作視点といえるのである。

ところで、衆道における貧賤の問題は、『催情記』に近い時期の、やはり衆道における若衆の心得を書いた『犬つれつれ』（二巻　承応二（一六五三）年奥書板）が、

なにの書とかや、いひたりし本に、此ミち、ひんせんをバ、きらハず、まづしきをもつて、ふうりう（風流）とす、といへとも、きれ、かミこなどのした（下）に、わかき人を、ねさせんも、心うし、されは、ひんハ、しよだうのさまたげとなれば、まつしくは、此ミちを、もてあそぶべからす、と、かきたりし、いとおかし。（巻上）

と現実的に嘲笑うのであるが、これと比較する時、西鶴の創作視点が、衆道を理想的な精神美として形象化しようとする姿勢が認められるのである。その精神美の形象化は、もう一つの『催情記』の受容から窺える。それは、『催情記』の「御心持かんようの事」で、

・……しな（品）くだりかほ（顔）なる人なりともこのこゝろ（心）もちたがハざらん人にこそ、人のおもひ入あるへく候。もつとも見めかたちより御こゝろ（心）御なさけ（情）にこそ人ハまよへ。
　すかたこそ山のかせきに（似）たりともこゝろ（心）ハ
はな（花）になさハなりなむ
　見めよき人の心のよきハおにゝかなこいぼうにて候。

とある箇所である。『男色大鑑』巻八の二で、

「鼻は人の面の山なり」と、古詞に申伝へし。男女にかぎらず高下あつて、思ふまゝならぬは人の皃つきぞかし。

と人の顔つきについて触れてはいるが、作品中全話の主人公達は、理想的な美形で、醜男は一人として登場しない。これも理想化された世界を形象化するための条件として、西鶴が希求したためであろう。ただ『催情記』の「見めかたち」より精神性そのものを重要視しようとする姿勢を西鶴は『懐硯』巻一の五に利用している。話は以下である。――戸﨑専九郎と念友関係となった、美少年大谷左馬之丞が疱瘡となり、疱瘡のために「鏡にむかへばしらぬ不若衆かとおもはれ、此皃してふたゝび専九郎に逢事のはづかしく」なり、自分に似た美少年を専九郎のもとへ送るが、専九郎はその「心ざし」に「恋まさりて」

みづからも皃に疵をつけ、態身(わざ)を無器量に持さげ、……

という『春琴抄』のような献身的愛を見せる。――この話の二人の場合、「美少年」という理想的美の最大要素が失われたことによって、よりそれを止揚する精神美を形成しているのである。これは西鶴が『催情記』を元としたというより、『催情記』を超えた理想的恋愛世界を構築したといえる。

以上の点から、『男色大鑑』は『催情記』より直接的に受容したとは断言し難いものの、同一あるいはその世界を踏み越えた精神美を形成しているのであり、それは他作品より観るように西鶴の彫琢された創作視点によっているといえよう。

それでは、西鶴はその精神美というものを〝男色〟に見出したからこそ『男色大鑑』を書いたのであろうか。それに関して、右に述べた『懐硯』巻一の五について考えたい。この話が、〝男色〟ゆえの精神美の形象化であれば、衆道を前提条件としていて当然である。ところが、『武家義理物語』巻二の二に同様の話がある。――明智十兵衛（光秀）の許婦が疱瘡にかかり、疱痕で「皃いやしげ」になったため、両親は姉と同様に美形の妹を彼のもとにやるが、十兵衛はかねてよりの約束を守って姉と夫婦になることを望み、姉も「男の情をわすれもやらず」良妻となる――という話である。この場合、〝女色〟でありながら男の〝情〟の深さを主題としており、〝男色〟〝女色〟はこの二話からは同等に扱われていることになる。その〝男色〟〝女色〟の二道の問題について、『男色大鑑』における西鶴の創作視点として以下で考察したい。

四　『田夫物語』・『色物語』との関係

『男色大鑑』巻一の一「色はふたつの物あらそひ」は、その題のとおり、男色と女色の優劣が争われ、男色の優位を獲得するものである。この趣向が「物合わせ」といわれ、これが先行仮名草子『田夫物語』〔大本一冊　寛永中頃刊〕に用いられたものであり、その影響であろうことは、既に指摘されるところである。(11)

又、この対物語という方法は、先行仮名草子『色物語』〔大本一冊　万治寛文頃刊〕にも用いられており、西鶴がこの二書のいずれか、あるいは二書共読んでいた可能性の端緒といえよう。

『田夫物語』の展開は、まず田夫方（女色党）が、

さ(定)た(゛)めてめんめん(面々)もきき(聞き)つらむ。われ(我)か(゛)とも(友)とするもの、たれかれ(誰彼)。このほと(゛)は。若衆狂ひといふことしいた(゛)し。くるれバ、てあし(手足)をみか(゛)き、み(身)をたしなみ……

と「若衆狂ひ」の輩の尋常でない、恋狂いの様子を述べた後、続いて、

……あふせをいのり(祈)、あらぬなかだち(仲立)をたのみ(頼)、あふ(逢)にしの(忍)バれバいのち(命)もをしから(惜)ぬよし(由)をいひ、むね(胸)のおもひ(思)をふし(富士)のたかね(高嶺)によせ、……

という衆道に打ち込む者のそこはかとない心理状態を延々と説明する。そこに華奢方（男色党）が駆けつけ、一触

即発の状態となるが、そこで作者が「右左におしわけ」問答による決着を促し、男色と女色の優劣を競う問答が始まるのである。

『色物語』の方も、「若衆ぐるひ」の者達を批難し、和漢の故事よりその否なるを語る者に対し、「若衆ずきする人」が衆道の素晴らしさと女色の否なるを語り、そこに「物にこゝろへたる老人」が男色・女色の難点を述べるという結構をとっている。

どちらの作品でも、和漢の故事・人物を中心に事例もひき、男女二道の恋愛論・正当性を説くことに相違なく、『田夫物語』が問答形式によって相手の短所を指摘するのに比べて、『色物語』の方は第三者が二道の短所を指摘する所に差異が認められるだけ、二作品の創作意識はほぼ同質である。用語・用例からすれば、『田夫物語』の作者は為政論・人物史に二色を結びつけ、『色物語』の方は「天道」「天命」という近世初頭の仮名草子に散見する語(12)を用いて、儒教的に二色を処理している傾向がある。さりながら、二書の創作視点は近く、特に以下の類似性に気づく。

表(D)『田夫物語』と『色物語』

『田夫物語』	『色物語』
(1)……いまどき（今時）ハわかしゆかぶき（若衆歌舞伎）といふことをしいだし……あまたのきんぎん（金銀）をついやし（費）、ざいほう（財宝）をうしのふ（失）ことさた（゛）めて御ぞんし（゛）なるべし……	(1)′若衆ぐるひといふ、くせものこそ、……大きに、そこなひ、ついへある事を、きゝたまへ
(2)よの人わかしゆ（若衆）をすきて、みなみなこ（子）なくハ（゛）せけん（世間）もやか（゛）てうせ（失）はて、し（゛）ゆしやく（儒釈）のみち（道）あつくもなに（何）のゑき（益）のあらん。もしまたわかしゆ（若衆）こ（子）をうむ（産）といふことあらハ（゛）さもあるなん……	(2)′若衆を何ほど不便をくわへ、てうあいしたるとて、かれ又、そのめぐミと、かんじ、恩にむくふと、いふ事なく……家をたもつ、と、いふにハあらず……

(3)・しそん（子孫）あることをこうし（孔子）きらひたまはず。大めう（名）のいへ〴〵（家々）にふだい（譜代）のいへ（家）をまもる人たち（達）あるなり、しかるに、わかしゆ（若衆）をてうあい（寵愛）して、しゆつたう（出頭）させ、ふだい（譜代）のかろう（家老）しゆ（衆）をかならず（必）ないがしろにするにより、かろう（家老）ハいへ（家）につたはるものなれバまけじとするに、またわかしゆ（若衆）はわがいせい（威勢）にておしつけんとするによつて、……

(3)′・子孫なきハ、おほいなる不孝とかや、普代相伝の臣下をハ、おしのけ、若衆のなかだち、きもいり人、出頭、日のでとなり、……奉公もなき、知行をかさね出頭人とあふがれて、したりがほに、もてなし、いつしか代々の家老をも下目にミなしおごり、長上の人となれば、家老の心にハ、かぎりなく、にくミいやしむれども……

この場合の(1)は若衆狂いがいかに経済的破綻をきたすかを説くもので、極めて現実的な弊害である。しかるに『男色大鑑』にはこの問題が扱われていない。『日本永代蔵』で分限が分散する要因を冷静に見つめた西鶴であるから、その面を知らぬ筈がない。(2)の場合は子孫繁栄のない衆道の親不孝（『田夫物語』でも引用文の後に親不孝であることを相当量説いている）を指摘するもので、親不孝を主題としては『本朝二十不孝』がある。(3)の場合、若衆が出頭人となった時の譜代家老との悶着を愁うもので、『武道伝来記』の巻四の三や巻八の三では出頭人・出来出頭であることが話の鍵となっている。これらは西鶴が他作品では問題化しながら、『男色大鑑』ではあえて触れていない部分である。『男色大鑑』では〝男色〟礼讃を企図している。そのためには〝男色〟の消極的価値側面には言及できないのである。『田夫物語』『色物語』で説く衆道の積極的価値が『男色大鑑』に受容されているのはいうまでもない。西鶴が巻一の一でその二書と同様の方法を用いたのも衆道絶対論を説くためであった。だが、いくら衆道を正当化しても、二書共用いているように〝ひどう（非道）〟なのである。それを正当化するには西鶴自身迷いがあったはずである。当時の衆道は、武家の臨戦態勢や出家の男子社会という非日常的性格からも、様式化し〝道〟となった世界をも離れ、既に日常の遊びの域に定着してしまっていたのである。

……だいめう（大名）こうけ（高家）とそのほうとは、てんち（天）かくへつなり。其のほう（方）のわかしゆくりひ（若衆狂）ハ、をろか（愚）なり。われらがめ（目）にハ、わらむべくるひ（童狂）、わつはくるひとこそそんじさうらへ。（『田夫物語』）

と批難される若衆狂いの様子は、衆道が形骸化し遊びとなっていることを示すもので、その時点で「傾城狂い」と同水準となって、右の二書の男女二色の論争となるのである。そうなると、その優劣を論じることは、精神性の問題でなく、単なる個人の嗜好の問題となってしまうのである。そのように考える時、巻一の一で〝男色〟の優越性を主張するのは、西鶴自身が現実と理想の間で行った、葛藤の合理化だったのかも知れない。それは『好色一代男』が「色道ふたつ」であったことによって、好色物に男色物を加えなくてはならなくなってしまった自家撞着の結果でもあった。当時の読者層は右の二書の問答をそのまま、知識、意識として享有していたと考えられる。そこで西鶴としては〝情〟などの精神性を全面に押し出した世界でも形成しなくては、読者層に対処できなかったともいえる。『男色大鑑』は、このような文芸史的側面と受容者の期待との相克から生まれた産物であって、別して西鶴が男色讃美であったのではない。それは巻六の四「忍びは男女の床違い」で示される。この話は局に召された上村吉弥が、殿のお帰りによって、殿に召されるというものであるが、男女の相違に些かの抵抗も感じられない。『好色五人女』の源五兵衛とおまんの場合は逆に衆道から女色に移るので、西鶴の創作視点の窺えるところであるが、続く巻六の五「京へ見せいで残りおほいもの」では、鈴木平八と、芝居見物に来た「艶なる女」が共に焦れ死をするというもので、男色を逸脱した話といえる。このような話を無造作に参入するところが〝男色〟への西鶴の限界性かも知れない。しかし、『田夫物語』『色物語』の討論で知るように男色と女色とは見事に対応しており、その優劣をつけることは無意味であるといえる。その意味において、右の二書が西鶴の創作視点に携わっていた可能性を思うのである。

以上、『男色大鑑』と先行仮名草子の関係について考察したが、西鶴にとって〝男色〟は苦手なテーマではなかったかと考える。それゆえ、男同志の恋慕より精神的結合に興味を示したものと考える。そこに「武家という特殊な階級に高い精神性を契合す[13]」れば武家物となって展開していったのも当然である。その点から、『男色大鑑』の創作視点に精神美の確立を行おうとする姿勢を見い出された先学のご指摘には賛同したい。[14]だが、その視点が形成されたのが右に上げた先行仮名草子の影響下にあることも大切である。もっともいずれの場合もその影響を『男色大鑑』に明示することは困難であるが、本論攷であげた、受容したと思われる箇所、同一の創作視点を一微標とし、西鶴独自の視点が形象化されていることを知るのである。

又、『男色大鑑』の前、後半の世界の相違に関しても、対象素材（武家と歌舞伎役者）から生ずる格差であるように思う。それは野田寿雄氏が、西鶴が男色を扱ったことについて、

……しかしそれを武士と歌舞伎子に限り、その説話のみを集めようとした態度は西鶴独自のものであって、伝統に従いながらも新しい展開を試みるという例の技法が発揮されている。

とされる見解[15]に従いたいが、内容面よりさらに検討を加えることを今後の自己の課題として、結論を待ちたい。

注

（1）序と本文との関連において、松田修氏の前半・後半の別構想説（「男色大鑑」『国文学解釈と鑑賞』二十五巻十一号　一九六〇年刊）や小野晋氏の一貫説（「『男色大鑑』の成立について」『国語と国文学』四十六巻七号　一九六九年刊）などがある。
（2）前田金五郎氏がご編著『新注日本永代蔵』（大修館書店）一九六八年刊の頭注で指摘。
（3）拙稿「西鶴町人物世界と武家物世界との接点―『日本永代蔵』を中心として―」『日本文芸研究』第三十九巻第二号　一九八七年刊所収。本書所収。
（4）新訳西鶴全集第六巻『男色大鑑』（小学館）一九七九年刊に暉峻康隆氏の注でもあるように先学がすでに指摘され

ている。
(5)　野間光辰編著『近世色道論』日本思想大系60（岩波書店）一九七六年刊の頭注で指摘。
(6)　注(4)と同様。
(7)　『天和元年刊書籍目録大全』（山田喜兵衛刊）では「さいじょうき」とあり、『元禄九年・宝永六年書籍目録大全』『正徳五年書籍目録大全』では「さいせいき」とある。（斯道文庫書誌叢刊之一『江戸時代書林出版目録集成』（井上書店刊）調べによる）。
(8)　暉峻康隆「『男色大鑑』の土壌と先行文学」『西鶴新論』（中央公論社）一九八一年刊所収。
(9)　松田修「男色大鑑」『国文学解釈と鑑賞』二十五巻十一号　一九六〇年刊。
(10)　拙稿「『日本永代蔵』における創作視点―巻四の一〝貧乏神〟を視座として―」『日本文芸研究』第三十八巻第三号一九八六年刊所収。本書所収。
(11)　野間光辰『補刪西鶴年譜考証』（中央公論社）一九八三年刊。
(12)　『可笑記』『竹斎』『浮世物語』『可笑記評判』等々。
(13)　拙稿「『武家義理物語』試論―巻一の一「我物ゆへに裸川」を視座として―」（『日本文芸研究』第三十七巻四号一九八六年刊所収。本書所収。
(14)　森山重雄氏（『西鶴の世界』（講談社）一九六九年刊）、植田一夫氏（『西鶴文芸の研究』（笠間書院）一九七九年刊）らのご見解。
(15)　「仮名草子と西鶴」『日本文学研究資料叢書西鶴』（有精堂）一九六九年刊所収。

なお、西鶴以外のテキストは以下であり、旧字を適宜改訂した。

『心友記』『近世色道論』日本思想大系60（岩波書店）一九七六年刊より旧字適宜改訂。

『よだれかけ』『江戸時代文芸資料第四巻』（名著刊行会）一九六四年刊より旧字適宜改訂。

『催情記』古典文庫『仮名草子集（男色物）』一九五八年刊。明暦三年板より森田翻刻。

『田夫物語』　古典文庫『仮名草子集（男色物）』一九五八年刊。寛永板より森田翻刻。

『色物語』　『仮名草子集成第四巻』（東京堂出版）一九八三年刊より旧字・句読点適宜改訂。

『犬つれつれ』　『仮名草子集成第四巻』（東京堂出版）一九八三年刊より旧字・句読点適宜改訂。

第四節　「筑摩（つくま）祭」考

――西鶴の古典再構築の方法――

一　はじめに

筑摩祭とは、滋賀県坂田郡米原町の筑摩神社の祭礼で、古くは「つくま祭」今は「ちくま祭」と言う。現在も五月三日に行われている、この別名鍋冠祭は、西鶴の『男色大鑑』（貞享四（一六八七）年刊）の巻三の一「編笠は重ての恨み」にも次のように叙述されている。

「ひのえ午の女は、かならず男を喰へる」と、世に伝へしが、それには限らず。近江の筑麻の祭をみしに、此里の風流め、縁なくてさられ、或は死別れ、又は隠し妻の顕はれ、重夫の数程鍋を覆せ、所習ひにて御神事を渡す。年長たる女房の、姿婀娜、しかも面子の可怜なるが、鍋ひとつをかざして、是をさへ恥るも有に、いまだ脇明の娘、歯も染ず、眉も有ながら、大鍋七つ重ね、頭勝にして雲踏かりしに後ろより母の親手を掛て、孫を抱て、独は手を引て、早子供も三人迄持とみへて、諸人の笑ふもかまわずして、二柱の陰榊の奥に、彼面影見残し、心心に帰る野の道筋、紫は色薄く、菖蒲の沢水清く、岸の昼顔もにし日に花の艶をうしなひ、人なを頼りに汗をかなしみ、……(1)

この『男色大鑑』の叙述部は、傍線部（傍線部は森田による。以下同様。）のように、西鶴ないしは、作品の語り手が「筑摩祭」（本文では「筑麻の祭」とするが、同義）の様子を実際に見た体験談として書かれているのに気づく。

西鶴も「筑摩祭」を見聞したのであろうか。右のような奇祭が実際に存在し、行われていたのであろうか。素朴な疑問を抱いてしまう。

それとは別に『伊勢物語』百二十段に

むかし、男、女のまだ世経ずとおぼえたるが、人の御もとにしのびてもの聞えて、のち、ほど経て、

近江なる筑摩（つくま）の祭とくせなむ

つれなき人のなべ（鍋）のかず見む(2)

として、「筑摩祭」が叙述されていることも有名である。

偶然に西鶴と『伊勢物語』が夙に知られている奇祭、「筑摩祭」を素材として取り扱ったと考えるのが一般的といえるかも知れない。しかし、西鶴と『伊勢物語』の関係は深い(3)。よって、先の『男色大鑑』とこの『伊勢物語』百二十段との関係も十分に指摘できる可能性がある。

以下、その点を指摘するだけでなく、『伊勢物語』の世界そのものを、西鶴はどのような方法で作品に投影し、再構成しているのか分析し、西鶴の古典受容とその作品形成の方法そのものを探求するものである。

二　現在の筑摩祭

まず、今日にも残る筑摩祭とはどのように行われているのか。現在、筑摩神社社務所で入手できる、『筑摩祭神社由緒略記』を資料としてあげたい。

筑摩神社由緒略記

（前略）

年間主要祭典行事
　祈年祭　　二月十一日
　春の大祭　五月三日
　祭礼の渡御は四か字（筑摩・上多良・中多良・下多良）の氏子によって行われます。この祭は平安時代からの伝統を持つ祭で、狩衣姿の少女八人が鍋をかぶって行列に加わることから「鍋冠り祭」と呼ばれています。行列には鍋・釜をかぶった少女のほか、鉾・猿田彦・神楽獅師・列太鼓・母衣・神鏡・青竹・先箱・長刀・金棒・楽入・榊・唐櫃・翳羽・御鳳輦・曳山など総勢二百余人が、お旅所から約一キロ離れた神社まで練り歩きます。（昭和四十年代までは犂を背にした牛の姿も見られました）。
　秋の大祭　十一月三日
　神嘗祭　　十一月二十三日（年により変更する場合があります）
鍋冠り祭のいわれ
　筑摩神社の祭神はいずれも食物を司る神々です。神前に作物・魚介類などを供えるとともに、近江鍋と呼ばれ重宝された特産の土鍋を贖物としたことが鍋冠り祭の古い姿ではないかと考えられます。今の祭儀は後世の付会があってかなり変化があり、その起因についても諸説があります。「女人の不貞を戒める」との説も後世の付会によるものと考えられるが、その起因は詳らかではありません（鍋冠り祭は米原町の無形民俗文化財に指定されています）。……（後略）。

つまり、筑摩祭は御祭神が五穀豊饒の神であることから、本来食物にかかわる祭であったのである。それに近江特産の土鍋が加わり、鍋をかぶる奇祭となり、鍋冠り祭となったわけである。それが『伊勢物語』や『男色大鑑』に素材を提供することとなったのである。

それでは現在、具体的に「筑摩祭」がどのように行われているかというと、平川昌福氏の取材記事に詳しいのでそれを資料として報告したいが、平成五年五月三日行われた「筑摩祭」において、その記事を確認した。

筑摩神社鍋冠祭

〔《　》で森田の実施取材を若干補足。〕

筑摩神社の氏子は、坂田郡米原町上多良・中多良・下多良・筑摩の四字の住人である。鍋冠の渡御に参加する上多良の人は今江寺に、中多良・下多良の人は称念寺に、それぞれ正午頃に集合する。午後一時前に筑摩の古式委員長二人が、三多良の古式委員長へ出発の挨拶をしに行く。筑摩の宮世話は、渡御人のある氏子の家へ出発の準備をお願いしに廻る。筑摩の母衣の宿には母衣警護人、付添人がすでに集まっており、出発の準備は出来上がっている。神鏡の宿も同様である。先箱、長刀は宿から掛声勇ましく出迎えに出発する。鍋冠の宿では、警護・付添人が集まっており、鍋冠の八人の少女も宿の座敷に揃って椅子にかけ、出発を待っている。筑摩の母衣、神鏡の行列が出発する。三多良の行列も今江寺、称念寺を出発して御旅所に向かう。先箱、長刀、警護人を先頭に鍋冠の行列が宿を出て御旅所に向かう。御旅所は朝妻筑摩の中程にある。御旅所から本社までの行列の順序は、その年その年決められる。平成二年の行列の順序は、中多良・筑摩・上多良・下多良の順序である。一番・二番・三番・四番の立札のもとに、各字の行列が勢揃いする。各字の古式委員長が全員集まって、序列改めをする。調印式での約束通りに間違いはないか改め、決定通りに行う。午後二時出発。《「おわたり」と称す。》先頭にいる鉾掛りの宮世話が拍子木を打つ。青竹・先箱・鉾持・猿田彦・獅子・中多良の太鼓山・母衣・神鏡・上多良の太鼓山・母衣・神鏡・下多良の太鼓山・母衣・神鏡と続き、楽人・楽太鼓・楽火鉢・神官・唐櫃・鍋冠・翳羽・御鳳輦・宮司と続く。その後に、古式委員長・各字区長が続く。《この行列に化粧をした男神童が加わる。男神童の顔には作り髭がある。》太鼓山は曳山で、南蛮渡来といわれる見送りを飾り、御輿襦袢を着た鍋冠の親たちによって引かれる。途中一〇〇メートル程度進んでは休み、二時間ばかりかかって、行列は本社に到着する。鉾持は、拝殿前の鉾立てに鉾を並べる。猿田彦・獅子の人たちは衣装を解き、参拝の後、帰路につく。太鼓山は四基とも拝殿の西側に並び、勢揃いをする。拝殿前より、青竹・先箱・長刀・御神体・神鏡と本殿へ納められる。続いて曳山の神（御幣・鏡・枡）が納められ、渡御の区長・各字古式委員長・筑摩宮世話・氏子総代・青竹の人たちが参列して、本殿で例祭が執行される。このとき鍋冠の少女が神饌を供える手伝いをする。斎王の祝詞のあと、筑摩の宮世話二名によって、謡曲「高砂」より千秋楽の謡があり、鍋冠祭は終わる。なお、宿を決めたり、順序を決めたり、参加者を決めたりするのは、三月である。宮世話は、宮世話六名と古式委員長正副二名、計八名で構成され、宮世話は氏子の中から順番に毎年三名ずつ入り任期は二年で、四二歳の厄年前後の人が選ばれる。新しく入った三名の中から話し合いで、または抽選で宿を決定する。宿の宮世話は会計をも担当する。古式委員長は（大正四年より古式委員長と言うようになった）、宮世話を務めた者の中より選ばれ、任期は二年。二年目の古式委員長が正で、一切の責任者となる。[4]

以上であるが、両資料とも昔から今への筑摩祭の変遷に触れながら、現在が愛らしい稚児行列であることを報告している。それは古来からの筑摩祭が、祭に参加している女性の恋愛経験を、かぶった鍋の数で知るという、悪趣味なイメージで捉えられていることを払拭するために必要な手続きだからである。しかし、西鶴の頃の筑摩祭とは、どのようなものだったと文献は記述しているのであろうか。西鶴の実体験できた筑摩祭について、古来からの文献から検討を加えたい。

三　西鶴当時の筑摩祭

文献に筑摩祭そのものが記述されている例は、非常に多い。その中で筑摩祭が西鶴以前の文芸作品にどのようにかかわり、記述あるいは叙述されているかを検討することは、『伊勢物語』と『男色大鑑』の関係を知る上で、重要な手順と考える。

しかし、筑摩祭が文芸の素材となった草分けは、管見では件の『伊勢物語』（十世紀中頃成立）百二十段であると思われる。百二十段では

近江なるつくまのまつりとくせなんつれなき人の鍋の数見む

と詠まれるが、歌には以降も多く扱われ（以下『国歌大観』による）

・いつしかもつくまのまつりはやせなんつれなき人のなべのかず見む　よみ人しらず
『拾遺和歌集』第十九雑恋

・おぼつかなつくまのかみのためならばいくつかなべのかずはいるべき
『後拾遺和歌集』第十八雑四　藤原顕綱朝臣

・いかにせんつくまの神もうづもれてつみけんなべのかずならぬ身を
『散木奇歌集』

・ねぎかくるつくまの神の可否あらばわれをもなべのかずにいれなん
『太宰大弐重家集』「祈神恋」

・あふことはつくまのかみにいのりてきなべてのかずにいれじとやさは
『千五百番歌合』　千百八十四番　右　右大臣

右の用例はいずれも筑摩祭が歌枕となり、「鍋の数」が、恋する女性の恋愛の回数として象徴化されていることが

わかる。

叙述部は、『伊勢物語』に続いては、『堤中納言物語』「よしなしごと」において、鍋尽しのような形で、

> ……真土が原につくるなる讃岐釜にもあれ、石上にある大和鍋にてもあれ、筑摩の祭にかさぬる近江鍋にてもあれ、……飴鍋にもあれ、貸し給へ。(5)

とある。『和歌色葉』（建久九（一一九八）年成立）中之巻においても、『伊勢物語』の歌をあげた後、

> 近江につくまといふ所におはする神なり彼神の祭に御誓として彼所の女の男したる数に土鍋を作りて奉るなり其数を恥て少たてまつる女はその年のもの〻あしければ大なる鍋をつくりて其中にちいさきをいる〻とかやはやせよと云なり或説云彼所の女男の数あまりにおほしくて見くるしかりければ大なる鍋をつくりて其中に小鍋を数のま〻につくりあつめて入てふたをして奉りたりければ神の御前にてのとを申時その鍋われて数ことことくみえける猶神のちかひのおそろしきにいひつたへりと云々(6)

とあり、「なべのかず」は、まだ鍋をかぶるのではなく、奉納された鍋の数によっていたことをその滑稽譚とともに伝えている。同じく一二四〇年前後に成立したとされる『八雲御抄』巻第四「由緒言」にも、

> つくまのなべ（これ近江のつくまの明神祭に、をとこのかずになべを〔土にてつくり〕たてまつるといへり。(7)）

とある。成立年不明ながら、寛永十八（一六四一）年に刊行された『雑和集』巻之上三においても、

> 俊頼云、近江国つくま明神と申す神おはします。其神の御ちかひにて、女の男したる数に随ひて、なべを作りて、其祭の日たてまつる也。男あまたしたる人は、見ぐるしがりて少し奉りなどしつれば、物のあしくて、やみなどしてあしければ、数のごとくしていのれば、なをりなんどする也。(8)

とある。しかし、ほぼ同時期刊行の『伊勢物語集注』（慶安元（一六四八）年脱稿。慶安五年刊）では、

……近江国湖の東の浜ぎはに旦妻といふ名所の南に双びて、筑麻といふ村あり。名所也。此村の明神のまつり、四月午日也。女ども我が男したる数ほど土鍋を作て、板に取双べて戴て祭の場をわたる也。是は罪障懺悔せしむる神の方便也。然るにむかし淫婦の大なる鍋一をいただき、小鍋おほく入子にして人目を忍びたれば、神慮にそむきてころびしかば、おほくの小鍋あらはれしと也。近代は常の鍋をいたゞきてわたりしが、此比はそれも絶はてゝ神祭もなきがごとくと也。所にてはちくまといふ也。哥によむと俗にいふとかはりたる名所、国々におほし。……（後略）[9]。

とし、土鍋をただ奉納するのではなく、その後、頭にいただいて奉納していたが[10]、それもすでに絶え果てたことを書いている。歌に歌われるのと、「俗にいふ」実態とは違うのである。破線部の記事などは、先述の『和歌色葉』の滑稽譚を利用したものと考えられるが、「奉納」から「いただく」に推移した祭の形態に併せて、逸話も推移しているのが興味深い。いずれにせよ、西鶴の頃までに『伊勢物語』が素材とした筑摩祭は変遷しており、西鶴の当時には、祭自体が低調であったことがわかるのである。同様に西鶴の時代より三十年ほど下る、享保二（一七一七）年刊の『諸国年中行事』巻之第二　四月朔日の条には、

筑摩まつり、江州坂田郡にあり、此日里女のさかりのほど、不幸にして男に素さめられ、やもめとなりて又嫁せんとする女、此神に幸男をいのる、はじめすてられたる男の数、鍋をかづきて神にまいるなり。再嫁は、二枚三嫁は三枚なり。古歌にも此事をよみならはせり。然共今は祭の儀式ばかりにて、其事はなきなり[11]。

とあり、今は神事としての儀式として「筑摩祭」が存続し、古歌にある風俗的な祭祀が過去のものとなっていることを記している。この「筑摩祭」はさらに変遷を遂げ、『木曾路名所図会』〔文化二（一八〇五）年刊〕に、

此社は〔延喜式〕に載せられたる坂田郡の内、日撫神社ならん歟。むかし土鍋の時これを被き、渡に馬にて行きしとなり。ある人此辺の土中より一つ出して、これにて豆の飯を炊ぎて饗応せしとぞ聞ゆ。今も此祭たえ

ずして、毎歳四月八日、筑摩の生土子の中より、年は八つより十二歳までの女童、紙にてこしらへたる鍋を一つづゝ被き、烏帽子狩衣など着し、神社へねりこむなり。(12)

とするように、江戸時代の一八〇五年以前には、祭の形態が現在の形態に近くなってきていることを伝えているのである。

もう一つ、「筑摩祭」が西鶴当時の『男色大鑑』の叙述のようには存在しなかったことを裏づけるものとして、曲亭馬琴によって書かれた、『著作堂一夕話（蓑笠雨談）』（弘化五（一八四八）年刊）があげられる。

○筑摩祭の図説　正徳四年江戸根津祭礼の番付

近江の客舎にして筑摩の人にあへり。よりて筑摩祭に女児の戴く鍋のかたちなど、古老のいひ伝たることありやと問ばしらずといふ。その後伊勢にあそびて男色大かゞみ八巻を得たり。〔割注〕貞享四年の印本。第二巻（ママ）に筑摩祭の事をのせて図を出せり。（『男色大鑑』巻三の一の挿絵が図説として載っているが、省略。）証とすべきものにはあらねど、又今のさまにはあらず。なほそのいにしへの祭こそ見まほしけれ。男色大鑑に云、ひのえ午の女はかならず男を食へると、世に伝へしが、それには限らず、近江国筑摩の祭を見しに、…（中略）…都の富士といふ時花出の大編笠をかづきつれたる叡山の児わか衆云々。〔割注〕この冊子すべて天正より寛永までの事をしるせり。」むかし京などにて都の不二という笠のかたち比叡に似たればしか名づけたるなるべし。筑摩の神社は近江国坂田郡筑摩の庄にあり、〔割注〕所レ祭御食津の神也」祭祀は四月朔日とも初の午ともいふ。この祭の事文徳実録雑和集等に見ゆ。今絶て久しければ土俗もその伝を失ひ、淫婦幸を得たり。げに百年俗をあらたむといへるもうべなり。……（後略）。(13)

このように、馬琴は、当時既に筑摩祭が「女児」のものであり、『男色大鑑』の記述はすべて「天正より寛永までの事」で、すなわち西鶴の貞享の頃にはなく、文献に示す「淫婦」を責める鍋冠祭が「絶て久し」いことを伝えているのである。

それならば、西鶴は行われてもいない筑摩の鍋冠祭をなぜ体験したとして、『男色大鑑』に現在も目にすることが出来る風俗のように形象化したのであろうか。その意図を探るために、西鶴と当時の『伊勢物語』の解釈との関連を考えてみたい。

四　『伊勢物語』と伊勢物語古注釈

もう一度『伊勢物語』の百二十段の本文をみると、

むかし、男、女のまだ世経ずとおぼえたるが、人の御もとにしのびてもの聞えて、のち、ほど経て、

近江なる筑摩（つくま）の祭とくせなむ
　つれなき人のなべ（鍋）のかず見む

である。これに所謂古注釈と呼ばれる注釈書で西鶴以前の百二十段の解釈を検討したい。〔以下片桐洋一氏『伊勢物語の研究』〔資料編〕を本文としている〕

まず、片桐氏が『書陵部本和歌知顕集』〔鎌倉初～中期成立〕とする古注釈であるが、「筑摩祭」を詳述した後に、

かの神の氏子にてもおはせねば、これよりて、そのなべのかずの、げにあるべきにはあらねども、哥の風情なれば、かくかけり。

とするように、現実的ではない、鍋祭との関係に触れ、それも「哥の風情」であると合理化していることに注目できる。『伊勢物語愚見抄』〔長禄四（一四六〇）年成立〕には、

……歌の心は、女の世へずといへば、まことかとおもひたれば、しのびて人に物いふときゝて、さては、独ばかりにてはあるまじきと、はづかしめたる歌也。

として、歌の解釈を思いを寄せた女性を「はづかしめたる歌」とする。自分につれない女性が「しのびて人に物いふときゝて」淫らな交際があるかのように揶揄した歌であるとするのである。『伊勢物語肖聞抄』〔文明九（一四七七）年成立〕では、

むかし男、女のまだよへず、未嫁人の事也。業平の心をかけたる女なるべし。人のもとへ物きこへて後、此女のこと人に契る事有りて、後に業平の方よりつかはす哥也。あふみなるつくまのまつり、此段事は人あまねくしれる事なれば、しるすに及ばず。心は、我にはつれなくみゆれど、人には心かはすめれば、その人の数も見ゆべしといふ心也。

とある。業平がある女性に思いをかけていたが、彼女は業平にはつれなく、他の男性にはそうでなさそうなので、その他の男性たちの数を「筑摩祭」で知りたいと思う心があると解釈するのである。『伊勢物語宋長聞書』〔文明十一（一四七九）年成立〕でも、

女のよへずも、女のいまだ男をもせぬ心也。近江なるつくまの、此古事は人あまねくしり侍る事なれば、註に不及。こゝろは、女のよへずとはいえども、我にこそつれなけれ、人は心かはすなれば、此まつりをとくせよと也。その男の数みんといふ心也。

とし、自分を無視するその女性の男性遍歴を知ろうとしている男主人公の心理を指摘している。『伊勢物語闕疑抄』〔文禄五（一五九六）年成立〕も

むかし、おとこ、女のまだよへずとおぼえたるが、人の御もとに、しのびてものきこえてのち、ほどへて、よへず、女の未嫁、男のはだをもふれぬと思ふが人に逢たる云事を聞て、業平よめる也。

近江なるつくまのまつりとくせなむつれなき人のなべのかず見む
拾遺集第八に入たり。いつしかもつくまの祭はやせなんとあり。是等の事、人のあまねくしる事なれば、不及注。われにはつれなくみゆれど、人には心かはすと也。されば、其人のかずをみんといへり。

とするように同様である。西鶴の時代に近い『伊勢物語拾穂抄』〔延宝八（一六八〇）年刊〕でも、この箇所の注釈については、〔《　》は、標注をあらわす〕

《あふみなるつくまの》
玄拾遺第九に入たり。「いつしかも、つくまのまつりはやせなん」と有。此古事、人のあまねくしる事なれば、不及註。われにはつれなく見ゆれども、人には心をかわすと也。[1]されば、人の数を見んといへり。尚同。
祇薬磨（ママ）の祭には、女、男にあひたる数、鍋をかづきてわたると云。此女出てなべをかづくべきにもあらじなれど、世々のたとへにいへる也。うらむる也。(14)

とある。これらの注釈から、共通するのは『伊勢物語』百二十段が嫉妬の段であり、「むかし男」にせよ、業平にせよ、男主人公は愛する女性にすげなくされ、その意趣返しに周知の筑摩祭を早くおこなって、そのつれない女性の鍋の数を見たいと、辱める呼びかけをしていると解釈するということである。その意味では、この段は、交際を断られ、誇りを傷つけられた男主人公が、その女性の高潔さを巷の噂のもとに疑い、辱めるという色好みの貴公子の『伊勢物語』には珍しく、無粋で陰湿な展開となっているのである。その点こそ、「筑摩祭」という奇祭以上に注視せねばならないと言えるのである。

それでは、その『伊勢物語』の中でも特異な解釈が得られる百二十段を西鶴はどのように利用しているのであろうか、続いて検討したい。

五　『伊勢物語』と『男色大鑑』

一方、『男色大鑑』巻三の一の話は、次のように要約できる。

近江の筑摩祭の終ったあとに、女たちが去った後、叡山の稚児若衆が大きな編笠をかぶって通って行った。その中に蘭丸という大変美しい稚児がいたが、井関貞助という同じ院内の居候が、自分の笠をぬいで、蘭丸の笠の上に重ねて、「女のすなる事を、男も念者の数に笠を覆す」と嘲った。蘭丸はその場で我が身の貞潔を主張するが、辱めを受けた無念は晴らしがたく、念者の白鷺の清八に名残を惜しんだ後、貞助を討ち、寺を立ち退く。しかし、蘭丸は途中で追手の荒法師六、七人に捕えられ、玩弄されるところ、清八が駆けつけ、荒法師たちを切り散らし、二人とも行く方しれずとなってしまった。

右の話こそ一読すれば、その骨子が『伊勢物語』百二十段にあることが明瞭である。すなわち、貞助が蘭丸にすげなくされ[15]、その意趣返しに周知の筑摩祭のように、その念者の数だけの笠の数を見たいと、辱める呼びかけを行っているわけで、まさしく『伊勢物語』の「筑摩祭」を取り入れた趣向なのである。だから、『男色大鑑』巻三の一において、そのような趣向を骨子としているために、西鶴の当時にどのような「筑摩祭」が行われていてもいなくても、「みし」として西鶴が直接「筑摩祭」を実体験してもしなくても、問題にはならないのである、むしろ、『伊勢物語』の百二十段そのものの世界を再構築することが西鶴の創作視点にあったと結論できるのである。

さらに加えれば、その古典再構築の伏線こそが、『土佐日記』の書き出しを借りた「女のすなる事を、男も念者の数に笠を覆す（かづか）」という辱め方であったといえるのではなかろうか。これによって、『伊勢物語』の男女の愛は、『男色大鑑』の男色に見事に変換されるのである。この雅を俗に転換する古典再構築の方法こそ、西鶴が『源氏物語』や『伊勢物語』などから、『好色一代男』等を生み出した方法に通じているのではないかと考える。

しかし、そのような方法は読者にまで通じたものなのであろうか。読者に共感を呼ばなければ、せっかくの趣向も西鶴一人の遊びでしかなくなるからである。他にも趣向がなければ、読者を引き付けられない。次にその点を分析する。

六　共通理解としての「筑摩祭」

西鶴の頃、「筑摩祭」が女人の「鍋の数」を見る鍋冠祭として実地されていなかったことは、先に述べた。そこで、読者に対して西鶴による「筑摩祭」のイメージ化が必要となる。それが下にあげた『男色大鑑』巻三の一の挿絵（見聞）である。挿絵の下六人（及び子供三人）のうち、右四人（左面に一人、右面に三人）は一人のふり袖姿を含めて、本文の「此里の風流やさめ、縁なくてさられ、或は死別れ、又は隠し妻の顕はれ、重夫の数程鍋を覆せ、所習ひにて御神事を渡す。年長たる女房の、姿婀娜、しかも面子の可怜なるが、鍋ひとつをかざして、是をさへ恥るも有」の表現にあたる。左二人（及び子供三人）は、同じく「いまだ脇明の娘、歯も染ず、眉も有ながら、大鍋七つ重ね、頭勝にして雲踏かりしに後より母の親手を掛て、孫を抱て、独は手を引て、早子供も三人迄持とみへ」る母娘を描写したものである。読者の視線は、彼女たちの向かっている方に流れて行くが、そこに在るのは社殿の鳥居で、「二柱の陰榊の奥に」消えて行くのがわかる。そして、代わって左から右へと視線を転じると、五人の人物が描かれている。右端に大編笠を被った旅姿の若衆が二人いる（右にはもっと多くの同じ装束の一行が省略されている）。その一人に笠を被せて、進行方向の右に向かって「跡より」からかっているのが井関貞助である。辱められたために立ち止まって、刀の反りを返しているのが蘭丸である。残りの二人は大編笠ではないことから見物人か、一行の中の念契同士で、二人の喧嘩について話しているようである。いずれにしても、視線は下の六人にはない。以上この挿絵には「筑摩祭」から転じて再生する、『男色大鑑』巻三の一の発端部分を読者に知らしめようとする西鶴の意図が顕著であることがわかる。

西鶴が読者に「筑摩祭」を理解してもらおうと用意したのは、挿絵だけではない。俳諧の付合や所謂歳時記などの俳諧から、当時の読者が「筑摩祭」という事項が心像に現れるものも用意しているのである。

例えば、「筑摩」の付合には、『類船集』では、「鍋の数」のほか「あやめ」があるので、「心心に帰る野の道筋、紫は色薄く、菖蒲（あやめ）の沢水清く」とわざわざ本文の話には、必要でない情景を叙述するのもそのためである。

また、季吟の『増山井』（寛文七（一六六七）年刊）は、「筑摩祭」として、

　一日或初ノ午日　愚見抄云　江州つくまの明神の祭には、
逢たる男の数ほど鍋をいたゞきて、女の渡事也[16]

とある。これは『俳諧新式』『をだまき』などにも同様の記事があり、「筑摩」と言えば、鍋を奉納するのではなく、男の数だけ

『男色大鑑』巻三の一挿絵

鍋の数をいただくという、共通理解があったことを知る。その共通理解のもとなら、『男色大鑑』巻三の一の書き出しが現実と差異があっても、容易に受容できるはずである。付けたりながら、『をだまき』は、「筑摩祭」を四月一日の条にしているのが、『毛吹草』『通俗志』などである一方、「初午の日」として加えているものが、先述の『増山井』のほか『番匠童』などにある。この「午の日」を知る人に向けて、冒頭の「ひのえ午の女は、かならず男を喰へる」という話の展開には必然性のない言辞が用意されたと考えるのである。もっとも「午の日」は、『十巻本伊勢物語註』や『増纂伊勢物語抄』などにも広く見られるところから、他の古注釈や文献からの知識かも知れず、決定は得られない。

以上、西鶴は、当時の「筑摩祭」を現実に忠実に作品化するではなく、共通理解を得られる心象として再構築していたことが看取できる。

それは、『伊勢物語』古注釈などを介してできあがった、「筑摩祭」が持つ男女の機微の象徴を作品の基調としたのと同様の方法である。つまり、古注釈で確認したように、『伊勢物語』という古典を恣意的に解釈せず、あくまで先達の轍にはまることで共通の理解者を得ようとする西鶴の姿勢によるのである。その万人共通の古典解釈を求め、遵守することが、古典を知る読者の期待に応える一つの趣向ともなり、それがそのまま古典を再構築する西鶴の方法として存在していると結論できるのである。その意味で、西鶴が「筑摩祭」を採り上げたことは、彼の創作視点を知る上で大いに評価できるのである。

注

（1）対訳西鶴全集六『男色大鑑』（明治書院）による。
（2）日本古典文学全集八『竹取物語・伊勢物語・大和物語・平中物語』（小学館）による。本文（　）内は森田。

（3）認容の事実といえようが、拙稿にも「『好色一代男』の世界―『伊勢物語』からの読みの試み―」『日本文芸研究』日本文学科開設五十周年記念号　一九九二年刊所収がある。
（4）『祭礼事典・滋賀県』（桜楓社）一九九一年刊。
（5）新日本古典文学大系二十六『堤中納言物語・とりかえばや物語』（岩波書店）による。
（6）『歌学文庫五』（法文館書店）一九一二年刊による。
（7）『日本歌学大系　別巻三』（風間書房）一九六四年刊による。
（8）『古典文庫　三六七巻』（古典文庫）一九八二年刊による。
（9）『伊勢物語古注釈叢刊八』（八木書店）一九九〇年刊所収、『伊勢物語集注』十一より森田翻刻。
（10）筑摩祭が鍋冠祭として近世初期に行われていたことは、『神社啓蒙』（寛文七（一六六七）年序　寛文十年刊）でも確認できる。
（11）『民間風俗年中行事』（国書刊行会）一九一六年刊所収、「諸国年中行事二」による。
（12）『日本名所風俗図会　十七』（角川書店）一九八一年刊による。なお、『木曾路名所図会』と相前後して、『近江名所図会』が刊行されているが、内容はほとんど変わらない。
（13）『日本随筆大成　新版第一期十』（吉川弘文館）一九七五年刊による。
（14）延宝八刊、長尾平兵衛板『伊勢物語拾穂抄』（関西学院大学所蔵）より、森田翻刻。
（15）貞助が蘭丸のつれなさに嫉妬していたことは直接形象されないが、荒法師が蘭丸に嫉妬ゆえの玩弄をはたらく点に間接的に認められる。
（16）『近世前期歳時記　十三種本文集成』（勉誠社）一九八一年刊より森田翻刻。

本調査において、ご教示いただいた米原町の方々、特に滋賀教育委員会の長谷川嘉和氏にお礼申し上げたい。また、資料の閲覧・複写をご許可いただいた各機関に併せて感謝申し上げたい。

第五節　西鶴町人物世界と武家物世界との接点

――『日本永代蔵』を中心として――

一　貞享五年当時の西鶴文芸

『日本永代蔵』は貞享五（一六八八）年正月に刊行された西鶴町人物の嚆矢の作品である。貞享五年前後の西鶴は、浮世草子作家として、その全盛期であったといえるであろう。『男色大鑑』〈貞享四年正月〉、『懐硯』〈同年三月頃〉、『武道伝来記』〈同年四月〉、『武家義理物語』〈貞享五年二月〉、『嵐無常物語』〈同年三月〉、『色里三所世帯』〈同年六月〉、『新可笑記』〈同年十一月〉〈但し、貞享五年は九月より改元され元禄元年となる〉、『好色盛衰記』〈同年九月以前刊行〉と多少刊行期に問題を残すものもあるものの、これだけの作品をこの短期間に刊行するに及んだ、西鶴の執筆意欲には驚嘆すべきものがある。それだけに、この驚嘆は同時に疑惑となり、先学の西鶴工房説、代作者説もここから生じたといえよう。ここで、その仮説に対して書誌学的見地から私見を述べることは避けたいが、矢数俳諧の西鶴の記録（レコード）を見る限りでも、その卓越した執筆速度と意欲は認められ、浮世草子作家としてのこの活躍も想像し得る。それが西鶴の奇才ぶりでもあったろう。ただ作品世界を解明し、西鶴文芸の展開の上でこの時期をどう評価するかは別途な課題である。その研究を進めて行く過程において、この貞享五年当時の中枢をなすものが、やはり『日本永代蔵』の世界であることは概ね認められるところではないかと考える。

『日本永代蔵』の創作期には諸説があり、争点となるところであろうか、それは他作品にも内包する問題であろう。いつから創作契機をもち、実際に執筆にまで及んでいたかは、草稿を見ぬ今、断言し得るものではない。ただ『日本永代蔵』においては、その刊行期の前後に武家物三作品が刊行されていることに注目できる。武家物が「日本の読書人口の主要部分を構成する武家階級を目当て[1]」に出版されたものなら、その対象、その素材とも武家特有の特徴を示し、その創作方法においても独自性を有し、明らかに対照的な町人物とでは一線を画さねばならないはずである。ところがその創作視点において、武家物の世界が『日本永代蔵』に通じる所が発見できる。[2]本論攷においては、『日本永代蔵』の方からも西鶴武家物に通じる創作視点が存在するのではないかと考え、以下論じた。

二　『日本永代蔵』と『新可笑記』

西鶴武家物と呼ばれる『武道伝来記』『武家義理物語』『新可笑記』の三作品は、その刊行期が前述の西鶴全盛期に集中して書かれたものであると共に、『日本永代蔵』の前後に位置するものである。対象が武家と町人という相反するものであることから、武家物・町人物と別世界を形成してはいるものの、その創作意識に近似するものを見る。

手遠きねがひを捨て近道に、それぞれの家職をはげむべし（『日本永代蔵』巻一の一）

其家業、面々一大事をしるべし（『武家義理物語』序）

又、その語の用例においても

永代蔵におさまる時津御国静なり（『日本永代蔵』巻六の五）

するゑずゑ武の家さかへ、太刀ぬかずしてをさまる、時津国久しき（『武家義理物語』巻六の四）

とするような類例を見る。このような点は更に類を見ると思うが、特に『日本永代蔵』と、それより十ケ月ほど送れて刊行された『新可笑記』との関係について見てみたい。

表A『日本永代蔵』と『新可笑記』

『日本永代蔵』	『新可笑記』
(1)人は実あつて偽多し（巻一の一）	(1)′人は虚実の入物（序）
(2)天地は万物の逆旅、光陰は百代の過客、浮世は夢幻といふ（巻一の一）	(2)′それ天地は万物の逆旅光陰は百代の過客。爰のかりねの枕の夢（巻二の六）
(3)人間堅固なるが、身を過る元なり（巻二の一）	(3)′身をけんごにはたらき（巻二の一）
(4)世の費（巻二の二）	(4)′世の費（巻三の三）
(5)金銀も有所には瓦石のごとし（巻二の二）	(5)′万両も瓦石（巻二の一）
(6)用心し給へ、国に賊、家に鼠（巻二の五）	(6)′用心の事、譬ば山賊、海賊ありといへば（巻四の三）
(7)君が代の道広く（巻三の一）	(7)′君が代の道すじ広く（巻五の四）
(8)国土の費（巻三の二、五の一）	(8)′国土の費（巻三の三）
(9)欲をまろめて今の世の人間とはなりぬ（巻三の四）	(9)′さもあらば今の世の人心、欲でかためし時なれば（巻一の一）
(10)正直の頭をわらして（巻四の一、四の四、五の四）	(10)′正直の頭をよごし（巻二の一）
(11)一度は利を得て家栄へしに、天是をとがめ給ふにや……（巻四の四） 類・天の咎も有べし（巻三の二）	(11)′天また其身をとがめ給へり（巻一の五） 類・天のとがめ有べき科なり（巻三の一）
(12)……利を得るにして……いかに身過なればとて、人外なる手業する事、適〱生を受て世を送れるかひはなし（巻四の四）	(12)′かかるはたらきにて家さかゆる事、天の道にもあらず（巻一の四）

(13) 西明寺の御時（巻五の四）	(13)′ 最明寺御修行のごとく（巻三の二）
(14) 此善悪をたゞさず置しに（巻五の四）	(14)′ 善悪のせんぎ（巻一の一）類・善悪二人の穿鑿（巻四の五）
(15) 銘々家業を外になして、諸芸ふかく好める事なかれ（巻五の四）	(15)′ 殊更其家業疎にすべからず（巻四の三）
(16) 其ぶんざいさうおうに世をわたる（巻六の五）	(16)′ 其身分際相応の所領に預り（巻四の三）

『日本永代蔵』というと、その副題に「大福新長者教」とあることから、仮名草子『長者教』〔寛永四年刊〕に対して倣ったもので、町人の生くべき道を示そうとする教訓的意図があったことが知られる。しかし、実際には、そこに描かれる主人公達は〝金〟を持てたが故に繁盛し、〝金〟を持ったが故に破産していく者達である。[3] 西鶴は町人の〝金〟に翻弄されて、貧富の層を漂う、哀れな姿を形象化するところに創作視点を置いているのである。[4] そのことは表（A）からも窺われる。(3)や(15)のように勤労に励み、堅実に生き、(16)のように自らの身の程を弁え、其相応に世の中を渡ることは、〝長者〟になる一攫千金の夢を慎むことを教えるもので「大福新長者教」に自家撞着するものである。反面、この「世間にかはらぬ世をわたるこそ人間なれ」（巻四の四）とする安定志向の処世術こそが、西鶴の当代における「新長者教」という教訓になるのであり、そのことが、貧富の層を漂わない至福の幸せにつながるとするのであろう。その点は(3)′(15)′(16)′にみるように『新可笑記』の世界にも存在する視点なのである。それは『日本永代蔵』と『新可笑記』が(9)と(9)′とで共に吐露する〝今の世〟を渡る方法なのである。西鶴はその現実の世に嗟嘆の声を上げるより、むしろ、(2)(2)′の『古文真宝後集』にみる浮世観をして、提示したのである。再三指摘するように『新可笑記』は武家物であり、『日本永代蔵』は町人物である。その相克するはずの作品世界が同様の浮世観を持っているのである。西鶴は町人物と武家物とを同次元の背景のもとに創り上げているということになる。

それは更に(1)(1)′で見るような人間の本質性(11)(11)′の儒教的思想などが錯綜した西鶴独自の世界を生み出しているといえる。

さて、その武家物世界について見ると、ここでは『新可笑記』を例として考えた。(4)(4)′、(5)(5)′、(6)(6)′、(7)(7)′、(8)(8)′、(10)(10)′、(14)(14)′の用例などから、その創作時において、『日本永代蔵』とは少なからぬ関係があると想像し得る。ところが、その『新可笑記』は題号からもわかるように、先行の仮名草子である『可笑記』の影響を受けている。『新可笑記』に限らず、西鶴武家物が『可笑記』及び、その評判記である『可笑記評判』の二系統からの受容を行っていることを知る時[5]、それらの受容という創作方法は、『日本永代蔵』でも行われているのではないか、その可能性が武家物との接点をもつ『日本永代蔵』では推測し得る。背景に続き、創作方法という点で二書との関係を検討してみた。

三　『日本永代蔵』と『可笑記』

最上牢人如儡子による『可笑記』寛永十三（一六三六）年は、その前時代の戦国時代の武家精神を基底としている[6]。その知名度を利用した『新可笑記』という題目は、『可笑記』を西鶴が非常に意識していたことを顕現すると共に、全面的にその世界を摂取していたことを明示するものである。戦国時代は、西鶴の一代前の武士像であり、それを基底とする書を前面に押し出すことは、武家精神に西鶴自身が精通していることを吹聴するものである。そのことは武家物の世界にこそ必要であるが、町人物の世界には無用な、不必要なことであって、したがって、『可笑記』と『日本永代蔵』とでは、無関係であって然るべきである。ところが、『日本永代蔵』における『可笑記』の受容は盛んに行われている。

表（B）『日本永代蔵』と『可笑記』

『日本永代蔵』	『可笑記』
(1)天道言ずして国土に恵みふかし（巻一の一）	(1)′天道の物言事やある（一の二十七）
(2)其心は本虚にして、物に応じて跡なし（巻一の一）	(2)′人の心は万えんにひかれて移りやすき物なり（一の四）
(3)福徳は其身の堅固に有、朝夕油断する事なかれ（巻一の一）	(3)′其家々つとめ全き時は富貴栄耀うたがひなし（一の二十七）
(4)世の仁義を本として神仏をまつるべし（巻二の一）	(4)′侍は仁義の二つをわきまへ知べし（三の三十七）
(5)其分際程に富めるを願へり（巻一の一）	(5)′其なり〳〵に富栄る（二の一）
(6)一度は栄え、一度は衰る（巻一の二）	(6)′一たびはさかへ一たびはおとろふおきてさだまれる事なり（四の五十　類三の十）
(7)おのれが性根によつて長者にもなる事ぞかし（巻一の三）	(7)′性をつくしたらば、かたのごとくの富貴なるべし（一の八）
(8)奉公は主取が第一の仕合なり（巻一の三）	(8)′侍の善悪はひとへに主君の善悪によるべし（一の三十二）
(9)世は愁喜貧富のわかち有て、さりとは思ふまゝならず（巻二の二）類・随分かしこき人の貧なるに、愚かなる人の富貴……（巻三の四）	(9)′今時の福貴をうかゞふに、出家侍町人以下も、皆馬鹿のうつけのたはけ者こそおほけれ（一の三十五）類・町人のいかにもりはつ才覚なるものはすりきり、ぐどんうつけなるものはかねをもつ（三の四十二）
(10)四百四病は……人は智恵才覚にもよらず、貧病のくるしみ（巻三の一）	(10)′抑人間四百四病の其中に貧ほどつらき病なし（二の四十五・類二の二十五）
(11)茶の十徳（巻四の四）	(11)′茶の十徳（一の四十三・三の三十八）

(12)愚かにても、福人のする事よきに立なれば……（巻四の五）

(13)運は天に（巻五の二）

(14)具足は質屋に有ては時の役に立かたし。只智恵・才覚といふも、世わたりの外はなし（巻五の二）

(15)銘々家業を外になして、諸芸ふかく好める事なかれ。……かならず、人にすぐれて器用といはるるは、其身の怨なり（巻五の四）

(16)唐土の文王の園は七十里四方あるとやいへり（巻六の一）

(17)人は堅固にて、其ぶんざいさうおうに世をわたるは……（巻六の五）

(12)′いやしきものなれども時にあひ富貴のものをば、よき人と思ひあがめうやまひ（四の十）

(13)′運は天にあり（四の四十八）

(14)′日頃したくの弓鎗（ママ）てつぽうまでも、貧苦にせめられ売捨しち物にをき、茶ばかりをたて習ひ、明日にも事が出来たらば、何をもつて武法をとゝのへ佳名をあらはし主恩を報ぜんや（一の四十三）

(15)′いにしへの侍は、十能七芸などならふといへども、今の侍それまでしらずとも、さのみくるしかるまじ、……乱舞など知てわるきにはあらね共、此たぐひかならずすき過して、それしやのやうになる物なり……（五の二十九）

(16)′周の文王のみかりばは、四方四百里なれども（三の三十二）

(17)′人の身の上に分々相応に生れつきて、つとめおこなふべきことわざ、さだまりてある物なり、それを大事とつゝしみ、ゆだんなくつとめおこなふべし。（二の四）

『日本永代蔵』と『新可笑記』の創作期が近似しているであろうことはすでに述べた。その創作期に西鶴が『可笑記』に執着していたことは容易に想像できる。中でも(10)(10)′と(11)(11)′は知られるところである。(10)にあるような貧病に対し、「分限にもなり給はん」と「長者丸」の話は『俚言集覧』などにも先行作としてあり、西鶴にとって、『長者教』以来の町人訓戒を、この形式にあてはめたのが「長者丸」と推定できるものである。[7] しかし、(10)′にあがる

『可笑記』の貧病に対する「養命補身丸」こそ直接の創作契機につながるものではあるまいか。それは同様の例が『西鶴諸国はなし』巻一の三「大晦日にあはぬ算用」に「金用丸」としてある（貧病の薬として十両を包む。『可笑記』では百両を包む）ことから、西鶴が『可笑記』の中でも刮目していたものであり、そこから受容したと考えられるのである。(11)(11)′の「茶の十徳」も同様で、『よだれかけ』などの先行作品や、俚諺の〝茶の十徳〟を知りつつも、『可笑記』に論じられていることが直接契機となって、それを題目に据えたと考えられる。(1)(1)′のような場合も、(1)の用例が『古文真宝後集』に「天道不ㇾ言而」とあるのを知っており、[8]『可笑記』でその用例を確認し、典拠である『古文真宝』にさらに立戻り引用したものと思われる。（(2)(2)′も同様　注(8)参照）これは(1)′(2)′より(1)(2)の方が典拠により近いことにもよるが、(16)(16)′のように、典拠と考えられる『梁恵王章句下』が「文王之囿、方七十里」としているにもかかわらず、(16)′は誤って（創作上の意図はないはず）[9]、引用しているのであり、(16)が正確に記すのは、その典型的な例ではあるまいか。又、(5)(5)′、(6)(6)′、(9)(9)′、(12)(12)′、(15)(15)′、(17)(17)′のような例は、一般的〝世の人心〟に対する見解で、特に『可笑記』から受容したものではないが、そこで確認して引用した用例であろうと仮定する。

　ところが、(3)′から(3)のように一般的武家の処世訓より、一般的町家の処世訓へのすりかえとして受容したと考えられる例もある。(4)′から(4)もその可能性が考えられる。特に(8)′から(8)の場合、作者如儡子が『可笑記』において、主君の威光が必要であることを説いた箇所があるが[10]、そのような主君の賢明か否かで、牢人するか否かにかかわってくるという趨向を、町人における主君を〝主取〟として見立てて、見事に武家物世界の教訓から町人物世界への教訓に転化させているのである。いわば、西鶴は武家的思想を町人的思想に変成させているのである。且つ言えば、西鶴は町人物世界と武家物世界とを隔たりなく同質に見ているのではなかろうか。そのことを検証するために、『日本永代蔵』と『可笑記評判』の関係について見てみたい。

四　『日本永代蔵』と『可笑記評判』

浅井了意による『可笑記評判』（万治三（一六六〇）年刊）は、『可笑記』の評判記である。西鶴の浅井了意への対抗意識は『浮世物語』『堪忍記』等との関係から今更述べるまでもないが、『可笑記評判』に関しても、『可笑記』に対する『新可笑記』で対抗したと言っても過言ではない。その反面、『新可笑記』においても『可笑記評判』を積極的に受容している(11)。その点は『日本永代蔵』においても同様である。

表（C）『日本永代蔵』と『可笑記評判』

『日本永代蔵』	『可笑記評判』
(1)金銀……黄泉の用には立がたし。然りといへども、残して子孫のためとはなりぬ。（巻一の一）	(1)′子孫のためにわが長命をねがひ。身にあまるほどたから物をあつめて。……人に後指をさゝれ。（四の十四）
(2)金銀も有所には瓦石のごとし（巻二の二）	(2)′又隋珠あに瓦石のたくひならんやとて夜光の珠のまれなる宝を石かハらのたぐひにひとしき物とせんや。（七の十六）
(3)欲をまろめて、今の世の人とはなりぬ（巻三の四）	(3)′欲きハ今の世の人心なれば（十の四十三）
(4)分限は才覚に仕合手伝では成がたし（巻三の四）	(4)′とかく天命果報のまねかざるにハ才学工夫色〳〵に行をめぐらしても富貴にハなられぬとしるべし（一の八）
(5)天も憐み有（巻三の四）	(5)′天道いかでかあはれみ給はん（十の十）
(6)貧より分別かはりて、……（巻四の一）	(6)′欲心非道ハすり切よりおこり物なり（十の十七）

(7)貧乏神をまつらん……あらたなる御霊夢。（巻四の一）	(7)′福の神の御託宣ならバしらず……（一の八）
(8)正直なれば神明も頭に宿り、貞廉なれば仏陀も心を照らす（巻四の二）	(8)′仏神ハ正直のかうべにやどりて慈悲の心を座とし（十の十三）
(9)利を得るにしても……いかに身過なればとて、人外なる手業する事、適〳〵生を受て世を送れるかひはなし。其身にそまりては、いかなる悪事も見えぬものなり。（巻四の四）	(9)′不義の富貴をいましめ給ふところなり（二の七） 類・富貴ハ草頭の露不義にしてさかえたるハ浮たる雲のごとし（八の二十九）（類・十の十七）
(10)其種なくて長者になれるは独りもなかりき（類五の一） 類・親よりゆづりなくてはすぐれてふうきにはなりがたし（巻六の三）	(10)′今の世に貧乏人の自力にかせぐ分にて大福人とならん事億万人の中に希に一人も有がたかるべし（一の八） 類・親類の跡職をもらひあるひ、……おもひの外なるまうけをいたしその元手にちからづきて大分の富貴にもなる人あり
(11)それは西明寺の御時にて、松・桜・梅を切て、薪やをしても抓取のある世なり。（巻五の四）	(11)′最明寺の時頼入道ハ修業者に身をやつして諸国をめぐり四海をおさめられたり
(12)人は堅固にて、其ぶんざいさうおうに世をわたるは、大福長者にもなをまさりぬ（巻六の五）	(12)′万事分際に相応して行へき事（四の三表題）

三で述べたように『日本永代蔵』は『可笑記』を受容している。ここで『可笑記評判』を受容しているとしても『可笑記』と重なる部分があるはずである。そのような例は挙げることを避けたが、表（B）(17)と表（C）(12)とは同例である。ただし、その受容とした表（B）(17)′の『可笑記』巻二の四に対応する評判は『可笑記評判』三の四であり、（C）の(12)『可笑記評判』四の三が対象とするのは『可笑記』二の二十七である。このことは『可笑記』→『可笑記評判』→『日本永代蔵』ではなく、（B）(17)(17)′は『可笑記』→『日本永代蔵』であり、（C）(12)(12)′は『可笑

記評判』→『日本永代蔵』という図式の可能性があるからである。つまり巻六の五の同箇所は『可笑記』と『可笑記評判』のどちらからの受容とも考えられるのである。（用例からは『可笑記評判』の方が近いように考える。）

さて、ここに挙げた『日本永代蔵』における『可笑記評判』の受容は表（B）と重複しないものである。その分析を行えば、やはり一般的教唆があがる。しかし、『可笑記』の場合と違い、『可笑記評判』自体、武家だけの教訓とせず、町人世界にも通じる教訓に仕立てているのに気づく。(1)で金銀をためることの無用さを説きながら、死んだ後は結果として子孫のためになるとする思考は、(1)′の初めから子孫に金を残すことを目的に働き、後指をさされるのとでは差異があるものの、〝金〟の有効期限を一代限りとしない点での立場は同じである。(2)(2)′は〝金〟の表現の上で、(3)(3)′は「今」の「世」の「人」の心と「欲」の関係において、(4)(4)′は努力や才能だけで富貴になるのではなく、そこに金運が必要であるとする点において同様である。(5)(5)′のような「天」「天道」は儒教的な用語であり、それが憐憫の情を持つという点で同じくするが、これには他に典拠が与えられよう。[12]

月並ながら(6)(6)′は〝貧〟が生み出す精神の卑屈さにまで至って述べたもので、これは受容と考え得るであろう。(7)(7)′は、同じ託宣ながら「貧乏神」と「福の神」という点で正反対のものであるが、[13] 神の託宣によって奇跡的に富貴になったり、なろうとする考えは同様である。(8)(8)′は表現が似ているものの、〝正直〟に対する一般的見解でもあったろうし、(9)(9)′の不義の金もうけ、(12)(12)′での分際相応の処世術も同様であろう。又、(11)(11)′の「西（最）明寺時頼」については、(11)の場合、(11)′などを知る読者へのもじりであって、殊更『可笑記評判』によるとはいえないものであろう。さて、以上典拠の用例について検討すれば、必ずしも『可笑記評判』の影響と指摘する必要性がないかも知れないが、むしろ、その受容の可能性のある箇所の方を重要視するのである。

『日本永代蔵』はやはり、〝金〟に翻弄される人々の人情の機微が主題にかかわってくると思われる。その時、(3)のような浮世観、(2)ほどの富と対照的な(6)の貧者故の精神性、(1)の〝金〟の永続性と、我身の寿命との均衡などは、

『日本永代蔵』の創作視点を〝金〟を中心に据えた時、不可欠な課題である。⑷、⑽のように富貴になることへの追求、自力本願より他力本願の方が多いことを披瀝してしまうことは、作品において、副題「大福新長者教」という致富道の教訓を、自ら放棄することにつながる。むしろ富貴になるには、⑻でいうように〝正直〟で、⑼のように人道をはずれた金儲けをしてはならないわけであると、西鶴の理想論が展開している。反面、⑿のように中庸を守って、自己の「分際」に「相応」に生きることが最大の幸福であるとする地道な論は、消極的ながら当時の処世術として最も現実社会に即応していたと考えられる。即ち、『日本永代蔵』において、主題に関わる重要な思想は『可笑記評判』から摂取していると考えられる。その点について、角度をかえて表（A）と表（C）の比較から見ると、用例箇所が（A）⑸⑸′—（C）⑵⑵′・（A）⑽⑽′—（C）⑻⑻′・（A）⑿⑿′—（C）⑼⑼′と重複することに気がつく。これは『可笑記評判』を受容した際に、西鶴が感銘を受けたからこそ、町人物と武家物との両世界に用いたものと推測する。その事は又、『可笑記』の場合のように武家物世界からの変容を考慮しなくとも、浅井了意が既に作品の中で、町人物世界に通じる思想に嚙みくだいていたことによるのではなかろうか。推断すれば、武家の思想を町人の思想に転化する可能性、又は方法を西鶴に伝えたのは『可笑記評判』だったのではないかと考え得るのである。

五　『日本永代蔵』における武家物の世界

以上述べてきたように、『日本永代蔵』には『新可笑記』との相互関連が指摘できると共に、武家物も多いに影響を受けている。『可笑記』及び『可笑記評判』からも各々受容したと考えられる一端がある。それは語群の用例にとどまらず、武家的思想から町人的思想に転化したと考えられる部分まで存在しているのである。ところが逆に町人物にもかかわらず、武家物的素材のものが『日本永代蔵』の作品中に存在する。

巻五の四「朝の塩籠夕の油桶」がそれである。主人公は一応「常陸にかくれなき金分限」として登場している。その分限は、「只律義千万」に夫婦共「朝は酢醤油を売、昼は塩籠を荷ひ、夕ぐれは油の桶に替り、夜は沓を作りて」と働いた結末の一代分限とされている。しかし、作品の主人公はむしろ、その経済力によって抱え入れた牢人達の側である。彼らは、幕府の「牢人改め」の取締制作によって、分限の家を追い出されてしまうが、西鶴はその後の職選びを題材とする。学識のあった書物好きの森島権六は「太平記の勧進読」に、好色の木塚新左衛門は「太鼓持ち」に、小刀細工の巧みな宮口半内は「小間物売」に、音曲好きの甚八は端役ながら役者に、顔が三百石取りの侍にみえる岩根番左衛門は殺生を嫌い、後生を願って「墨染の袖」に、侍事をやめぬ赤堀宇左衛門は五百石取りの侍となったと、その変移を描く。西鶴は彼らを登場させても、〝武家〟という特殊階層からの脱落にもかかわらず、それに伴う哀感とか、無常とかいう一抹の寂しさを描かず、むしろ何かの職業替え、商売替えのごとくに淡々とした結果報告に終えている。この事は彼らを評して、主人である分限の心根として「それぞれの人心、かく替り有こそ浮世なれ」とし、後に彼らが武士という身分を離れて、各々が違った職に向かって行くのを「つらつら世上を見るに、色々に成行さまこそおかしけれ」とする点からも、西鶴一流の達観した〝世の人心〟に創作視点が置かれていると考えられる。ただ、わずかに西鶴は、

申ても申ても口惜き身の行する﹅、皆知行も取し者の、死れぬ命なれば、かくはなりさがりける。

と詠嘆しているが、視点をかえれば、巻一の二「二代目に破る扇の風」で破産した後、謡をうたいながら門付け乞食となった二代目の姿や、巻三の三「世はぬき取の観音の眼」で、五百貫目の分限から次第に「むかしより浅ましくほろびて」酒の請売をして生きていく姿などの零落した者達と同様である。この点は「一度は栄へ、一度は衰ふ」（巻一の二）、「一たびはおもふまゝなりしが」（巻三の三）という各々の章中の語句で深められるが、この語は表（B）⑹⑹′で確認したのと同様で、町人物世界にとどまらない、武家物世界と共通する浮世観なのである。それ

は更に、表（B）⒂でも引用した巻五の四の結びでも認められる。

「是を思ふに、銘々家業を外になして、諸芸ふかく好める事なかれ。是らも、常々思ふ所の身とはなりぬ。かならず、人にすぐれて器用といはるゝは、其身の怨なり。公家は敷嶋の道、武士は弓馬、町人は算用こまかに、針口の違はぬやうに、手まめに、当座帳付べし」

とするのは武芸の他に生強い日頃から好きな芸があったために〝武家〟から転落したことを意味するもので、これは「分際」を越えて〝富者〟を志向した〝貧者〟の結末が破滅に向かうのと同様で、表（B）⑸⑸′、表（C）⑿⑿′でみるような「分際相応」の処世術に通じている。

だからといって、西鶴は武芸に専念しろというのではない。巻五の四の場合、前述の牢人のうち、見事仕官がかなって、武家階層にとどまった赤堀宇左衛門の行状は

此身に成ても鉄砲を残し置、無用の盗鳥、野山の狼を殺し、鞘咎、武勇達、年中我まゝをふるまひける。

というものであり、その性格はわがまま」という否定的価値（語彙的に現代語とその意味は違うがやはり積極的評価を伴う語ではない）を持った人物で、賞讃すべき態度故に知行を貰う身分になったのではない。分限でもある主人も元来「此善悪をたゞさず置しに」という受入れ方で、彼が〝善〟とは言い難く、むしろ、殺生・鞘咎などは〝悪〟に入る行為者である。つまりは、どんな精神性の者でも武家階層では受入れられるのである。西鶴にとって、武家の精神性を高次なものとして類型化する意図は決してない[14]のであるが、特に『日本永代蔵』においては、武家物における〝武家〟と違い、町人物における〝武家〟となっている。巻五の四の場合、各々の牢人が、各々好む道を職業とした事を中心としている以上、赤堀宇左衛門が〝武家〟となったのも、単に「武士顔をやめざる」武士好きがなせる職業選びである。この時点で西鶴は〝武士〟を単なる職業集団の一つとして認識していることがわかる。その職業としての〝武士〟の意識が『武家義理物語』の序にある、

それ人間の一心、万人ともに替れる事なし。長剣させば武士、烏帽子をかづけば神主、黒衣着すれば出家、鍬を握れば百性（ママ）、手斧つかひて職人、十露盤をきて商人をあらはせり。其家業、面々一大事をしるべし。

であって、刊行期だけを追えば、『日本永代蔵』より一月遅れているだけである。ここには階級対立史観では贖えない西鶴の士農工商観が成立しているのである。実際、『日本永代蔵』では、巻五の三の主人公九介は小百姓から大百姓への出世を描き、工の話も散在する。このような状況下で描かれる彼らは、天職という意味で同一であり、平等なのである。当人者世界と武家物世界との接点は、このように『日本永代蔵』の世界の中に存在し、その身分を超克した西鶴の創作視点をここに了解するのである。

注

（1）野間光辰「作者西鶴と出版ジャーナリズム」『西鶴新新攷』（岩波書店）一九八一年刊所収。
（2）拙稿「『武道伝来記』における創作視点」『日本文芸学』第二十二号　一九八一年刊所収。本書所収。
（3）拙稿「『日本永代蔵』における創作視点―巻四の一〝貧乏神〟を視座として―」『日本文芸研究』第三十八巻第三号　一九八六年刊所収。本書所収。
（4）注(3)に同じ。
（5）昭和六十二年度全国大学国語国文学会春季大会（於　成城大学）での口頭発表「西鶴武家物における『可笑記』の受容」による。
（6）長尾高明「『可笑記』の思考基底」『東京成徳短期大学紀要』五号　一九七二年刊所収。
（7）前田金五郎『新注日本永代蔵』（大修館書店）一九六八年刊。補注六〇による。
（8）西鶴が『古文真宝』をよく受容していることは、「古文真宝なる顔つき」（『諸艶大鑑』）や「古文真宝にかまへて」（『好色盛衰記』）という用例からも窺える。他に表（A）(2)(2)′の場合や表（B）(2)(2)′の場合も「心兮本虚、応レ物無レ跡」によると考えられる。

（9）渡辺守邦氏はこの点について、『可笑記』が林羅山の『巵言抄』より引用したためとされる。〔『可笑記』の当世批判」『仮名草子の基底』（勉誠社）一九八六年刊所収〕
（10）渡辺守邦氏が林羅山の『童観抄』と『可笑記』との影響関係を解明する中で述べられている。〔注（9）に同じ〕
（11）注（5）に同じ。
（12）中村幸彦氏は「天」「天理」の語を近世初頭の仮名草子類に散見されている。『可笑記』『可笑記評判』に限った用例ではない。
（13）『日本永代蔵』における〝貧乏神〟は貧者の素材的代表であって消極的価値を有するものではない。〔注（3）に同じ〕
（14）拙稿「『武家義理物語』試論」『日本文芸研究』第三十七巻第四号　一九八六年刊所収。本書所収。

なお、西鶴以外のテキストは以下である。

『可笑記』　『徳川文芸類聚第二』（国書刊行会）一九一四年刊所収及び『可笑記大成』（笠間書院）（一九七四年刊）をもとに旧字適宜改訂。

『可笑記評判』　『可笑記評判』（深沢秋男校訂・近世初期文芸研究会）（一九七〇年刊）をもとに旧字適宜改訂。

第六節　『新可笑記』における創作視点

一　はじめに

従来、井原西鶴作『新可笑記』（元禄元年（一六八八）刊行）は書誌的に不備な点を多く指摘されるところから助作者介入説などが論じられ、内容的にもあまり評価を受けるに致っていない。

本論では、その創作視点の面より、文芸性を解明し、西鶴文芸の展開におけるその作品世界の意義を論ずるものである。

二　西鶴文芸史における『新可笑記』

『新可笑記』五巻五冊が刊行されたのは、元禄元（一六八八）年十一月のことである。著者は西鶴であり、その序文に「西鵬」（西鶴の号、鶴の字法度により、元禄四（一六九一）年まで使用）と書名されている。西鶴文芸史（浮世草子）において、『新可笑記』の成立期はその中期に属する。『好色一代男』（天和二（一六八二）年）より始めて、約十年程で二十数作の浮世草子を残した西鶴は、その多くを貞享三（一六八六）～元禄二（一六八九）年の中期に刊行している。『好色五人女』（貞享三（一六八六）年二月）、『好色一代女』（同年六月）、『本朝二十不孝』（同年十一月）、『男色大鑑』（貞享四（一六八七）年正月）、『懐硯』（同年三月）、『武道伝来記』（同年四月）、『日本永代蔵』（貞享五（一六八八）年正月）、『武家義理物語』（同年二月）、『嵐無常物語』（同年三月）、『色里三所世帯』（同年六月）、『好色盛衰記』（刊行年が「貞享伍辰年」とあるが、刊行月は不明。但し、この年は九月より改元され元禄元年となっているので、九月以前に刊期をもつものと考えられる）、『新可笑記』（元禄元年十一月）、『本朝桜陰比事』（元禄二年正月）という作品群である。これを従来より行われてきた、形式的対象素材によって分類すれば以下のようになる。

①好色物……『好色五人女』『好色一代女』『男色大鑑』『色里三所世帯』『好色盛衰記』

②町人物……『日本永代蔵』

③武家物……『武道伝来記』『武家義理物語』『新可笑記』

④その他……（雑話物）

　A）諸国咄的・奇異譚……『懐硯』

　B）不孝咄………………『本朝二十不孝』

　C）一代記・追悼物………『嵐無常物語』

　D）公事物…………………『本朝桜陰比事』

『新可笑記』は武家物三作品の最後を飾る作品として刊行されたわけであるが、このような周辺作品の中で生み出されたのである。『新可笑記』の各巻全話の副題として、「武士は不断覚悟の事」（巻一の三）、「武士は善悪の二道をしる事」（巻三の五）、「武士は心のすなほなるものとしらるゝ事」（巻五の五）などというような教訓的題目となっていることからも武家物として分類されることには相違ないが、果たしてすぐれた真の武家物として分類されるところに、西鶴の意図は存在したのであろうか。このことを検証することは西鶴文芸の展開を研究する上で、非情に重要な課題といえる。よって以下、『新可笑記』における西鶴の創作視点を考察することで、その解明を行いたい。

三　『可笑記』・『新可笑記』との関係

前述のように『新可笑記』は、その副題に各々「武士――」という体裁をとり、武家への教訓製を全面に押し出した作品である。それは、『新可笑記』の序に

笑ふにふたつ有。人は虚実の入物。明くれ世間の慰み草を集めて詠めし中に、むかし淀の川水を硯に移して、人の見るために道理を書つゞけ、是を可笑記として残されし。誰かわらふべき物にはあらず。此題号をかりて、新たに笑わるゝ合点、我から腹をかゝへて、智恵袋のちいさき事、うまれつきて是非なし。

とあることからも、武家教訓小説として先行する仮名草子『可笑記』(如儡子著　寛永十九（一六四二）年刊　五巻五冊)に倣ったものと考えられる。実際、その用語例において、西鶴武家物が『可笑記』より多くの用例を受容し、『新可笑記』においてのそれが著しいことは指摘できる。[1] それは、西鶴が『日本永代蔵』においても行っていることである。[2]『可笑記』と『新可笑記』の関係は密接であり、『新可笑記』の話の中には、内容自体が『可笑記』を典拠としていると考えられるものがある。(例えば、『可笑記』五の四十二と『新可笑記』巻四の三、又、部分的に主君の治政という点で『可笑記』三の四十一と『新可笑記』巻三の二、家老・奉行を扱った点では、『可笑記』に頻出するのに対し、『新可笑記』巻一の二、二の一、三の三、三の五、四の四、四の五、五の一などがある。その他にも数例見当たる。)

いわば、西鶴の執筆意識下の最大の書物が、『可笑記』であったとしても過言ではあるまい。しかしながら、更に用例の面から見ると、『新可笑記』には『可笑記』だけでなく、『可笑記評判』(浅井了意著　万治三（一六六〇）年　十巻十冊)の方からも用例を積極的に摂取していることがわかる。[3]『可笑記評判』は『可笑記』に対する〝評判記〟即ち批評を中心としている書である。それなら、『可笑記』→『可笑記評判』→『新可笑記』という図式が成

立し、その二書の影響は同質ではないかと推察されるかも知れない。しかし、用例からは『可笑記』のみ使用のもの、『可笑記評判』のみ使用のものの量系統があり、『可笑記』→『新可笑記』、『可笑記評判』→『新可笑記』という図式で西鶴が二書を受容している。[4] この両書の受容方法は、更に西鶴の『日本永代蔵』でも同様に行われ、両書は町人物世界にも影響を及ぼしている。[5] 『可笑記』は元々、戦国武士的感覚が基調をなしている書であるが、[6] その発想の基底には林羅山の『巵言抄』『童観抄』などからも受容する所が大きい[7] 程の本格的儒教精神からの武家のための教訓性がある。そこには、又、仏教的思想の側面もあり、[8] 先行作品としての存在は大きい。『可笑記評判』は、今風に言えば、この書に対する批評、評論書として世に出た作品なのである。西鶴にとって同時期に仮名草子作家としてトップクラスの活躍をしていた浅井了意は好敵手である。そのことは、西鶴作品の他作品の題名〈了意の『浮世物語』に対する『好色一代男』、『大倭二十四孝』に対する『本朝二十不孝』、『堪忍記』に対する『甚忍記』（未刊）など〉からも首肯できる。この面から考えるなら、『新可笑記』が対抗すべき書は、『可笑記評判』であったのである。

しかし、『新可笑記』では前述のように、『可笑記評判』の受容も行っているわけである。武家物における了意の『堪忍記』の受容と同様、[9] 西鶴は了意より得るところ大なのである。町人西鶴にとって、武家に精通している『可笑記評判』は、彼の教養書であり、対抗の書であったのである。その点は『可笑記』も同様で、二書を受容して作品化することは、武家精神を示すと共に、武家を対象として、大いなる権威を持つことまで意味したのであろう。それ故、『新可笑記』というような題目にし、衆目を引いたのだと推論できる。

四　『新可笑記』の構成

『新可笑記』は形式的には題目、副題とも堂々とした武家のための教訓書であることは既に述べた。しかし、内容面においては、武家物とは言い難い話も多い。そこで以下、『新可笑記』の全話をごく簡単にまとめてみた上で、一、の西鶴中期の素材分類の作品群と比較し、その記号を各話の最後に示すことで、『新可笑記』全話を再分類してみた。

巻一の一　▽九州のある国主のもとで歌舞の宴を催した。その折、納戸から五百両が紛失し、納戸役四人にやむなく切腹の沙汰が降りる。そこへ長浜の神道の行者浮橋宮内卿橘正連が現れ、人相学により犯人を当てる。犯人は否定し続け、橘正連の立場も危うくなるが、拷問の果ての死に際に橘の人相学の正しかったことを白状して果てる。（→④D）

巻一の二　▽和州信貴に楠正成の後裔と名乗る二人が、正成の詠草と太刀を各々持参する。家老が調べさせた結果、一人の方が本物の太刀と偽者の詠草、もう一人の方も本物の詠草と偽者の太刀とわかり、二人とも自害する。その後、楠家の末裔とするものが名乗り出、親の代にその二品を修理に出したところ、そこの職人が持ち逃げしたことを申し出、事の経緯が明らかとなった。（→④D）

巻一の三　▽信州のある大名において、二人の息子が官位を賜わるべく、使者二名を立てた。一人の方がその綸旨を京都で大猿に盗まれてしまい、自害を考えるが、国元に帰り主命に従おうと帰国の途につく。その途中、その猿が再び現れ、もう一人の綸旨をとり、前の綸旨を置いてゆく。その者は自害し、綸旨は猿が殿の前に現れ、投げ捨ててゆく。調べれば、その自害した武士の息子が、子猿

の命をとったので、大猿がその仕返しをしたものと判った。↓④A）

巻一の四　▽浅香山に住む貞女の後家と孝行娘の家に旅僧が一夜を借りるが、僧は娘を刺殺し、生肝を奪って逃げる。五月五日生まれの処女の生肝が妙薬であったための主命ではあったが、その僧になりすました武士は「戦場の高名なら」ぬ手柄に後悔して出家し、その娘の母と共に娘の菩提を弔う。↓④A）

巻一の五　▽近江において、大工が牢屋敷改築の際、けんかして牢住い中の二人共の釈放を懇願し、二人共許され、大工も人気を得、それからは他人の公事・裁許・口論・夫婦げんかにまで口出しするようになり、訴状を書いて仕事するようになった。しかし、ある武家屋敷の普請中に、その家のもめ事に口を出し、命をとられた。↓④D）

巻二の一　▽播州飾磨のある金持ちの息子が鞘当てにより、相手を殺生し捕まる。その兄が奉行に二千両を差し上げて牢払いを頼むが、その金が惜しくなり、返却を願出たところ、二千両は下しおかれ、弟の命は奪われた。父は貧しい時に育てた兄よりも、長者の時の妹に交渉させた方がよかったと嘆いたが、後の祭りであった。↓②、④B）、④D）

巻二の二　▽帝が御寵愛の官女暁の中納言が亡くなられたのをお嘆きになって、その像が洛陽に住む仏師の名人にお造らせになった。その際、誤って胸に墨をつけてしまったが、それは帝のみが知る灸穴の場所だったので、その秘事を知る者と疑われて、仏師はとがめられ、捕われてしまった。しかし、その官女の妹夕日の大夫が、帝に会って釈明した結果、仏師は赦免された。↓①、④A）

巻二の三　▽関ケ原の戦いにおいて、ある長柄持ちの小男が、武勇にすぐれ数々の功名を得たのに対し、華美に飾った出来顔の鎧武者が、拾い首をし、その男の手柄を横取りにした。諸役人は、その功をめぐって二人を詮議のうえ、長柄持ちの小男の方を討ってしまった。ところが、若手の武者仲間はこれを不服とし、発起人のわからぬよう、円環に連署し訴訟を行い、その非を明らかにした。↓③、④D)

巻二の四　▽仙台において、老練の指南役が、新参の指南役との仕合を拒否した。そのため藩中の多くの者が新参の指南役の方へ移っていった。三年後、両者の試合が行われた。古参の指南役が一方的に勝ちを収め、弟子達においても同様であった。三年前の試合拒否は、弟子が少なくなった方が教えやすいと考えてのことであった。彼こそは、手品師が物を盗む早業を目隠しのまま当てるほどの達人であった。↓③

巻二の五　▽江州である武士が懇意の老夫婦に会いに行き、そこで乗り馬を所望された。勤めの帰りに進呈する約束をして別れたが、十日後に再び訪れると老夫婦は病死してしまっていた。しかし、男は約束したことだからと馬を置いていったが、その馬も二年の後死んだ。↓③

巻二の六　▽駿河のある大商人の家で、息子が十八歳で死んでしまった。しかし、両親は陰陽師に頼み、百日目には必ず絶命するという条件で、招魂の法によって息子を生き返らせてもらった。武家の娘である婚約者がいたが、結婚にいたらないまま百日目を迎え、息子はやはり死んでしまった。このため、婚約していた娘は出家し、その菩提を弔った。↓③、④A)

巻三の一　▽河内にいる母衣大将は、後妻をもらうがうまが合わない。その家には、浪人が数人出入りしていたが、その中の好色なものが、妻と不義を働いた。その事が「奥へかよふ男あり」と人々に噂されたので、主人は古狐を犯人としてこれを成敗し、妻を離縁した。後日密かに手紙の筆跡から、代筆者を洗い出して犯人をつきとめ、これも斬り捨てて人知れず面目を施す。↓③

巻三の二　▽大隈の国司は修行者に身をやつし、国内を巡行していたが、ある港で舟から降りた商人が殺され金を奪われるという事件が起きた。国司はその場で詮議を始め、三人の同乗者が捕えられた。そのうち二人が、被害者の妻に「お内儀、亭主は」と声をかけたことから、顔見知りの二人の犯行が露見した。→④D)

巻三の三　▽越後の太守は名君であったが、ある咄衆の物語から、自然石の地蔵を掘り起こしにかかった。しかし、その工事の際限はわからず、数万の人足を集めて日数を重ねるばかりで国の費がかさんだ。そこで賢い家老が、この石の祟りのある噂を流布させ、工事を中止させた。→③

巻三の四　▽播州の城普請で、ある左官が高塀・石垣に乗り出して行う危険な仕事を担当したので急に髪が白くなり、ひどく老けてしまった。そんな夫を妻が見限り、新しい男の元へ走った。そのため、病の床の夫が死に、その両親がその女を訴えた。奉行は夫の生前よりの密通であると裁断しながらも重刑を科さず、女を仏門に入れ、男の菩提を弔わせた。→④D)

巻三の五　▽京都の三条で子供を巡り、父母が双方の所有すべき義務の有無を訴えた。奉行の裁きで、子供は十五歳まで仲人預り、養育は父母の義務となった。しかし、毎日、仲人の家まで父も母も通う内に和解し、子供共ども仲睦まじい家族となった。だが、或時、孝行息子に育った子供が以前の訴訟を知り、家の金銀をもって行方不明となった。→④B)D)

巻四の一　▽伊丹のある役人が、夫婦で通い舟に乗っていると、俄かに産気づき、娘を生み落とし、母は死んでしまった。その娘が十四歳の時、その話を聞き、母恋しさに狂乱してしまった。そこで巫女を招き、母の招魂をしたところ、その際の母の諫言で正気にもどり、嫁げるまでにもどった。→④A)B)

巻四の二　▽雲州大社の神主の息子は、歌学好きで、伊勢・小町の姿に深く心をひかれて魂もうつろになっていた。ところがある時、二人の美女の幻が息子の所へ現れるようになった。二人の幻は伊勢・小町の姿をしており、それを狐狸の類のしわざと判断し、矢を射ると、幻は消え、息子も息が絶えた。同様の例が信玄公の時にもあり、その際は青松葉の煙で狸が正体を現した。↓④A)B)

巻四の三　▽武士の心得=町人の処世として説いたもの↓②

巻四の四　▽下野のある武士がその遺言の状箱に、長男には数珠一連と黄金百枚、次男には丸頭巾と黄金百枚、三男には脇差と黄金百枚を残したまま死んだ。これだけしか残さなかったので、誰が家督をつぐべきか判断できず、訴訟に及んだ。殿は、惣領は出家、次男は気楽な生活、三男に家督と判定されたが、なるほど三人共の性格・行状から正しい裁きであった。↓④D)

巻四の五　▽伊勢の古市で、仲のよい三人の浪人達のうちの一人に仕官がかなった。栄転の名残に酒を酌み交わして別れたが、その夜、仕官がかなった浪人は切り伏せられて死んでしまった。奉行は仲間の二人を捕まえて、神文を書かせ、身の潔白を訴えさせた。その文面より、奉行が一方の浪人を怪しいと指摘し、浪人もその罪を白状し、自害し果てた。↓④D)

巻五の一　▽関東のある高名の家に、忍びに熟練した十人の侍が奉公を願い出た。殿は書院の甲を忍び取ることを試みさせたが、厳重な警備にもかかわらず、見事に甲をとった。そこで十人一緒に召し抱えられることになったが、その時不在であった家老が、今一度試みさせ、その術を見破ってしまった。家老は忍びの不要性を説き、殿もその諌言に従った。↓③

巻五の二　▽播州赤松家には有能な二人の執権がいた。その執権の一人がかくまった浪人を、切り捨てた者があったが、その後、その者も浪人の遺子らしい小坊主に殺された。↓③

巻五の三　▽南部の城下に心ざしの実な武士がいたが、同役三人と一緒に浪人した。その後、その中の一人松井某は病死し、遠山某は武州で五百石を賜わり奉公した。もう一人の朋輩の田川某は上方に上り行方知らずとなっていたが、遠山某が近衛御所へ名代として上京中、大津の松本で田川にめぐり会う。その帰途にも二人は会い、田川に仕官の意志がある事を確認し、帰国後、大殿より三百石で召し抱えるとの上意をもらう。ところがお目見えの場というのに、田川は乞食に近かった浪人時代のままの姿で参上した。その気丈さで奉公も叶い、勤めも立派に果たした。↓③

巻五の四　▽陸奥の国に瀬越の某という盗賊がいたが、都の息女を妻とし、悪行を重ねていた。妻は夫の死後も盗賊をやめず、二人の娘も同業に染めて育てた。ところが、ある時、ふとした仲間割れから後世を考え、母共々、盗賊をやめ、仏門に帰依した。↓④A)

巻五の五　▽加賀の家老の家で、秘蔵の小柄が二度までも見えなくなったことがあった。又、紛失したので捜索すると、泊り番の小姓衆の一人の寝道具から、お尋ねの小柄が現れた。その時、その召使いの小者団八が欠落ちした。追手に捕まった団八は、処刑になるところ、主人の身代わりになったものとわかり命が助かった。その後、団八は武家勤めをやめて、酒商売をはじめた。十年あまりで富裕になったが、ある年、大病を患い、いざ臨終に及びながら、その妻に遺言をしなかった。団八はその大病から生き返るが、今際の際にも心を許してくれなかった夫を恨んで妻は離縁を望み、団八も願いを聞き入れた。団八は後妻をもらったが、再び大病におかされ、この世の限りの時、以前の妻を思い出して行衛を尋ねると、仏門に入っていることがわかる。そこで財宝をすべて以前の妻に残してやる。それが「おかた（御方＝人妻）酒屋」として繁盛した。↓①②③④A)C)

以上をまとめて整理すると次のようになる。

【表1】

分類		『新可笑記』
①	好色物	※巻二の二※巻四の一　※巻五の五
②	町人物	※巻二の一・巻四の三※巻五の五
③	武家物	※巻二の三・巻二の四・巻二の五・※巻二の六・巻三の一・巻三の三・巻五の一・巻五の二・巻五の三・※巻五の五
④	A『懐硯』	巻一の三・巻一の四※巻二の二・※巻二の六※巻四の一　※巻四の二・巻五の四
	B『本朝二十不孝』	※巻二の一※巻三の五※巻四の一・※巻四の二
	C『嵐無常物語』	※巻五の五
	D『本朝桜陰比事』	巻一の一・巻一の二・巻一の五・※巻二の一※巻二の三・巻三の二・巻三の四※巻三の五・巻四の四・巻四の五

ただし、※は複数要素をもつもの。

上に見るように、武家物であるはずの作品が、内容よりみる限り、その三分の二近くが、公事物（裁判物）で、これらを『本朝桜陰比事』に参入させても些かの遜色もない。中でも巻一の五では公事好きの大工が主人公となっているが、「朝暮分別して、『棠陰比事』など枕にし、夢にも是をわすれず」という性癖に仕立ててある。『棠陰比事』は中国の公事物の代表的な書で、『本朝桜陰比事』という書名もそのもじりである。一で述べたように執筆時期が接近、或は同時期と考えられる二書である以上、『棠陰比事』を読みながら思案する大工の姿は、西鶴自身の執筆に苦悩する姿そのままなのである。西鶴は苦しみながら『本朝桜陰比事』を書いていた。その際、『本朝桜陰比事』の創作意図に外れるもの、或はむしろ『新可笑記』に入れるにふさわしいもの〔家老や殿の裁きによるもの〕が出来てしまい、『新可笑記』に混入した。このような推測も可能なのではあるまいか。その点では、④A)、④B)の要素をもつ作品群も同様であり、①、②の要素をもつ作品群も話の展開次第では、同様の結果の産物であろう。その点、③に分類されるものも、『武道伝来記』的敵討話から、『武家義理物語』的義理を通した話まであり、二作品に編集しきれなかった作品群とも考えられるのである。いわば、『新可笑記』の構成には、西鶴文芸史における他作品群の残滓的寄せ集めの傾向が窺われるのである。

この点は更に書誌学的見地からも考えられる。金井寅之助氏[10]は、その版下において、巻一、二の章題番号に誤記のあること〔巻一の五が一と誤記され、巻二が一・二・三・四となるべきが二・三・四・五となっている。つまり、巻一が一・二・三・四・一、巻二が二・三・四・五・五・六となっている。〕に着目され、当時の出版書肆の習慣から巻一の分量を多くしようとして、巻二の一章を巻一に繰上げたためとされながら、その出版時の慌しさを指摘されている。五巻五冊、二十五話であるべきが、五巻五冊、二十六話であることを取上げただけでも、西鶴の不徹底な編集姿勢は考えられる。これは金井氏の西鶴助作者説[11]まで波及させるまでもなく、作品の不統一性と見るのには不可欠な事実なのである。

以上のような結果から、『新可笑記』の構成における、不統一性、甘さが指摘できることは否めないであろう。

四　西鶴の創作視点

それでは果たして、西鶴はこの作品を統体としてどのような視点から創作したのであろうか。そのことを探る上で巻五の五に注目した。巻五の五は三、で④C)の要素を指摘したように、団八の生々流転の一生を中心に展開している。団八は前半武家の主人の名誉を救いながら、後半は武家をやめ商人として余生を送っている。その理由を「年久しく武士のつとめを退屈して」としている。「退屈」の語は「いや気がさす」との意[12]で、即ち団八は武家の世界を嫌って町人となったのである。

【表2】

イ、武家を主人公としたもの	巻一の一・巻一の二・巻一の三・巻二の三・巻二の四・巻二の五・巻三の一・巻三の二・巻三の五・巻四の三・巻四の四・巻四の五・巻五の一・巻五の二・巻五の三
ロ、元武家を主人公としたもの	巻一の四・巻二の六・巻四の二
ハ、非武家を主人公としたもの	巻一の五・巻二の一・巻二の二・巻三の四・巻三の五・巻四の一・巻五の四

西鶴の多くの作品の最終話が祝言形式となって、その作品の世界を積極的概念とし、高揚して筆を終えることを考えると、団八の武家世界の放棄は、西鶴の創作視点を窺えるものと考えられる。この点は作品全体においても知られることで、主人公が武家とは限らない話が多数見つかることで、如実に確認できる。

　この表でロ・ハを合わせれば、五分の二近くが非武家の者を主人公としたもので、この結果からは『新可笑記』の武家物としての創作視点の不統一性が指摘できるかもしれない。しかし、武家物としての希薄性は、観点を変えれば、武家物からの脱却と考えられよう。『新可笑記』の序はIIであげたが、序からは先行作品『可笑記』への対抗意識と共に、我も慰み草として笑いのある作品集にしようとする意欲が感じられる。〝笑い〟と言っても〝フモール〟に属するもので、その基底は「世の人心」を創作視点とする、町人物などに通じる世態人情を対象とした西鶴特有のものと同質のものである。西鶴の創作意識は、浮世草子作家としての中頃の談理の傾向がうかがえる頃から、人間探求の方向に推移していったが[13]、その渦中の作品が『新可笑記』であったのではなかろうか。主人公が武家と限らず多岐にわたるのも、武家という特殊で、最も狭い世界を対象とした時の、西鶴の限界であり、同時に西鶴自身の興味の減退といえよう。いわば、西鶴の気随による編集ともいえるかもしれない。

その面から、『新可笑記』において、計画的に統一されたと臆断できるものがある。それは主人公の無名性である。三、であげたように『新可笑記』の主人公はすべて無名である。わずかに巻一の一の副主人公橘正連と巻五の三の松井某・遠山某・田川某という姓のみが見られるだけで、作品二十六話中に主人公の姓名は用いられていない。全話を通じて登場人物の名がまったくに近いほど用いられていない作品は、他の西鶴武家物作品にはなく、『新可笑記』の特色といえよう。西鶴作品における登場人物の無名性については、既に暉峻康隆氏らが指摘するところである。暉峻氏によると、『新可笑記』の無名性は、その各説話が「古代徳ある人いへり」「古代老たる人いへり」「古代賢き人のいへり」などとなっていることから、作者が昔話の伝誦者という立場になっていることから生じるもので、昔話の伝誦者という現実に拘束されない立場が、登場人物を無名たらしめたとする。[14][15]

なるほど、説話性による無名性は、暉峻氏の説かれるように『竹取物語』『伊勢物語』などの先行説話文学の影響と考えられる。しかし、その手法を作品にとり入れたところに西鶴の創作意識が存在するのである。主人公の姓名が記されていないことは、読者にモデルを意識させないということであり、単にその話の世界だけの人間像を形象することができる。換言すれば「無名性」はその方法によって、科学的公平さのような側面において、人間を現実的に捉えることに、一歩前進のある方法なのである。

野中涼氏は「十九世紀後半のリアリズム小説は、現実を人間の目で新しく見なおす組織的な現実再認識の要求から生れたものであるだけに、その表現方法が、概括的に言って、できるだけ描写の視点を人間にひき下げるように努力しなければならなかったわけである」というが、この西欧小説に対する論を西鶴にあてはめることも難くない。[16]西鶴の視点はどこにあるのか。もちろん視点人物に相当するものは存在しない。又、『新可笑記』の各話の多くに見受けられる「道をまもりけるとなり」（巻一の一）「事なく納りけるとなり」（巻三の三）という〈となり体〉は、話と自分の間に距離をおこうとしているあらわれであり、[17]〈とぞ・といへり・語られし〉を入れると、三分の一に及ぶ話が客観的描写であるこの結び方にされており、その面からは西鶴他作品と同様で、西鶴は語り伝えた群集の一人ではあるが、その姿を作品の中に現そうとはしていない。ただ、巻四の三「市にまぎるゝ武士」には注目できる箇所がある。この話は、隠遁した武士が生活のために海辺の市に立っていたのを、心ある人が招いてその心音を聞くという趣向になっており、その内容は武士の身の修め方が中心で、二、で述べた『可笑記』『可笑記評判』を受容した教訓話で、武士が語るにまかせた方法のため、話としてのストーリー性は欠落している。しかし、武士が武芸に励む二人の成功話をした後、町人達も皆「算勘日記をしばらくも懈り給ふな」と教訓して話を終るのは、まさに西鶴の創作視点の存在する所ではあるまいか。即ち、武家における価値観を町人のそれに転化してしまうことは、現在なら一般的に了解できることではありながら、元禄時代においては破格の志向性である。この武家も町人も同一の次元に見なそうとする、常識への挑戦こそが西鶴独自の視点なのである。これは武家という特殊な階級に高い精神性を契合する[18]、自らの武家物における視点と自家撞着するものであるが、それは撞着というよりも、身分を超克した西鶴の創作視点と見なすことができ、武家を題材としながらも、『新可笑記』の世界に貫徹して潜む視点といえよう。それは「世の人心」を通じて人間探求を行おうとする西鶴の姿勢の顕れであり、ここに西鶴文芸史の展開における『新可笑記』の意義が存在するのである。

注

（1）昭和六十二年度全国大学国語国文学会春季大会（於成城大学）での拙論「西鶴武家物におけ『可笑記』の受容」の口頭発表によるが、本論考の骨子、資料等は、その際の発表に基づいている。

（2）拙論「西鶴町人物世界と武家物世界との接点―『日本永代蔵』を中心として―」『日本文芸研究』第三十九巻第二号　一九八七年刊所収。本書所収。

（3）注（1）に同じ。
（4）注（1）に同じ。
（5）注（2）に同じ。
（6）長尾高明「『可笑記』の思考基底」『東京成徳短期大学紀要』五号　一九七二年刊所収。
（7）渡辺守邦「『可笑記』の当世批判」『仮名草子の基底』（勉誠社）一九八六年刊所収。
（8）渡辺守邦「『可笑記』と『沙石集』」『仮名草子の基底』（勉誠社）一九八六年刊所収。
（9）西島孜哉「『武道伝来記』論」『武庫川女子大学紀要』三十一号　一九八四年刊所収に部分的な指摘があるが、部分的な指摘は中村幸彦氏等にもある。
（10）金井寅之助「『新可笑記』の版下」『ビブリア』二十八号　一九六四年刊所収。
（11）注（10）に同じ。
（12）杉本つとむ「Ⅲ―一　基本語彙の部」『西鶴語彙管見』（ひたく書房）一九八二年刊所収。
（13）中村幸彦「西鶴の創作意識とその推移」『中村幸彦著述集　第五巻』（中央公論社）一九八二年刊所収。
（14）暉峻康隆「登場人物の無名性」『西鶴新論』（中央公論社）一九八一年刊所収。
（15）注（14）に同じ。
（16）野中涼「小説の方法について―視点―」『小説の方法と認識の方法』（松柏社）一九七〇年刊所収。
（17）杉本つとむ「Ⅰ―二　西鶴の構文と語法」『西鶴語彙管見』（ひたく書房）一九八二年刊所収。
（18）拙論「『武家義理物語』試論―巻一の一「我物ゆへに裸川」を視座として―」『日本文芸研究』第三十七巻四号　一九八一年刊行所収。本書所収。

第七節　『本朝桜陰比事』と『翁物語』

一　『本朝桜陰比事』の初版本題簽をめぐって

西鶴の『本朝桜陰比事』は、大本五巻全四十四話からなり、元禄二（一六八九）年正月に刊行された、所謂雑話物に分類されている作品である。

その初版本、雁金屋版の五巻核題簽の下部に、「ちゑ　小判壱両」「ふんべつ　小判弐両」「しあん　小判三両」「じひ　小判四両」「かんにん　小判五両」と記して書く巻数名を表していることは周知の事である。そして、その意味するところをめぐって、先学の多数の見解が存在するのも知られるところである。それを要領よくまとめたものに小西淑子氏の解説があるが[1]、更に箇条書きにすると、

①野間光辰氏は「題簽下の「ちゑ　小判壱両」・「ふんべつ　小判弐両」とあるのは、単に巻数を示す趣向に止るものでなく、日夜服用すべき薬方に擬して、判官としての心得をあらわしたものである[2]。」とされている。

②冨士昭雄氏は「『桜陰比事』における「両」は小判の単位で堪忍を最も手に入れにくい、大事なものとしているようである。すなわち、堪忍を第一に、慈悲あつく、よく思案をし、分別を弁え、智恵を働かせよというさとしであろう[3]。」とされている。

③井上敏幸氏は「初版本の題簽に付された見出し「ちゑ」・「ふんべつ」・「しあん」・「じひ」・「かんにん」の意図

も、単に巻数を表示する趣向ないしは、裁判官の心得を説いたものだったのではなく、読者の心にある知恵・分別・思案・慈悲・堪忍を呼びおこそうとするものだったといわねばなるまい。[4]」とされている。

④『諺苑』（太田全斎著　寛政九（一七九七）年序）の「堪忍五両」の項目には、

「世俗堪忍五両ヲ金銀ノ両目ト謂フハ非ナリ此ハ秀吉ノ加減関白円ト云薬方ヲ戯作シ玉ヘルニアリ左ニ載

一　正直五両　堪忍四両　思案三両　分別二両　用捨一両

右毎朝一‐服ツヽ可レ被レ用之子‐孫延‐命‐丹也

禁物

無理　慮外　過言　油断　無言

各々日‐々三度ツヽ定ヲ立テ可レ有二用心一也

一　欲ニ離レヨ　大酒飲ヘカラス　朝寝スヘカラス　女ニ心ユルスヘカラズ　分別ナキ人ヲ恐レヨ　物ニ退屈スヘカラス　深キザレヲスヘカラズ　我行末ヲ思ヘ　物論スヘカラズ　心ニ垣ヲセヨ　我口ヲ畏レヨ　人ヲ賤ムヘカラス　楽ヲ辛苦ノ種ト思ヘ　辛苦ヲ楽ノ種ト思ヘ　主人ハ無理アルモノトオモヘ　主人ハ被官ニ慈悲ヲセヨ　人ハ義理ヲオモヒ万心ニ堪忍スベシ

右十七ヶ条コレヲ敬ムヘシ」

とあることから、「堪忍五両」云々は当時の諺語に由来していると考えられるかも知れない。

※その編纂において『諺苑』も参考にした、『俚言集覧』も右と同様の例をあげるが、更に『揚悪善善』（『揚悪心善』か）の例として、「七味円　○分別四両　遠離三両　遠慮二両　堪忍五両　裁断八分此用二分利根一両」をあげている。

以上、概ね四つの見解が問題の争点としてあげられるが、検討を加えたい。まず①②についてであるが、題簽の

場合、

「両」を金銭と見るか、薬の両目として見るかの問題に抵触する。西鶴は『日本永代蔵』巻三の一の「長者丸」の

長者丸といへる妙薬の方組伝へ申べし。

△朝起五両　△家職弐十両　△夜詰八両　△始末捨両　△達者七両

此五十両を細にして、胸算用・秤目の偉ひなきやうに、手合念を入れ、是を朝夕呑込からは、長者にならざるといふ事なし。然れ共、是に大事は毒断あり。

○美食・淫乱・絹物を不断着　○内義を乗物全盛、娘に事・哥賀留多　○男子に万の打囃

○鞠・楊弓・香会・連俳　○座敷普請・茶の湯数奇　○花見・舟遊び・日風呂入　○夜歩行・博奕・碁・双六　○町人の居合・兵法　○物参詣・後生心　○諸事の扱・請判　○新田の訴訟事、金山の中間入　○食酒・莨菪、心当なしの京のぼり　○勧進相撲の銀本、奉加帳の肝入　○家業の外の小細工、金の放目貫　○役者に見しられ、揚屋に近付　○八より高借銀

とし、貧病療法に「両」を金銀と薬の量目の両面から用いているのである。このことは、『西鶴諸国はなし』巻一の三の「金用丸」の際も

……女房の兄、半井清庵と申て、神田の明神の横町に薬師あり。此もとへ無心の状を遣はしけるに、度度(たびたび)迷惑ながら見捨てがたく、金子十両包て、上書に、「ひんびやうの妙薬、金用丸、よろづによし」としるして、内義のかたへおくられける。

として、薬師の調合する薬が貧病を治すという設定にしているところからも確認できるところである。それは、西鶴が妙薬や霊薬に不信感を持っていたり、風刺・揶揄しようと試みたわけではなかろう。むしろ、人間の営みに貧病を含めた健全でないものを見たわけで、そのために、題簽下に徳目を治療の方法と考えて、付したと考えるので

ある。その意味では①②及び③の御見解は、人間の営みの上で必要な徳目を示そうとする、西鶴の視点を指摘されている点で一致しているとは言えまいか。ただ、それは、西鶴の特殊性を示すものではない。むしろ、前田金五郎氏が、先の『日本永代蔵』の「長者丸」の補注において

薬の方組に擬した教訓について、参考になる記事が、竹中昌甫撰「古今養生録」(元禄五年刊)・巻七・情志第十に見えるので引用して置く。…(略)…従来、長者丸の方組・毒断の先行作としては、「俚言集覧」に見える、豊太閤作と伝える「加減関白丸」、「玉滴隠見」・巻二十二に記す「六味勘略丸」或は、「五人組前書」・「勧農令」を挙げる説等があるが、上記の中国の医書も仏教俗解書に見える方組・毒断からヒントを得て、「長者教」以来の町人訓誡を、この形式にあてはめたのが、「長者丸」とも推定できよう。(5)

と指摘されるように、西鶴の同時代において、徳目の必要性を「両」という、心のほどを物に置き換えるような洒落、ある意味の遊びが流行していたと推測できるのである。そして、西鶴がそれに非常に興味を持ったからこそ、『日本永代蔵』の「長者丸」、『新可笑記』の「金用丸」にも用いたと考えられるのである。あるいは、そのような同時代人(又は読者)の読書圏を背景に、その期待を満足させるべく、西鶴は初版題簽下に「両」と共に徳目を配したのかも知れない。かかる西鶴と読者との関係から、④の可能性が認められるのである。

④は当時、「堪忍五両」という諺語があったことを伝えるもので、西鶴の句にも、

人は身持花あればこそ病上り
堪忍五両厂帰る空
『珍重集』(6)

というように使われている。やはり「堪忍五両」という「堪忍五両」と「身持」という徳目の付け合いは当時知られるところであったと言ってよかろう。又、それとは別に、前述の西鶴の「長者丸」「金用丸」の趣向を知る時、『諺苑』の記す「堪忍五両」の出典である、「加減関白円」なる薬の調合の趣向に、以前から西鶴が興味を持ってい

たに違いない。そして、この西鶴の「加減関白円」の故事の知識と、「堪忍五両」という諺語の流布という現象とが折衷して、読者に向かって、

「加減関白円」		『本朝桜陰比事』
用捨　一両	ちゐ	小判一両
分別　二両	ふんべつ	小判二両
思案　三両	しあん	小判三両
堪忍　四両	じひ	小判四両
正直　五両	かんにん	小判五両

という置き換えがなされたと推測するのである。それは、『西鶴大矢数』第三巻[7]にある、

　花千両分別五両と申也

の「分別五両」の場合にもあてはまるもので、西鶴の手法の一つとして認めてよかろう。

それでは、西鶴は、「加減関白円」なるものの存在をどのように知ったのであろうか。『諺苑』が「秀吉ノ加減関白円ト云薬方ヲ戯作シ玉ヘルニアリ」としているからには、太閤秀吉の咄として流布していた可能性がある。そこで、次の作品について調査を試みた。

・『太閤記』・『川角太閤御事書』・『大かうさまくんきのうち』・『天正記』・『太閤素生記』
・『絵本太功記』・『真書太閤記』・『豊臣太閤御書事』・『秀吉事記』（『戦国史料叢書』所収分）等

又、周辺作品として、

・『豊内記』・『信長記』・『利家夜話』・『大坂物語』・『翁草』等

も調査した。更に武辺随筆と呼ばれているものも調査した。(8)結果、「加減関白記」なるものは見出せなかった。つまり、「加減関白円」は広く巷間に知られていたのではなく、『諺苑』の作者が「堪忍五両」の典拠として、あげたものと考えられる。『諺苑』の本文には引書として何も記されていないため、その出典はわからない。しかし、『本朝桜陰比事』の「かんにん　小判五両」云々も、『諺苑』の作者が認めたその書物に由来していると考えても間違いはない。そこで色々と調査した結果、『諺苑』の記するところをそのまま、本文に持つ、『翁物語』という作品にたどりつくことができた。よって次にその報告を行いたい。

二　『翁物語』と「加減関白円」

『翁物語』は、小早川能久により、承応元（一六五二）年から書き出され、明暦二（一六五六）年に成立した、武辺随筆である。別名として『鶴頭夜話』とする。『国書総目録』によれば、版本は存在せず、翻刻もなされていない（『国文学複製翻刻書目総覧』に載せる「阿波国微古雑抄」は蜂須賀公の記述部のみである）。写本としては二十三種類あげるが、これ以外に、昭和六十三年十一月の『古典籍下見展観大入札会目録』（東京古典会）には、京都入江本『翁物語』（明暦頃写一冊）なるものが売りに出されている。私個人においても、別名とされる『鶴頭夜話』を架蔵している。おそらく、他にも個人所蔵本がかなりあると思われる。本来、『翁物語』のこれら諸本すべての調査をなしてしかるべきであろうが、今回の研究主旨から、次の十一種の諸本と『鶴頭夜話』（又は『靍頭夜話』）において、「加減関白円」についての記載部を調査した。

A、国会図書館所蔵本。四巻四冊・合本二冊

B、内閣文庫。三冊本

C、内閣文庫。八巻四冊本（弘化三写）
D、内閣文庫。一冊本
E、内閣文庫。五冊本（明治十写）
F、内閣文庫。（前集）十二巻六冊本
G、内閣文庫。（後集）十二巻六冊本
H、内閣文庫。一冊本（『一本翁物語』明治八写）
I、内閣文庫。二巻二冊本（『小早川式部翁物語』明治八写）
J、内閣文庫。一冊本（『拾遺翁物語』明治十五写）
K、京大付属図書館所蔵本。巻一・三・五・六・七・八のみ現存。五冊（「一名鶴頭夜話」とあり、『武道摭卒録』巻一・五・六・七・八の五冊に所収）
L、『鶴頭夜話』。五冊本（森田架蔵本）

このうち、GはFの『翁物語』を前集として、後集とする、いわば続編にあたるもので、『翁物語』とは言えない。又、HとIは共に明治八年に「内務省課長岡谷繁」の命によって、写本されたものであるが、その内容と各巻の日付からIとHで三冊本でなかったかと推定できる。十二種に限って、内容を検討すると、一、二、三冊本は、四、五、六冊本から、抜き書きして成立したと考えられるので、原『翁物語』も長編であったと推測できる（一、二、三冊本には内容的に四、五、六冊本から抜粋したものも見出せる）。丁数にもよるが、原『翁物語』も四、五冊本ではなかったかと考える。この結論には更なる調査を必要とするが、「加減関白円」の記事が認められたのも、A・C・E・F・K・Lという四冊以上のものであった。その「加減関白円」の記事について以下考察したい。

まず、比較的に古い時期の写本と考えられるFについて翻刻を行った。（六冊本、「巻十二大尾」とする、後付に

「惟歳寛文八戊申（一六六八年）仲春」とある。」

……秀吉公之如クタレモ大身ニナリテ後ハ天下ノ主ト成ル物ゾト可思ハ誠ニ心之迷ヒタルベシ秀吉公ハ能時節ニ生レアイ玉フト云智恵才覚千人万人ニモ越タルタメシモ多シ一文字ヲモ不引大将ナリシカドモ心ヨリ理ニ叶タル故ニ云シ給フホドノ事理ニ当リタルト物知タル人モ云リ既秀吉公ノ作ニ加減関白円ト名付テ薬法ヲ書出セシニ

一　正直五両　一　堪忍四両　一　思案三両
一　分別二両　一　用捨一両

右毎朝一服宛可能用之子孫延命丹也

禁物

無理　慮外　過言　無心　油断

各日ニ三度宛定ヲシテ可有用心也

一　大酒不可飲　一欲ニ離レヨ　一不可朝寝　一女ニ心不可免
一　分別無キ人ヲ恐ヨ　一物ニ不可ニ退屈ス　一深キ不可為古札
一　我行末ヲ思ヱ　一物論スヘカラズ一心ニ垣ヲセヨ　一我口ニ恐ヨ
一　人ヲイヤシムヘカラス　一楽ヲ辛労ノ種ト思ヱ　一辛苦ヲ楽ノ種ト思ヱ
一　主人ハ無理有物ト思ヱ　一主人ハ被官ニ慈悲ヲセヨ
一　人ハ義理ヲ思ヒ万心ニ可為堪忍

右十七ヶ条弥可敬之

この箇所は、Fの六冊本中一冊目（巻之一）に含まれている。Aでは四冊目（巻の四）、Cでは二冊目（巻之三）、

Eでは一冊目、Fでは一冊目（巻之二）、Kでは一冊目（巻二）、Lでは三冊目である。

FとAでは、次の二点を除いて、殆ど本文に異同はない。一つは、Aが

一　正直五両　一　堪忍四両　一　思案三両

一　用捨二両

としている点である。他のC・E・K・Lでは、「用捨二両」となっているものがないことや、「一両」に相当する徳目がないことから、「分別二両」と「用捨一両」を混同して、誤写したものとしてよかろう。もう一つは、Aが、

一　欲心に離れよ　一　物に不可退屈

一　不可朝寝　一　女に心不可免

一　無分別人に恐よ　一　大酒不可飲……

という順番で列挙する点である。これは他のC・E・K・Lが

・一　欲ヲ離ヨ　一　大酒不可飲　一　不可朝寝　一　女ニ心不可免…（C）

・欲ニ離レヨ　大酒不可飲　不可朝寝　女心不可免…（E）

・欲に離れよ　大酒不可飲　不可朝寝　女ニ心不可免…（K）

・（禁物ハ）…横欲　大酒　朝寝　女色…（L）

とするのと同様で、Fだけが「大酒不可飲」と「欲ニ離レヨ」の順序を入れ換えていることがわかる。この点は、Fの誤写部分といえよう。

次にFとCでは、次の一点に異同を認める。それは、Cが十七ケ条の十一番目で、

……我心ニ恐レヨ……

とする点である。Fは「我口ニ恐ヨ」とするが、A、E、K、Lも同様であり、これはCの誤写と考えられる。

FとEでは、本文には殆ど異同が認められないが、最後に歌が書き加えられている点が違う。Eのその箇所は以下である。

……人ハ義理ヲ思ヒ万ッ心ニ可為堪忍

或人ノ歌ニ

長命ハ朝起ヲシテ昼寝セズ食ヲ少ク独寝ヲセヨ

右十七ヶ条弥可敬之

この「長命ハ…」の歌は、Kが「或人の歌に」、Lが「ある哥に」として挙げる、

・長命は朝起をして遅寝せず食を少く独寝ぞ能

とほぼ同様の内容である所から、後世の書き入れではないかと考える。（KとLは、Kが第一巻目録に「一名鸖頭夜話」とし、Lが『鶴頭夜話』（第二巻は「鸖頭夜話」）とする以上、『翁物語』の解題本として、後に成立したと推測できよう。）

FとKでは、細かな点で（例えば、Fで「一服宛」「弥可敬之」とするのを、Kで「一服」「可敬之」とするような点で）、異同が認められる程度で、最後の歌の件を除けば、内容において大きな差異はない。

FとLについては、Lの該当部分を以下に挙げたい。

……秀吉公の御気性其時に能生合給へり一文字をだに引給はぬ人成しか天ねん利に叶たる故云出し給ふ事皆利に叶へりと物知りたる人も当者と云り既に秀吉公加減関白円と名付薬法を書出し給ふ名作也

一　正直五両　一　堪忍四両　一　思案三両

一　分別二両　一　用捨一両

禁物ハ　無理　慮外　無心　油断　横欲　大酒　朝寝　女色

無分別の人を恐よ　物に退屈すべからず　深くざれ間敷
行末を思へ　不云物を福　心に垣を　我口に恐れよ
人を不可賤　楽は辛労の種　辛労を楽と思へ　主人は無理
云物と思へ　慈悲を加え義理を思へ　（「堪忍」はなし）
ある哥に
　長命は朝起をして遅寝せず食を少く独寝ぞ能
　右十七ヶ条無油断可相用（波線部が異同の顕著なもの）

ここで確認するようにLの『鶴頭夜話』は、誤写というより、部分的に意識的な改刪が行われた可能性がある。しかし、Kの京大本が「一名　鸐頭夜話」として、他の『翁物語』と殆ど異同がないことや、右の「禁物」と「十七ヶ条」が混同されて、不整理なことなどから、架蔵本の杜撰が指摘できるかも知れない。いずれにせよ、詳細な調査を待って結論したい。

以上、『翁物語』の諸本にみる「加減関白円」の記事から校訂を行うと、以下となる。

……既秀吉公ノ作ニ加減関白円ト名付テ薬法ヲ書出セルニ
一　正直五両　一　堪忍四両　一　思案三両
一　分別二両　一　用捨一両
　右毎朝一服宛可能用之子孫延命丹也
　　禁物
無理　慮外　過言　無心　油断
各日ニ三度宛定ヲシテ可有用心也

欲ニ離レヨ　大酒不可飲　不可朝寝　女ニ心不可免
分別無キ人ヲ恐ヨ　物ニ不可退屈ス　深キ不可為古札
我行末ヲ思ヘ　物不可論　心ニ垣ヲセヨ　我口ニ恐ヨ
人ヲ不可賤　楽ヲ辛労ノ種ト思ヘ　辛労ヲ楽ノ種ト思ヘ
主人ハ無理有物ト思ヘ　主人ハ被官ニ慈悲ヲセヨ
人ハ義理ヲ思ヒ万心ニ可為堪忍
　右十七ヶ条弥可敬之

これと、先に挙げた『諺苑』の「加減関白円」の記事を比較すると、禁物の項の「無心　油断」（『翁物語』）と「油断　無言」（『諺苑』）の違い、十七ケ条の「深キ不可為古札」（『翁物語』）と「深キザレヲナスベカラズ」（『諺苑』）の違い、「辛労」（『翁物語』）と、「辛苦」（『諺苑』）の違いが指摘できるぐらいである（二重傍線部）。一つめの「無心　油断」は、その前の「過言」に続くものであるから、『諺苑』のように「過言　油断　無言」と「言」にばかりこだわるのは妙に思う。それならば、むしろ、「過言　無言　油断」と対にすべきであろう。やはり、「無心」の誤写ではあるまいか。二つめの場合は、前掲L『鶴頭夜話』には、「深くざれ間敷」とあるように、A〜K以外の『翁物語』には、そのように伝えているのがあるのかも知れない。三つめ「辛労」と「辛苦」の違いは内容に影響のない言い換えである。

いずれにしても、『翁物語』と『諺苑』の「加減関白円」の記事の部分は、あまりに似通っており、この三つの移動があることによって、別のものとは言えないであろう。

以上、簡略ながら、『翁物語』の「加減関白円」を調査した結果、『諺苑』の「加減関白円」の記事は、『翁物語』より抜き書きしたと結論してよさそうである。

三　『翁物語』と西鶴文芸

『翁物語』の著者小早川式部能久は、生没年不明ながら、毛利元就の孫である。父は、久留米城主小早川秀包(ひでかね)であり、その三男として生まれている。『広文庫』が「武芸小伝　一九」から引くところでは、

　小早川式部大江能久者、其先出二于平城帝皇子阿保親王一其四世大江維時之遠裔、毛利元就之八男、小早川秀包三男也、自二少年一好二兵書一遊二小幡景憲之門一得二其宗一有二香西成資者一継二其伝一香西者讃州之人也、赴二筑州一仕二黒田家一述二作兵術之稿一行二于世一

とある。つまり、小早川能久は甲州流兵学の祖、小幡勘兵衛景憲の門人で、兵学者であったわけである。後に秋田藩に伝わる、小早川流の祖となった人物でもある。

『翁物語』諸本には、序がなく、又奥書もないため、小早川能久の執筆動機や、目的、方法等が不明である。ただ前掲E内閣文庫（明治十写）五冊目終に以下のようにある。

　右此物語ヲ草セシ小早川式部小輔ト云シ人ハ筑紫久留米侍従来秀包ノ二男(ママ)ナリ其師倍曾子ト云人ハ甲州浪人小旗勘兵衛景憲ナリ是甲州流ノ軍学ノ祖ナリ武道ヲ日本ニテハ男道ト云事尤ナル唱ヘナリ唐土ニテハ夫又ハ士ト云士ヨリ上リテ大夫トナル…（中略）…日本ニテハ武道則チ人道ナリ武道ニ薄キハ人口ニ関ル事ナリ此書初ニ序ナキ故何人ノ撰ト云事見テ分ラス故ニ跋ニ其事ヲアラハス

　文政五年閏正月二十四日

　　田三就誌

明治十季五月　大野見松之蒸

『翁物語』が、各節の始まりを、「或時翁語曰」「或夜倍曾翁語曰」「或武功ノ老人語曰」等とするのも、右の記事からすると、著者小早川能久が、師小幡勘兵衛景憲の聞書として、作品を成立したことを物語っているわけである。所々で、「愚按之」「愚伝」とするのも、〝評判記物〟と同じく、著者の私見を標榜しているという体裁をとっているのである。

その意味では典型的な武辺咄・武辺随筆の形式を備えているといえよう。

『翁物語』の成立は、『本朝桜陰比事』に先立つこと、三十数年前である。しかし、写本であったことを考えると、西鶴と同時代の作品ながら、読まれたかどうかは疑問としなくてはなるまい。ただ、写本として流布した同時代のものに『板倉政要』などがあるように、その可能性は残されており、『諺苑』の典拠となったことも考え併せれば、不可能な問題とはいえないであろう。

西鶴は『本朝桜陰比事』（一六八九）刊行以前に『武道伝来記』（一六八七）、『武家義理物語』（一六八八）、『新可笑記』（同）を刊行している。これらにおいて使用した、武家特有の思想、用語は、町人作家西鶴の知識を越えたもので、西鶴をして、特にその執筆のための情報収集ともいうべき、広範な文献による学習が行われたことが、容易に想像できる。それは、先行する仮名草子・狂言・実録・儒教思想等々からの受容によると考えられるが、ここに武辺随筆である『翁物語』も加えてみてはどうであろうか。

ただし、西鶴はどのような作品から影響を受けても、よく咀嚼し、自己の文芸に還元している。『翁物語』も元来は武家物執筆のために読書したとしても、そこから得た知識は武家物にとどまらなかったはずである。実際武家物に『可笑記』『可笑記評判』を受容しながら、『日本永代蔵』（一六八八）にもその影響が認められるような例がある。(9)

又、西鶴文芸の展開において、武家物などの枠を越えて、『本朝二十不孝』（一六八六）あたりから、談理的傾向

がうかがえるのは知られるところである。(10)

　西鶴文芸が受容面において、そのような特徴を有する以上、『翁物語』との関係も総合的視野に立って考える必要性がある。したがって、以下に用例面から『翁物語』と西鶴文芸の関係を考察したが、対象素材面から作品を限定せず、『本朝桜陰比事』刊行に近い時期の作品を中心に検証した。

①「天道」・「道」

○人毎ニ立ル才覚セザルハナケレ共智恵薄クシテ首尾不合ナル故ニ却テ身ノカイ(害)ヲナス事多シ才覚如形ニ生レツキ心ヨキ道ニモトツ(基)キタラハカニ及フ程ハ才覚ヲナシテ見タキモノ也人毎ニ才覚スレハ必大身ニノミ成ト可思ハ誤リナルヘシヨク才覚シテ其事能首尾シテ大身トナルハ誠ハ天道と云（『翁物語』F本底本・校訂）

△天道言はずして、国土に恵みふかし。（『日本永代蔵』巻一の一）

△弓や八まんあやまつたり。いかにしても道をそむけり。扨もあさましき心底かな。（『武家義理物語』巻六の二）

②「理に叶ふ」

○……一文学ヲモ不引大将ナリシカドモ心ヨリ理ニ叶タル故ニ云シ給フホドノ事理ニ当リタルト物知タル人モ云リ（『翁物語』前出）

△自然と理にかなひて……（『武家義理物語』巻一の二）

③「義理」

○……此方彼方トスレハ下﨟ハ必義理薄クナルヤウニ覚ル（『翁物語』前掲C本底本）

△たとへ子細なくとも、世の義理おもはゞ、取結まじき道也（『本朝桜陰比事』巻二の四）

△見かけ奇麗に住なし、物毎義理を立て、随分花車なる所なり（『日本永代蔵』巻四の五）

④利発（者）

○人ノ悪事好テ我能ヤウニ面白ク云ナシ利発者ト……（『翁物語』前掲C本底本）

○秀吉公と申す人ハ利発を似て天下を治め給ふ人なれは（゛）……（『翁物語』A本底本）

△後家の娘廿二、三なるが、其形うつくしく、しかも利発者にて、……（『武家義理物語』巻四の一）

△然も屋継の一子、廿に一とせたらぬ身の利発千人にすぐれて世わたりをしれば、……（『新可笑記』巻一の八）

△其身利発にて一代の分限、弐千貫目をたくはへ、家の栄へる世ざかりに……（『本朝桜陰比事』巻一の八）

⑤「主命」

○……人の及べき所にあらす（゛）とは誤り也只今に会たる冥加の侍と云べし又忠信か（゛）働の事今世にも主命に責り引返し討死し……（『翁物語』L本『鶴頭夜話』底本）

△主命と親の敵いづれか（『武家義理物語』巻六の三副題）

△誠は自分の意趣堪忍して、主命の時進むを、侍の本意といへり。（『新可笑記』巻四の三）

⑥「筋目」

○翁のいはく人は筋目をえらひ（゛）度ものか女とても筋目の能ものは……（『翁物語』L本『鶴頭夜話』底本）

△本妻相果後、筋目よきかたの、然も美形なるよびむかへ、……（『本朝桜陰比事』巻四の五）

△年久しく此御家をおさめられしは、筋目たゞしきゆへなり。（『武家義理物語』巻一の五）

⑦「一分」

○聞人是ヲ感セ（゛）シトナリ殊ニ若武者ノ一分ノ事ヲハ（゛）……（『翁物語』C本底本）

○……一分の働きをすへ（゛）きハ恥を知るほと（゛）の人間ハせましきにあらす（゛）……（『翁物語』A本底本）

△是非もなき身体相すみ、両人ともに一分立がたし。（『新可笑記』巻一の二）
△「是武運のつき。一分の立ぬ所なれば、相手取までもなし」（『武家義理物語』巻三の一）

右の用例（校訂まで至らなかったものは、底本を示した）は、『翁物語』が直接、西鶴文芸に影響を与えたことを提示するというよりも、『本朝桜陰比事』を執筆当時の西鶴が、いかに正統な武家物からの受容を行っていたかを明示する。『翁物語』と西鶴文芸の共通点では他に、「目利」・「家老・出頭・奉行（批判）」・「せんさく」・「時節」・「分別」・「油断」などの例がある、「智恵・才覚」については共に社会における立身出世の必須条件として、随所に散りばめているのである。

以上の結果は、すべてと言わないまでも、直接的ないしは、間接的な『翁物語』と西鶴文芸の接近を物語るのではなかろうか。西鶴が、好色物から武家物に転ずるにあたり、その資料収集の段階で、武家の精神を知るために、武辺随筆を手に入れたとしても不思議ではあるまい。ましてや、著者小早川能久は、当時流行の甲州流兵学の重鎮であり、その門下生が、『翁物語』を写本して所有したり、「加減関白円」の記事なりを広く伝えていた可能性は十分にあろう。その前提にたって、次に『翁物語』がどのように『本朝桜陰比事』に受容されたか考察する。

四　『本朝桜陰比事』と『翁物語』

『本朝桜陰比事』には序がないが、巻一の一にこのような書き出しを行う。

夫、大唐の花は、甘棠の陰に、召伯遊んで、詩をうたへり。和朝の花は、桜の木かげゆたかに、歌を吟じ、此時なるかな、御代の山も動ず、四つの海原、不断の小細浪静に、王城の水きよく、流のするゐの久しき、ひとりの翁あつて、百余歳になるまで、家に杖突事もなく、善悪ふたつの耳かしこく、聞伝へたる物語り、今の世の慰み草ともなりて、心の風に乱れたる萩も薄も、まつすぐに分れる道の、道筋の広き事、筆のはやしにも、中々書つきずして残しぬ。

傍線部に注目すると、西鶴は『本朝桜陰比事』を創作するにあたり、「翁」が「聞伝へたる物語り」するのを、「書つきずして残しぬ」と筆を執ったとするのである。つまり、『本朝桜陰比事』は翁の伝えた物語を素材としていることを冒頭で宣言しているわけである。

「翁」が語るという方法は、『大鏡』や『今鏡』等の歴史物語にある（『今鏡』以降は「嫗」が語る）が、武辺咄、武辺随筆にも多い形体である。しかも「ひとりの翁」は「王城の水きよく、流のすゑの久しき」と修辞表現がつくように、由緒のある古い血筋をひく老人である。「翁」に関して、井上敏幸氏は「名判官板倉勝重・重宗を暗示していたはず」とされるが[11]、「ひとりの翁」に固執すると、やはり、父子二人とは考えられないし、仮に板倉勝重とすれば、「百五十余歳」にもなる。もっとも、井上氏は「翁」を「西鶴における創作視点」と考えられたために、板倉父子と述べられたのである。しかしながら、「翁」は、作品全体の創作視点として存在するものであろうか。むしろ、「翁」が語る物語の聞き書きという趣向で、短編としての作品世界の統一化をはかったのではあるまいか。その暗示を得たのが、『翁物語』ではなかったかと推察するのである。

『翁物語』も、甲州流兵学の祖、小幡勘兵衛景憲という由緒正しき老人が語るのを聞き書きしている。小幡勘兵衛景憲の没年は寛文三年、九十二歳である。『本朝桜陰比事』の執筆当時に存命していたと設定すれば、「百余歳」ということにもなる。そのような点からは、『本朝桜陰比事』の冒頭は、『翁物語』に何らかの影響を受けたことを、西鶴が示唆したと考えてよかろう。

それならば、『翁物語』と『本朝桜陰比事』には、直接的に影響関係があるのかというと、素材面からは、決定的なものは見出せない。「加減関白円」による題簽のみである。それにも検討がいる。即ち、「加減関白円」と『本朝桜陰比事』の異なる部分である。その組み換えがどのように行われたかを推論した結果を次にあげる。

「加減関白円」	『本朝桜陰比事』
用捨一両	ちゑ　小判一両
分別二両	ふんべつ　小判二両
思案三両	しあん　小判三両
堪忍四両	じひ　小判四両
正直五両	かんにん　小判五両

そのままの「ふんべつ　小判二両」「しあん　小判三両」、第一章で考察した「かんにん　五両」については問題ない。「用捨　一両」が「じひ　小判四両」となったことは、「用捨」「じひ」が共に他者への働きかけによる徳目だからではないかと考える。その場合の「用捨」は「容赦」に近い意味をとり、『日葡辞書』の「YOXA」にある、借金、賦役の一部を免除するというような意味を原義と考えた。『新可笑記』巻四の一で

不作の年にはそれぞれの毛見の大事是なり。定免の取かた用捨あるべし。

と使用するような例もあるが、西鶴が武家の徳目「用捨」に対し、仏教用語の「じひ」により寛容な「用捨」を見、意識的に置き換えたのではないかと推論するのである。逆に「正直　五両」が「ちゑ　小判一両」となったことは、「正直」「ちゑ」が共に自己の内部における徳目だからである。武家では「正直」だけで徳目である。しかし、西鶴は、『日本永代蔵』巻四の一で正直者夫婦の桔梗屋が、貧乏神のお告げという奇跡によって、「重ひ知恵者の京」で成功するという話を作っている。これは、常道では、「ちゑ」の方が「正直」に勝る町人世界の裏返しの現象を認めているわけで、その意味で、西鶴が「正直」より「ちゑ」を徳目として、特にとり上げたのではないかと推論する。

右のことは、推論の域を出ないかも知れないが、西鶴が『本朝桜陰比事』で、『翁物語』で示した武家の徳目を置き換えたと仮定すれば、そこにあるのは、西鶴が武家思想から学んで得た、人間の徳目である。よく町人作家西鶴と呼ばれるが、彼がこのように武家の思想をも享受して、武家という階層のフィルターを通して、町人世界を冷静に見つめていたとすれば、それはもう、町人文芸の域を越えたものである。彼の作品は、この時点において、人間を対象とした文芸となっているのである。『本朝桜陰比事』刊行前年刊の『武家義理物語』序で

それ人間の一心、万人ともに替れる事なし。長剣させば武士、烏帽子をかづけば神主、黒衣を着すれば出家、鍬を握れば百姓、手斧つかひて職人、十露盤をきて商人をあらはせり。其家業、面々一大事をしるべし。

とする士農工商観は、西鶴が高い精神性を持つと思い、学習した、武家との相対概念の帰着するところをあらわすわけである。その学習の際に『翁物語』が読まれていても、あるいは、その「加減関白円」なるものを間接的に情報とし得ていても、不思議はないわけである。

以上、西鶴が武家の思想を深く理会したものとして、西鶴文芸の展開をあらためて考える時、談理の傾向も、創作意識の変化というよりも、西鶴文芸の充実を示現するものと言えよう。しかし、それは本論攷だけで結論できるような、簡単な命題ではない。ここでは、本論の目的の一つが、そこにあったことと、『本朝桜陰比事』の作品世界の解明を課題として、別稿として期すことを、結びとしておきたい。

注

（1）項目「本朝桜陰比事」『研究資料日本古典文学4』（明治書院）一九八三年刊所収。
（2）『西鶴年譜考証』（中央公論社）一九五二年刊。
（3）『対訳西鶴全集十二』（明治書院）一九七七年刊の解説による。

（4）項目「『本朝桜陰比事』」『西鶴物語』（有斐閣）一九七八年刊。
（5）『新注　日本永代蔵』（大修館書店）一九六三年刊の補注60による。
（6）乾裕幸編『西鶴俳諧集』（桜楓社）一九八七年刊所収。
（7）古典文学全集『井原西鶴集（1）』（小学館）一九七七年刊所収。
（8）武辺随筆に関しては、菊池真一氏の御業績『武辺咄聞書』（和泉書院）一九九〇年刊、『常山紀談』『雨夜灯』等々の地道な御研究の成果に負うている。
（9）拙稿「西鶴町人物世界と武家物世界との接点―『日本永代蔵』を中心として―」『日本文芸研究』第三十九巻二号一九八七年刊所収。本書所収。
（10）中村幸彦「西鶴の創作意識とその推移」『中村幸彦著述集　第五巻』（中央公論社）一九八二年刊所収。
（11）項目「『本朝桜陰比事』」『西鶴物語』（有斐閣）一九七八年刊。

〔付記〕本稿をなすにあたり資料の閲覧、複写を快諾いただきました図書館、所蔵機関各位に御礼申し上げます。又、基礎調査においては、菊池真一氏の御業績によるところ大きく、記して深謝致します。

第三章　西鶴浮世草子の近代的小説の手法

第一節　『好色五人女』における恋愛の形象性

一

『好色五人女』（五巻五冊　貞享三（一六八六）年刊）における恋愛が、作品構造の重要な要素として、文芸世界を構築している事はいうまでもないが、この恋愛が破天荒の事件を起こした根本原因である事を考えると、その形象性に大きな意義を見出すものである。元来、『俳諧大句教』第九の

恋といふ一字は世々に有ならひ

に見る様に恋愛は日常の産物であり、殊更耳目の欲を誘うものではない筈であるが、同じく『俳諧大句教』第八に

なんと亭主替つた恋は御さらぬか

きのうもたはけか死んだと申

とあるのは、やはり世間の人々の関心が恋愛事件を無視できず、好奇の念とまでならなくとも慰み半分程度の意識は有していた事を看取する。『好色五人女』の巻一から巻五までの事件が、姫路・大坂・京都・江戸・薩摩という地理的に分散したものでありながら、超空間的に〝好色〟という語のもとに集約できたのも世間周知の事件という前提があったからで、逆に『好色五人女』の構想にも、読者の期待にも事件の顚末は問題にならず、「ストーリイの展開において〈趣向〉を凝らざるを得ない[1]」という、作者と読者の契約が存在していたと推察できる。これは表

現面だけでなく、恋愛形象を如何に話の筋（ストーリィ）に絡めるか、又、主題形成に還元していくかという課題となり、作品に具象化されている。

二

巻一の「姿姫路清十郎物語」の恋物語は

　これぞ恋の新川、舟をつくりて、思ひを乗せて、泡のあはれなる世や〔傍点は森田。以下同じ〕

と締め括られているが、「恋の新川」とされる二人の新しい恋物語とはどの様な物か。清十郎は「昔男をうつし絵にも増り、そのさまうるはしく」という美男で「女の好きぬる風俗」をし、室津の遊女達からは「誓紙千束につもり」「爪は手箱にあまり、切らせし黒髪は大綱になはせける」と思い込まれ「毎日の届文ひとつの山をなし」、それらを「浮世蔵と戸前に書付けてつめ置きける」という西鶴一流の誇張法を用いながらその収攬ぶりを描いている。これは但馬屋九右衛門の手代となり「女の好ける男振り、いつとなく身を捨て」律儀に勤めていても、素人女には放って置けない存在であった事が予測できる伏線である。お夏の方は年は十六、「都にも素人女には見たる事なし」という島原の太夫より美形な女性とされている。この点、西鶴は清十郎とお夏を単なる美男美女の恋物語として扱っている様に見えるがそうではない。それは二人の道行が不首尾に終り確認される事であるが、清十郎が座敷牢で「今一度、最後の別れに美形を見ることもがな」とお夏への未練で男泣きするのは、いわば愛の契機がお夏の「美形」に存在した事を物語る。お夏の方も「男の色好みて、今に定まる縁もなし」とあるが、この〝色好み〟は所謂「器量好み」の事で、お夏の契機も清十郎の「美形」が動因となっている。その「美形」という外面的な部分に憬れただけで身を焦がし、思慮分別もなく家を捨てた事が間接的に事件が清十郎の処刑にまで及んだのであるが、そ

の考え方こそ、新しい恋愛の形式というものを作ったわけである。室の明神が、お夏に

　親兄次第に男を持たば、別の事もないに、色を好みて、その身もかかる迷惑なるぞ、

と告げるのは、「親兄次第」という封建的な機構を破り自分の本能のまま「色を好み」恋人を選んだお夏への非難がこめられていると考えられる。二人の恋愛は封建秩序に抵抗するまで及ばなくても奉公人である清十郎が「お夏を盗み出し」と誘拐した所から罪を有している。ただ、『好色五人女』との関係で論じられる『西鶴諸国はなし』巻四の二「忍び扇の長歌」の本質を、奇談としてだけでは評価しきれない「西鶴の作品の新たな主題確立という問題を共有する一編」[2]であると考えれば、姫と中間という身分違いの愛の形象を

　「我命惜しむにはあらねども、身の上に不義はなし。…（中略）…男なき女の一生に一人の男を不義とは申されまじ。……（後略）。」

と姫が正当性を主張する様に、この自由な恋の道を独身女性が自らの意思で選択する所に主題を有し、そこには〝不義〟という罪の意識はない。西鶴自身の意識の中に二人の恋愛を通し、自由恋愛の可能性を孕んだ「恋の新川」を形象しようとする動機が認められる以上、西鶴に二人を背徳者として形象する意志はなかったと考えられる。むしろ、二人の新しい恋の道が不成功に終るのは、飾磨津から乗合い舟で逃げる際、同舟の飛脚の失態によって舟がひき返すという予期せぬ出来事に巻き込まれた事や、七百両窃盗という疑惑が「折節悪く」かけられるという運命の暗転によるもので、自由な恋愛主義の背徳者として社会的制裁を被ったのではない。それ故、運命に左右された同情すべき人間達なのである。しかし、西鶴はお夏や清十郎を対象として「世の哀れはこれぞかし」「泡のあはれなる世」とする様に、「世間」或は「浮世」という大きな世界単位の中の「あはれ」として、世の不条理の中での一現象として二人の恋愛を認識している。

　これは、巻四の「恋草からげし八百屋物語」のお七、吉三郎の場合も同様である。

少しの煙立騒ぎて、人々、不思議と心懸け見しに、お七が面影をあらはしける。これを尋ねしに、つつまずありし通りを語りけるに、世のあはれとぞなりにける。

世のあはれ春吹く風に名を残し遅れ桜の今日散りし身は

とする「世のあはれ」は二人の恋愛の結末として感得できるものである。お七は

年は十六、花は上野の盛、月は隅田川の影清く、かかる美女のあるべきものか。

という未婚の美女に設定されているのもお夏と同様である。「昔は俗姓賤しからず」という家の「ひとり娘」であり「坊主にも油断ならぬ世の中とよろづに気を付け侍る」という深窓の愛娘であり、住職が着替えを貸してくれた内の「黒羽二重の大振袖」に心ひかれて「いかなる上臈か世を早うなり給ひ、形見もつらしと、この寺に上り物か」と大振袖に同年齢の女性と身の上を想像し、「哀れにいたましく、逢ひ見ぬ人に無常起」るというロマンチストぶりで純情さが漂う。又、刺を抜いてもらった吉三郎がお七の手をきつく握りしめた時も「母の見給ふをうたてく」と母の眼を気にし、夜、吉三郎に会うべく忍んでいく際に客殿で誤って寝ている下女の腰を踏んでしまった折も「魂消ゆるがごとく、胸痛く上気して、物いはれず」と浮足出ち、吉三郎と寄り添っていても「おれも長老様はこはし」と事の露見を恐れるのも、総じて行為とは別に頑是無い稚さの持ち主である事を表現している。お七のみならず吉三郎の方も美男であり、年は同じく十六歳。「長老様がこはや」と大人の眼を気にする幼なさが残っている。いわば、この二人の恋愛は〝幼なさ〟として形象されている所に意味を持つ。この〝幼なさ〟が火つけを起こす原因となった事は否定し難い。それだけに世間は同情の涙を隠さない。お七の放火の罪を知った時、先述の様に「世のあはれとぞなりにける」と世評は憐憫の情を催すし、引回された時も「人こぞりて見るに、惜しまぬはなし」と惻隠の心を露呈する。火刑に処せられても「人皆いづれの道にも煙はのがれず、ことに不便はこれにぞありける。」と愛おしむのである。又、吉三郎についても

お七最期よりは、なほ哀れなり。古今の美僧、これを惜しまぬはなし。

と世間の声として感慨をもらす。これは恋愛がお七と吉三郎との間で成立しながらも常に世の不条理に嘖まれ続けた事から、逆に想像された背景である。

・なをおもひまさりて、忍び忍びの文書きて、…（中略）…いつとなく浅からぬ恋人、こはれ人、時節を待つうちこそうき世なれ。（巻四の一）

・又もなき恋があまりて、さりとては物うき世や。（巻四の三）

とままならぬ世の中を嘆く恋心は、現実の世の中でこそ成立する恋愛の撞着を示す。終章で

さてもさても、取集めたる恋や、あはれや。無常なり、夢なり、現なり。

と結ぶのは、男色、女色いずれも恋というものは「あはれ」であり、夢と現実の錯綜の中で行われるものだという一般論で、お七の死が現実である以上、恋は儚い夢物語で現世の営みの中で悲劇を形成してしまう嘆きとも享受できる。西鶴はここで色欲は「人間や人生の本然の相として一種の超越的な態度で観照している[3]」ものの現実の世の中で自由な恋愛は否定されるものであるという、厭世観に似た恋愛観を提出するのである。つまり、自由な恋愛は現世に居住権を持たないとする立場をお夏、清十郎の場合と同様に形象しているのである。

三

未婚の男女の恋愛に対し、巻二の「情を入れし樽屋物語」においては、「あしき事はのがれず、あな恐ろしの世や」と終章にある様に、姦通という〝あしき事〟に恋愛を形象化している。おせんは「片里の者にはすぐれて、耳の根白く、足も土気はなれて」という美女で「自然と才覚に生まれつき」と利口者で確り者に描かれている。この

様な自負できる要素を持ち、「情の道をわきまへず」と娘の頃から堅物で嫁しても「ゆめゆめ外の人には目をやらず」という貞女であるから、麹屋長左衛門とのあらぬ仲をその悋気深い内儀から疑いを懸けられ、逆に意趣返しの積極的行為に出るのは、意地だけでなく、気質の激しさによる。それは男に言い寄られると「その男無首尾に悲しむ」程「声高」に拒絶した娘時代からのもので、その〝激情〟故に事実が発覚した時「鉋にして心もと刺し通す」という壮烈な最期を遂げるのである。西鶴も「その「激しい生き方」に興味を持ったからこそ、『好色五人女』の一人としておせんをとりあげたのだ」[4]と考えられるが、四章で「世に神あり、報いあり隠しても知るべし。人恐るべしこの道なり。」と世間の禁忌である姦通を犯した者への断固たる処罰を望むと共に世の中に天罰が存在する事を予告している以上、おせんと長左衛門の恋愛を〝恐ろしの世〟に厳罰を与えられた例として形象化しているのである。巻三に「中段に見る暦屋物語」の場合もそうである。おさんと茂右衛門の駆落ちの途中の丹後路の切戸の文殊堂で

汝等、世になきいたづらして、何国までか、その難ののがれがたし。…（中略）…悪心去つて菩提の道に入らば、人も命をたすくべし。

とお告げを受ける。〝いたづら〟は道理を踏みはずした〝悪心〟を内包したものと考えられ、特におさんは「いたづら者とは、後に思ひあはせ侍る」と一章で西鶴が予告する様に内面的に〝いたづら〟心を持っている女性であった。外面的には、

仕出し衣装の物好み、当世女の只中、広京（ひろいきやう）にも又有るべからず。

という美婦であり、「町人の家にありたきは、かやうの女ぞかし。」とまで評される良妻であるが、一度茂右衛門との失態が起こり、「この上は身を捨て、命かぎりに名を立て、茂右衛門と死出の旅路の道づれ」と豹変するのは、単に姦通という汚辱を背負っての短慮だけではない。丹後越えの途中、おさんが危篤状態に陥った時、

今すこし先へ行（いけ）ば、しるべある里近し。さもあらば、此浮（このうき）をわすれて、思ひのままに枕さだめて語らんものをとなげけば、……（後略）。

と茂右衛門が耳元で囁やいただけで「うれしや、命にかへての男ぢやもの」と気を取り直したのも「魂に恋慕入りかはり、外なきその身いたましく」という激しい茂右衛門の恋心からで、「魂が抜けて愛欲一途になっている状態なのである(5)」。即ち、この逃避行が懲罰を免がれようとするだけでなく〝いたづら〟にも目的があった事を示している。それだけに粟田口で処刑されても「さらさら最期いやしからず」と社会的制裁は覚悟の上での二人の恋愛であった事が形象化されている。それは世間に「是非もなきいたづらの身や」という印象を与え、大経師の店の方では「人々、世間を思ひやりて、外へ知らさぬ」方針であったにもかかわらず、栗売りの密告という、いわば、世間からの鉄槌を加えられる事によって社会的制裁を受けるのである。これは、おせん、おさんの心のままの自由な恋愛が、世間から許可されない既婚者の不義密通として形象化されているからで、これも現実の世の中で生存権を持たないのである。ただ、未婚の女性が織り成す恋愛の様に世間は、哀感を持ってその限界性を見守るのでなく、自由な恋愛を裁く為に存在しているのである。それ故、西鶴は世間或は世の中というものを一定の厳格な視点として、短編小説での「描写の統一感をつくる為(6)」に存在させて、恋愛の形象化を行っているといえる。この視点によって、西鶴は巻一から巻四までの恋愛事件に耽溺せず男女の愛を冷静に形象化していると考えられる。巻五の「恋の山源五兵衛物語」の源五兵衛は、男女の恋愛を否定する男色主義者として登場する。西鶴の視点から考えるなら、男女の自由な恋愛の限界性、罪障性の起因するものは女性である。お夏の〝色好み〟お七の〝幼なさ〟おせんの〝激情〟おさんの〝いたづら〟という性情によって運命は破綻するが、作品に〝女〟という意味内容が、

・とかく、女は化物（巻二の三）
・一切の女移り気なる物（巻二の四）

・女程恐ろしき者はなし。何事をも留めける人の中は、空泣きしておどしける。されば、世の中に化物と後家立てすます女なし（巻五の三）

とされている以上、巻五のおまんにも意味作用は機能する。

年の程、十六夜の月をもそねむ生れ付、心ざしもやさしく、恋のただ中、見し人思ひ掛けざるをなし。という美女に仕立てられているおまんは、女色否定者源五兵衛に「数々の文に気を悩み、人知れぬ便りに遣はしける」と一方的に恋慕し、「外より縁のいへるをうたてく」と仮病して「正しく乱入」と見える程に源五兵衛に血道を上げ、若衆姿に身をやつして源五兵衛との愛を成就させるわけで、彼が〝女〟であるおまんを受け入れてしまう時点で「男色・女色のへだてはなきもの」と告白する様に、これこそが真実の男女の愛の心の吐露である。それを西鶴は先述の視点から捉え、〝女〟を否定するのでなく、むしろその価値を揚棄しているのである。その意味で巻五の意義は大きく、男女の自由な恋愛も、「祝言形式」(7)にあわせて示唆し、その可能性を形象している。

四

世の中という視点から恋愛が形象されている事は以上の様であるが、更に副次的に恋愛の形象化に一役を買っている人々を見逃せない。それは巻一では第三章での野遊びの場の人々である。獅子舞に物見高になり、同行の店の者達が興じている間に、お夏と清十郎は恋の本懐を遂げてしまうのであるが、これは集団にありがちな群集心理を利用したもので、群集を隠蓑にした行為であった。ところが第四章では、十人十色の職種の人々がいる乗合舟という共同体に二人が同乗した事によって、先述の如く駆落ちは不首尾に終るのである。この獅子舞と乗合い舟の人々が二人の運命を左右するのであるが、曲太鼓、大神楽、人々の弾む会話、笑い声はお夏、清十郎を包み、恋心を囃立てる効果を持ち「明るい恋の場(8)」を作り出す事に表現形象の面から成功している。又、お夏のおそばづきの女達は先にお夏が清十郎のくけ帯よりあらわれた遊女達からの彼に寄せられた艶書を読んで清十郎に恋する様になると、共に清十郎に恋する。そしてお夏が清十郎の死を知った時に彼女が狂乱するが、その時も「つぎつぎの女も、おのづから友乱れて、後は、皆々乱入となりにする。」と「〝とも恋い〟にあわせて〝とも狂ひ〟もするという〝好色共同体〟的ムード(9)」を現出している。彼女らも表現面において好色の人々としての作用は大きい。

巻二では、第一章から四章までは樽屋、こさん、久七といった人物がおせんと共に恋物語を展開しているが、これも事件に関係なく明るい場として形象され、突如第五章で運命の暗転を与える上で効果がある。しかし第五章での恋愛の形象の上で欠かせないのが長左衛門の妻である。「かかる悋気の深き女を持合すこそ、その男の身にして因果なれ。」とある様に、この章で非難すべきおせんより、「悋気」を起こした女を忌嫌う西鶴の言は、『好色一代女』に

さら〳〵せまじき物は悋気、これ女のたしなむべきひとつなり（巻三の二）

とある様に、〝女〟の価値的否定面を有した女性である為である。この憎むべき女性をおせんの好敵手としたのは、おせんにとっても、長左衛門にとっても二人の恋愛の契機として説得性を有しているのである。

巻三においては、りんが事件の発端になっているため、重要な人物であるが、それよりも姦通という事件に及ぶまで手筈が狂う原因となった「下々の女ども」の熟睡や、精神的に丹後に二人を押し込める結果となったおさんの実家での若い者の会話、藤田狂言の場なども群集に次から次へと追い込められていく過程を示すわけであるから大切である。話の展開としても栗売りでなくとも世間の誰かから遅かれ早かれ密告があった事を推察させる。

巻四の場合、火事の場がある。吉三郎と出会ったのが火事による「世間の騒ぎ」のおかげであったと、火つけに走る事を考えると、お夏と清十郎が群集の中で愛を得（獅子舞）、群集の為に愛を失う（乗合舟）のに似ている。巻

五では男色という恋愛形象から中村八十郎・鳥刺しの美児という二人の面影を追い求めていた源五兵衛の状態であったから、おまんの若衆姿に興味を持ち結ばれたと考えられるもので、これも二人の恋愛の契機を形成している。この様に巻一から巻五まで群集と呼べる人々、又、愛の契機に直接、或は間接的に関係する人々が如何に恋愛の形象に影響する所が大きいかを知るが、中でも群集という意識が既に『好色五人女』の時点で存在し、描出されている事は西鶴晩年の群衆描写、或は集約法という方法が『好色五人女』において萌芽していた事を物語る。又、視点としての世間や世の中に確認する様に『好色一代男』的世界から完全に抜け出し、晩年のテーマへ広がる「世の人心」を看破できない西鶴の創作意識は、『好色五人女』と同年十一月刊行の『本朝二十不孝』を待たずとも、[10]『好色五人女』において既に抜錨しているといえよう。

注

（1）檜谷昭彦『井原西鶴研究』（三弥井書店）一九七九年刊。
（2）植田一夫『西鶴文芸の研究』（笠間叢書）一九七九年刊。
（3）青木生子『日本古代文芸における恋愛』（清水弘文堂）一九七一年刊。
（4）谷脇理史『西鶴研究序説』（新典社）一九八一年刊。
（5）森山重雄『西鶴の研究』（新読書社）一九八一年刊。
（6）野中涼『小説の方法と認識の方法』（松柏社）一九八二年刊。
（7）神保五彌「『好色五人女』ノート」『西鶴論叢』（中央公論社）一九七五年刊所収。神保氏は「この時代の浄瑠璃の上演形式が三番叟・一段・狂言・二段・狂言・三段・狂言・四段・狂言・五段・祝言の形であったことを考えるとき、「恋の山源五兵衛物語」は祝言をもふくめてハッピイエンドだったのだと考える。」と説明されている。
（8）森田喜郎「『好色五人女』とそれに関連する近松の浄瑠璃について」『文学研究』五十六号　一九八二年刊所収。

（9）　浮橋康彦「西鶴と近世小説の誕生」『日本の近世文学』（新日本出版社）一九八三年刊所収。

（10）　中村幸彦「西鶴の創作意識とその推移」『中村幸彦著述集　第五巻』（中央公論社）一九八二年刊所収。中村氏は「談理のうかがえる頃から、西鶴の作品は、「人心」とか「世の人心」とか、それに類似の人間の心に関した語を上げて、感慨、所見を披露することが多くなる。」とされ、「談理の姿勢を示したのは『本朝二十不孝』からである。」と述べられているが、本質面でこの解釈を拡大して考えたものである。

なお、西鶴浮世草子以外のテキストは以下で、旧字は適宜改訂した。

『俳諧大句数』　『日本古典文学全集　井原西鶴集（1）』（小学館）一九七一年刊。

第二節　〝一代女〟の形象性をめぐって
――受容者側からの読みを中心として――

一

『好色一代女』（六巻六冊　貞享三（一六八六）年刊）の文芸性を考える時、まず争点となるのは、この作品が長編か短編かという構成上（あるいは作者の側から見れば構想といえよう）の問題である。

縦に一代女の過去半生を語ると共に、横に広く当代の好色を中心とした女性の諸々相を網羅せんとした。

と藤井乙彦氏が述べられ(1)、檜谷昭彦氏が、

かくして『好色一代女』という作品は、当世女の性の遍歴譚としての、淪落の生涯を懺悔譚の形式で綴るという一面を有しながら、他方では当世の時勢粧にかなう新しい雑女評判記としての、趣向を凝らした一面をも共有しているのである。

とされるように(2)、多くの諸先達は『好色一代女』の構成が、〝一代女〟を主人公として、その懺悔する過半生の物語を縦（長編）とし、〝一代女〟を代表とする種々の風俗的職業の女性層の描写を横（短編）として両面より構成されている方法であることを見出しておられる。これらの御見解を構成方法という領域においては、積極的に受け入れたいが、作品の本質性に関わるものとすると、「あらためて文芸・非文芸の論も研究対象(3)」としなくてはならなくなる。なるほど、森鷗外が『好色一代女』に、風俗小説的意図があったことを指摘しているが(4)、同じ鷗外が

扨西鶴の浮世草子、殊に一代女の評価をするには、明に審美上の価値と、文学史上の価値と開明史上の価値と、之の三つの者を別たねばなるまいと存じます。

と述べていることも知らねばならない。(5) 好色的職種の女性の風俗や生態を描くことに価値はあるものの、文芸性全体に殊更関わるものではないように思う。むしろ、長編として〝一代女〟の過半生を語るところに本質があると考える。この点に関し、宗政五十緒氏は『好色一代女』が構造上「懺悔物」の形式をとっていることから詳論された(6)が、その「懺悔物語」として、『好色一代女』を読むことが、作品の本質性につながるのであろうか。事実巻一の一「老女のかくれ家」の〝一代女〟陰栖の理由が、巻六の四「皆思謂の五百羅漢」で語られる一貫性は、長編としての趣向である。

巻頭と終末の構想力が考えられ、その中に諸国咄的説話を並べることによって、この種が創作されているのではないかということなのである。

とされる田中伸氏の論(7)は、『好色一代女』の構成方法を、『続つれづれ』巻四の一から分析されたものであるが、田中氏が指摘されるように、『好色一代女』が構想上、構成上(宗政氏の場合は構築)＊立派な長編であることはまちがいない。(8)(＊この場合の「立派な」は浮世草子として、特に、西鶴文芸史において付すもので、近現代小説と比較するものではない。)

ただ、読みの際、懺悔物の長編として読んでゆくと、〝一代女〟の転落して行く、深刻、悲惨な人生しか看取できず、何かそこに、西鶴の韜晦性の術中にはまり込んだような想いがする。谷脇理史氏は、最近、この問題にアンチ・テーゼを発せられている。(9)

『好色一代女』のこれまで強調されている全体的な構想を重視した読みが、各部分でどのような意味を持ちうるのかを中心としながら、従来の概括的なとらえ方によっては切り捨てられてしまいかねない部分を問題としつつ、『好色一代女』の新たな読みの可能性をさぐってみることにしたい。
谷脇氏の論は、あくまでテーゼとされているが、今『好色一代女』を初心に帰って読む必要性があるように考える。本論攷では、その読みを当時の読者、あるいは西鶴の想定した読者（これらを受容者と呼びたい）の側に立って、検討するものである。そのような目的から、諸先達の読みを無視するのではなく、あくまで、ある読みの可能性として〝一代女〟の形象性を論ずるものである。〔以下、作品名を『好色一代女』、主人公を〝一代女〟として論を進める。〕

二

〝一代女〟は都（京）女である。親元は「宇治の里」（巻一の二）であり、この都女として特性が作品に大きくかかわっていると考えられる。

女は都にまして何国を沙汰すべし。ひとつは物越程可愛はなし。是わざとならず、王城に伝へていひならへり。（巻一の三）

巻一の三では、都女を誉めるだけでなく、以下のように東国育ちの女の価値評価を低めることで、更に優位を得ている。

是をおもふに、東（あずま）そだちのするゞの女は、あまねくふつゝかに、足ひらたく、くびすぢかならずふとく、肌へかたく、心に如在もなくて、情にうとく、欲をしらず、物に恐れず、心底まことはありながら、かつて色道の慰みにはなりがたし（巻一の三）

このような消極的価値要素を持つ東女の裏返しとして存在する都女に〝一代女〟が生まれることは、女としての価値条件を有することであり、〝一代女〟の好色遍歴を支えた積極的価値要素の一つといえよう。〔ちなみに、他に積極的価値要素をあげるなら、「我自然と面子透逦（かほばせなよやか）にうまれ付し」（巻一の二）「小作りなる女の徳」（巻五の一）など〕

〝一代女〟が〝都女〟であることは、受容者が〝一代女〟というイメージから受ける三つの期待を満足させる。

一つは〝一代女〟に〝小野小町〟を見ることである。

小町が都女（伝説による生まれは別として）であり、その六歌仙として送った華麗な恋愛生活・零落した老後は、まさに〝一代女〟の生きた軌跡と轍を同じくする。『好色一代女』では、特に巻三の一「町人腰元」で、

　それより狂ひ出て、けふは五條の橋におもてをさらし、きのふは紫野に身をやつし、夢のごとくうかれて、「ほしや男、おとこほしや」と、踊小町のむかしを今に、うたひける一ふしにも、れんぼより外はなく「情しりの腰元がなれの果」と、……

という〝一代女〟狂乱の場を設けて、小町と〝一代女〟のイメージを重ねる趣向をとっている。『好色一代女』が『玉造小町子壮衰書』や謡曲『関寺小町』『卒塔婆小町』などの影響を受けていることは、既に先学の指摘するところである。しかし小町を扱った多くの作品、例えば、右にあげた二作品以外にも、『鸚鵡小町』『神代小町』『小町歌あらそひ』『小町業平歌問答』などの謡曲や御伽草子などが、老後の小町まで登場させていることを考えると、伝播され、一般化されていた〝小町〟像を受容者が知っていることを計算して、西鶴は〝一代女〟を形象化したのではないかと思うのである。そのような仮定が許されるなら、次の受容者の期待も考えられる。

これを二つ目とすると、〝一代女〟に〝女業平〟を見ることである。つまり、西鶴が受容者既知の『伊勢物語』のイメージを『好色一代女』に組み入れているのである。

巻一の三「国主の艶妾」は、〝一代女〟が国上臈として武蔵の国まで連れて行かれ、浅草の下屋敷で殿様との色恋を展開する話である。『伊勢物語』の場合も、第九段「東下り」により、東国に下った業平は第十、十二、十三

と武蔵の国において情を交わしている。『好色一代女』には江戸を中心に展開する話が他に三話あるが、いずれも〝武蔵〟とは書かれていないことを考えると、西鶴は、わざと『伊勢物語』の「東下り」の次章の〝武蔵〟を巻一の三に想起させたのかもしれない。当時の受容者が『伊勢物語』を熟知していたことは知られていることであるが、『むさしあぶみ』〔浅井了意作　万治四（一六六一）年刊〕という作品のように、『伊勢物語』第十三段の和歌が、そのまま題名として用いられているものまである。つまり、『伊勢物語』の〝武蔵〟は単独に用いられても趣向となり、受け入れられたのである。巻一の三は、〝一代女〟が、都を背景とした一、二話の恋のいたづらの結果、「宇治橋の辺(ほとり)に追出され」「又親里に追出され」となり、「住隠れし宇治」に居たところ、世話する人があって、国上臈となり、「はるばる武蔵につれくだられ」たという経緯となっている。ここで、〝一代女〟が、都で失敗し、親里に二度追返されるという、都女でありながら都に疎外されるという状況は、『伊勢物語』の第七、八、九段で、各々、「京にありわびて」「京やすみ憂かりけむ」「身をえうなきものに思ひなして、京にはあらじ」として都男である昔男が、京で異和感を覚えるのと同じ設定としてある。又、「はるばる武蔵につれくだられ」の「はるばる」は、第九段の有名な折句歌「から衣着つつなれにしつましあればはるばるきぬるたびをしぞ思ふ」からとっているともいえよう。つまり、『好色一代女』の巻一の三には、「東下り」までが伏線として見えてくるようにしてあるのである、さらに、巻一の一には、〝一代女〟が

自(みづから)、そもそもはいやしからず、母こそ筋なけれ、父は後花園院の御時・殿上のまじはり近き人のすゑ〴〵。

とするのは、在原業平には遠く及ばなくとも、〝一代女〟の歩んだ身の上においては、自慢してよい〝貴種〟であったことを自負するもので、その意味では〝一代女〟の好色遍歴譚は、業平の〝貴種流離譚〟に見立てることも可能である。

そのような『伊勢物語』の世界を『好色一代女』の世界に見立てることが許されるなら、色々な面で意義を持つ。

例えば、『伊勢物語』をもって「みやび」の文学であるとする見解は現在通説といえようが[10]、菊田茂男氏[11]は『伊勢物語』の「みやび」について渡辺実氏は、「初段や十四段に見られるように、時と場合、自分と相手の人間関係、相手がこちらに何を期待しているか、等々の、さまざまの条件を考えに入れその間を縫って、洗練された言動を作り出してゆく心のはたらき[12]」であると説明する。私は、そのような心的態度や言動を「なさけ」と考える。

とされているが、〝一代女〟にもその「なさけ」（「みやび」でもよい）の特性が認められる。

・「そなたさまに気をなやませ、つれなくも御心にしたがはぬは、つれなくも御心にしたがはぬは、世にまたもなき情しらずといふ女なり。はかどらぬそれよりは、我に思ひ替たまはんか。爰が談合づく、女のよしあしはともあれかし、心立のよきと、今の間に恋のかなふと、さしあたってお徳」と申せば……（巻二の四）

・旦那は……（中略）……お文さまを持ながらとひ給ふに、近寄、「此お文はぬれの一通りで御入候か」といへば、あるじ興覚て返事もなし、すこし笑ひて、「表の嫌ひはなきもの」と、しどけなく帯とき掛て、もやもやの風情見せければ、あるじたまり兼て、肩衣かけながら……（巻三の一）

・……気をつけ見るに、めしつれし親仁・何やら物を云掛たき風情、皺の寄たる鼻の先にあらはれし。……（中略）……「そなた、我等にほれたといふ一言にて、済事ではないか、」といへば、親仁漼然（なみだぐみ）て「それ程、人のおもはく推量なされましてから、難面（つれなや）、人にべんべんと詢（くどか）せられしは、聞えませぬ」と、無理なる怨みを申も、はや、悪からず、律義千万なる年寄のおもひ入もいたましく、……（巻四の三）

このような行為を、遊里を離れて（三例とも遊女の身ではない）なす時それは、好色な悪女の手練手管にすぎないが、『伊勢物語』の世界を光背とした時、受容者には、王朝の「なさけ」の流れをくむ正当な行為として映り、〝一代女〟の暗物女、夜発のような私娼期でさえ捨象され、読みが禁断的な暗さから外光的な明るさに変化していくのに気づく。

このような〝一代女〟の正当性は、『伊勢物語』という趣向故に支えられるものである。『好色一代女』の巻一の三に、そのような都から鄙に下る設定を見立てた場合、前述の東国育ちの女を蔑視する箇所が問題となる。『伊勢物語』の場合、第十〜十五・六十・六十二段などに鄙に下る話があるが、その意義は以下のようになる。

昔ありける男は京の人である。その男の物語『伊勢物語』は、さまざまの歌に見られる和歌名所を多分に活用しているために、地域的には東国から九州までの広範囲にわたっている。…（中略）…そしてそれら地方における男の形姿は都人であって、鄙と対照させ、一般に都人意識を強く出して書かれている。[13]

この「都人意識」が強く出ているのは、『好色一代女』も同様である。巻一の三の前半部に置かれている、東国育ちの女を蔑視し、都女を誉め上げるのは、「都人意識」を作品の中で盛り上げ、〝一代女〟を業平同様の〝都女〟として印象づけるためであったことが再認識されるのである。

このような見立ては受容者にとって単なる趣向にすぎないであろうし、『伊勢物語』の本質と『好色一代女』の本質を同一視できないことも受容者にはわかっている。しかし、「我また、流れの道、有程は立つくして」（巻六の二）「今ははや、身に引請し世に有程の勤めつきて」（巻六の三）という好色遍歴を、風俗小説という面から分析を試みるよりも、〝女業平〟の貴種流離譚、「みやび」「なさけ」の終焉として読む方が、面白い読みとなるのではあるまいか。そして又、そのことを期待の地平とすることによって、『好色一代女』に当世風〝女業平〟の活躍を一番味わっていたのが、当時の受容者ではなかったかと考えるのである。

三

それでは、〝一代女〟を〝都女〟として形象化した時の三つめのイメージはというと、これは『好色五人女』（以下『五人女』とする）の「おさん」である。『五人女』（五巻五冊）は、貞享三年二月に刊行されたもので、同年六月に『好色一代女』が刊行されているということは、両者に四ケ月の刊行上の隔たりがあるものの非常に執筆時期の近いと推測できる二作品である。『五人女』巻三「中段に見る暦屋物語」は、京での人妻（夫が大経師）と奉公人、手代の茂右衛門との姦通駆落ち事件である。

おさんについては、以下のように形象化している。

・爰に大経師の美婦とて、浮名の立つゞき、都に情の山をうごかし、祇薗会の月鉾、かつらの眉をあらそひ、姿は清水の初桜、いまだ咲かゝる風情、口びるのうるはしきは高尾の木末、色の盛と詠めし。すみ所は室町通、仕出し衣装の物好み、当世女の只中、広京にも又有べからず。（巻一の一）

・……見ぬ人のためとはいはぬ計の風義、今朝から見盡せし美女ども、是にけをされて、其名ゆかしく尋けるに、「室町のさる息女、今小町」と云捨て行。花の色は是にこそあれ、いたづらものとは後に思ひあはせ侍る。（巻一の二）

〝都女〟（傍線部b）〝美女〟（傍線部a及び破線部）という要素は、第二章でみた〝小町〟のイメージが浮かぶ。おさん自身も「今小町」（傍線部c）と名乗っていることからも、第二章と考え併せれば、「おさん」→〝小町〟→〝都女〟→〝一代女〟という図式ができあがるのである。しかし、「おさん」にはある属性が形象化されている。おさんは、→の傍線部eでもわかるように「内面的に〝いたづら〟心を持っている女性であった」(14)のである。西鶴が意識的にそのように、おさんを形象化したことは、この巻だけで「いたづら」という語は四ケ所（『五人女』全体で十二ケ所、ちなみに『好色一代女』は八ケ所）も用いられていることでも了解できる。『五人女』を読むもの（受容者）は、等しく「おさん」に〝いたづら〟の属性を認めている。その受容者層が『好色一代女』を読む時、〝一代女〟が〝都女〟であるとわかる巻一で既に、〝いたづら〟女として期待して読みを進めることになるのである。それを図式化すれば、「おさん」→〝いたづら〟→〝都女〟→〝小町〟→〝女業平〟→〝一代女〟、さらには、〝いたづら〟→〝一代女〟というものになる。即ち、『好色一代女』は『五人女』を読んだものには、〝いたづら〟女のまきおこす話であるのが期待されているのである。

西鶴はそれをも意識していたのであろうか。右にあげたおさんについての文章中の波線部dを見ると、「小町」「花の色」「いたづら」という語の流れがある。これはまさしく、小野小町の

花の色はうつりにけりないたづらに我が身世にふるながめせしまに（『古今和歌集』巻二）

の歌が隠されていて[15]、このあたりにやはり、西鶴の暗示を見つけ出すのである。

又、西鶴は『好色一代女』巻一の一で老女が、二人の男に語り出す場面でも、

一代の身のいたづら、さまざまになりかはりし事ども、夢のごとくに語る

なのである。〝いたづら〟を〝語る〟行為を読むことは、受容者層にとっては、当然の期待の充足なのである。受容者は、老女の懺悔など期待して読んでいるのではないからである。

それでは、その「一代の身のいたづら」とは、どのような内容であろうか。それは、以下の好色遍歴そのものを指していると考えられる。

表

分類	巻・章	一代女	男性	主な対男性（女性）行為	年齢
A	一の一	官女仕え	公家の青侍	・破滅さす	十三歳
B	一の二	踊子・養女	養父	・誘惑	十四歳
C	一の三	国主妾	大名	・破滅さす	
D	一の四	太夫			十六歳
	二の一	天神			
	二の二	十五・端女郎			
E	二の三	寺大黒	寺の住職	・誘惑　・蒸発〔前妻悋気〕	二十九歳（?）＊（明治書院）注は三十五・六歳とする
	二の四	女筆指南	恋文の依頼人	・誘惑　・破滅さす	
	三の一	町人腰元	奉公先の旦那	・誘惑　・〔奥方に謀略・呪詛〕	
	三の二	大名表使		・〔奥方悋気〕	
	三の三	歌比丘尼	三人の客	・破滅さす	
	三の四	髪結女	奉公先の旦那	・誘惑〔奥方に謀略〕	
	四の一	替添女			
	四の二	御物使・使立女	呉服屋の分店主	・誘惑　・破滅さす	
	四の三	武家茶の間女	老中間	・老人の恋を受ける（不首尾）	
	四の四	町家仲居女	〔隠居女〕		
F	五の一	茶屋女・通女		・「あの女は賃でもいや」といわれる	
	五の二	風呂屋女			
	五の三	人妻・二瀬女	扇屋・隠居	・浮気	
	五の四	蓮葉女	田舎客	・脅す。示談金をとる	
	六の一	暗物女			
	六の二	宿場人待女			
	六の三	夜発		・「ひとりもとふ男なく」なる	
G	六の四	尼			六十五歳

前頁の表は、浮橋康彦氏の「モチーフの一覧表[16]」を改訂し使用させていただいたものである。浮橋氏は第一部〈拙論のA＋B＋Cの期間〉、第二部〈公娼期〉（D）、第三部〈奉公人期〉（E）、第四部〈私娼期〉（F）、第五部〈終章〉（G）、とされている。拙論も同様の特色を見出し分類したが、A、B、Cは分化した。Aの場合、〝いたづら〟ではない。もちろん、官女仕えという職業からして、D以降の好色的職業とは一線を画している。この章は、〝一代女〟にしては代償を求めない恋であり、その意味においては純粋な恋の物語なのである。Bの踊子は好色的職業ではあるが、

されども母の親つき添て、外なる女と同じきいたづらげはみぢんなかりし

とその向きのなかったことを否定している。その上で目にとまり、「独子の娌にしてもくるしからじ」と、もらわれていくのであるから、養女というより、許婚者に近い状況であったのである。そのような状況で養父に〝いたづら〟をしても、D以降とは性質が異なる。Cは、国主の妾ながら、国主側が探し求めた理想的な美女として、屋敷入りし、「殿様の御情あさからずして」生活するのであるから、嫁に近い状況で、やはりこれも単独で分類すべきものである。そして、D、Eと展開していくわけであるが、F以降、沈潜してゆく。〝都女〟の特性も〝老〟には勝てなかったわけである。

だからといって、受容者は退屈しない。Eまでは〝一代女〟の〝いたづら〟で、F以降は〝いたづら〟が、〝一代女〟を代表する層の人々によって形象されているわけで〝いたづら〟女達のしたたかさが楽しめるからである。

このように〝いたづら〟を中心に読んだ時、Gの五百羅漢に馴染みの人を思い出す趣向も、回顧録的性格に〈終章〉としているのに気づく。それを若者に話し、「懺悔の身に曇晴て」とするのは、懺悔することで「希望のない暗さの終末[17]」に収束されているのではなく、語ったことによる「曇晴て」得た満足感を見るべきではないかと考えるのである。

もっともGでは、〝一代女〟が自殺未遂をする場がある。

『好色一代女』は、私娼の最下級まで堕ち、自殺を企て、ひき留められ、仏道に入る、という、仏道に入るより外にありようのない存在となることによって終末づけられる。

とされる卓見[18]に従えば、〝一代女〟の行為は自己救済に近いであろうが、受容者はそこまで〝一代女〟の身になって読んでいないのではあるまいか。つまり、『五人女』のおさんがそうであったように、〝いたづら〟を行った女は社会的に処断を受けなくてはならないのである。〝一代女〟だけが架空の人物として許されるわけにはいかない。そこで入水に踏み切らせるのは西鶴が作品の中で行った〝いたづら女〟に与えた処断なのである。ところが、〝一代女〟は「むかしのよしみある人」に救われる。この人は女より男の確率の方が高いであろう。あくまで、〝一代女〟はしたたかに不滅なのである。その意味では、『好色一代男』の結末と一致する読みとなるのである。

以上考えれば、AよりGに至る〝いたづら〟を語る形式は受容者に何と映ったのであろうか。それは悪漢（ピカレスク）小説的な豪快さとでもいうべきものではなかったかと考える。悪漢小説とは、西欧では『ガルガンチュア』『ラサリーリョ・デ・トルメスの生涯』『ドン・キホーテ』などがあげられるが、これらは、単なる「悪漢」の「物語」でなく、

ピカレスク小説だけ限っていえば、それはたしかに宮廷恋愛小説の非現実的な体系性をバカにする衝動をともなって生れてきた。貴族主義をこばみ、権威主義を叩き、一貫した筋というものが持つ体系の現実遊離性をあざわらい、そういう点でリアリズムの傾向をもっていた。一般庶民の素朴な認識方法にもとづく文学であった。[19]〔傍点　森田〕

と評価される、特別な「認識方法」を有した作品群だったのである。悪漢小説は又、『好色一代女』に見たように（前掲表）、エピソードにエピソードを重ねていくという「エピソード並列」の方法[20]をとっている（特に前掲西欧作品

群）が、この方法こそが、

現実全体を貫ぬく一つの体系を積極的に否定して現実が小さな個々の偶然な出来事で構成されているものと考え、しかもその個々の小さな出来事にだけはそれ自身の特定の小さな体系をみようとする認識のための方法である。(21)〔傍点　森田〕

というものなのである。この点、『好色一代女』の世界でも、一見風俗小説的短編に見られがちな、〃一代女〃の職業遍歴を、エピソードの並列と考えれば、その「エピソード並列」の方法によって、認識の方法が行われていることが確認できるのである。そして、この場合の〃いたづら女〃（悪者→ピカロ）の遍歴を断片として重ねたことによって、

神によってピカロの悪しき冒険が因果の矢につらぬかれるとき、それまでただ団子状につながれていた各挿話は、紛れも無い連関をもつに到るのである。(22)

という、短編を統合統一した長編化も認められるわけである。したがって、『好色一代女』を「悪漢小説」として受容することは、認識の方法という新たな小説の方法を見つけ出し、更には、長編、短編という問題をも昇華してしまう効果を産み出したのではないかと推論するのである。

最後に〃都女〃としての特性について、もう一点加えておきたい。それは、右の表の分類にも関係してくることであるが、各々の分岐点に以下の特色があることである。

A

←「宇治橋の辺に追出され」（巻一の一）

B

←「又親里に追出されける」（巻一の二）

← C
「又親里にをくられける」（巻一の三）
← D
「二たび古里にかへる」（巻二の二）
← E
「ならぬ時には元の木阿弥……都の茶屋者とはなりぬ。」（巻五の一）
← F
「又もや都にかへり」（巻六の四）
G

親里は宇治にあり、そこに帰ることは〝都〟に帰ることと同じである。〝一代女〟は好色遍歴の節目ごとに〝都〟に帰り、次の新しい世界へと踏み込んで行くのである。まさに〝一代女〟にとって〝都〟は自己再生の場であり、安住の地であったのである。西鶴はそれをも意識的に形象化したのであろうか。〝一代女〟は〝都女〟であった。―このことが『好色一代女』を読む上で、このようにおもしろい眼目であったのではないか。しかも、それを受容者達は知っていた。―このような仮定は許されないものであろうか。これからの研究課題の一つとしてゆきたい。

注

（1）評釈江戸文学叢書『西鶴名作集』（講談社）一九七〇年複刻本。
（2）檜谷昭彦「『好色一代女』試論―遊女評判記の受容―」『井原西鶴研究』（三弥井書店）一九七九年刊所収。
（3）水田潤「『好色一代女』の文芸構造」『日本文芸学』第十九号　一九八二年刊所収。

（4）「好色一代女合評」〔明治三十年七月　めさまし草〕→「好色一代女」〔明治三十年六月十二日　於観潮楼〕として『鷗外全集　第二十四巻』（岩波書店）一九七三年刊所収。
（5）注(4)に同じ。
（6）宗政五十緒「『好色一代女』の構造」『西鶴の研究』（未来社）一九六九年刊所収。
（7）「『好色一代女』小論」『近世小説論攷』（桜楓社）一九八五年刊所収。
（8）浮橋康彦氏も「『好色一代女』の構造上の諸問題」（『新潟大学教育学部紀要』第十三巻　一九七二年刊）の中で「長篇的統一性」について詳述されている。
（9）「『好色一代女』試論（上）奪取そのしたたかな生と性」『文学』五十三巻七号　一九八五年刊所収。
（10）秋山虔「「みやび」の構造」『講座　日本思想5　美』（東大出版会）一九八六年刊所収。ただし、氏はそこでは、他の研究者による通説をまとめられたもので、そのあと「みやび」を分析されている。最も『伊勢物語』の世界を端的に言い切った一行として引用した。
（11）菊田茂男「みやびとことば」『国文学解釈と教材の研究』第二十八巻九号（至文堂）一九八三年刊所収。
（12）注(11)の論文中、〔渡辺実校注　新潮日本古典集成『伊勢物語』（新潮社）一九七六年刊〕を菊田茂男氏が参照され引用されたもの。
（13）福井貞助校注　日本古典文学全集『伊勢物語』（小学館）一九七二年刊の解説による。
（14）拙論「『好色五人女』における恋愛の形象性」『日本文芸研究』第三十六巻二号　一九八四年刊所収。
（15）『好色五人女　好色一代女』対訳西鶴全集（明治書院）一九八六年刊の注釈による。
（16）注(8)と同じ。
（17）宗政五十緒氏　注(6)と同じ。
（18）注(17)に同じ。
（19）野中涼「作者全知」『小説の方法と認識の方法』（松柏社）一九七〇年刊所収。
（20）注(19)の野中涼氏の説明用語による。

(21)　注(19)に同じ。
(22)　富山太佳夫「嘘の一族再会―ピカレスク小説論」『方法としての断片』(南雲堂)一九八五年刊所収。

なお、西鶴以外のテキストは以下であり、旧字を適宜改訂した。

『伊勢物語』　『竹取物語・伊勢物語・大和物語・平中物語』日本古典文学全集(小学館)一九七二年刊。

第三節　『西鶴諸国はなし』の余白（マルジュ）
――その序文からの読みをめぐって――

一　MARGES（マルジュ）（余白）としての『西鶴諸国はなし』の序文

多田道太郎氏の『変身　放火論』(1)には序文がない。しかし、その「あとがき」において、

本を買ったらまず「あとがき」から読むという変な趣味の人がいます。かく申す小生がその一人でして。で、罰が当って「放火」とは何か、「変身」とは何か、また放火と変身のあいだに何のつながりありや、といったことを走り書き――いや、走りながら喋らねばなりません。

と書き出し、『変身　放火論』でとりあげた五つの作品、「八百屋お七」「曾根崎心中」「大菩薩峠」「金閣寺」「ノルウェイの森」が表題のもとに有機的につながる理由を不羈奔放に提示されている。

右の「変な」はテクストを読む行為の自然の流れに逆らって、「あとがき」にテクストの「意味する」ところを読みとろうとする挙措にあてられたものであろう。日常において、はからずも我々読者は、初めてのテクストを眼前にしたとき、何らかの形でこのテクストの「意味する」ところをあらかじめ読む前に知りたいという不安と期待の交錯を体験する。そこにおいて、読者はその書への誘いを欲求する。それにテクストとして応えたのが「序文」であろう。

『日本書誌学用語辞典』（川瀬一馬著）の「序文」の項目には「序。はしがき。書物を著作・編纂したわけ（出版

する場合は出版の次第）などを記した文章。本文の前に附く。」とある。

ここまで使用してきた「序文」も右の意味である。しかし、その「序文」では定義しきれない、テクストの読みそのものに拘わる、「序文」とテクストとの緊張関係をどのように分析すればよいのであろうか。

今日の『本』がそのような読者の欲求を予定して、著者や著者に代わる者が序文を書き、読者の期待をテクストの世界へと駆り立てる機能を果たしていることは確かである。出版社などの広告的意図による帯までもがそれに加わっている。

ジャック・デリタ氏の『MARGES（余白）』[2]の場合などは、序文を本文の余白部に位置するものとし、外に本文の余白に位置する注とともに新しいテクストを構築しようと試みている。『余白』による、テクストが互いに互いの余白に自らを置く構造は、豊崎光一氏[3]が試みた「デリタによってデリタを読む」という考察につながるが、これはデリタそのものの読解の書といえる。デリタの『余白』で注目できるのは、本文の序文や注あるいは背表紙までをも含めて、読者がテクストをどう読むかというより、デリタが読者にテクストをどう読ませようと試みているかというメッセージにある。

さて、それが日本の、古典の、近世の、西鶴の場合となるといかがであろうか。これにはまず当時の日本の書物において、「序文」がいかに扱われていたかという研究が必要となってくるであろうし、古典の序文を今日的な「序文」と同一視してよいのかという問題などいろいろな手続きを残すこととなる。

そこで、西鶴作品のいわゆる序文が、右のデリタの『余白』のように、「余白」による読者へのメッセージとして扱えばいかがであろうか。そこには、序文と本文との間に、現代に通じる著者と読者の関係があったことを予見できるのではないかと考えるのである。

実際、『本朝二十不孝』（貞享四（一六八七）年刊）の序文は、先行の御伽草子『二十四孝』をどう捉え、現実的な孝道とはどうあるべきかを提示するが、その一文「孝にすすむる、一助ならんかし」は、孝道奨励か、逆に批判する意図か、本文の読みにかかわるところである。また、『武家義理物語』(貞享五(一六八八)年刊)の序文も、本文が「義理」の面から武家世界を描こうとする姿勢であることを顕示している。これも「義理」をどう解釈するかによって、個々の作品の読みがかわってくるのである。他にも『男色大鑑』『武道伝来記』等、序文と本文との関係は、論じられてしかるべきである。

中でも西鶴自身による序文がつけられたものの中でも、その嚆矢である『西鶴諸国はなし』(貞享二(一六八五)年刊)は注目されるべきである。またその序文によって論じられるべきことも多い。

西鶴文芸において、序文の読みの差異によってどのように本文の読みにかかわってくるのであろうか。『西鶴諸国はなし』の序文を例に、以下分析を行うものである。

二　『西鶴諸国はなし』序文の検証

それでは、その『西鶴諸国はなし』の序文はどのように構成されているであろうか。

世間の広き事、国々を見めぐりて、はなしの種を求めぬ。熊野の奥には、湯の中にひれふる魚有。筑前の国には、ひとつをさし荷ひの大蕪有。豊後の大竹は手桶となり、わかさの国に弐百余歳のしろびくにのすめり。近江の国堅田に、七尺五寸の大女房も有。丹波に一丈弐尺のから鮭の宮あり。松前に百間つゞきの荒和布有。阿波の鳴門に、竜女のかけ硯あり。加賀のしら山に、ゐんまわうの巾着もあり。信濃の寝覚の床に、浦嶋が火うち筥あり。かまくらに頼朝のこづかひ帳有。都の嵯峨に、四十一迄大振袖の女あり。是をおもふに、人はばけもの、世にない物はなし。

この序文の場合、一行目の「はなしの種」を単なる素材と読めば、以下、その「はなしの種」の羅列と読むことができる。岸得蔵氏[4]は「国々を見めぐりて」「はなしの種をもとめぬ」という素材収集の方法着目され、その信憑性の分析に力を注がれたが、多くの先達が素材、典拠研究に力を注がれ、数々の業績を残されたのも西鶴のこの序文の姿勢を典拠論として重要視されたからであろう。さらに宗政五十緒氏[5]は

私は、『諸国はなし』のうちのかなり多くの篇は、それまでに西鶴が人々に話していた「はなし」のレパートリーであるように思っている。

とされているが、この過去の取材した咄につきあげられるように『西鶴諸国はなし』が完成したものとすれば、この序文の一文は創作動機とも位置づけできよう。

そうすれば、この序文の構成が「国々を見めぐりて」という諸国漫遊性と「はなしの種」を「もとめ」た取材性を標榜し、続く「熊野の……」以下のようなしかるべき情報源、すなわち典拠を得、本文を創作したとしているのだと単純に解釈することは、おおまかではあるが、首肯していただけるのではないかと考える。

しかし、「熊野の」以下は一概に素材の羅列とするには、等質ではない。

まず、「熊野の奥には、湯の中にひれふる魚有。」であるが、諸注釈があげるように、これは現在の和歌山県東牟婁郡本宮町の川湯温泉での事象を指している。『紀伊続風土記』[6]〔天保十（一八三九）年刊〕巻八十五「四村荘　皆瀬川村」の項に

温泉は川の中の二町許の間幾処となく湧き出て水に沫をなす

とあり、『紀伊国名所図会』〔熊野篇〕がその中に魚が泳ぐことを記しているは『西鶴諸国はなし』の序文そのものである。いずれも近世後期の資料であるが、すでに延宝年間の『南隈記』にも「川湯温泉」の名は認められる[7]。西鶴の時代にも現在のように河原を掘れば温泉となり、その近くなりとも、あるいは川湯の中なりともに、「ひれふ

る魚」がいたことは本当であったろう。これは喫驚ではあるが事実の素材なのである。[8] そこには誇張表現もされてはいないのである。

「筑前の国には、ひとつをさし荷ひの大蕪有。」も現在の桜島大根のような大蕪菁の存在と同様と考えられる。大蕪の存在は『毛吹草』（寛永十五（一六三八）年序）に「大蕪　陸奥」とあるように西鶴以前からの事実である。『大和本草』（宝永六（一七〇九）年刊）に「薩摩大根」の項目があり、「常ノ大根ヨリ大也、（中略）是亦常ノ大根ニコトナリ、肥シテヨク作レバ甚大ナリ」とあるのは、桜島大根のルーツを示すものといえよう。そのような「大蕪」は薩摩に限らず、『毛吹草』に「大蕪　陸奥」、『食物知新』（享保十一（一七二六）年成立）に「大蕪　奥州」、『芸備国郡志』（寛文三（一六六三）年成立）に「出佐東郡、燕菁根其大如毬子」とあるように全国的に「大蕪」が存在したことは歴史的事実であったのである。『新日本古典文学大系』などの注釈が『筑前国続風土記』（元禄十六（一七〇三）年序）に「蕪、京菜に似て別種なり。すはり蕪、甚大なり。怡土・志摩郡に多し」とあるのを指摘するように、「筑前」と「大蕪」を結ぶ線もあったと考えられる。ただ、それらが「さし荷ひ」しなくては運べないほどの「大蕪」があったかというと委細がわからない。ただ、周知のように桜島大根は大きいものであれば四十kg以上のものもあり、まさしく「さし荷ひ」を必要とする。これも喫驚ではあるが、誇張表現のない事実の素材なのである。

「豊後の大竹は手桶となり」は江戸時代後期の『和訓栞』の「たけ」の項目に「漢竹可為桶斛者ハ豊後より出」とあることからも「豊後」が「桶」に用いる竹の産地として知られていたことがわかる。この一文をより詳らかに解釈するなら、「豊後で産する大竹は、節ごと横に切ればそのまま手桶になるものがある。」ということになるであろう。すなわち、直径のたいへん大きな竹が豊後にあることが一驚となるのである。[9] 大きな竹については、『西遊記続編』（寛政十（一七九八）年刊）に

薩隈の辺に唐孟宗竹といふ竹あり。人家に多し。常の竹よりは薄く、節低く葭に似たり。然れども甚だ太くし

て、大なるものは二尺廻り以上に至る。花生等に用ひて、甚見事なり。

とある。「豊後」ならぬ「薩隈」であり、『和訓栞』の「漢竹（からたけ）」が「孟宗竹」と類も違うが、『和訓栞』自体、「たけ」の項目に「雄竹をから竹といふ常の竹也」とするように、竹の類に拘泥する必要もなく、「豊後」で産出する「大竹」が「手桶」となる話は現実味を帯びている。これも前の二例と同様、誇張表現のない事実の素材といえよう。

「わかさの国に弐百余歳のしろびくにのすめり。」は『本朝列仙伝』など文献が伝えるとともに、口承として伝えてきた、いわゆる若狭の八百比丘尼伝説である。現在も福井県小浜市の熊野山をはじめ、若狭には八百比丘尼伝説が各地に残る。例えば、曹洞宗空印寺には、白雉五（六五四）年に生まれた高橋長者の娘が人魚の肉を食したために、八百年の齢を保ち、入定したとされる大岩窟が残っている。[10] 八百姫、長寿姫として今も信仰されている八百比丘尼の伝説が、西鶴の時代にも語り継がれていたことは明らかである。しかし、それはあくまで伝説の域であって、事実とは言い難い。だからといって、まったく非現実的な素材とするには、八百比丘尼伝説を用いながらも、「弐百余歳[11]」としたことによって、誇張の度が意識的に抑えられているといえよう。いずれにせよ、ここで前述の三つの素材とは一線を画した素材が出てきたわけである。

「近江の国堅田に、七尺五寸の大女房も有。」は、近世後期に近世前期の風俗や言語などを考証した『用捨箱[12]』（天保十二（一八四二）年刊）にある、「大女房阿与米（およめ）」の伝承である。『用捨箱』は『松会板年代記』（天和三（一六八三）年初彫とする。未見）を引き、

延宝二年の条、「江戸堺町に（中略）十一月近江国より、たけ七尺三寸ある大女、名をおよめといふ、見世物に出す」

と伝えている。「七尺三寸」ではあるものの、『西鶴諸国はなし』の「近江」の「大女房」とは一如である。さらに

同様な例として、『続無名抄』〔延宝八（一六八〇）年刊〕から、

「近頃道頓堀に（中略）大女房あり。江州の者なり。白髭大明神の変化なりといひつたふ。たけ七尺二寸、足のながさ一尺三寸、手のながさ一尺、全身すぐれて骨高く、力人こえ、達者究竟の男にも勝れり」

と引き、「当時の俳諧に大女房とあるは、此およめが事なるべし。」として、『延宝廿歌仙』『西鶴大矢数』〔延宝八年〕『向之岡』〔延宝八年〕に載せる「大女房」の句をあげる。これらが本当なら、『西鶴諸国はなし』刊行当時に生きていた実在の人物となる。しかし、当時の見世物が屢次そうであるように、「およめ」という名はもちろん、「江州」という出身地も疑わしいものである。「近江の国」の「七尺」をあまる「大女房」の口承として、知っている人たちが多いことを利用して、ここに挙げたわけであろう。その意味では右の「若狭の八百比丘尼伝説」と同じ類いの素材といえるのである。ただ、「わかさの国」の「弐百余歳」の場合にしても、「近江の国」の「七尺五寸の大女房」の場合にしても、大いにではないにしても、少なからず誇張があることは否めない。

「丹波に一丈弐尺のから鮭の宮あり。」は、「一丈弐尺」の魚というだけで誇張された「はなし」であることがわかる。近世後期の『北越雪譜』は「鮭は今五畿内西国には出す所を聞ず（中略）鮭の大なるは三尺四五寸……」としている。桁違いの大きさの「鮭」である。「から鮭の宮」について、『新日本古典文学大系』の脚注では、京都府綾部市の本宮山にあった杵宮をあげ、そこに伝わる伝説として、五、六尺のから鮭の話があったことをあげている。当時から、この人身御供とから鮭の怪物退治の話は「杵ノ宮伝説」として、人口に膾炙していたもので、「紛れもなく杵宮の伝説を指している(13)」といってよい「はなし」なのである。そう考えると、これは「八百比丘尼伝説」や「大女房伝説」と同類の素材となる。しかし、「五、六尺」を「一丈弐尺」では、かなり誇張したこととなり、前の二つの素材の場合とは差異がでてきている。

「松前に百間つゞきの荒和布有。」は、これも「百間つゞきの荒和布」に誇張された「はなし」であることがわか

る。もっとも「アラメ」とふりがなをうつ「荒和布」自体、『対訳西鶴全集』や江本裕氏の注が「昆布のことか」とするように、現在の「アラメ」と考えてよいのか疑問の余地がある。『新日本古典文学大系』の脚注には、『毛吹草』では「荒和」とあるが、実際『毛吹草』巻第四の「名物」には「荒和布（アラメ）」とあり、「伊勢」と「紀伊」の名物としてあげている。「アラメ」は『節用集』では『饅頭屋本』と『易林本』に「荒和布」とあるものの、『合類節用集』『書言字考』等に「荒和布」はない。『本朝食鑑』には「荒布」とあり、「長者不過四五尺」とある。いずれにしても、「荒和布（アラメ）」の「百間つゞき」は存在しない。

また、「アラメ」ととるには、北海道の「松前」がふさわしくない。前述の『毛吹草』でその産地を「伊勢」と「紀伊」とし、『本朝食鑑』でも「アラメ」の項で「今時海南海西諸州及海東亦所在有之」とするように「アラメ」がなぜ「松前」であったのかということも問題となる。

では、あえて「松前」とした理由は何であろうか。同じ『毛吹草』巻第四の「名物」には「松前」の項に「干鮭」を載せている。『類船集』にも「松前」の付合として「から鮭」をあげている。すなわち、前の「から鮭の宮」という素材との付合的効果によって「松前」が引き出されたと考えることができるのである。

「松前」の必然性を認めれば、つぎに「荒和布」の必然性は何であろうか。これを二つの関係から前述の「昆布のことか」という説を承ければうまくいくのであるが、やはり「コンブ」はどの『節用集』でも「昆布」であり、違えるはずがない。ここでそのような長い海草として「ワカメ」を想起してみるとどうであろうか。むしろ、「ワカメ」こそ各種『節用集』に「和布」「若和布」となっており、誤記の可能性がある。もっとも『本朝食鑑』にも「長不過一二尺」とするように丈の短い海草の印象がある。しかし、先述の付合の論理でいくと、「ワカメ」は次の「阿波の鳴門」と関係してくる。現在でも「ワカメ」は鳴門の名物であるが、『類船集』にも「鳴門」の付合として、「若和布」をあげている。『毛吹草』巻第四の「名物」にも「阿波」の項に「鳴門和布」を載せている。もし、「ワカメ」ととれば、この場合も次の素材との付合的効果が指摘できるのである。「阿波の鳴門に、竜女のかけ硯あり。加賀のしら山に、ゑんまわうの巾着もあり。信濃の寝覚の床に、浦嶋が火うち筥あり。かまくらに頼朝のこづかひ帳有。」は一括して同一の方法といえる。これを『対訳西鶴全集』の「解説」では、「いうまでもなく俳諧である」とされているが、特に「会釈」の手法によるといえるのではなかろうか。「阿波の鳴門」といえば、竜宮の入り口であり、『海人』『大織冠』の「玉取り」の説話のもととなった、『日本書紀』に載る阿波の海人の件などから「竜女」が想像できる。その際「かけ硯」は「会釈」と考え、重要視しなくてよいであろう。同じく「加賀のしら山」は白山地獄、地獄で「ゑんまわう」、さらりと「巾着」と付けたのであろう。次も「寝覚の床」で「浦嶋」伝説、玉手箱のイメージから「火うち筥」と付けたのであろう。「頼朝」には吝いイメージでもあったのであろうか、何とはなしに「こづかひ帳」としたのではあるまいか。そのような意味では実在しない四つの素材と言える。

以上、このように考えると「熊野の」以下は四段落に別れている。まず、第一段落は「熊野の奥には、湯の中にひれふる魚有。筑前の国には、ひとつをさし荷ひの大蕪有。豊後の大竹は手桶となり」まで。この三つのはなしの種は現実にはあるが、狭い世界しかしらない人には知り得ない奇談。第二段落は「わかさの国に弐百余歳のしろびくにのすめり。近江の国堅田に、七尺五寸の大女房も有。」まで。この二つのはなしの種は誇張はあるものの全く否定はしきれない奇談。第三段落は「丹波に一丈弐尺のから鮭の宮あり。松前に百間つゞきの荒和布有。」まで。この二つのはなしの種は全くの誇張で、非現実的な奇談。第四段落は「阿波の鳴門に、竜女のかけ硯あり。加賀のしら山に、ゑんまわうの巾着もあり。信濃の寝覚の床に、浦嶋が火うち筥あり。かまくらに頼朝のこづかひ帳有。」まで。この四つのはなしの種は俳諧の手法による、連想の世界であって、誇張を越えた空想の奇談。この四段落による分類こそが「はなしの種」として、『西鶴諸国はなし』の奇談性を形成している基本的な基調の標榜となっているのである。

また、これらはお座なりに羅列されているものでもなく、うまく分類されている。第一段落の「熊野の」は魚という生類で単独であるが、続く「大蕪」「大竹」はともに植物である。第二段落の「わかさの国」の「しろびくに」と「近江の国」の「大女房」は人間の中でも女性に絞られている。第三段落の「から鮭」と「荒和布」はともに海、もしくは水に関係している。第四段落は「竜女のかけ硯」、「ゑんまわうの巾着」、「浦嶋が火うち筥」、「頼朝のこづかひ帳」といずれも知られた人物と所持品となっている。このような整然とした、明瞭な分類方法は読み易さとして読者を捉えていく。

さらに、意識されているのが数の利用である。第二段落より第三段落まで「弐百余歳」「七尺五寸」「一丈弐尺」「百間」と数字を続け、特に「七尺五寸」からは長さの数字はどんどん大きくなっていくのである。このテンポの良さも読者をひきつけていく。

右のような計算された序文の展開は、たいへん効果的に読者を魅了することができる。西鶴は序文の効用を知り尽したうえで、意識的に「熊野」以下「頼朝のこづかひ帳」までを展開し、読者を『西鶴諸国はなし』の世界に引き込んでいこうとしたのではあるまいか。そう考えれば、単なる「はなしの種」の羅列ではないといえるのである。

これらの「はなしの種」は同時に、奇談であるとともに、どれもがユーモラスな「はなし」なのである。哄笑できる素材なのである。この「笑い」につながる「はなしの種」は俳諧性ともいえるが、西鶴の「遊び」に近い余裕ともみることができるのでなかろうか。この余裕こそが「はなしの種」を増幅させているのである。

ここに読者は、「世間の広き事、国々を見めぐ」ったとする西鶴の術中にはまり、これから本文で読んでいく中での奇異な世界が、怪奇でも、幻想的でもなくなり、非日常は日常へと回帰してくるのである。

三　『西鶴諸国はなし』序文の解釈

さて、最後に残った「都の嵯峨に、四十一迄大振袖の女あり。是をおもふに、人はばけもの、世にない物はなし。」はどういう位置にあるのであろうか。まず、「都の嵯峨に、四十一迄大振袖の女あり。」から考えたい。直前の「竜女の」以下、「頼朝のこづかひ帳」までは、名の知れた人物が出てきたわけであるから、「都の嵯峨」の「大振袖の女」は素材として全く違ったものといえる。『日本古典文学全集』『対訳西鶴全集』などの注は、愛宕山参詣の宿屋の客引き女の若作りなことをあげるが、有働裕氏(14)が、

嵯峨の「四十一迄大振袖の女」に至っては、もはや不可思議な伝承さえも伴っていない。どこにでも有りがちな現実の一様相、とまで断定しては言い過ぎだろうか。

とされるように、ここに至って、「有りがちな現実」の一女性が登場する。しかし、この女性をただの客引き女や有りがちな女性とするには衝撃が強い。

『対訳西鶴全集』の解説に

しかし再読しぞっとするのは、「四十一迄大振袖の女」のイメージである。真に不可思議なものは、他ならぬ人間の中にあるという観察はきわめて現実的である。

とあるように、ある種異様なはなしである。現代の感覚とは異なり、『徒然草』に「四十にもあまりぬる人の、色めきたる方、おのづから忍びてあらんは、いかがはせん」とするように、西鶴の当時でも四十の女性が公然と「性」をアピールすることは謹むべきことであった。これは『好色一代男』巻二の七にある、四十過ぎの女性に「命盗人と申すべき婆々」と冠する年齢意識によるであろう。その当時に「四十一迄」女が振袖を着ることは、『本

朝二十不孝』巻一の三で二十五歳までの女性が「振袖似合ず」としている当時の常識[15]からも大いに奇異なふるまいであったといえよう。しかも、「振袖」ならぬ「大振袖」はこの貞享・元禄期よりはやり出したいわば、トレンディーなものであった。当時の人々にとって、この「嵯峨」の「女」の逸脱した若作りぶりは、非常識の域をはるかにこえ、日常にある怪奇ですらあったといえるのである。

また遠隔地ではなく、「都」であることも注目できる。「都」の話なのに解明されていない不可思議な事件は『西鶴諸国はなし』巻二の六「男地蔵」にあるが、「かかる事のありしに、今まで世間に知れぬは、石流都の大やうなる事、思ひ知られける。」としている。人の多い都だけに嘘もつけないはずなのに、それが「都」の「嵯峨」に奇怪な女がいたとするところに不気味さがある。都会の読者たちに、「諸国はなし」として見たこともない地方の奇談だけではない、新機軸のあることを提示しているのである。

さらに「嵯峨」であることも面白い。都の色街ではなく、「嵯峨」なのである。『好色一代女』で一代女が嵯峨に籠もるのに比べ、隠棲すべき場所、嵯峨での闊達さにシニカルな笑いがあるのだとも考えられよう。

まさに「都の嵯峨」の「四十一迄大振袖の女」はいかにも奇妙な素材なのである。

そして、「是をおもふに、人はばけもの、世にない物はなし。」なのである。これはどう解釈すべきであろうか。以下に先人の口語訳を参考にならべてみた。

A これを思うと、人間は化物である。どのようなものでも、ないものは何もない、というのがこの世の中。（『日本古典文学全集』）

B これを思うに化物同様の人間をはじめとして、世の中にはどんな珍しい事でもあるものだ。（『現代語訳　西鶴全集』）

C これを思うと、人間は化物である。世の中にはどんなものでもないものはないということになる。（『対訳西鶴全集』）

いずれも解釈としては、当然の口語訳と考えられる。しかし、A、Cのように「これを思うと、人間は化物である。」のか、Bのように「これを思うに化物同様の人間をはじめとして、」なのかは別れるところである。前者の場合、「これ」はその前の一文「都の嵯峨に、四十一迄大振袖の女あり。」を指し、そのようなあらゆる「ばけもの」を凌ぐ、戦慄とするような人間の存在に「人間こそ化物だ。」ということを読者も、西鶴自身までもが痛感し、「世の中にはどんなものでもないものはないということになる」という結論を引き出すのである。後者の場合、「都の嵯峨に、四十一迄大振袖の女あり。」という例示を最低限として、そこからより以上の「珍しい事」、すなわち奇談の存在することを類推させようとしているのである。両者とも『西鶴諸国はなし』の世界の広がりを了解させるのであるが、微妙に「人はばけもの」を新発見として作品世界を展開させるか、「人はばけもの」を既成事実として発展させるかに差異を持つ。

この解釈の違いを翻字に探ってはいかがであろうか。

版本では当然のことながら、行も句読点もない。「是をおもふに」からちょうど改行されているが、原本の改行に特別の意図は見いだしにくい。それよりも句読点にある。「是をおもふに、人はばけもの」とすれば、「嵯峨」の「女」のはなしはそこで終り、結論として「世にない物はなし。」を喧伝していることとなるのである。一方「是をおもふに、人はばけもの、」と翻字すれば、「人はばけもの」はあとへと続き、「世にない物はなし。」は述部となる。つまり「人はばけもの」だから、「世にない物はなし」となるのである。

翻字という点では、すぐれた先人の校注者からの回答はすでに得られている。

結果から述べれば、先達の読みは『対訳西鶴全集』『日本古典文学全集』『新日本古典文学大系』などをはじめ大方が「是をおもふに、人はばけもの、」とされているのである。

Bにつながる、後者の読みと理解されたのであろうか、句読点にこだわらない解釈を提示されたのであろうか。やはり、A、Cの解釈をとり、「是をおもふに、人はばけもの。」とする方がより読みの方向性を示すと考えるのである。

そのとき、読者は今から読もうとするテクストに展開する「ばけもの」、すなわち、怪異性が満ち満ちていることを予期するのである。

実際に『西鶴諸国はなし』に怪異譚は多い。その一々に典拠を求めて深読みをすることは「はなし」の面白さを半減する危惧があろうが、やはり、西鶴の意識の中で大きなテーマを持つ素材であったことは確かである。

そしてこのことは、西鶴自身も世の中にある「ばけもの」を通じて、人間認識を行っていることを、序文を通して読者に宣言しているからだともいえる。西島孜哉氏[16]は、

『西鶴諸国ばなし』は、序文の宣言からみる限りにおいては、西鶴の明確な主体性による意識的な創作であるといえる。それは「人はばけもの」という人間のあり様を「種」として、人間の内に着目した「はなし」を構築しようという意識なのである。

とされているが、西鶴の意識であるとともに、まさに最後の一文によって、序文自体がテクストとしての意志をも宣言したものとなるのである。

やはり、「是をおもふに、人はばけもの。世にない物はなし。」という一文が最後に付け加えられたことは、『西鶴諸国はなし』という序文も含めた、テクストを考える上で、たいへん意義深いものといえるのである。

四　むすびにかえて

井上敏幸氏は『新日本古典文学大系』（岩波書店）の『西鶴諸国はなし』の解説で

本書の序文は、まさに西鶴の創作態度の基本を述べたものであったことが諒解されるが、残念ながら一篇一篇の具体的な創作方法について述べたものではない。

と結論されているが、やはりこの序文を「具体的な創作方法」と結びつけて論じることは無理が生じる。しかし、この序文が『西鶴諸国はなし』の「余白（マルジュ）」を使って発する我々へのメッセージであることは間違いなかろう。そしてそれは右で述べた「人はばけもの」に集約されていくのである。

このように考えてくると、テクストの中に序文を含める効果を西鶴自身がどのくらい意図したのかということになる。

当然、西鶴が意志的に行ったことは認められるが、内発的要因によるものばかりではなかろう。そこには、書肆による外発的要因も考えられるはずである。羽生紀子氏は、(17)

西鶴の浮世草子に序文が付されたのは、『諸国はなし』が最初であったが、岡田（池田屋岡田三郎右衛門）は巻三以降の西鶴の独自性に着目し、その内容に「人はばけもの」という人間認識を読み取ったのであろう。そこに岡田からの序文を付すという新しい企画が持ち出されたといえるのである。

と指摘している。岡田が本文の内容によって序文を付そうと企画したのか、商業意識から企画したのかは論が別れるところであろうが、序文が本文が成ったあと、書肆岡田からの依頼で付されたとすることに不思議はない。

しかしながら、序文は本文が成ったあとに付すのが一般的だったのだろうか。『日本書誌学用語辞典』(18)の「序文」

の項目には、先述のあとに

シナで古くは本文の末に附けた。それは本文を書き上げて、その後で執筆する故と云う。

と書かれている。本来、序文は本文を書いたあとに付せられるものだったのである。西島孜哉氏[19]は西鶴の『懐硯』の序文を論じられる中で、

巻一の一の冒頭部分が本来の序文にあたり、序文は後に諸国話的な序文を書肆が要請したものではなかろうか。その意味では序文にそって『懐硯』を理解することは妥当ではないということになる。

と推論されている。つまりは、西鶴も本文が成った後に書肆の要請で序文を付す例があったということである。そして、それゆえに序文が本来の機能を失ってしまっている例でもあるのである。

これらのことから推察すれば、『西鶴諸国はなし』の序文も、西鶴が本文を書き上げたあとで、書肆の求めに応じて書き加えた可能性が指摘できるといえよう。

そうなると次に、我々は、『西鶴諸国はなし』の序文を本文の前に読む行為と同時に、本文を読み終えてから序文を読むことも考えていかねばならないということである。それは、本論考一、にあげた多田道太郎氏のいう、「「あとがき」から読むという変な趣味」に対置するものにほかならないのである。

したがって、ここに、それらの『西鶴諸国はなし』の本文からの序文への具体的な読み、さらには、他の西鶴作品の序文の機能の検証を行っていくことを今後の研究課題としてあげ、結びとしたい。

注

(1) 多田道太郎『変身　放火論』（講談社）一九九八年刊。

(2) Jacques derrida, *Marges*, Editions de Minuit 1972 *Marges* を『余白』と訳すのは後述の豊崎光一氏に従ったが、

管見ではこの書の仏文翻訳を見ない（論文執筆時の一九九九年現在）。原書で読むにあたっては、力及ばず、関西学院大学大学院文学研究科仏文学専攻在籍の岩津航氏のご助力を得た。記して感謝したい。
(3) 豊崎光一『余白とその余白または幹のない接木』（小沢書店）一九七四年刊。
(4) 岸得蔵「『西鶴諸国はなし』考―その出生をたずねて」『国語国文』一九五七年十二月刊所収。
(5) 宗政五十緒「『西鶴諸国はなし』の成立」野間光辰編『西鶴論叢』（中央公論社）一九七五年刊所収。
(6)『紀伊続風土記』（和歌山県神職取締所）一九一〇年刊。
(7)『日本地名大辞典　30　和歌山県』（角川書店）一九八五年刊。
(8)『新日本古典文学大系』の脚注には、この川湯温泉のように、川底より湯が湧き、そこを魚が泳ぐような江戸時代の例として、雲仙をあげ、現在では伊豆伊東の松川をあげる。
(9) 江本裕氏は『毛吹草』の名物豊後の項に「中津　大竹」とあること、『豊後国志』に渡里郷から出る大竹を「大径七八寸」と記していることをあげられている。〔江本裕編『西鶴諸国はなし』（おうふう）一九九三年刊の頭注による。〕
(10) 若狭八百比丘尼奉賛会・若狭八百姫講発行の八百比丘尼の縁起による。
(11) 江本裕氏〔注(9)〕は『康富記』に「(文安六年五月) 廿六日乙巳、晴、或云、此廿日比、自若狭国、白比丘尼トテ二百余歳ノ比丘尼令上洛、諸人成奇異之思云々」とあることをあげられている。まさしく、典拠にふさわしい内容であるが、この事実がどこまで伝播していたか疑問を持つ。少なくとも当時の読者にとっては、八百比丘尼伝説の方が一般的ではなかったかと考えている。
(12)『日本随筆大成　第一期第七巻』（吉川弘文館）一九七五年刊所収。
(13)『綾部町史』（綾部町史編纂委員会）一九五八年刊。
(14) 有働裕「第七章「はなす」ことへの凝視　1」「―序文―「はなしの種」が提示するはなし手像」『西鶴　はなしの想像力』（翰林書房）一九九八年刊。
(15)『対訳西鶴全集　本朝桜陰比事』巻五の一　注（十一）による。

（16）西島孜哉「『西鶴諸国ばなし』の主題と方法―成立の必然性―」『西鶴と浮世草子』（桜楓社）一九九二年刊所収。
（17）羽生紀子「『西鶴諸国はなし』序論―外題変更の意味―」『西鶴と出版メディアの研究』（和泉書院）二〇〇〇年刊所収。
（18）川瀬一馬『日本書誌学用語辞典』（雄松堂出版）一九八二年刊。
（19）西島孜哉「『懐硯』論」『西鶴　環境と営為に関する試論』（勉誠社）一九九八年刊所収。

第四節　『本朝二十不孝』における創作視点

一　『本朝二十不孝』序文をめぐって

『本朝二十不孝』は、表題が外示的に明らかにするように、二十の親不孝者の話からなる短編小説集である。しかし、その内示的意味作用をめぐっては、様々な先学の見解がある。特に『本朝二十不孝』の序にある「孝にすゝむる一助」を創作視点と見て、二つの意見がある。一つは中村幸彦氏等の論[(1)]で、親不孝咄を集約することで逆に親孝行を奨励しようとした、教訓性を主調とした仮名草子的性格を指摘するものである。今一つは、野間光辰氏等の論[(2)]で、社会特に幕府が奨める孝道主義に反撥した、作者西鶴の反逆の精神の表出と解釈するものである。このことは、御伽草子の『二十四孝』や仮名草子の『大倭二十四孝』などの対抗し、「二十四孝」の「四」を「不」と置きかえたのではないかという、パロディ精神の面からも指摘されるところである。

だが、いずれの立場も『本朝二十不孝』の序、前半部の

雪中の笋、八百屋にあり、鯉魚は魚屋の生船にあり。世に天性の外、祈らずとも、夫夫の家業をなし、禄を以て万物を調へ、教を尽せる人、常也。

の解釈に関しては、『二十四孝』の孟宗の笋や王祥の鯉のような非現実主義を否定し、現実の今の時代（貞享当時）の中で孝道の在り方として、内実的には自らの労働による経済力によって万物を入手し、親孝行の実践を行うべき

ことを顕示するものであると了解している。この序に通じる西鶴の視点は、作品中からもいくつか窺えるところであるが、例えば巻二の一では、冒頭に次のように置く。

鏐(こがね)の釜の穿(ほり)出し、今の世にはなかりき。

これは、内容において、『二十四孝』の説く「郭巨」の故事を現実無視の空論として、「石川五右衛門」の釜ゆでに代替することで、当時（貞享）のものとしているのである。この箇所をして、択一的に反孝道主義とするか、教訓性と見るかは決し難く、又、意味もなさないことであろう。巻二の一における冒頭と話の内容との関係は、読者の知っている『二十四孝』への期待を利用して、現実生活に視点を据えた西鶴の『本朝二十不孝』の世界に置換したにすぎないからである。これが序と二十話全体の関係であっても同じではなかろうか。即ち、序にあるのは『二十四孝』の体裁を取るものの、『本朝二十不孝』の創作視点は違う所にあることを予告するもので、それは、親不孝を媒体としているにすぎないことを標榜するものではないかと考える。

暉峻康隆氏は『本朝二十不孝』に先行する『俳諧大句数』第八にある、

一子寒し親不孝の袖の月
どこにあらふぞ雪の笋

という付合に対して「雪中の筍などどこを探してもあるはずがない」という上七句に、西鶴の批判精神が働いていると注解され、その現実批判を意図する西鶴の態度を『本朝二十不孝』の序と結びつけて指摘されている。(3)その点について、乾裕幸氏は、

「どこにあらふぞ」という文そのものは、かならずしも反語でなければならない文法的必然性をもたず、「どこにあるのだろうか」という単純な疑問である余地も残されているのである。

とされ、「談林俳諧の一体である西鶴の俳諧は、はたして二十四孝的世界観・価値観に対するアンチ・テーゼを、

その俳諧的行間に息づかせることができたのか」とし、先述の『本朝二十不孝』の「雪中の笋」も〈見立て〉としての俳諧的発想契機と考えられる可能性を提示しておられる。(4) その提言によるならば、長く『本朝二十不孝』の創作視点を探る上での起点であった「雪中の笋」は重要性を帯びなくなり、序と二十話を結びつけて、反二十四孝的世界であるとか、談理の姿勢というような世界観も、殊更作品の本質を決定づける強力な指針にはなり得ないものとなる。それ故に、『本朝二十不孝』の世界は、作家の創作視点の上から改めて論じられるべき機会を残していると言えよう。

谷脇理史氏は、今までの『本朝二十不孝』の研究において、「西鶴が『本朝二十不孝』を書こうとする時の意識、具体的には彼の戯作意識が完全に見失われているのではないか、という疑問を感じないわけにいかない(5)」とされているが、氏の提言される「戯作的読み」とは、『本朝二十不孝』のみならず、西鶴作品全般にかかわる問題として受け止めなくてはいけないのだろうか。—西鶴作品個々の読みから、総体としての読みへ—この課題は『本朝二十不孝』が、好色物・武家物・町人物のいずれの世界にも分類されない作品だけに、大きな意義をもつものと考える。

右のような諸先学の論に対する考えから、以下、新たな読みを提出することによって、『本朝二十不孝』の創作視点を探り、それが西鶴文芸の展開において、どのような位置にあるかを論じるものである。

二　『本朝二十不孝』の各話の分析　その一

『本朝二十不孝』を読む時、その二十話の内、十五話の親不孝者が、「死」もしくは「重体」（巻二の三で体の油を抜かれた藤助の場合と、巻五の三で負け相撲によって、半身不随になった才兵衛の場合）という苛酷な末路となっていることに注目できる。残る五話も巻五の四が最終話として祝言形式の成功譚（親孝行譚）となっている以外は、巻一の四、四の四、五の一共に、親不孝者は極端に衰微し、転落の人生を歩まされている（巻五の二の場合も、大酒に身を滅ぼしたと予測できる）。つまり、二十話中十九話の親不孝者が処断され（巻五の四の徳三郎も一時的にその喧嘩好きによる親不孝のため、両親から旧離を切られるという処断を受けている）、親不孝の罪を受けている。彼ら（女主人公を含む）は、親不孝者であり、社会的に道徳的に、当然許すべからざる者たちであるので、このような結末を与えることに不思議はない。先述の『本朝二十不孝』の序の後半部は（一部前半部と重複）

夫夫（それぞれ）の家業をなし、禄を以て万物を調へ、教を尽せる人、常也。此常の人稀にして、悪人多し。生としいける輩、孝なる道をしらずんば、天の咎を遁るべからず。其例は、諸国見聞するに、不孝の輩、眼前に其罪を顕はす。是を梓にちりばめ、孝にすゝむる一助ならんかし。

というもので、そこで明示するように「天の咎」によって、「不孝の輩」が「罪を顕は」したものを罰するというのは、当時の文芸として、常識的な結末であろう。それを西鶴の創作視点としても、孝道主義奨励のための勧善懲悪主義程度のものしか得られず、浅薄なものに終ってしまうのではあるまいか。

しかし、『本朝二十不孝』を読めば、勧善懲悪主義などという教訓的な意図はあまり感じられない。むしろ、各々の富み栄えていた「家」自体が、親不孝者を出したことによって、滅び去っていく姿が面白おかしく描かれている感がある。それは、全話の《ストーリー》の展開と《プロット》の秀逸さによるのではなかろうか。それは単に全二十話の不孝者が「天」から厳罰を蒙ったという図式に終っていないからである。

その点を確認するために以下、分析を行おうと考えるが、単にその《ストーリー》の展開と《プロット》だけを追えば、右の検証はできるものの、二十話をただ類型化するに過ぎなくなってしまう。

そこで、作家が《ストーリー》の要素を破壊したり、異化したり、デフォルメしたりして生み出す《プロット》の分析を行った先駆者、ウラジーミル・プロップが『昔話の形態学』で行った方法(6)を試みてみることとした。

		A	B	C	D	E	F
(イ)	巻1―1	京(室町)	「かくれもなき歴々」	七年で財産を使い果たす。	親の死をあてにした借金（死一倍）。	子に調伏され、服毒殺害されかかる。	親に飲まそうとした毒を誤って飲み、死ぬ。
(イ)′	巻1―2	伏　見	*貧家であるが、妹を売り、二十両得る。	妹殺し。母を足蹴にして不具にする。	妹を売った二十両を盗み、散財す。	借金返さず両親は舌を喰いきって自殺。	親の死体を食べた山犬に喰い殺される。
(イ)	巻1―3	加　賀	・「身代不足なく」 ・「手前よろし」	十四歳から二十五歳の間に十八回離縁された。		両親共世間体を恥じ、家に閉じ籠り悔み死（くやみじに）。	貧乏し、木乃伊（ミイラ）のようになって餓死。
(イ)	巻1―4	大　坂	「此上の富貴に、何にても望みなし」	出家出奔・還俗という移り気。	出家・出奔し、行方不明となる。	両親共、息子の帰りを待ちこがれ思い死。	財産も、家もなくなり、粗末な細工師となる。
(イ)	巻2―1	近　江	「あまたの人馬をかゝへ」	大盗人石川五右衛門	親に縄をかけ、家財を盗む。	息子を恨む者に、死なぬ程度に切り刻まれる。	釜茹。
(イ)	巻2―2	熊　野	・「家栄て」 ・「此富貴」	親に殺人をすすめる悪辣さ・淫奔。	腰元奉公先の主人の奥方刺殺。	娘の身代わりに両親共打首。	打首。

(イ)′	巻2－3	伊　勢	*「貧家に煙を立て」（貧しい家）	親の言葉に背く。欲心。	漂流・行方不明。	息子の帰りを待ちわびて両親共死ぬ。	唐人の捕虜となって、体の油を抜かれる。
(イ)′	巻2－4	駿　河	「分限国中に沙汰し、棟高き家有」	親の遺言を信じず、欲に目がくらむ。	遺産の分配をめぐって、兄を責める。	親の跡をついだ兄が、切腹して果てる。	兄嫁に討取られる。
(イ)	巻3－1	吉　野	「家栄て、何ことにも不足なし」	親元を家出し、山賊と夫婦になる。	親の家に強盗に入る。	娘夫婦に強盗に入られる。	誤って、淵に飛び込み、死ぬ。
(イ)	巻3－2	堺	「次第分限となって」	歌留多等、博奕好き。	博奕と遊興におぼれ、貧窮す。	両親共思いつめて、心元を突刺し、自殺。	放埒者に斬られる。
(イ)	巻3－3	宇都宮	「出来分限」	親に加害を与える。欲心深い。	川の底にたまった漆の盗み取り。	家財没収・追放。	子と共に水死。妻も乞食となり、餓死。
(ロ)	巻3－4	鎌　倉	・「小判を溜て」 ・「手前よく」	親が油商人殺しの犯人であることを我が子が告白。〔油赤子伝説〕		位牌が打ちこわされる。	妻を刺し殺し、自殺する。
(ニ)(ハ)	巻4－1	広島・岡山	源七・甚七共「所の長者」	共に財産を遊興に使い果たす。	源七は老人を大切にし、甚七は虐使す。	若い頃からの財産を失い、息子に捨てられる。	源七は召しかかえられ、甚七は斃死。

(イ)	巻4－2	土　佐	「次第に分限になりて」	嫁・姑を嫉む。息子、嫁側に立つ。	嫁、出家し、息子も家出す。	嫁との不仲を苦に飲食を断ち、死ぬ。	世間から責められ、夫婦刺し違え死ぬ。
(イ)	巻4－3	敦　賀	「家富みて」	親の心に背いた悪事。姦通癖。	諫言する継母を疎み、罠にかける。	継母、罠にはまり、離縁され、出家。	落雷死。
(ハ)(ロ)	巻4－4	松　前	*零落し、「おのづから荒たる宿」に住む	古狸の化けた母の幽霊に兄は成仏せぬ悲しみを訴え、弟は半弓で射、その正体を見破った。			兄は、召しかかえられ、弟は国を立ち退く。
(ハ)	巻5－1	福　岡	「*世帯を能持かためたる」	貧家の苦しい生活を耐え凌いでいる親孝行な嫁とそのようなことに無頓着な親不孝娘を持つ母親。			嫁は思わぬ金に恵まれ、妹は追い出される。
(イ)′	巻5－2	長　崎		母の諫言も聞き入れず、仕事もせず、仲間と大酒を飲み続ける。		母、息子の大酒を気に病み、死ぬ。	母の死に目にあえず。
(イ)	巻5－3	高　松	「歴々の町人」	無用の力自慢。母の諫言退ける。	相撲をして、体をこわす。	息子の看病をするはめとなる。	重体、半身不随となる。
(ニ)	巻5－4	奈良・江戸	・「程なく分限に成」 ・「次第に家栄へ」	喧嘩好き。	貧しい浪人の家を助ける。	始め、親不孝に困るが、後に孝行される。	商売成功し、金持ちとなり、両親を迎える。

〔表の分類項目は以下である。A（諸国の地名）B（「家」の富裕であることを示す表現）C（子供の悪逆・罪業）D（「家」が滅び去った直接の事件・要因）E（親の被害）F（親不孝をした者の末路）但し、＊は分類項目から外れるものを示している。〕

右の表のA・B・C・D・E・Fは、『本朝二十不孝』の各話の形成にほぼ共通して存在すると考えられる、要素確認を行ったものである。更に(イ)・(イ)′・(ロ)・(ハ)・(ニ)は、その六項目の機能が、(順進的)連鎖式に各話の筋を展開しているかどうかを調べた上での分類である。

まず、(イ)についてであるが、(イ)と分類したものは、二十話中十一話となっている。これらは、A→Fと連鎖式に展開する筋となっているわけであるが、そのことを巻一の一「今の都も世は借物」で確認する。室町三条辺り〔A〕の、有名なお歴々の息子〔B〕に、替え名を篠六という人がいた。七年間というもの家の金銀を遊興に使い果たし〔C〕、悪名高き金貸しの長崎屋伝九郎に、父親が死んだら(遺産が入るので)元金を二倍にして返すという約束(死一倍)で、千両を工面させる〔D〕。その金も色々な方面に出てしまい、無一文となってしまう。ついには父親の元気なのを嘆き、調伏まで行う。父親はめまいを起こし、篠六は気付け薬と偽って、毒を飲ませようとする〔E〕。ところが篠六は誤って、その毒薬を飲み死んでしまう〔F〕。―こういう筋である。皮相的にA→Fへと見れば、遊興費欲しさの父親殺人未遂であるが、この過程において、篠六の「家」の金銀は失われ、跡継ぎであるべき息子は死んでしまっているのである。話の結末としては、金銀を使い果たした「家」と、隠居である父親だけが残ったのである。当時の家父長制からすれば、父親が生きているので家名は残ることとなろうが、若い後継者を失い、経済的にも追い込まれたこの「家」は、衰微または消滅したことが容易に想像できるのである。残る十話もそうである。表からは、Aの(地名)が異なることを除き、いずれもCDの要素が存在することによって、繁栄していた「家」〔B〕が、親や子の悲惨な末路〔E〕〔F〕という結果となって、衰退したり、存在そのものが消え去っていることがわかるのである。つまり、(イ)の十一話はA→Fと展開しているわけであるが、より簡略化すれば、B→EFと図式化できる筋の展開を行っているといえるのである。

(イ)′は四話ある。(イ)′は(イ)と同様に、A→Fと展開し、B→EFという図式を有するものであるが、分類要素A～F

に欠落部分を有しているものである。まず、巻一の二・巻二の三は「家」が富裕であるという条件から外れている。巻一の二「大節季にない袖の雨」は、妹が身を売ることで一時的に金を得ているものの、その副題に「伏見に内証掃ちぎる竹箒屋」と予告するように、貧家の経済的貧窮がより一層、乱暴者の親不孝者によって追い詰められ、「家」の消滅を招いているのである。巻二の三「人盤しれぬ国の仏」も同様で、貧乏な暮らしからの脱却が、地味な釣り針の鍛冶屋に、儲けの良い遠洋への舟乗りへの転職を選ばせ、不幸な結末に結びついてしまったのである。ただ、この話の場合も、一度目の航海は成功しているのであるから、話に書かれなくても、少しは暮らし向きがよくなったはずである。それを二度目の航海は親の諫める言葉に背き、伊豆の下田の女に会うためのもので、初めから、

古郷の住ゐを捨、をのをのに暇乞なしに出船有を幸に、乗行。

と、いわば「家」を捨てようとしたところに悪業が認められる。その上、漂流しながらも一度は助かった身の上なのに漂着した島で、神宮の警告に従わず、玉を拾い続けて、島に取り残されるはめとなったのは、欲心における罪である。自ら三度選んで滅び去っていったのである。巻五の二の場合、「家」が富裕か、貧家が書かれていない。「嶋絵」を書いて生計を立てているのであるが、これが「島物の絵(7)」であろうとも、「縞絵(8)」であろうとも、又、それでどんなに儲かっていようとも、大酒飲みの主人公を擁して大金持の家を維持することは困難ではあるまいか。仮に「家」が所の分限であったとするなら、豊前小倉から長崎へ引越てくる必要もないし、長崎で分限になったのなら、そう書かれるであろう。この場合も、貧家の酒好き、あるいは酒好きのための貧家となって「家」を滅ぼす要因となっているのである。酒好き仲間の「八人の猩々」に入った者を

此中間に今迄いくたりかまじりて、身を腐し、命を酒に呑れし者、其数をしらず。

と予告するが、話の中では酒好きの息子の身の持ち崩しに決定的な結末（死）を与えず、「家」を支えてきた母の死によって、「家」ごと酒に飲まれた悲劇であることを示しているのである。巻二の四「親子五人仍書置如件」は、

親虎屋善左衛門ではなく、親代わりの長兄善右衛門への弟達の反抗が「家」の滅亡を招いているのである。つまり、弟達が父の遺産分配をめぐって兄を責めて死に追いやったため、弟達は兄嫁の「敵（かたき）」となり、三人の弟は兄嫁に全員討ち取られるのである。兄嫁はその場で自刃するのであるから、亡くなった父親を含め、まさに一家全滅である。西鶴はこの金目当ての肉親の確執に無惨な結末を与えながらも、反面では金と縁のない三代目、即ち惣領善右衛門の子、二歳の善太郎には「家」を継がせている。これはB→EFと見る筋の展開の上では付加的なものとして終ろうが、そのような無垢な幼児を登場させ、結末に救いを与えた所に西鶴のこの話への思い入れ深いことが感じ取れるところであるまいか。事実、二十話中、その結末に「家」が存在し、家産がそのまま（増減なしに）受け継がれているのは、この話だけである。巻二の四に特別な西鶴の創作態度を認めれば、その章末に、

家栄へ、家滅ぶるも、皆これ、人の孝と不孝とにありける。

と結ぶのは、誠に(イ)(イ)′を併せた十五話に共通する創作視点である。この一文に見る創作視点こそが『本朝二十不孝』の世界を形成しているといえるのである。

三　『本朝二十不孝』の各話の分析　その二

残る五話は、A・B・C・D・E・Fの六項目の機能が、（順進的）連鎖式には展開していないものである。(ロ)と分類した、巻三の四と巻四の四は、筋の展開に怪異性を介在させているものである。もっとも、奇異譚を介入させたものなら、巻二の三で藤助が漂着した纐纈城、巻三の三の龍なども挙げられようが、(ロ)の怪異性は亡き人の魂魄とまで関係するものとして考えたい。巻三の四「当社の案内申すほどおかし」は、両親が早世し、貧窮する娘が、世話する人があって、素性はわからないが口先き三寸で神社の案内をして世渡りする男、金太夫と夫婦とな

る。金太夫は、実は親の心に背いて勘当された者であると説明するが、乱暴者で、ある日妻の位牌までうち砕いてしまう。妻は子が出来たため我慢し、月日を重ねる。ところがその子は、油を好み、人々も不思議に思うが、五歳になる正月の袴着の祝いにおいて、この子自ら、

私の親は、ともし油売が、肌に金子八十両付しを、此五年あとに切て、それより手前よくなられし。

と語る。これには、居合わせた一同も思い当たる五年前の油商人殺しの事件があり、亡くなった油商人の従弟の耳にまで入り、敵討の準備を始める。その事を知った金太夫は、妻と無理心中をし、息子も行方知れずとなってしまう。この話が鳥山石燕『百鬼夜行』や伝承として分布する油赤子伝説を素材としている可能性は高い。[9] この場合、油赤子は、我が子であっても子でなく、殺された油商人の告白の媒体に過ぎない。したがって、この子をして親不孝の対象とはできない。『本朝二十不孝』には、殺人によって金を奪い、富裕になる話が巻二の二「旅行の暮の僧にて候」にある。その場合、始末には悪事が露見し、親は罪を悔い、進んで斬首の刑を受け、子も捕まり斬首されるというものであるが、筋の展開としては似ている。ただ巻二の二の場合の殺人が娘にそそのかされて父親が殺人するという、悪の行為の主体性が娘にあったのに対し、巻三の四は妻も知らない殺人（数え年五つの祝いであろうから、満五年前の殺人は夫婦になる前で、結婚前の彼の「小判を溜て」という富裕な状態もこの事件を暗示するものと考えられる。[10]）で、偏に男が単独の悪の行為である。この話が単に親不孝を描くことに主眼があったとすれば、それは妻の両親の位牌を打ち砕いたことと、自分自身の親からも勘当された身であったという、他の話の様な親との諍もない内容的に希薄なものとなる。しかし、(イ)で見た西鶴の創作視点を考えるなら、親不孝という悪逆・非道を行った者が起こした事件によって、一時は栄えた「家」〔B〕が、滅んだ〔EF〕というB→EFが、ここでも見出せるのである。（ただし、巻三の四のEFは「親」の代わりに我が子が行方知れずとなることによって、滅んでいると考える。）

同じく巻四の四「本に其人の面影」も「家」の繁栄存亡に関係する筋の展開をもっている。元々貧しいことでB

の要素を含まないが、この話での事件は、古狸が母の亡霊に化けて顕れたことである。結末はその亡霊出現に涙を流した兄作弥が、「武士のまことある心底」として、国守からお取り立ての約束となったのに対し、弟八弥が結果は狸の化身であったものの、母の亡霊に半弓を射たとして、「不孝の心ざしふかし」として、お取り立てもなく国を去ることとなっているのである。武士としてこの裁きが正当であったかはここでは別問題であろう。その処断が当時の武家社会において非現実的なものであったとしても、そのような無理をしてまで兄と弟と分極化して形象したところに、西鶴の創作視点があるのである。これは図式として、B→EFを有しないが、先述の「家栄へ、家滅ぶるも、皆これ、人の孝と不孝とにありける」という創作視点と共通する所なのである。

(ハ)は親不孝者と親孝行者の二人の対比によって、筋が展開するもので、A～Fまでの要素の中に、二人が重なる要素を持っていたり、全く対照的であったりするのである。これには、巻四の一、巻四の四、巻五の一がある。巻四の四は(ロ)と重複するが、(ロ)出見た兄と弟の分極化は、巻四の一では源七と甚七に、巻五の一では実の娘と嫁とに見られる。巻四の一「善悪の二つ車」の二人の場合、共に放蕩息子として、「家」の財産を使い果たし親も捨てて、広島から岡山に来るのである。ここで既にB→EFの図式は終っているのであるが、広島では、

……毎夜の噪ぎ中間二人、心から姿から、是程似たる人、世間広嶋にも、又有まじ。

とするように、源七と甚七は同種の人間、極論が許されれば、一体化したある一人の人間として形象化されているのである。それは、典型的な親不孝者で、『本朝二十不孝』で処断されている親不孝者の代表と言ってよいかも知れない。それが岡山で生活手段のためながらも、義父を持ち、擬似親子関係を結ぶことで、善の甚七と悪の源七とに分極化して、再生するのである。結末が甚七と源七とで対照的であるのも当然の図式といえる。巻五の一「胸こそ踊れ此盆前」でも、親不孝者の娘と親に孝養をつくす嫁とに分極化しているが、この場合も、嫁は義理の娘であり、一人の娘を善の娘と悪の娘とに文化し、形象化したものと考えられる。このことは作品中からも窺え、

　天まことを照し、善悪をとがめ給ふにや（巻四の一）

　娘と娌（よめ）の、善悪を語れば、（巻五の一）

と、孝と不孝を、善と悪に捉え直していることである。これは巻四の一の題目が「善悪の二つ車」とする点からも、そこに西鶴の創作視点が見出せるところである。即ち、この二話で改めて西鶴は、善（＝孝行）と悪（＝不孝）が一人の人間の中に内在していることを教えているのである。概括すれば、潜在する善（孝行）、あるいは悪（不孝）の発露によって、「家栄へ」「家滅ぶる」ことになることが、巻四の一も含めた(ハ)の三話には、容易に了解できるように形象されているといえよう。

　右のように(ハ)の三話の分析から、西鶴の創作視点が、「家」の盛衰を単なる現象面として捉えているのではなく、「人」の内在化した問題に据えられていることが確認できるのである。

　(ニ)と分類したものは、巻四の一と巻五の四であるが、共にAの要素の場所の移動が筋の展開に関係しているのである。巻四の一での広島から岡山への移動は、先述した様に再生を意味しているとしたが、巻五の四「ふるき都を立出て雨」も正にそうである。奈良での徳三郎は喧嘩好きで、「常にも不孝」という、勘当された理由が当然の親不孝者として形象化されている。それが江戸に出てからは家業に励む行商人に生まれ変わり、虎之助親子の面倒までみる人間となる。これは、巻四の一の甚七義父を通して行った擬似親孝行と同様な行為と考えられる。その行為に対する礼金を糸口として、商売が成功し、親孝行までするような人物に再生するのであるが、これは単に祝言型式だけではない。いわば、自己の「孝」が興起して得た結果なのである。西鶴はここでも「家栄へ、家滅ぶる」も皆、自己の「孝と不孝」とによることを創作視点としているのである。

　以上、残る五話においては、A→FやB→EFという図式は成立しにくいまでも、「家栄へ、家滅ぶるも、皆これ、人の孝と不孝とにありける」に集約できる創作視点を有していることが得られたのである。これは(イ)(イ)′の十五話とも共通するものであり、ここに『本朝二十不孝』における創作視点が認められるのである。

四　まとめ

右の分析から、『本朝二十不孝』の創作視点が、人の孝、不孝によって栄枯盛衰が左右される、「家」の不安定さにあったことがわかる。『本朝二十不孝』は貞享三（一六八六）年十一月を刊期とする。その九ケ月前に『好色五人女』、五ケ月前に『好色一代女』が刊行されているが、『本朝二十不孝』の創作視点は、それらで恋愛によって浮沈する人々を形象化するのと同様である。又それは、『本朝二十不孝』の五ケ月後に刊行された『武道伝来記』の「武士階級の不安定さを〝敵討〟という事件を通して形象化[11]」した創作視点とも同じであろう。そして更には、貞享五年刊行の『日本永代蔵』における「町人の〝金〟に翻弄されて、貧富の層を漂う、哀れな姿を形象化するところに創作視点を置いた[12]」ことにも通じるものといえよう[13]。即ち、『本朝二十不孝』の孝・不孝によって消長する「家」に見た「盛衰」は、好色物の恋愛に見た「盛衰」、武家物の〝敵討〟に見た「盛衰」、町人物の〝金〟に見た「盛衰」に繋がるものであったのである。刊行時期の近いのもそのためであろう。

以上、西鶴文芸の展開の上で、ある契機によって瞬く間に、あるいは栄え、あるいは滅び去っていく〝不安定さ〟を常に内包する世の中というものを、冷静に見つめた創作視点が、好色物・武家物・町人物という世界を超えて存在することが、『本朝二十不孝』の世界を以て立証されたことを結論としたい。

注

（1）中村幸彦「西鶴の創作意識とその推移」『中村幸彦著述集　第五巻』（中央公論社）一九八四年刊所収。他に横山重氏・小野晋氏など。

（2）野間光辰「西鶴と西鶴以後」『西鶴新新攷』（岩波書店）一九八一年刊所収。

（3）暉峻康隆『俳諧大句数』注釈による。

（4）乾裕幸「西鶴俳諧の読み」『俳諧師西鶴』（前田書店）一九七九年刊所収。

（5）谷脇理史「『本朝二十不孝』論序説」『西鶴研究序説』（新典社）一九八一年刊所収。

（6）ウラジーミル・プロップ『昔話の形態学』（北岡誠司、福田美智代訳　白馬書房）一九八七年刊。

（7）『対訳西鶴全集』（明治書院）、岩波文庫等の注釈は「島物の絵」として、「唐画まがいの粗末な絵」とする。

（8）『定本西鶴全集第三巻』（中央公論社）の注釈、『日本国語大辞典』（小学館）の立場は、「縞物・縞絵」として、「くまどるべき所をも、細筆で何本も筋をひき、縞模様のようにした絵」としている。

（9）松田修『日本古典文学全集　井原西鶴集（2）』（小学館）の頭注による。

（10）佐竹昭広氏も、男の富裕の状態は油売を殺害し、金を奪ったことによるものと読むべきとされる。〔『絵入　本朝二十不孝』（岩波書店）一九九〇年刊〕

（11）拙稿「『武道伝来記』における創作視点」『日本文芸学』第二十二号　一九八五年刊所収。本書所収。

（12）拙稿「『日本永代蔵』における創作視点―巻四の一〝貧乏神〟を視座として―」『日本文芸研究』第三十八巻第三号一九八六年刊所収。本書所収。

（13）西島孜哉氏も「刊行の順序は逆になったものの、『本朝二十不孝』の創作意識は、『永代蔵』初稿にその要因をさぐらねばならないのである」と述べられている。〔「『本朝二十不孝』の主題と方法」『西鶴と浮世草子』（桜楓社）一九八九刊所収〕

傍点はすべて、森田による。

なお、西鶴浮世草子以外のテキストは以下である。旧字は適宜改訂した。

『俳諧大句数』　『井原西鶴集（1）』日本古典文学全集（小学館）一九七一年刊。

第五節　『武家義理物語』試論

――巻一の一「我物ゆへに裸川」を視座として――

一　『武家義理物語』と〃口の虎〃

『武家義理物語』巻一の一「我物ゆへに裸川」の冒頭部分は以下である。

口の虎身を喰、舌の剱命を断は、人の本情に非。憂（うれふ）るものは富貴にして愁（うれへ）、楽（たのし）む者は貧にして楽む。

中でも「口の虎身を喰、舌の剱命を断」という部分は、〃義理〃という崇高な題材を扱おうとする作品群の冒頭を飾るにはあまりに卑近であり〃武家〃という特殊な対象を設定しながら、かかる仏教的、一般論的教唆は当惑を禁じ得ない。同じ武家物の『武道伝来記』巻一の一が、

武士は人の鑑山、くもらぬ御代は、久かたの松の春、千鶴万亀のすめる、江州の時津海、風絶て、浪に移ふ安土の城下は、むかしになりぬ。

と武家礼讃の如き言辞を散りばめるのと比較するとき、明らかに趣きを異にしている。

「口の虎身を喰、舌の剱命を断」（以下、〃口の虎〃と略す）は、『沙石集』巻三の七、巻五の二十、『宝物集』巻下、『十訓抄』第四、仮名草子『為愚癡物語』巻七等に散見でき、その原典が『行基年譜』での「口虎破レ身、舌剱レ断命。使ニ口レ如鼻、死後無レ過レ」に基づいていることも研究されて久しいことである。(1) 教訓としての口の禍いは、『可笑記』『可笑記評判』の〃讒言(2)〃論が先行し、作品形成の動機としても『英草紙』「後醍醐帝三たび藤房の諫を

折く話」や、或は、『南総里見八犬伝』に見る「言の咎」のように、近世文芸史上、看破できない事象であったと考えられる。それは〝口〟より発する日常の言語が、突然〝虎〟となり、〝身を喰〟ような非日常の世界に追いやるという事件を現出する点に、〝人の本情に非〟という悲劇を見るのである。

『武家義理物語』全体に序文が存在することは改めて言うまでもないが、それゆえ、あくまで〝口の虎〟という概念は、巻一の一の世界に置かれたものと考えるのが妥当であろう。その前半の中心は青砥左衛門尉藤綱が滑川で十文足らずの銭を落としたために、人足達に三貫文までも用い、その発見督励した道理に。後半は発見した人足が、自らの十文を差し出すことによって青砥から褒美をせしめた小利口ぶりを同僚の内で漏らし、それを孫九郎に非難され、罪も自然と青砥の耳に入り、罰として、落とした銭を探し出すことを命ぜられ、九十七日目に命からがら探し出し、一方の孫九郎の方は元々武士であったのがわかり、再び武士として名誉を受けるという筋である。作品において、この人夫の悪事に対して、以下のように評する。

是おのれが口ゆへ、非道をあらはしける。

これは、西鶴の〝口の虎〟という創作視点の貫徹性によるが、作品全体は青砥の道理を見極め、悪事を批難した人足が、その「侍のこゝろざし」を評価され、再び武士に帰り咲いた点に終息している。つまり、〝口の虎〟は単なる悪事露見の一要因に過ぎないし、その罰は軽く、〝口の虎〟でいうような「身を喰」ほどまで至らず、「あやうき命をたすかりぬ」とするのも大仰で、滑稽味が感じられてしまうほどで、殊更、巻一の一で〝口の虎〟という創作視点が重用されているように思えない。この程度を〝口の虎〟による危機状態とするなら、作品中に以下のように存在する。〔傍点は森田・以下同じ〕

巻一の三「衆道の友よぶ衛香炉」　申かはせし義理にせめられ、

巻一の四「神のとがめの榎木屋敷」　申出して是非に及ばず、

巻二の一「身躰破る風の傘」
（二の二）（「御堂の太鞁うつたり敵」）
巻二の四「我子をうち替手」
巻三の一「発明は瓢簞より出る」
巻三の二「約束は雪の朝食」
巻三の三「具足着て是見たか」
巻三の四「思ひ寄ぬ首途の聟入」

其方何者にて、すいさんなる言葉といふ。
かへつて雑言申段、爰は堪忍なりがたしと、
たがひに鞘とがめして。
すこしの疵を見付、何心もなく、是逃疵かといふ。
日外（いつぞや）かりそめに申しかはせし言葉をたがへず、
三人は雑言ゆへに、あたら身をうしなひ、
外には聞人もなく、祝言いひかはして屋敷にかへりぬ。

この中で巻二の一、二は「言葉」「雑言」によって敵討まで発展したものであり、巻二の四の「鞘とがめ」も武家特有の短慮による喧嘩である。巻三の一では「逃疵」の一言で打果たす覚悟を決める。巻三の三は病身の武士に対する「雑言」により、落命する。これらはまさに〝口の虎〟がそのまま視点となっていることが窺われる。死に至らなくとも、巻一の三や三の四のように言葉の履行のために懸命に尽すというのも、その域である。それは巻三の二のように、西鶴の武家物における精神美の形成の到達点(3)に及ぶ。更に、「頼むとの一言」のために同僚の息子の不慮の死に、自分の息子にも死を強要するという究極的な形の悲劇まで含まれる。それとは逆に巻一の四のように、他愛ない一言のために幽霊屋敷に起居するはめになるという滑稽味をもった豪傑譚も「金蔵人中の一言その義理たがへず」で了解するように、やはり〝口の虎〟に集約できる話題である。

以上のような話群は何を意味するものか。その存在意義を次の話群と共に考えたい。

二　西鶴武家物と〝口の虎〟

『武家義理物語』において見られる〝口の虎〟としてのモチーフは先行する『武道伝来記』にも見出せる。巻一の一「心底を弾琵琶の海」は念契を拒まれた者の悪口に起因し、西鶴も

左京相果て跡形もなき悪名をさへづり、国中に此さたさせける事、人倫にはあらず。

とその行為を批難している。巻一の三「嗲嗒といふ俄正月」では神楽見物の争いが事件の発端である。小者を加え、九歳亀松と七歳善太郎という子供の喧嘩に、口論の要素を認めるのは問題を残しながらも、一応「鞘とがめ」に類するものとしてあげたい。巻三の一「人差指が三百石が物」は指を失いながらも夜盗退治をしたことにより、三百石の加増を賜わったことを揶揄したことが問題となる話であるが、

……然も下戸の口から人の身のうへをあざけしは、武士に浅ましき心底なり。

とこれも難じている。又、同じ話の中で、「無用の助言」から「口論」する場面も描かれている。巻二の四「命とらるゝ人魚の海」は人魚退治の証拠を、同様に巻六の三「毒酒を請太刀の身」は武芸の証拠を怪しむ言葉への立証に端を発する。巻五の三「不断に心懸の早馬」は、馬上の武士が下馬せぬ非礼を詫びた言葉が聞こえなかった事による話（敵討は成立していない）であり、言葉の有無が重要な要素となっている。巻五の四「火燵もありく四足の庭」は百物語の末の化物退治が、実はその正体が犬であったという事件を嘲笑した者が、それを聞いた当事者との決闘、敵討へと発展する。化物退治にかかわる話は、前掲の巻二の四以外にも、巻七の三「新田原藤太」では「田原藤太」と戯れに声をかけたことが禍いとなり、巻三の三「大蛇も世に有人か見た様（ためし）」は、船上で海に現れた大蛇を前に臆病なふるまいをした人々の悪口をした者が、禍いを蒙むることになる。臆病という点では、巻八の四「行

水でしるゝ人の身の程」があるが、殺生石で捕えた鳥の肉を食べる勇気がないことへのからかいが命取りとなっている。

　このように、『武道伝来記』では相当数の〝口の虎〟により、敵討と発展する話群が存在することがわかる。これが『新可笑記』になると、その巻一の一「利非の命勝負」では公金を盗んだ疑いをかけられた武士が拷問にかけられ死ぬ直前に、冤罪のまま死んでは、人相だけで自分の犯罪を見抜いた人物に難儀がかかると、総てを白状して絶命するという筋で、副題「武士は人をたすくる一言の事」が示すように、人の命を絶つ二作品とは違い、救うという点に〝口の虎〟を逆説的に定義づけようとする創作視点が読み取れる。

　『武道伝来記』の〝口の虎〟がほぼ、『武家義理物語』と同様のモチーフとして作品を形成していることは首肯できる。しかし、その内容が〝口の虎〟と脈絡が認めにくい『新可笑記』においても、もちろん『武道伝来記』においても、対象は武家であり、武家同志であったにもかかわらず、『武家義理物語』の巻一の一については、人足が発する〝口の虎〟である点に矛盾を見る。

　先に一、であげた〝口の虎〟の話群の主人公はすべて武士であり、又、巻三の三には

　武士は、人をあなどる詞（ことば）、かりにもいふまじき事ぞかし。

という言辞があり、このことからも西鶴は作品中、〝武家〟にかかわる教訓として仕立てている点が見受けられる。これは巻三の一において、

　近代は、武士の身持、心のおさめよやう、各別に替れり。むかしは、勇をもつぱらにして、命をかろく、すこしの鞘とがめなどいひつのり、無用の喧嘩を取むすび、其場にて打はたし、或は相手を切ふせ、首尾よく立のくを、侍の本意のやうに沙汰せしが、是ひとつと道ならず。子細は、其主人、自然の役に立ぬべしために、其身相応の知行をあたへ置れしに、此恩は外になし、自分の事に身を捨るは、天理にそむく大悪人、いか程の

手柄すればとて、是を高名とはいひがたし。

とする「鞘とがめ」の無意味さを批難する点に確認できる。更に『武家義理物語』の序文後半で、

弓馬は侍の役目たり。自然のために、知行をあたへ置れし主命を忘れ、時の喧嘩・口論自分の事に一命を捨るは、まことある武の道にはあらず。

で同一視できる創作視点である。にもかかわらず巻一の一の人足の〝口の虎〟は、武家を離れているだけに唐突さを感じざるを得ない。

三　『武家義理物語』と『沙石集』

〝口の虎〟は、『武道伝来記』にも共通するように、果たして武家についての教訓としてとるべきであろうか。前述した〝口の虎〟の原拠は、様々な形で西鶴の時代に存在し、彼の読書圏に含まれたことが予測できるが、『沙石集』巻三の七「孔子ノ物語の事」が有力であると考えられる。(4) その関係部分を暫く前より抜き出すと以下である。

……先、仁・義・礼・智・信ノ五常ヲ全クシ、家ヲ保チ国ヲ治ムル、コレ身ヲ忘ヌ人也。(八) 仁ト云ハ、広ク人ヲメグミ愛ス。老タルヲバ親ノ如クニ敬ヒ、幼ヲバ子ノ如クニアハレム。若人仁ナキワ、鬼畜ノ如シ。情ケ深ク、メグミアツキ心、セバキ時ハコレヲ仁恵ト云、広キ時ハ慈非トス。ソノ体ハ同ジト云ヘドモ、徳用ニ優劣アリ。…（中略）…義ト云ハ、正直ニシテ道理ヲ弁ヘ、是非ヲ判ジ、偏頗ナク、姧邪ナキ事也。五戒ニハ、仁ハ不殺〔生〕戒、〔義〕は不偸盗ニアタル。礼ハ人ヲ敬ヒ譲テ、次デヲ不レ乱、ツヽシミ恐テ、惰ラザル事ナリ。不邪淫戒ニアタル。邪淫ハ人ヲアナヅル極也。智ト云ハ、照了ノ心アテ、是非好悪ヲ弁ヘ、愚ナル事ヲステヽ、

（傍線は森田）

賢キ道ヲシタフ心ナリ。不飲酒戒ニアタル。酒ハ人ノ心ヲ狂ゼシメ、愚癡ノ因縁ナル故ニ。信ト云ハ心モ言モ実アリテ、偽ナク、口ノ虎身ヲ害シ、舌の剣命ヲ〔タツ事ヲ〕ヲソレミテ、ミダリニ言ヲ出サズ、三〔タ〕ビ思テ後ニ云フ。不妄語戒ニアタル。此ノ五常ヲ全クスル人ハ、災害自ラ去リ、運命久ク保チ、父母ノアタフル身体髪膚ヲヤ〔ブ〕ラズシテ、名ヲアゲ、徳ヲ施スヲ、孝養ノ本トス…（後略）…。

とあるように、この五常によれば、〝口の虎〟は信にあたる戒めで、人の守るべき道の一つなのである。又、五戒ととるなら、儒教的ながら仏教的教訓の言辞でもあり、武家に限定されるものではない。

五常、仁・義・礼・智・信といえば、貞享五年に刊行された町人物の第一作『日本永代蔵』〔森田庄太郎版〕巻末に予告された所の次回作『甚忍記』の八冊の部立と同一である。勿論、『甚忍記』なる作品は現在の研究状況において、現存どころか、出版された形跡もない。おおむね、西鶴一流の先行作品の題名へのもじりの方法によって、浅井了意の仮名草子『堪忍記』を『甚忍記』としたのであろうとする推測は出来るものの、全く不明のままである。先学の卓見[5]の前に、ここで新たに『甚忍記』の所在を解明するものではないが、谷脇理史氏が

むしろ『武家義理物語』の場合は、それが甚忍と結びついた五常を中心として書かれたものと考えて作品を見直し、武家の心情や論理が説話の中に具体化される面白さをとらえていくべきであろう[6]。

と論じられているように、五常と『武家義理物語』の世界自体との緊密性[7]は巻一の一から予測できるのではないかと考える。

ここで、前掲の『沙石集』を巻一の一の視座として、「五常」あるいは「五戒」を配しているかどうか確かめたい。

「信」については〝口の虎〟の話群があてはまる。

「礼」については、「人ヲ敬ヒ譲テ」とあることからも、巻一の一で孫九郎が悪事に加担することを「母此事聞（きか）ば、

まことをもつて養(やしなふ)とも、中中常も満足する事あらじ」と拒否した母想いの姿勢にある。巻四の二「せめては振袖着て成とも」で、危急を救ってくれた者への念契という衆道の形、巻六の二「表むきは夫婦の中垣」に見る、主家の息女を守り、その嫁入りに際し、自らとの潔白を示すために断臂する老家臣の心ざしなどは、価値的なものとして昇華されている例であるが、「礼」はむしろ、「邪淫ハ人ヲアナヅル極也」とある価値的否定面の方に「不邪淫戒」として形象化されている。巻二の三「松風ばかりや残るらん脇差」では、殿の寵愛深い月の夜・雪の夜に対し、松風が「無用のりんき」を燃やし、二人の殺害未遂事件を起こすもので、巻六の三、六の四も衆道のもつれから、各々敵討に発展する。この三作品には、いずれも「執心」という語が用いられているように、まさに「礼」を忘れ、「邪淫」を暴露したあさましい姿として、命を失っている。

「智」については、巻一の一で悪事を行った人足に「才覚らしき男」「理発」「発明らしき顔つき」という表現を用いていることから、「才覚」「理発」「発明」という語を拠り所とした。それは『沙石集』の「照了ノ心アテ」という原義から離れるが、「不飲酒戒」を「智」と結ぶことも出来ないからである。巻一の一において、酒の場は、青砥をだましたことを人足が吐露する場面であるが、酒は悪事を得意満面に語った後に、「盃はじめける」とある点からも、酒による失言とは言い難く、直接的に「不飲酒戒」とは結びつかない。作品中、酒が出てくるのは、巻三の一の五十石舟での酒事、巻五の五、定家と源十郎が「酒の友」となる話ぐらいで、酒による失態がモチーフとなっている話は見出せない。

その「発明」は巻三の一で表題が「発明は瓢箪より出る」と用いられているように、巻一の一と同様、刀を盗んだ事件との絡みの中で使用されている。しかし、巻三の五「家中に隠れなき蛇嫌ひ」では、蛇嫌いの侍を蛇のことでからかった者が、その侍に詫言を入れにきた際の賢明な処置を評価しての「発明」であり、「是非好悪ヲ弁へ、愚ナル事ヲステヽ、賢キ道ヲシタフ心ナリ。」を形象している。この点は「理発」においても、同じく巻三の五の侍が家中の「利発人」であるとされていることと、巻四の一の賢婦に対し「利発者」という点から、「賢キ道」の語と考えられ、悪事も介在させていない。「才覚」については、三話に使用されているものの、話の筋には無関係である。以上、「智」も巻一の一の大切な創作視点でありながら、むしろ他の話群に五常の「智」に近いものがあり、概念としてではなく、「発明」「理発」「才覚」という語によって、意識的に「智」を配そうとする努力を行っていることが窺える。

「仁」と「義」について五戒と考える時、「仁」は「不殺（生）戒」であり、「義」は「不偸盗戒」にあたるのである。巻一の一において「仁」は、人足に死罪を命じなかったこと、「義」は詐欺同然にして褒美を取った者への戒めが当てはまる。各々、巻四の三「恨の数読永楽通宝」における銭売殺害が、大雨と幽霊の出現によって露見することによる「不殺（生）戒」、巻五の四「申合せし事も空き刀」の主人殺しの上の名刀盗み、巻六の一「筋目をつくり髭の男」の蜷川新右衛門の子孫の騙りなどが「不偸盗戒」にあたると考える。これらには、元々、儒学的「仁」「義」を仏教的に分類すること自体への無理があろう。しかしながら、五常による「仁」「義」は殆どの話において、概念的に認められる。それは五常すべてに言及することで、西島孜哉氏が巻三を『甚忍記』の一部として分類された際に、

巻三のみでなく『武家義理物語』の各巻は、あえて分類すれば、「五常」に分類でき、すべてが「甚忍記」の一巻であったことを否定しえないのである。(8)

と示唆されているように、難しい故に定義域の曖昧さを持つことも否めない。

以上より、〝口の虎〟→五常（五戒）→甚忍記という図式を『武家義理物語』の世界に求めるのは度し難いものの、巻一の一を視座としたとき、その世界の展開として作品全体を捉えることは、非常に有効ではないかと考える。その際、巻一の一は武家物を離れ、『甚忍記』的色彩を帯びているのであり、人足に創作視点が置かれても無理か

らぬことであろう。

四　『武家義理物語』にみる「筋目」

その呪縛を破るものが孫九郎の存在である。彼は前述のように「青砥が心ざし」を逆手にとった人足の悪事を批難した人足であるものの、

人足の事を。ひそかに尋られしに。千馬之介が筋目。歴々の武士にて千馬孫九郎といへる者なるが。子細あって。二代まで身を隠し。民家にまぎれて住ける。

という「筋目」の武士であった。それ故「石流侍のこゝろざしを深く感じ」た青砥が、北条時頼に言上し、「武家のほまれ」をあげるに至るのである。その折、賞讃の規準に人足が〝筋目〟の正しい〝武士〟であったことが大きく影響していることはいうまでもない。

〝筋目〟が問題となるのは、女性中心の話に多い。巻五の一「大工が拾ふ明ぼのゝかね」では、大工が大金を拾って所持していたのを、妻が不審の金と判断して、無実の夫を訴えるが、落とし主の女性が現れ、奉行によって、妻は「不心中の女」として離縁され、逆に落とし主の女性は「一たび落し候物なれば、ひろはれたる人にとらせ」とした「欲のはなれ」を買われ、その場で男との縁組を取り計らわれるという筋である。この時、落とし主は今は米屋を営むものの、元は石田治部の女として、武家に仕えた者であり、大工の男も、

この男むかしは筑後にて歴々の武士成けるが、義理につまりて牢人して、……

と紹介される元武士である。この新しい縁組による夫婦を

女は武士の家そだち、男は武士にまぎれなくさもしき心ざしなくて、此母に孝をつくし、家栄へて住けると

なり。

とする際に「武士の家そだち」「武士にまぎれなく」を条件として、「さもしき心ざしなくて」と価値評価し、大団円を迎える方法は、巻一の一と同様である。続く、巻五の二「同じ子ながら捨たり抱たり」においても同然である。姉川の合戦において、戦を避けて二人の子供をつれて逃げた農婦が敵に追いつめられ、自分の血縁である姪を捨て、夫の血をひく甥を守り通そうとする話である。ここでは見張役人の詮義に対し、その旨を話し、役人の方も

　義理つまれる心底を深く感じ、人しれず脇道より下人におくらせ、命を助給へり。

という処置を施している。夫の身分は以下の様である。

　我夫は、竹橋甚九郎とて、昔は少知もとれる者なりしが、浪人して後、此里の野父なり。

この農婦は捕まるに際し、武道の心得があるのか、

　刃物ぬきかざし、男まさりの勢、さりとては気なげなり。

と奮闘することからも、武家の出と言えなくとも、武家に仕える女性として設定されていることがわかる。それ故、〝武家〟という条件によって、〝義理つまれる心底〟と価値評価を受けているのである。巻四の四「丸綿かづきて偽りの世渡り」の小桜の本来の出自は、

　過にし関ヶ原陣に、高名其隠れなき何の守とかやの孫娘、……

という、やはり〝武家〟の女である。零落し、気づかぬうちに遊女屋に入ったものの「明日より水あげに出す」という言葉で自分の身を知り、「我も武士の子成もの」と憔悴死する。彼女に讃辞はないが、貞節を守る一途さは見事に形象化されている。そのためか、遊女の定義について、

　此程の遊女は、むかしのごとく、かぶき者にはあらず、まづしき親の渡世のたよりに、身を売(うら)れて、身を売女良とは成ぬ。惣(すべ)ていやしき女にもあらず。是に定る筋目にもなく、時節にしたがひかくこそなれ。

と小桜の身を弁護する西鶴に、〝筋目〟についての頓着を認める。対照的に巻五の五「身がな二つ二人の男に」における遊女定家においては、積極的に

うかれめの身は定めがたく、つながぬ舟にたとへて、浪の枕を千人にかはし、紅舌万客になめさせ、ひとつの心を其日の男好るに持なし、笑ふ時有、泣折有。

と「うかれ」女を定義することによって、二人の男への変わらぬ節義という無理な形象を行っているが、あくまで遊女という身を強調することによって許される行為であって、武家の女性と一線を画している。これは前述の巻二の三「松風ばかりや残るらん脇差」で標榜するもので、殿のおぼえめでたき月の夜・雪の夜、及び、彼女達に嫉妬の情念を燃やす松風の各々の形象性の差異にある。

・中にも月の夜・雪の夜とて、二人の女郎、美形によつてひとしほ御ふびんのかゝり、…（中略）…

・前代未聞の名花なり。流石俗性（ママ）いやしからず。雪の夜は西国の国主のむすめ、月の夜はさる貴人の息女なるが、……。

とする、月の夜・雪の夜に対し、松風は、

又松風とて、尾州鳴海あたりの浜里に、猟人のむすめなるが、浦そだちにはめいようるはしく、古代須磨の蜑の松風の女にはをとるまじき風義なれば、……。

としている。双方に対し、途中に以下のような西鶴の評がある。

是をみるに、筋目ほどはづかしきはなし。いやしき者の娘は、無用のりんきに我気をなやまし、人の身をいため、又の世のくるしみもかまはず、悪心胸に絶ず。これらはなさけをかけても、うるさき所あり。

このように極端な「俗性（ママ）いやしからぬ」者への価値評価と、「いやしき者」への価値否定という懸隔は「筋目ほどはつかしきはなし」という言辞で明示されるように、作品中に大きく影を落としているのである。つまり、巻一

の一においても、青砥をだました人足と元武士の人足では、身分によって、精神的価値規準までが違ってくるのである。

五　『武家義理物語』における「武家」

この武家という特殊な階級に高い精神性を契合する西鶴の創作視点は、『武家義理物語』序文で

それ人間の一心、万人ともに替れる事なし。長剱させば武士、烏帽子をかづけば神主、黒衣を着すれば出家、鍬を握れば百性（ママ）。手斧つかひて職人、十露盤をきて商人をあらはせり。其家業、面々一大事をしるべし。

とする四民の精神性を等しいものとする視点と大きく齟齬する。その点を単に町人作家として武家を描く限界としては、作品も、西鶴も堕してしまおう。必ずや隠された視点があったはずである。

『日本永代蔵』巻之一「初午は乗つて来る仕合せ」の

天道言（ものいは）ずして国土に恵みふかし。人は実あつて、偽りおほし。その心は本虚にして、物に応じて跡なし。

という冒頭部が示すような、人の心と行為の関係を定義する創作意識が西鶴本来にあり、武家の精神性を高次なものとして類型化する意図は決してないはずである。『日本永代蔵』の同じ章に、

一生一大事、身を過ぐるの業、士農工商の外、出家・神職にかぎらず、始末大明神の御託宣にまかせ、金銀を溜べし。

と武士も蓄財に励むべきと公言しながら、一転して『武家義理物語』巻五の四では、

武士の道をそむきて金銀をたくはへ……

と無責任と思われるほど乖離した見解を示すのも西鶴なのである。

これらは矛盾と処理するよりは、むしろ「世の人心」の柔軟な解釈によるもので、『武家義理物語』である以上、〝武家〟という身分階層特有の行為、精神が顕示化しているものの、巻一の一を視座とする時、〝口の虎〟で感得できるように、包まれたベールより垣間見られる西鶴の創作視点は〝武家〟という階級意識を超克した、「人間の一心万人とも替れる事なし」に存していることが了解できるのである。

注

（1）岩波文庫『武家義理物語』（横山重・前田金五郎校注）補注7。
（2）『可笑記』と『可笑記評判』における讒言については昭和六十年度日本近世文学界秋季大会（於　九州大学）で常吉幸子氏が発表されたが、後述する『堪忍記』第十一「傍輩中の堪忍」にも多く散見できる教訓である。しかし、西鶴作品に讒言としての作品形成は受容されていないように考える。むしろ『可笑記評判』巻四第二「人の口ハ善悪の門戸なる事」に見るように〝口の虎〟は興味深い一般事象であったと考える。
（3）植田一夫「『武家義理物語』の世界」『西鶴文芸の研究』（笠間叢書）一九七九年刊所収。
（4）宗政五十緒氏は『沙石集』のこの巻を有力な原拠とされている。（「西鶴註釈の方法」『西鶴の研究』（未来社）一九六九年刊所収）『沙石集』の近世の写本・刊本は多数伝わり、その流布の広さがうかがわれる（『日本古典文学大辞典』岩波書店）以上、西鶴の読書圏内であり、精通していた可能性は大きい。
（5）野間光辰氏は『甚忍記』の所在を『西鶴織留』に求めておられる。（『西鶴年譜考証』（中央公論社）一九五二年刊）又、宗政氏は「西鶴後期諸作品成立考」（『西鶴の研究』（未来社）一九六九年刊所収）で「『甚忍記』の解体」とする詳細な仮説を立てておられ、更に谷脇氏は両者の説の上に新たな見解を示されている（左に同じ）。
（6）「『甚忍記』とは何か―貞享末年の西鶴の一面―」『西鶴研究序説』（新典社）一九八一年所収。
（7）五常を視点に置くと考える時、『浮世物語』巻四の六「天の命ずる性といふ事」の
……五倫とは君臣と父子と夫婦と兄弟と朋友となり。…（中略）…この五の道を心に味はひ身に行ふて、これを

以て天下に施せば、天下平らかに、国家に弘むれば国家治むる。この道は暫くも忘るべからず。忘るゝ時は天理に背けり。常に行ふて捨てざるべきが故に五常とは名付くるものなり。

という箇所は、『好色一代男』と『浮世物語』との関係でもわかるように、西鶴の創作知識の一端として押えられていた所かも知れない。その時、中村幸彦氏が『武家義理物語』に指摘される「天理にそむく大悪人」（巻三の一）のような「天理」という語の頻出（「西鶴の創作意識とその推移」『中村幸彦著述集　第五巻』所収）は、『浮世物語』にも裏打ちされていると推測でき、五常の創作視点とするが故の表現と考えられまいか。

（8）「『武道伝来記』論」『武庫川女子大学紀要』三十一号　一九八四年刊。

なお、西鶴以外のテキストは以下で旧字は適宜改正した。
『沙石集』　日本古典文学大系（岩波書店）一九六六年刊。
『浮世物語』　『仮名草子集』日本古典文学大系（岩波書店）一九六五年刊所収。

第六節　『武道伝来記』における創作視点

一

貞享四（一六八七）年四月、『武道伝来記』は所謂武家物と呼ばれる西鶴文芸の小世界を形成する第一弾として刊行された。『武道伝来記』は町人階層の西鶴の描く武家社会として注目されるが、武士を対象としては同年正月に刊行された『男色大鑑』にすでに試みられている。この作品において西鶴は、前半四巻二十章中に十五章も武家の衆道を扱っている。『男色大鑑』の世界自体は、その序文に、

日本紀愚眼にのぞけば天地はじめてなれる時ひとつの物なれり。……（後略）……

と神代よりの男色の正統性を説くが、これは白倉一由氏が「巻頭の序文は全体を書き終わった後の全体の構成時に書かれたものである」(1)と指摘されているように男色を主題とする西鶴の姿勢が作品全体を貫いて述べられたものと考えられる。その意味で、「衆道文芸の系譜に成立する」(2)といえるこの作品に、後半四巻の歌舞伎若衆は若風俗として当然のことながら、前半四巻を武家を対象として成立させた点に、西鶴の創作視点の存在することが推察できる。植田一夫氏は「『男色大鑑』前半と後半の世界の落差は精神美の確立と崩壊という作品世界の分裂に原因が存する。」という「西鶴の重層意識」を指摘され、そのうちの「精神美の確立の企図という意識によって、武家物は形成されていく」(3)と『武道伝来記』の世界への方向性を述べられているが、まさしく『武道伝来記』にも西鶴の重

層意識（複合視点）は存在し、その一つに精神美の確立が企図されていることが認められる。

二

『武道伝来記』は副題「諸国敵討」で示されるように対峙するものとして常に〝死〟が存在する。そのような緊張を背景とした作品故に、念友関係は好色物的描写を避け、むしろ精神的契約を結んだ男同志の精神の問題として美化されている。巻一の一「心底を弾琵琶の海」は主人であり、衆道で結ばれた平尾修理（眼夢）の病死を前に、森坂采女・秋津左京という二名の寵童が先腹を切って殉死するという話であるが、後半は、その左京に横恋慕し、すげなくされた関屋為右衛門が逆恨みによって左京の死後にその名誉を傷つけたのを、采女弟求馬と左京弟左膳が敵討をし、回復するという展開になっている。これは前半における二名の精神的契約が美化され、「衆道の義理に殉じて死んでいく少年たちの悲壮な美しさ[4]」が止揚されているからである。

このような一途な、そして悲壮なまでの精神美は巻三の二「按摩とらする化物屋敷」でも、大津兵之助が念者にあたる梶田奥右衛門の求める敵、戸塚宇左衛門を発見し、病の床の兄分に代わり、勝負をしかけ、左の手首を失うという話がある。事件の後、兵之助が奥右衛門を見舞った際に、病床の念者に心配をかけまいとこの事を秘密にし、語らううちに「居相撲」を乞われ事が露見し、奥右衛門の涙を誘う。この話には流石に西鶴も見事に本懐を遂げさせ、「衆道の情、武士のほまれ、人の鑑、世かたりとなって」とし、「是武士の本意、かくあらまほしき事なり」と讃辞を送っている。又、巻三の四「初茸狩は恋草の種」でも若衆沼菅半之丞の場合、彼の家来が誤解より切り捨ててしまった念者能登屋藤内の弟のもとへ、半之丞に横恋慕した上にその事件を引き起こした真の敵竹倉伴蔵の首を、変わらぬ念契の証に持参し、自害して果てるが、「いさぎよき心底」として、その精神の精錬さに作者西鶴自身が作品の中で好感を寄せる趣向となっている。

一方では、巻六の四「碓引べき垣生の琴」のごとく、「念者の誓約堅」き念者が実は父の敵であったという「人間の行衛」を前にして動じぬ二人の姿に、その母として「潔きよき心底」と言わしめ、結局は相手の「心もとより我背中迄、貫て死」んだ息子の亡骸を前に母まで自害するという顛末を「聞さへ哀はつきず」と西鶴は終っている。巻五の二「吟味は奥嶋の袴」においても、

……いとしとおもふ兄分の敵を打てうきよの夢を覚すものなりと見るもの感涙の雨さかりなる梅のあたら落花の名残ををしまぬ人なく今にかたりつたへて聞さへあはれなり

と結んでいる。このような念者が絡む敵討咄の多くに西鶴の哀感を吐露しつつも、誉め称たえ、精神の契約の美しさを肯定するような視点を看取できる。勿論、その美しさは先述のごとき〃死〃の裏打ちによって、より純粋化されているのであるが、それはもはや衆道文芸として、或は〃愛〃の世界として形象化されているのではなく、「討もうたるゝも、武士のならひ」（巻五の三）という武士故の、武士固有の宿世を通して、いわば「敵討ちという典型的な武士的行為を通して、精神美を形成しようとしている」[5]のである。それは一言で集約すれば〃信義〃であり、精神的契約を貫徹しようとする武士の〃まこと〃である。その表徴は、続く『武家義理物語』巻三の二「約束は雪の朝飯」を想起させるが、これも西鶴の創作視点の一つとして了解できる。

しかし、同時に西鶴は〃まこと〃と相関的に存在する〃裏切り〃を忘れない。

この点に関して、浮橋康彦氏は「『不信・背信』のモチーフ」として、〈一〉誤解によって無実を疑われる型〈二〉「いつわり・だまし」のモチーフ〈三〉「裏切り」のモチーフ〈四〉討つ側、討たれる側の仲間割れと四つに分類された上で詳細に検討され、「それらが実に十六話、二十点にものぼっており、いかに『不信・背信』のモチーフを内包しているかがわかろう」と述べられている。[6]そして氏が「『不信・背信』のモチーフが本格化してくる

のは『二十不孝』からである」と指摘されているように、[7] 西鶴において「不信・背信」が人間認識の方法として定着していることも感得できよう。だが、そのような層を描き出すことはむしろ、武士の〝信義〟〝まこと〟というものを美化する上で、相乗効果となり得ていることに気づく。これは西鶴が、あくまで精神の契約の美しさを作品のモチーフにしようとする創作視点によって制御されたものと考えられる。

三

それゆえ、その対象は更に広がりを見せ、『武道伝来記』という男物語の世界を忘れて、独特の女性像を形象化していることも見落せない。〝裏切り・背信〟の女性は、巻六の一「女の作れる男文字」で一橋殿を無実の罪・死に陥れる薄雲、巻二の二「見ぬ人顔に宵の無分別」で美人と偽って嫁入りをさせた妙春、巻四の四「躍の中の似せ姿」における孫之丞の妾の裏切りによる密告がそれである。

しかし、そのような価値的否定面を有する女性は以下の女性像と対比されている。巻二の四「命とらるゝ人魚の海」は父の敵を討つ話として、その中堂金内の娘及び妾の活躍ぶりが描かれている。「いかに女なればとて、親に敵の有を知ずや」と喚起され、見事本意を達した後は御意を待って謹慎し「女ながら切腹申べしと覚悟極るこそ、石流武士の娘なれ」と讃を与えられている。これは「女なれば」「女ながら」と女性に副次的表現を用いながらも、その意気地に男性に負けない精神の烈しさをみているのである。巻二の一「思ひ入吹女尺八」ではその烈しさが息子の養育に結びつき、成長を待って敵討を行っている。又、巻二の三「身躰破る落書の団」においては、敵を討った文助後家と敵として夫を討たれた林兵衛後家との刃を交えた烈しい戦いも描かれている。

そのような精神の烈しさは更に、衆道関係と同様に〝死〟に裏打ちされ、純化され、美化されている。先述の巻六の一における無実の罪で殺された姉一橋殿の敵を討ち、自害する小吟の姿は「姉の敵と、つゞけさまにとゞめさし、其上に腰かけ、むねつらぬき、身をかため、うれしげに笑たる最後」とその女傑ぶりに筆力を置き、「見し人、心ざしをかんじける」と客観化した上で「女のはたらき、前代にためしなき敵うち」と小吟の烈しい精神を鑽仰するのも、「艶女に生れ付」いた一橋、「姉に見ます程の美形」の小吟という美しい姉妹の死によって贖われているのである。

又、巻一の三「喽喏といふ俄正月」の太夫花のえんの追い腹、巻四の一「太夫格子に立名の男」で貞操を守って自害する専左衛門の妻、巻四の二「誰か捨子の仕合」において、手打ちになった恋人九市郎のあとを追って舌を喰い切る腰元久米などの場合には〝死〟をもって、その一途な愛を貫き通すという美しくも烈しい精神が形象化されているといえる。更に巻七の一「我が命の早使」では、夫権右衛門の主人の横恋慕に貞操を守り通し、「なぶり殺し」にされた妻の妹が夫と共に敵討をするが、共に切死してしまう。それには「心のうちこそあはれなれ」と、ここでも作者西鶴が詠嘆しているのである。そして「世のことはりせめて、かなしきものかたりにこそ」と世の不条理に潰えた愛、一途な心の持ち主を悼んでいるのである。

これらは巻二の三で「うき世に武士の妻女程定めなきものはなし」という言葉で象徴される所の西鶴の武家社会における女性達の悲哀を形象化したものに過ぎないのかも知れないが、その点で注目できる女性像として巻八の一「野机の煙くらべ」がある。他の場合が武家の妻女、或はその社会に関係する女性であったのに対し、恋人虎之助のために敵の久四郎方に奉公する女は「前結びの帯」「只者とは思はれず」という玄人風の女性として設定されている。その活躍は、虎之助の敵討のために妾奉公及び、手引を行うという目的完遂だけでなく、敵久四郎との間に懐胎して生んだ男の子を「我はらはかし物」と「其まゝさしころし」「其手にて」自害して果てるという惨烈極まりないものである。これは西鶴の創作視点が、烈しい精神によって、「思ひ替事なかれと心底をかため」た契約の堅固さを、衆道に見たのと同等の精神美として捉えているからであり、その点は他の女性を扱った話群にも等しく及んでいるものと考えられる。その意味では、この視点が『武家義理物語』に存在すると指摘される「女義理物語」とも呼ぶべき話群[8]に先行し、その同系譜上に位置すると考えられる世界[9]を形成しているといえよう。

反面、精神の〝烈しさ〟という点では、『好色五人女』で既に「激しい生き方（死に方）[10]」がとりあげられていることも忘れられない。これは西鶴の女性価値認識につながるもので、『好色五人女』において、巻四までの女性がその性情によって運命を破綻するの[11]に比べ、見事にその価値を昇華しているといえる。

四

さて、このように考察すれば、『武道伝来記』における西鶴の創作視点は男女を通じて、まさに精神美を形象化することに重きがあったことには違いないが、我々が読むに従い、悲哀とも呼ぶべき陰鬱さを作品に鑑賞できるのは、これらの犠牲者の死に対するものだけではなかろう。『武道伝来記』の敵討が法的には敵討として認められぬ復讐譚が多いことは指摘されている。[12]例えば、巻一の二「毒薬は箱入の命」の御意討にあった姉の〝復讐〟に主人の子供を人質にとる九蔵及び、先述の巻六の一、巻七の一共に妹の敵は姉の主人筋への〝復讐〟である。武家社会という封建倫理のもとで主人は絶対者であり、家臣の私怨が敵討として成立するものではない。又、巻六の四、四の二における主君の御意討に対する遺恨による敵討も社会機構上許されるべくもない単なる〝復讐〟に過ぎない。巻八の三「播州の浦波皆帰り討」における決闘の後の敵討も私怨であって、認められないものである。先述の巻四の二の場合、討たれた者の兄、即ち目上の者が敵討をすることは、茂吉という捨子を介して許されているが、これも法的に認められないものである。同様に巻三の一「人指ゆびが三百石」での亀石仁七郎の敵討は、亡き養父への中傷に起因するとしても、実際は同輩であり、念友関係にあった駒谷木工左衛門の敵討につながっており、目上の者でない以上〝私闘〟にすぎない。又、巻一の一の場合は亡き兄を恥ずかしめる噂を立てた者への単なる〝報復〟であり、他に巻三の三「大蛇も世に有人か見た様」、巻五の四「火燵もありく四足の庭」も中傷に対する私怨による〝闘争〟である。

これらの話に含め、巻三の四や巻八の二「惜や前髪箱根山颪」のように念友関係のもつれによる遺恨によるものや、巻五の三「不断心懸の早馬」、巻七の四「愁の中へ樽肴」のような直接敵討に関係していない作品が混入されている。これらの現象は西鶴の創作視点が序文に述べる所の「中古武道の忠義諸国に高名の敵うち」を重視せず、むしろ他の対象に向かっていたことを示すものであろう。しかし、そのような法的に認められない敵討や、私闘や、直接敵討に関与していない話が「其はたらき聞伝え」とするように一般に流布していた事実によるものであるなら、問題を残すであろう。それは典拠問題に発展するものであるが、ほとんどの作品に関して、確実な典拠は判明していない。その点については、谷脇理史氏が「当世（天和・貞享期）の敵討物語として、意図的に虚構化されて作られた話なのである。」とされ、読者に浮世の一面を認識させる、文字通りの浮世草子、当世を描いた本として読まれなければならない」と指針されているのは[13]『武道伝来記』の研究状態を鑑みた明確な見解と考える。

五

『武道伝来記』は本来の敵討を離れ、虚構化され、更に当世を描こうとする西鶴の姿勢が存在する。松田修氏は『武家義理物語』において、その巻二の三「松風ばかりや残るらん脇差」と『西鶴織留』巻二の三「いまが世のくすみの木分限」とに径庭をみいだせないとされ〝世間義理物語〟的な面を示唆されているが[14]、この問題は即ち『武道伝来記』の課題と考えられよう。それ故に先述の悲哀に通じる隠された西鶴の創作視点も存在していることが推測できる。

武家において、武士＝死と考えられる程、その勤めは死と隣り合わせであった。そして、

牢人・切腹被仰付も一つの御奉公と存、……（『葉隠』）

とあるように、牢人、切腹までも御奉公と覚悟しているほど悲壮なものであった。このような状況は、如何な町人作家としての西鶴でも認識していたはずである。それは巻六の四で「武士の習ひ程定めなき物はなし」とする言葉として西鶴の意識の表出が形象化されていると考える。この言葉は「武士の身程定めがたきはなし」（『西鶴諸国はなし』巻三の七、『男色大鑑』巻一の五、『武家義理物語』巻四の一）「武士の身は何国を住家と定めかたし」（『新可笑記』巻四の三）などにも見受けられ、西鶴の常套句と出来ようが、「武士の身は」「定めがたし」とする西鶴の意識はそのまま創作視点として、武家を対象とする時の位置であると考えられる。

武士階級における仇討は単なる復讐行為だけではない。又、慣習、風俗とも言い切れない。それは父兄が討たれた場合、子弟として敵を討たない限り、その家督の相続をも許されず、結局その家禄を失うという過酷な制度であった。[15]しかし、肝心の敵討を完遂することは容易ではない。事実、敵討の成功率は百分の一にも足らぬのではないか[16]とされている。そのような非情な制度に追われ、自らの責務に駆り立てられる武士の姿は「武士は人の鑑」（巻一の一）などと持ちあげられる程、華々しいものではない。巻二の一の小督播州明石の「賤の屋」で、討たれた鳥川村之助との一子村丸を産み、十三年の歳月育て上げている。巻二の三の場合も、討たれた林兵衛の一子林太郎という二才の幼な子を生国に連れ帰り、継母らにうとまれ、元の使用人の漁師のもとに身を寄せ、十四の春までの成長を待っている。この二例の如く、武士ながら父を討たれただけで、母子共に経済的にも精神的にも苦しい耐乏生活を強いられている。それは巻六の四で、

あすの命も頼みなきまばらやに心ち例ならずして二日悩み取揚婆々といふものもなくてつゐ生まれけるは、殊更…（中略）…物縫女もまれなるにやとはれてうき世を暮すたねとして此子成人して今は十四才…（後略）

…

と表現されるように陰惨なもので、「碓引べき垣生の琴」という題目からも、西鶴の創作視点がこの側面に向けられていたことを了解する。又、巻三の一では敵を求めて小道具売に、巻四の三「無分別は見越の木登」では半季定めの下僕に、各々一時的とはいえ、身分をやつし、「さまざまの難義」に耐えねばならないのは、武士としての自負心の許容できる極限であろう。このような憂き目は巻二の一、巻三の一のように目的が完全に実現できれば歓喜にも変移するが、巻四の一にみる敵討を目的としながら、義弟の兄嫁への恋慕による二人の横死、巻四の三のような追剝に母、家来を討たれるという不慮の事故に遭遇しつつも、尚も敵討を既遂しながら、主討とされ、無念のうちに首を刎ねられてしまっては悲哀も極まる。その他、作品の多くが事件が起こるやいなや、討った者、討たれた家族、討つ者の殆どが牢人生活を強いられている。これは武士の奉公として、必ず〝死〟の危険性を伴い、或は一夜にして人々を非日常的な生活に追いやっている。人目を忍ぶ逃亡生活、敵討を目的に主家を去る者など、事件は牢人という社会的・経済的破綻を余儀なくされる武士階級の不安定さを〝敵討〟という事件を通して形象化したものといえよう。

このような自らの定められた〝武家〟という階級の中で困窮し、絶えず破滅に繫がる可能性を有した日常を送ることは、日々の〝生業〟に追われる町人、或は分散し、凋落していく分限と何の差異があろう。いずれも「定めなき世」に生きとし、生ける者に相違ないのである。即ち、この世の中に生きる人々として群集描写する町人物の世界が既に『武道伝来記』に階層を違え、武家に寄せるものとして胎動しているのである。事実、町人物の第一作『日本永代蔵』は、この『武道伝来記』刊行後、一年とたたない元禄元（一六八八）年正月に出版されている。この隠された視点こそ、他の創作視点と共に複眼視点となって、『武道伝来記』の世界を確固たるものとし、武家物から更に町人物へと自在に展開させているのである。

注

（1）白倉一由「『男色大鑑』の創作意図」『日本文芸学の世界―実方清博士喜寿記念論文集―』（弘文堂）一九八五年刊所収。
（2）注（1）に同じ。
（3）植田一夫「『男色大鑑』の世界」『西鶴文芸の研究』（笠間叢書）一九七九年刊所収。
（4）森耕一「西鶴武家物考」『近世文芸　研究と評論』第十四号　一九七八年六月刊所収。
（5）植田一夫「『武道伝来記』の世界」『西鶴文芸の研究』（笠間叢書）一九七九年刊所収。
（6）浮橋康彦「武道伝来記と武家義理物語」『国文学』一九七〇年十二月刊所収。
（7）注（6）に同じ。
（8）松田修氏が指摘されている（「武家義理物語」『国文学解釈と鑑賞』一九六九年十月刊所収）が、『武家義理物語』において女性を対象とした作品群を独立させて扱うことについては、暉峻康隆氏や富士昭雄氏（典拠の指摘）、その他の方々の研究からも可能性を有すると考える。
（9）奥坂伊戸美「『西鶴武家物』論―『武家物』に見る西鶴の特質―」『東京女子大学日本文学』五十五号　一九八一年刊所収。
（10）谷脇理史「『好色五人女』論序説」『西鶴研究序説』（新典社）一九八一年刊所収。
（11）拙稿「『好色五人女』における恋愛の形象性」『日本文芸研究』第三十六巻二号　一九八四年刊所収。本書所収。
（12）田中邦夫「『武道伝来記』の構造（上）」『大阪経大論集』一〇九・一一〇合併号　一九七六年刊所収。
（13）谷脇理史「『武道伝来記』論序説―読みの姿勢をめぐって―」『文学』五十一巻八号（岩波書店）一九八三年刊所収。
（14）松田修「武家義理物語」『国文学解釈と鑑賞』一九六九年十月刊所収。

(15) 佐瀬恒『西鶴の作品における生活原理』(桜楓社) 一九七四年。
(16) 三田村鳶魚『江戸武家事典』稲垣史生編 (青蛙房) 一九七一年。

傍点はすべて、森田による。
なお、西鶴以外のテキストは以下で旧字は適宜改訂した。
『葉隠』　『三河物語　葉隠』日本思想体系26 (岩波書店) 一九七四年刊。

第七節　『本朝桜陰比事』における創作視点

一

『本朝桜陰比事』（元禄二（一六八九）年正月刊）は、対象素材面から雑話物の一つに分類されている、所謂、比事物である。比事物である以上、名物裁判として、読者の期待は集まる。西鶴としても、その巻一の一の冒頭で、

夫、大唐の花は、甘棠の陰に、召伯遊んで、詩をうたへり。和朝の花は、桜の木かげゆたかに、歌を吟じ、……

とするように、『本朝桜陰比事』は、中国宋代の『棠陰比事』（桂万栄編）を先行作品として、日本版『棠陰比事』として成立したと考え、そう読むべきでもあろう。西鶴の『新可笑記』（元禄元（一六八八）年十一月刊）の巻一の五にも、

かの大工身にそなはりし家職、墨がね・角水の見やうはおろそかにして、朝暮分別して、『棠陰比事』など枕にし、夢にも是をわすれず。

とあることから、『棠陰比事』は当時広く流布していたテクストであったと考えられる。そのような当時の読者にも受けいれられる作品であったのである。

しかし、『本朝桜陰比事』と『棠陰比事』の影響関係を検討する時、野間光辰氏が

…確かに『棠陰比事』に材を得たと断定し得るものは、わづかに「丙吉験子」の一条のみであらう。

とされるように[1]、管見においても、確実に両者の関係を指摘できるのは、『本朝桜陰比事』巻一の二「曇は晴る影法師」と『棠陰比事』「丙吉験子」だけではないかと考える[2]。

『本朝桜陰比事』巻一の二は、以下のように展開している。

・裕福な材木問屋の主人は八十余歳である。

←

・にわかに発心し、財産も息子に譲り、隠居する。

←

・その隠居所の下女が懐妊し、その父親は老隠居であると言う。

←

・老隠居は否定し、下女は家を出され、男の子を生む。

←

・下女は子を引き取らない老隠居を公事に訴える。

←

・裁判官である御前は、「唐土にもかゝるためし有。八十余歳に成ける人の子は、日影にうつして其影なし。面影うつらば、親仁が子にまぎれなし」として、この子を朝日に当てると影が写らない。

←

・ついに老隠居も我子であることを認める。

←

・母親は、今後の事をお願いするが、御前は、「其子かならず、百日は生きざるもの也。もし長命ならば、かさねて申出べし」として、退出させる。

←

・御前の言葉通り、その子は九十七日目に死んでしまった。

一方、『棠陰比事』「丙吉験子」の方は、

・裕福な老人は八十余歳である。一人娘は、他家へ嫁いでいる。

←

・妻が死んだので後妻をもらったが、男の子が生まれ、老人は死んだ。

←

・先妻の娘は財産を奪おうとして、後妻の子は老人の子ではないと誣告した。

←

・裁判にあたった尚書省の丙吉は、「老人の子はしきりに寒がるというし、陽があたっても影が映らないということだ」と思いついて、試みてみると、その子は八月というのに寒がり、陽を当てても影が写らなかった。

←

・財産はすべて後妻の子に引き渡され、娘は誣告の罪に服した。

というものである。この『本朝桜陰比事』と『棠陰比事』を比べる時、以下の点において異なる。

一つは、老人の形象化という点である。『棠陰比事』の場合、老人が残した財産をめぐる遺族の公事問題としたため、老人その人の形象化に注意を払わなかったのに対し、『本朝桜陰比事』は訴えられたのが老人（老主人）自身であるため、周到な形象化が行われているのである。『本朝桜陰比事』巻一の二の主人公といってよい、老人は、単なる好々爺ではない。むしろ、この章の冒頭部は、強欲な老主人として、紹介する。

> 二葉より家業にかしこく……亭主は八十歳余まで、一子に財宝もわたさず、大暮の勘定をよろこび、……

それは、自らが築き上げた身代への妄執によるものであるが、己れの老醜をも顧みない、この羞恥の姿を

> 「わたりかねざる世界を、さりとは無用の勤め。今にも死れたらば、火車のつかみ物」と人の取沙汰、やうやう耳に入て、

というように、世間の噂によって気づかされる。又、

> お八つの太鞁におどろき、俄の御堂まいりの、「暮て後世をいそがるゝ」と、人皆、又笑ひけるが、あしき事にあらねば、いつとなく仏心発りて、其後は常精進になつて、以前に替る事、天地也。

という、にわかの発心により、財産を息子に譲り、隠居するわけであるが、「以前に替る事、天地也」が示すように、突如の変心、いや変身なのである。これは、まだその姿が真実の物かどうかの疑問符の掲示と考えられる。

同じく老主人の隠居を描いても、『日本永代蔵』巻三の一では、

> この人、前後に変はらず一生吝くば、富士を白銀にして持ちたればとて、武蔵野の土、羽芝の煙となる身を知りて、老いの入り前賢く取り置き、世にある程の楽しみ暮らし、八十八の時、聞き伝へ升掻を切らせ、子供の名付け親に頼み、人の用ひ、世の沙汰に飽いて、この人死光り、さながら仏にもならるる心地せり。後の世も悪しからじと、万人これを羨みける。

と形象化している。この差異は、同様な商売一途で生きて来た老主人を描いても、『本朝桜陰比事』で形象化する老主人が、まだ〝悪〟から抜け切らない、〝悪〟の要素を含んだ人物であることを伏線とするためではないかと考える。『本朝桜陰比事』は、巻一の一の冒頭に

> ……善悪ふたつの耳かしく、聞伝へたる物語り、……

とし、巻四の二の章題にも「善悪二つの取物」とするように、「その根底に善悪に対する関心事のあった」[3]作品であると考えられるが、それがこの老人の〝悪〟の形象化を通して、創作視点の一つとして認められるのである。その〝悪〟という面から考えれば、それが二書の比較の二つめとなる。『棠陰比事』では、先妻の娘が遺産欲しさに誣告したことに認められるが、『本朝桜陰比事』では、老主人が発心し、財産を息子に譲った時点で、経済的な面での〝悪〟の問題は表面化せず、下女の訴訟も息子の認知を優先し、家督相続の問題は副次的なものとなっているのである。むしろ、ここでの〝悪〟の問題は、老人が裁判の折、

「私、世間を恥入、包み申候得ども、成程拙者の悴子、覚へ御座候」

と明らかにしたように、世間的外聞を重んじるあまりに、自らの失態を覆い隠そうとした〝悪〟にあるのである。これは、先述の遺産を譲る際の決断が「人の取沙汰」になったことが、直接要因の一つにあったことでも確認できる。常に世間を規準として、〝悪〟の風聞を葬り去ろうとしたところに、潜在する老人の本質的〝悪〟が形象化されているのである。西鶴は、老人の息子を

男子は有徳なれば、自由に孝をつくし、……

とする。「男子も」とはしていないのである。その息子の親孝行の配慮が、

殊更お茶のかよひのために、やさがたなる女、四、五人付置しに、

である。世間に「お茶のかよひのため」と断ってでも、わざわざ「やさがたなる女」を入れたのは、老いてなお好色な父親をよく知る、息子の叡慮のなせる処置であったとはいえまいか。ところが、老人は、

寝間のあげおろしも人の手にはかけ給はず、墨衣をきぬばかりの、出家形気になり給へば、

という気まじめさで、召使いの者たちも、

おのづから信心のおこし、年ふるうちに、

と、その身持ちの良さに騙されてしまうわけである。騙されている間に、老人は、そのような世間の人の目が注がれる、「やさがたなる女」を相手にすることを憚って、「其さま見ぐるしき」下女を相手としていたわけである。これに対し、

下女の中にも、其さま見ぐるしき庭ばたらきの女、腹形おかしげになれるを、人々とがめて笑ひけるに、旦那のお名を立けるは、「大かたならぬいたづら者」と是を悪みて、此事親仁さまに申せば、「夢にも覚のなき事」とて、

とするように、訴えに及ぶ下女の懐妊は、日頃の老人を知る誰にも認められないもので、下女は世間より、はじき出されてしまうのである。

下女は此内を追い出され、小宿にて産をいたせしに、

と結果がなるのも、世間の人々には当然の処置として受け取られるからで、その不条理が許されてしまうのである。もっとも、当時の主人が使用人とそのような仲になっても、罪とか〝悪〟とかまで言えるものではなかろう。それは、あくまで老人が世間を利用し、欺いて、世間の人々と一緒になって、真実を嘘として消去してしまおうとしたところに〝悪〟があるのである。

それならば、『棠陰比事』の場合、子供を老人と後妻との間の子と認め、財産を与え、〝悪〟の先妻の娘に刑罰を加えるのに対し、『本朝桜陰比事』が老人のせっかく認めた子を九十七日目で相果てさせることは、〝悪〟の所在を不明にしてしまっているのではないかという三つ目の相違点に気づく。『本朝桜陰比事』の〝悪〟の裁定は、御前が言う、老人の子の寿命が百日以下であり、実際にその子が九十七日目で死んでしまうという不可思議にかき消されてしまうわけであるが、その典拠は認められない。

ただ、百日という寿命であるが、『諺語大辞典』などに、

「人の上は百日」

という諺がある（用例・『源平盛衰記』三「人の上は百日こそ申なれ」）。

つまり、「人の噂も七十五日」と同様で、世間の噂も百日という意味であるが、これに着目したい。[4]そうすると、当時、老人の子が病弱で死にやすいという俗伝があったとしても、それよりも、そのような醜聞が世間の脳裏にあるのは「百日」であるということが、西鶴の意図にあって、「百日」という数字が浮かび上がってきたのではないかと考えるのである。世間を憚り、常に対峙してきた老人に対し、これほど皮肉な裁定はないのではあるまいか。世間の呪縛からの解放が、最後に老人をして、

その後、親仁も此子にふびんをかけ、昼夜大事にようういくいたせしに、次第によはりて、仰せ出されしにたがはず、九十七日目に相果けると也。

という改心になるわけで、ここにきて、老人の〝悪〟は、やっと〝善〟に変移しているのである。

以上、この巻一の二の『本朝桜陰比事』と『棠陰比事』の二書の比較を通して確認した、世間の目に隠れた〝悪〟、又、この世間を利用した〝悪〟を暴くことこそが、西鶴の創作視点として、『本朝桜陰比事』に存在するのではないかと考えて、次に考察するものである。

二

巻三の四「落し手拾ひ手有」は、『板倉政要』七ノ十四「聖人公事捌」を出典とし、後の『大岡政談』にもとられた、「三方一両損」の話である。

落とした三両をめぐり、拾い手は落とし手に渡そうとし、落とし手は受け取らず、拾い手に持って帰るように言

うが、両者相譲らず、公事に訴える。御前（奉行）の名代の家老は、三両に一両を足し、双方に二両ずつ与える。落とし手は黙って受け取っておれば、三両のところを、二両しか受け取れず、一両損。拾い手も同様に一両損。裁く側も一両損。「三方一両損」で丸く納まるわけである。『板倉政要』（三両でなく、金子三分である）、『大岡政談』共、ここで一件落着するのであるが、『本朝桜陰比事』はさらに続く。その名代の家老の裁きを聞いた御前は同意せず、二人をもう一度召し出したところ、二人の仕組んだ狂言とわかり、罰するというものである。これは、何を意味するものであろうか。暉峻康隆氏(5)は、この章と『板倉政要』『大岡政談』と比した上で、

　ここまででも話は十分おもしろくまとまっているにもかかわらず、もうひと足ふみこまざるを得なかったのは、けっきょく西鶴がお話をしながらも現実から遊離できなかったからにほかならない。

とされているが、なるほどリアリスト西鶴のなせる技かもしれない。しかし、御前が二人を呼び返す時の言葉は、

……此弐人内談にて、かく取むすびし作り物也。其子細は、拾ひし者、其ぬしと論におよばず、捨やうはさまざまありしに、爰に出ける所、第一の聞也。正直ものと都に顔を見しらせ、すゑずゑ人をかたりのたくみせしには違ふまじ。……

というものである。傍点で示したように、御前が暴いたのは、現実離れした美談のからくりというより、二人が奉行所まで巻き込んで作り上げた、美談を利用して、都中の信用を得、詐欺やその他の悪事を行っていこうとする目論見にある。〝悪〟が善を装い、世間を利用しようとしたのである。―そのような〝悪〟を暴くことは、巻一の二で確認したことなのである。

　右の巻三の四の悪事が現実になったのが、巻五の八「名は聞えて見ぬ人の顔」である。

章題が示すように悪事仲間が、千に三つも真実がない千三という男を

家名も其名も、京の歴々の名を付置、近所へも其名をひろめける。

として、大金持ちの息子に仕立てて、詐欺を行うわけである。騙された者は訴訟するが、金を貸した側の不覚とされてしまう。世間を利用し、〝悪〟が行われた時の例を示しているといえようが、西鶴は、この章の冒頭で、

人生れながらにしてかしこからず、又悪人もなし。

と述べている。つまり性善説である。その〝悪〟を作るのも又、世間であるといいたいのであろう。それゆえに、裁きを与えないわけである。

他にも世間を騙し利用しながらも、御前に見破られてしまう話が、次の三話あげられる。

巻二の三「仏の夢は五十日」は、世間から異名・釈迦右衛門と呼ばれている時計の細工人が、夢のお告げと称して、家主の家の下の土中に仏が埋まっていると掘り探し、騒動を起こし、訴訟となる。だが、御前は、釈迦右衛門が、その夢のお告げで掘り出した仏（実際は自分で埋めておいた）で、一儲けしようとしている本心を見破ってしまわれる。その際、

「おのれ、世間へは後生願ひと見せかけ、心中は浅ましき曲者なり。此事兼てたくみ、前日掘時、本尊を埋み置、明の日それをあらはし、京都の風聞いたさせ、いづれの売僧とか馴合て、散銭取込べき仕掛うたがひなし。……

と怒る御前の言葉は、また続き、

「おのれ、世の費男、殊に仏の眼をぬく事、彼是もつて悪人なり。……

と厳しさを増す。それは、そのまま、世間を誑かせようとした、〝悪〟への怒りと考えられよう。

巻四の六「参詣は枯木に花の都人」は、ある法師が、自らの例言あらたかなるを商売の種としていたが、ある時、法力をもって山の木々を枯らしてしまった。困った里人は法師にお力をもって元に戻すようにお願いするが、騒動となってしまい、御前の裁きを得ることになった。御前は、肉桂を立木の皮に籠めて置くと、木の枯れることがあ

るとして、その法師が、元医者の智恵を利用した、ただの売僧であることを見破ってしまう。ここにおいても、世間を利用しようとした〝悪〟が暴かれ、

人の気を取事、無用の工み、世の費なる曲者也。

と御前の怒りが発せられているのである。

巻四の七「仕掛物は水になす桂川」においても、五月雨で増水した桂川に奇怪な長櫃を流し、それを世間の話題にすることによって、狂言を組んでもうけようとした、役者たちの目論見を見破るわけで、これも、前二話同様の世間を利用しようとした〝悪〟なのである。

右の三話は、世間に捏造した噂を流し、それを利用して、金儲けを企てた例であるが、世間に噂を包み隠そうとする人の心を逆手にとった〝悪〟も存在する。

巻一の八「形見の作り小袖」は、ある身持の良い後家主人の店に、昼盗人が入った。皆で取り押えると十七になる南隣りの家の息子であった。表沙汰にしないように相談していると、息子は後家と密通していたと言い張る。身に覚えのない後家は訴訟したが、若者は密通の証拠として、自分の小袖は後家の下着で仕立てていると申し上げる。後家はここで仕方なく、

「世の外聞おもわれ、随分つゝみ候へども、かくあらはるゝは、大かたならぬ因果と存候。いかにも、あの若年者と密通仕候」

と認めてしまう。世間に包み隠すべき密通は、その当事者二人だけが真実を知るわけであるから、人前において、二人の秘事であるとされてしまえば、言い訳けのつかない状況になる。若者はそれを逆に利用して、虚を実としたのである。これと同様の例は巻四の一「利発女の口まね」に出てくる。こちらの場合も後家であるが、夫婦でなければわからない、

……若ひ時より、身に開茸と申難病を請申候。……なじみの事にて御座候へば、情にて世間包まれ、……

という秘事を持ち出して、それを知ることが、二人の密通の共通項であるとする。男に確認した上で、後家は自分がその病気ではないことを明らかにしたので、男の〝悪〟が露見するのである。巻一の八の後家は、そこまで気丈でない代わりに、「慈悲」があり、その「慈悲」が事実なき密通を認めてしまうわけである。結果として、この後家の「慈悲」に改心した若者が事実を述べて、罪を受けようとするわけであるが、感じ入った御前は、後家を女の鑑と誉め、若者には慈悲をもって重刑を御赦免になる、というものである。

むしろ、そこにはリアリストを離れた西鶴を見ることができるといえるかもしれないが、この二話は、対他、対世間において、いかに真実を語ることが難題かを示し、それが特に男女の間（密通）に向いていることがわかる。

巻四の三「見て気遣は夢の契」においても認められる。行商人の妻が、夫の留守中に、ある男と契る夢を見た。その男の方もその妻と契る夢を見た。どちらも物言わず恋焦れる仲であったので、互いに不思議な縁だと思いながら、その話をしたために、世間の噂となってしまう。行商から帰った夫は二人に密通の疑いを持ち、訴え出る。御前が、本夫の血と、密夫の血を各々取、この妻の血と一つにしたところ、本夫の血と固まったので、これを証拠として、妻の密通の疑いは晴らされたというものである。

これもやはり世間と密通に関する裁きで、〝悪〟は形象されないが、最後の血の固まるや否で、密通の有無を裁定するのは、現実離れしている。親族の判定ならともかく、密通の証明に血液の凝固を用いても仕方がないし、未だ、他の先行文献にもこの方法を見ない。しかしながら、この公正な実験（凝血）によって、夫婦仲がおさまったのである。思うに、この実験は世間への証であると考える。元々、この事件の原因は、噂を世間に広めてしまったところにあるのであるから、世間を沈静させ、夫を納得させるための、御前の狂言のようにも受け取れるのである。

このような世間の外聞と人々との微妙な関係は、巻二の六「鯛鮹すゞき釣目安」のような、魚屋の寺々への掛け売りの代金に関する訴訟や、巻四の四「人の刃物を出しおくれ」で、柴売りの鎌を隠した酒屋の亭主の悪ふざけが、訴訟にまで及ぶ事件になることにもつながるものと考えられる。又、外聞を晴らすために世間の人々を利用する話は、巻二の四「恨み千万近所へ縁付」のような例がある。評判の美人小林(こりん)は、欲に目がくれ、金目当てにある浪人と夫婦になる。しかし、贅沢三昧の毎日を暮らしたため、暮らし向きが悪くなってしまった。そうなると、女は離縁状を催促し、自由の身となると十日も経たないうちに、かねてより知り合いの若い浪人のもとへ縁づいてしまった。前夫にとっては、堪忍ならぬところであるが、加えて何者かが浪人の門の戸に「この浪人をこの町に住まわせて置くと、いつか町中を斬り回り、一人も命はあるまい。」と張り紙までする始末。騒動となり、その詮索を訴え出たところ、女が離縁状をもらう前より密通していた悪事が暴かれた。御前は、張り紙が、詮議の種に浪人自ら張ったものであることも見破っておられたので、浪人をお褒めになった、というものである。この話は、外聞を思って一時の意地で、短慮の行動をとらず、世間を張り紙という事件で利用して、公事に及んだ、浪人の智恵・分別に中心があると考えられる。御前もその点を褒めているのである。この複雑化した話の中で、西鶴の創作視点は、浪人が世間への恥を、世間を利用することで敵討ちしたところにあるわけである。以上のように、あくまで、西鶴は世間の中の人間個人を見てゆこうとする姿勢なのである。この視点こそが、『世間胸算用』の各話の町人達を見据える目となって発展していくといえよう。

ただ、それは、『本朝桜陰比事』の世界として、すべてではない。続いて、作品分析を行う。

三

西鶴はこのように世間に創作視点を据え、堅実に形象化を行っているが、反面比事物としての面白味を出すことにも様々な工夫を試みている。

それには、一つめの特徴として、巻三の四の三方一両損のような、結末の明確化された、単純化された構成の話群が存在することがあげられる。

巻一の六の双子の乳母同士の仏像の二つ割り、巻三の一の帷子の乱れ、巻三の六の倍の年齢差のある結婚、巻三の八の当てはずれの壺の奪い合い、巻四の二の童子の人形・小判の選択、巻五の二の椀重ねなどで、先述したもの、後述する話群の中からもここに分類できるものを含むが、裁かれる側も、裁く側も比較的争点のはっきりしているのが特徴である。

二つめは、変わったお仕置きを科するものである。これには、巻二の五で新築の蔵の出張りを切り取った、隣町の者にその費用を支払わせるもの、巻三の五で日蓮宗ばかりの町内の者に、宗旨替えさせられた浄土宗の男の念仏を称えることを条件に訴えを認めるもの、巻三の七で遺産を手代の訴えも斥けて、息子に使いたいだけ使わせるもの、巻五の一で祝言を昼間にあげさせるもの、巻五の四で遺産管理のため、鍵を父方と母方とに分けて持たせるもの、巻五の六で十両の貸し借りをめぐって、裁きがつくまで、貸し手の手代に一日中算盤を持たせ、借り手の手代には、左右の手の小指を紙捩でくくり合わせ、封印するもの、などで、いずれも滑稽味のある裁きといえよう。

三つめは薬学的とも俗習的ともいえるものが重要な鍵を握っている話群である。これには巻一の五の古い鞁の破れた革を黒焼にした妙薬や、巻三の二の烏賊の墨、巻四の三の守宮(いもり)の血、先述の凝血、巻四の三の肉桂、巻五の三の脈取、巻五の七の橙のしぼり汁、などがあげられるが、これらの要素は話の筋の展開に面白く働きかけているのである。

これら三つの要素が、比事物としての読みの面白さを掻き立てているわけであるが、三つめの特徴に注目してみたい。

特に薬学的な面であるが、右の例以外にも、巻一の六で「一子相伝の妙薬、神教万病円」を取り上げるなど、この作品で多いにその面への興味をのぞかせている。もっとも『日本永代蔵』巻三の一「長者丸」、『西鶴諸国はなし』巻一の三の「金用丸」の例もあり、西鶴自身が興味を持っていたのかも知れない。『日本永代蔵』「長者丸」において、町人が長者になるための薬の方組と、毒断を示すが、その四項目に「鞠・楊弓・香会・連俳」としている。『本朝桜陰比事』巻二の一「十夜の半弓」は下手人が町人で、弓の腕だめしに、遺恨もない人を殺してしまうという話になっている。御前が

「町人無用の武道具を持あつかい、然も人の一命を断事、広き都に又あるまじき曲者」

とその弓矢を高札にかけて、お仕置きされたのも、西鶴の統一された視点によるのではないかと考える。

それでは、その「長者丸」などの発想と結びつく、根源はどこにあるかというと、それは『翁物語』（明暦頃成立）が伝えるところの「加減関白円」にあるのではないかと考えられる。『翁物語』の「加減関白円」は、

既ニ秀吉公ノ作ニ加減関白円ト名付テ薬法ヲ書出セルニ

と書き出し、

一正直五両　一堪忍四両　一思案三両　一分別二両　一用捨一両

右毎朝一服宛可能用之子孫

とするものである。

周知のように『本朝桜陰比事』五巻の各題簽の下部には、「ちゑ　小判壱両」「ふんべつ　小判弐両」「しあん　小判三両」「じひ　小判四両」「かんにん　小判五両」と記して、巻数名をあらわしているが、これは、

「加減関白円」	『本朝桜陰比事』	
用捨一両	ちゑ	小判一両
分別二両	ふんべつ	小判二両
思案三両	しあん	小判三両
堪忍四両	じひ	小判四両
正直五両	かんにん	小判五両

という関係で置き換えて「加減関白円」から取材したものではないかと考える。(6) その場合、そこには、方組と共に毒断も記しているが、これも参考にしたはずである。

その方組と毒断の形式を利用したのが、『日本永代蔵』の「長者丸」と考えるが、内容は一致しない。『本朝桜陰比事』の場合も武辺随筆『翁物語』の記する毒断をそのまま受容したとは考えられないが、「加減関白円」が禁物としてあげる五項目と十七ケ条の中で、次の四つにおいて、教訓としての契合を見る。

・欲ニ離レヨ　・大酒不可飲　・女ニ心不可免　・我口ニ恐レヨ

この四つにおいて、「欲ニ離レヨ」というのは、『本朝桜陰比事』のほとんどに該当するであろう。

・欲の事に目の者ども（巻一の三）　・欲心発りて（巻一の五）

など、欲が原因で裁きを求めることは、〝悪〟と絡まり、必ず騒ぎの元凶となるのである。同様に「女ニ心不可免」も、『本朝桜陰比事』の巻二の八の棺桶に納めた脇差を盗んだ上に、それを利用して主家から金を取ろうとした下女や、巻二の九の跡目を無理に継ごうとした後家、巻三の九の亭主殺しの密通女、巻五の七の意趣返しの乳母など

として騒動の原因として、〝悪〟の者として形象化されている。巻五の五の太夫は形象化されないが、この女のために七千両の金子を失い、身代を失い、悪事まで起こす男を通して同様であることがわかる。「大酒不可飲」の場合も、巻一の七・巻四の五共、大酒に溺れ死んだ主人の遺産分けをめぐっての騒動で元凶となっている。

「我口ニ恐レヨ」という教訓は、『武家義理物語』巻一の一で、

　口の虎身を喰、舌の剱命を断は……

とするように自己の破滅につながるのである。『本朝桜陰比事』でも、巻一の三、一の四、二の二、二の七共に自らの発した言葉によって、公事で敗れたり、〝悪〟が露見する結末となっている。

　そのように考えれば、「加減関白円」が武家への教訓としているものを、西鶴は見事にその枠をはずして一般の教訓として作品に盛り込んでいることがわかる。これは西鶴が「人間を対象とした文芸[7]」としているからで、ひいては、前節で述べた世間に創作視点を据えていることにもつながってゆくものと考える。

『本朝桜陰比事』は異なる創作視点を有した短編の統合体のようであるが、その実は同一に帰するのである。そして、それは西鶴の統一された作品構成とも結びついているのである。全話、「むかし、都」で始まり、御前が裁くこの方法や、巻一の一の冒頭で、

　…ひとりの翁あつて、百余歳になるまで、家に杖突事もなく、善悪ふたつの耳かしこく、聞伝へたる物語り、今の世の慰み草ともなりて、心の風に乱れたる萩も薄も、まつすぐに分れる道の、道筋の広き事、筆のはやしにも、中々書つきずして残しぬ。

として、その後、「翁」は出ないものの、最終章巻五の九において、能に事寄せて「翁」を出して終るのは、西鶴の一貫した短編集を構成する意図の表れと考えるのである。

　以上を結論として、西鶴文芸の展開において、『本朝桜陰比事』とそれ以降の作品がどのような関係にあるかを

解明することを今後の課題としたい。

注

（1）「本朝桜陰比事考証」『西鶴新新攷』（岩波書店）一九八一年刊所収。

（2）仮名草子『棠陰比事物語』（大本五巻五冊　寛永中頃刊）は、『棠陰比事』の和訳本といえる。この話も『棠陰比事』より直接でなく、仮名草子より受容した可能性は高い。『本朝桜陰比事』五巻五冊の丁裁もこれによったかと考える。

（3）『対訳西鶴全集十二』（明治書院）一九七七年刊解説による。

（4）『本朝桜陰比事』巻四の八には「七十五日までもいはずして」という用例がある。「百日」で「人の上は百日」の諺を連想するのに無理はなかろう。

（5）「近世の推理小説」『現代語訳　西鶴全集（八）』（小学館）一九七六年刊付録。

（6）拙稿「『本朝桜陰比事』と『翁物語』」『論集近世文学3―西鶴とその周辺』（勉誠社）一九九一年刊所収。本書所収。

（7）注（6）に同じ。

文中の傍点は本文・引用文ともすべて森田。

又、「加減関白円」の記事は第二章七節の『翁物語』の本文によった。

第八節　『世間胸算用』の編集意識
――各巻の完結性と目録の関係を中心として――

一　『世間胸算用』編集上の不統一

『世間胸算用』が、西鶴の数ある作品の中でも傑作中の傑作とされ、日本文学史あるいは世界文学史の中に珠玉の作品として名を輝かしていることは今更、言うまでもない。

右の高い評価の理由の一つは、二十の短編集でありながら、全編に一貫した「大晦日」という背景を配したことによるであろう。そのことによって、一貫した主題も見出され、周知の暉峻康隆氏の
「胸算用」の主題は、まさしく金銭を支配せんと志しながら、金銭に翻弄される町人の悲喜劇の描写であろう。(1)

となり、手法としての「集約的レアリズム」が指摘されることとなるのである。

『世間胸算用』が統一された世界であることは、背景の一貫性だけから言うのではない。『世間胸算用』の序文全文が以下である。


松の風静に、初曙の若ゑびす若ゑびす、諸商人買ての幸ひ買ての仕合。扨帳閉、棚おろし、納め銀の蔵びらき、春のはじめの天秤、大黒の打出の小槌、何成ともほしき物、それぞれの智恵袋より取出す事ぞ。元日より胸算用油断なく、一日千金の大晦日をしるべし。

先に西鶴作品の序文と本文の関係が読みにかかわることは『西鶴諸国はなし』の場合を論じたが、[2]『世間胸算用』の場合も有効である。特に「一日千金の大晦日をしるべし。」という創作視点は、巻一から巻五の各巻の外題簽に「世間胸算用　大晦日は一日千金」とし、内題にも「胸算用」とした副題に「大晦日は一日千金」と付すことで統一を図ったものと考えられる。

その視点がさらに西鶴の

大晦日定めなき世のさだめ哉（『俳諧三ヶ津』）

という句で確認できることも知られるところである。

しかし、このように統一された世界であるはずの『世間胸算用』であるが、各巻目録の章題の副題を見ると、その不統一さが瞭然である。巻一の場合、巻一の一「問屋の寛闊女」は、

はやり小袖は千種百品染

大晦日の振手形如件　（傍点は森田。以下同じ）

とするが、この二行目の書き方は巻一の二こそ「大晦日の小質屋は泪」と同じ「大晦日の」であるが、巻一の三「大晦日に隠居の才覚」、巻一の四「大晦日に煤はきの宿」と「大晦日に」となっている。『西鶴諸国はなし』巻一の三が章題を「大晦日はあはぬ算用」とするところからは、本来「大晦日は」と統一したかったところであろう。

ところが巻二の場合、巻二の一「銀一匁の講中」は、

○長町につゞく嫁入荷物

○大晦日の祝儀紙子一疋

とする。この二行目の書き方「大晦日の」は、巻二の二「大晦日のなげぶしもうたひ所」、巻二の三「大晦日の山椒の粉うり」、巻二の四「大晦日の喧嘩屋敷」として、統一されている。ここでは「大晦日の」で四話とも統一さ

れているわけであるが、「〇大晦日の」と「〇」がつくのは、巻二の一と巻二の二の二話である。

同様に巻三の場合、巻三の一「〇大晦日の編笠はかづき物」、巻三の二「〇大晦日に無用の仕形舞」、巻三の三「大つごもりの人置のかゝ」、巻三の四「大晦日の因果物がたり」となっており、巻二とは一、二章の「〇……」で一致するものの、巻三の二が「大晦日に」とする点で異なる。また巻三の三が「大つごもり」と仮名にするのも例を見ない。

ところが巻四では全然異なる目録副題となる。巻四の一「闇の夜の悪口」の場合、

　世に有人の衣くばり
　地車に引隠居銀

とし、「大晦日の」も「大晦日に」も「大つごもりの」も影を潜めている。この目録から「大晦日」が消えることは巻四だけではなく、巻五でも同様である。

この理由から宗政五十緒氏は[3]

　『胸算用』は巻一―三がまず完成して、その後、巻四・五が加えられ（あるいは、その成立は両者の前後を逆とすることも可能である……）、両者合わせて五巻となし、刪補して現行のごとき形態となった、とする推定が可能となる。

とされたが、やがてこの不統一な『世間胸算用』の世界をめぐって、旧稿利用説[4]や四巻本説[5]、段階的編集過程説[6]が論じられることとなる。

それでは、『世間胸算用』は不統一なまま編集されたのであろうか。以下に各巻の完結性と目録の関係を中心に『世間胸算用』の編集意識を考察するものである。

二　巻一の統一された完結性

巻一の一「問屋の寛闊女」は書き出しで「子」を育てることが「身体相応の費」を強いる事を説く。次に近年どこの家の妻も贅沢を覚え、まさに「寛闊女」となって、外見の派手さに執心であることを述べる。そういう妻たちは破産することにも大様なものだという話の次に、金があるようでその実はない経営を世間では「偽りの問屋」と呼ぶという話に展開している。後半はある商家の息子が、亡くなった父の霊が予言したにもかかわらず、聞き入れず、空手形を出すはめになった破産ぶりを描いている。

先学は多く、この商家が「問屋」であるとして、「問屋の寛闊女」としての章題の統一性をいうが、文脈は切れており、「問屋」と決定するのは難しいのではあるまいか。(7)

もし、「寛闊女」が「問屋」でないとすれば、『世間胸算用』は巻一の一から統一性を欠いた遺稿集としての編纂の可能性までが出てくるのである。

では、巻一の一の眼目は何であろうか。まさに亡き父親の頃にはなかった「近年」の人々の消費経済、浪費経済、地道さのない商売への警鐘ではないのか。すなわち、そこには、西鶴の時代の人々の豪奢を批判する言葉が亡き父親から発言されている。これは、ひいては、一時代前の商売人たちからのメッセージであり、年寄り礼讃でもあるのである。

しかし、西鶴はそのようなメッセージを伝えるための道具として、子供、妻、主人、主人の親を用意している。これは金がありそうでない家を場として、その人々を「胸算用」をテーマに描いたといえるのである。

そのような角度から読めば、巻一の二「長刀はむかしの鞘」は質屋に「長刀」を入れにきた、牢人の狡賢い妻が話の中心のようであるが、そうではない。明日の元日が迎えられない長屋の人々が質屋に種々の質草をもってくる大晦日をテーマに描いたといえるのである。もっとも、西鶴はこの人々は「胸算用」と無縁の人々と言い切る。

……是を思ふに、人みな年中の高ぐゝりばかりして、毎月の胸算用せぬによつて、つばめのあはぬ事ぞかし。其日過の身は知たる世帯なれば、小づかひ帳ひとつ付る迄もない事也。

これは、その日暮らしの、一年の「胸算用」もない人の大晦日は、質屋そのものが「胸算用」であるとしたいのであろう。金がないことが明白な人々を質屋の場に集めることで、巻一の一とは対照的な話となっているのである。

巻一の三「伊勢海老は春の栬」は、「大坂の大節季」という場を設けているものの、眼目は「伊勢海老」。正月を目前として、高騰した正月飾りの必需品伊勢海老。娘の婿がはじめて年始に来ることから、是が非でも用意したい主人とそれを反対する主人の父親。そこで、父親の案で職人に紅絹で張り子の伊勢海老を作らせて、凌ぐこととなったが、この妙案を越えたのが、父親の母親。高齢にもかかわらず、準備よろしく安値の折に二匹も買っており、がっちりと伊勢海老一匹を「牛蒡五把」と交換させるという話。隠居が母屋の若夫婦を手玉にとるというこの話は、明らかに巻一の一や巻一の二と一線を画している。

ところが、この隠居が母屋の若夫婦を手玉にとるという点では、巻一の四「鼠の文づかひ」が酷似する。何につけ倹約家の隠居（主人の母親）が正月を前に気になるのは、去年の元日に恵方棚に上げた銀一包みの年玉の行方。願をかけ、山伏にまで行方を占ってもらったものの行方不明。ところが煤払いの折に、棟木から出てきたために鼠の仕業とわかったものの納得しない。そこで芸鼠を連れて来て、鼠が紙ごと年玉を引く仕業の可能性を見せたところ、納得したものの、母屋の鼠のせいだと、息子に年玉に利息をつけて、請求して金を受け取った、という話である。この胴欲とも思える二人の老婆の所業は、伊勢海老に、年玉に、「胸算用」を狂わされたくないための行動で、苦笑こそすれ、軽蔑するものではない。むしろ、「胸算用に油断」ない点では、テーマに即しすぎている。この二章が大変似通っていることは既に先学ご指摘のことであるが、改めて確認する。

以上の分析から、巻一の面白い構造が浮き出て来た。それは一章と二章、三章と四章の緊密さである。一章と二章とは好対照をなし、三章と四章とには類似を見たのである。

それでは、この二つのブロックに繋がりはないのであろうか。それは、巻一の三の伊勢海老の話にある。伊勢海老が品薄となった大坂の町で、大金をはたいて最後の一匹の伊勢海老を買っていた者がある。それが問屋の手代なのである。その話を聞いた主人の父親は、

おやぢは是を笑ふて、「其問屋心もとなし。追付、分散にあふべきもの也。内証知らずして、さやうの問屋銀をかしかけたる人の夢見悪かるべし……」

と、まるで巻一の一の「偽りの問屋」を彷彿させる問屋批判をする。これは、意識的な二つのブロックの繋がりを示すものである。ここに一章と二章のブロックと、三章と四章のブロックの提携、巻一の編集の際の統一された完結性を見るのである。

三　巻二の統一された完結性

巻二の場合、いかがであろうか。巻二の一と巻二の二の目録副題目二行の頭に「○」がついていることは既に述べた。したがって、目録の形式面からは、巻二の一と巻二の二のブロック、巻二の三と巻二の四のブロックに別れていることは瞭然である。

しかし、内容面からはいかがであろうか。巻二の一「銀一匁の講中」は、大金持ちといかないまでの金貸し連中が一匁講を結び、貸付け先の情報交換をしていたところ、ある北浜商人の資産の話となる。結局、その商人には返

済能力がないということになったが、その娘の豪華な嫁入行列にだまされて、貸し付けてしまった人が慌て、仲間に指南を乞うた。謝礼を条件に策を与えてもらい、まんまと取り返した彼であったが、その喜びとは裏腹に指南してもらった人への謝礼の方は条件より悪かった、という話である。巻二の二「訛言も只はきかぬ宿」は、ある男が借金取りを避けて、金回りがよいように装い、大晦日の色茶屋に行く。茶屋女は話を合わせたうえに、母親の窮状までさらし、まんまと男にお金まで出させる。そこに借金取りの歌舞伎若衆の草履取り二人がやってきて、この男は見つけだされ、身ぐるみはがされ、茶屋中の笑い者になる、という話である。

右の二話は、構造的に似通っている話といえる。身代より過分に見せようとして、華美な花嫁行列を行いながら、その心底が見抜かれている北浜の商人。片や、茶屋で大尽に見られようとして見抜かれている男。そして、北浜の商人は彼に貸し付けた上人に取り戻され、男の場合も茶屋女にお金を出さされる。さらに話はもっときつい現実を提示する。前者の場合、一匁講の皆の前では金を取り返す方法を教えてもらった後には、「紬一疋」に「中わた」をつけると条件を出しながら、金の回収後は「紙子二たん」に「中わたは春の事」として、平気で条件を反古にしてしまう。後者は身ぐるみはがされたうえに、笑い者にされるというものである。金をめぐって、人の上の上をいく抜け目のない人々。巻二の一と巻二の二は内容面からも一つのブロックといえるのではなかろうか。

巻二の三「尤始末の異見」は、遺産分配や娘の持参金の話から、ある仲人の大晦日の長物語となるが、後半は歴々の兄弟が親より各々五百貫目ずつ譲られ、成功した弟と零落した兄の話となり、直接の関係が認められない。杉本好伸氏は御論考の中で、(8)『世間胸算用』をそのモチーフとの関係から四つの話群に分けて考えておられるが、この巻二の三はその第四章群とされ、「二つの自然な展開というより継ぎ足した感が強い」と指摘されるとおりである。その点、巻二の四「門柱も皆かりの世」は一話としてのまとまりがよい。大晦日の借金取り対策を眼目として、最後はその極意を実行してあだ名された「大宮通の喧嘩屋」までをあげている。しかしながら、舞台を京都にするとはいえ、書き出しの島原の入り口、朱雀の細道の逸話は整合性を欠いている。いわば、付けたりである。これはいかなる理由によるものであろうか。それはやはり前章巻二の三の結末が、零落した兄が今は山椒売りの身になって、島原の入り口で昔を思うところに繋がっていくのではあるまいか。すなわち、ここでも三章と四章の緊密さを見出すのである。結果、一章と二章のブロックとの提携を見出すことは難しいものの、巻二としての完結性は認められよう。

四　巻三の統一された完結性

巻三の場合はいかがであろうか。巻三の一と巻三の二の目録副題目二行の頭には「〇」がついていて、巻三の三、巻三の四についていないことは既に述べた。したがって、目録の形式面からは巻二の場合と同様といえる。ただ、巻三の一の目録副題目が「大晦日の」であるのに対し、巻三の二が「大晦日に」となっている点が異なる。

巻三の一「都の顔見せ芝居」と巻三の二「年の内の餅ばなは詠め」に連関性は容易に見出せる。巻三の一は、加賀の金春勧進能のことや荒木与次兵衛の顔見世芝居をあげるが、巻三の二もふるなの忠六という芸達者の「仕形舞」について書いている。むろん、両者とも芸事の中味ではなく、その周辺の人々を描き、大晦日という時をそこに忘れていない。「大晦日の」と「大晦日に」の違いは、巻一でもあり、一、二章が「大晦日の」で三、四章が「大晦日に」である。巻三の三は「大つごもりの」と唯一漢字ではなく、この程度の表記の差に編集意図を見出すことは意味がなかろう。

巻三の三「小判は寝姿の夢」と巻三の四「神さへお目ちがひ」の連関性も際立っている。現実に根差した『世間胸算用』の世界にあって、唯一、夢や神の会話といった異次元の話への参入を許している二話なのである。巻三の三は表題とおり、ある貧者が寝姿ほどの小判の山を念じて寝たところ、その女房が大晦日の明け方に小判の山の夢を見た、というものである。巻三の四は、堺のある家に歳徳神が入ると、その家では亭主と内儀と丁稚が示し合わせて、主人の遭難の狂言を弄して掛け乞いを追い払う貧家であった。掛け乞いが帰ったあと、亭主は隠れていた納戸から出て来て、丁稚が集金をしてきたわずかの金で正月の支度をし、正月二日にやっと雑煮を祝った。このことを歳徳神が今宮の恵比須にこぼしているのを、十日恵比須に参詣した人が聞いた、というものである。したがって、二話とも奇談の要素を標榜する点で共通するが、巻三の四の貧家の暗いトーンは巻三の三にも存する。巻三の三の夫婦はこの大晦日一日を送ることができない。妻は住み込みの乳母奉公を決意し、乳飲み子を残して出て行く。残された男は近所の人に、乳飲み子は乳のかわりに米の粉に地黄煎を入れて炊き返したものがいいことを教わり、慣れない育児を始める。そこに奉公先の主人が女好きであることを聞き、たまらず男は妻を連れ戻しに行く、という話である。まさに貧家のどん底がそこにあり、巻三の四とともに貧しさの中の生活に緊迫すら感じる。その緊迫を和らげる道具として、ユーモラスな歳徳神や小判の寝姿の夢を用意したのまで同じなのである。この点をして、巻三の三と巻三の四は一つのブロックを形成しており、巻三の一と巻三の二の芸能によるブロックとともに、巻三の完結性に寄与していると考える。

五　巻四の統一された完結性

巻四と巻五の目録副題目の二行に「大晦日」という文字がないことは既に述べた。巻一から巻三と一線を画するこの書き方は何を意味するのであろうか。

再び巻一の目録を見ると、「一　問屋の寛闊女／はやり小袖は千種百品染／大晦日の振手形如件／」「二　長刀はむかしの鞘／牢人細工の鯛つり／大晦日の小質屋は泪」「三　伊勢海老は春の栬／状の書賃一通一銭／大晦日に隠居の才覚」「四　芸鼠の文づかひ／居風呂の中の長物語り／大晦日に煤はきの宿」である。いずれも、詳述しなくとも各々の一話の場面を押えた目録の題目、副題目となっているのがわかる。巻二でも、「一　銀壱匁の講中／○長町につゞく嫁入行列／大晦日の祝儀紙子一疋」「二　訛言も只はきかぬ宿／○何の沙汰なき取りあげ祖母／○大晦日のなげぶしもうたひ所」「三　尤始末の異見／宵寝の久三がはたらき／大晦日の山椒の粉うり」「四　門柱も皆かりの世／朱雀の鳥おどし／大晦日の喧嘩屋敷」とあり、これらも各々の一話の場面を押えたものとなっている。巻三でも「一　都の顔見せ芝居／○それぞれの仕出し羽織／○大晦日の編笠はかづき物」「二　餅ばなは年の内の詠め／掛取上手の五郎左衛門／○大晦日に無用の仕形舞」「三　小判は寝姿の夢／無間の鐘つくづくと物案じ／大つごもりの人置のかゝ」「四　神さへお目ちがひ／堺は内証のよい所／大晦日の因果物がたり」と同様である。巻一から巻三までは共通項は、一話のキーワードが目録の題目、副題目の三つにちりばめられ、「大晦日」という語で始まる副題目が必ず最後に置かれている点である。そう考えれば、目録の一行目を題目とするのは良しとしても、副題目とするのははばかられる。むしろ、各章のポイント紹介的機能を果たしているのである。

それに対し、巻四では、「一　闇の夜の悪口／世に有人の衣くばり／地車に引隠居銀」「二奈良の庭竈／万事正月払ひぞよし／山路を越る数の子」「三　亭主の入替り／下り舟の乗合噺／分別してひとり機嫌」「四　長崎の柱餅／礼扇子は明る事なし／小見せものはしれた孔雀」と、「大晦日」という語が置かれていない。何か巻一から巻三と世界を異にすることを予告しているのであろうか、目録と内容の関係から分析したい。

巻四の一「闇の夜の悪口」の場合、前半は大晦日の京都八坂神社の「削掛けの神事」での奇習が展開する。そして、後半は福徳長者の隠居銀の話も含めた金持ちぶりを描いている。この章の内容と目録の形式の関係を考えれば、「闇の夜の悪口」と「地車に引隠居銀」が二話のポイントを言い当てている。巻四の二「奈良の庭竈」の場合、まず「鮹売りの八助」が日頃鮹の足を一本ごまかし七本として売っていたのを、大晦日の忙しさに二本もごまかし、六本として売っていたところ、悪事が露見したという話がある。次に奈良の庭竈と正月迎えの風習をあげ、最後は大晦日の追剝が襲った荷に金はなく、数の子だったという話で終る。つまり、巻四の二の場合も巻四の一と同様、三話として成立している各々のポイントをそのまま目録としているのである。しかし、巻四の三はそうではない。巻四の四「亭主の入替り」は、全編通して「下り舟の乗合噺」である。その数人の噺の中に「分別してひとり機嫌」があり、それらの噺の締めくくりが「亭主の入替り」という大晦日の掛け取り撃退法なのである。巻四の四になるとその姿勢はもっと顕著になる。巻四の四「長崎柱餅」は、全編通して長崎という土地で地道に金儲けに励む京都の商人を取り上げる。その商人は商売での一攫千金を思い立ち、見世物を思い立ち、長崎から舶来の鳥を京都に持ち帰るが銭にならず、見慣れた孔雀でやっと元手を取り戻したという話で、平凡なもののほうが金儲けになるということを教訓としている。この場合、目録の題目の「長崎の柱餅」と副題目「礼扇子は明る事なし」は「長崎という土地」の話のポイントであり、「小見せものはしれた孔雀」は「見慣れた孔雀でやっと元手を取り戻した」話を指している。つまり、三つの目録題目には、話そのものを位置づけた題目が存在しないのである。しかしながら、長崎と京都商人という話では、長崎の風習に筆をさきすぎているものの一話として成立している。

そう考えれば、巻四の場合、一、二章はともに複数の話に対する目録題目であり、三、四章はともに一つの話に対する目録題目であることがわかる。言うまでもなく、一、二章のブロックと三、四章のブロックにまとまっている点は、巻一、巻二、巻三と同様なのである。そして、これが巻四の完結性とも言えよう。

六　巻五の統一された完結性

巻五の目録では、「一　つまりての夜市／文反古は恥の中中／いにしへに替る人の風俗」「二　才覚の軸すだれ／親の目にはかしこし／江戸廻しの油樽」「三　平太郎殿／かしましのお祖母を返せ／一夜にさまざまの世の噂」「四　長久の江戸棚／きれめの時があきなひ／春の色めく家並の松」とする。

巻五の一「つまりての夜市」は、「世になきものは銀といふは、よき所を見ぬゆへなり。世にあるものは銀なり。」として、金の万能主義を説くところから始まる。そして、一転して貧乏人の大晦日の話となり、その日暮らしの釘鍛冶が古道具の夜市に編笠を売りに行った話から、大晦日の夜市に貧乏人が出したものの話をからめて、釘鍛冶の編笠が売れるまでを描く。目録題目に標榜するように「つまりての夜市」が巻五の一の中心で、「文反古は恥の中中」も夜市のことである。書き出しの「世にあるものは銀」にかかわるものとして「いにしへに替る人の風俗」があると考えられるが、「つまりての夜市」こそが眼目として成立している。巻五の二「才覚の軸すだれ」も書き出しはある男を視点人物として置き、始末第一にしても貧乏から離れられないが、ある上人のように人格の尊い人が勧進すれば、多額の寄付を得られたことを言う。これを受け、金持ちになるのは生まれつきによるとし、手習いの師匠が筆の軸すだれを作って儲けた子や紙屑を集めて儲けた子より、手習いだけに精を出した子の方がやがては金持ちになるというが、その通りになった、というものである。ここでも眼目は目録題目の「才覚の軸すだれ」である。副題目の「親の目にはかしこし」は「才覚の軸すだれ」として、幼くして筆の軸すだれで儲けたわが子を親は賢いと思ったことを指している。同じく「江戸廻しの油樽」は、手習いに精を出した子が、冬に江戸へ海草する油樽が凍らないように、油樽の中に胡椒を一粒入れることを考え出して、ずいぶん儲けたことを指している。

この一章は「大晦日の要素希薄な中でもなお希薄だと考えられる[9]」ものではあるが、書き出しの後に眼目を置き、それを目録題目に明らかにあげるという編集意識からは、巻五の一と轍を同じくしているといえよう。

巻五の三「平太郎殿」は、よく知られるように浄土真宗の寺での平太郎殿賛談に集まった三人の話である。副題目の「かしましのお祖母を返せ」「一夜にさまざまの世の噂」もこの一話の中のポイントで大変焦点が絞られた章である。巻五の四「長久の江戸棚」も焦点が絞られた章である。江戸の人々の風景がひたすら描かれており、「きれめの時があきなひ」「春の色めく家並の松」もこの一話のポイントである。ただ、大晦日とは離れ、終章として祝言的色彩が濃いが、巻五の三同様視点のしっかりした章である。

このように巻五では眼目となる話が題目となっていることで完結しているが、やはり構成的には他の巻と同様に、巻五の一と巻五の二は一つのブロックであり、巻五の三と巻五の四がもう一つのブロックを形成しているといえよう。このことは杉本好伸氏[10]が「才覚の軸すだれ」を分析された際に述べられた、

（巻五）四章中で、第一章と第三章の二章が『胸算用』のモチーフに相応しい話であるのに対し、今問題にしている「才覚の軸すだれ」の第二章と最終章とが、『胸算用』のモチーフには相応しくない話となっている。……（中略）……その意味で、話らしい話としては、巻五の二「才覚の軸すだれ」が『胸算用』中一番最後に執筆されたものと考えられるのである。極端に相応しくない話が最後に二つ続き、読者に尻切れ蜻蛉のように感じさせないよう、相応しい話と交互にして、巻五の二に配されたのではなかろうか。

とされた結論からも裏打ちされているのではなかろうか。すなわち、大晦日というテーマからは離れてしまう巻五の二と巻五の四を各々補完するため、より大晦日の色彩が強い巻五の一と巻五の三を配したということは、意図的に巻五の一と巻五の二、巻五の三と巻五の四を結びつけて編集しようとした意識を見出すことになるからである。ここにおいて、巻一から巻三のみならず、巻四、巻五までが動揺の結果を得たこととなるのである。

七　おわりに

以上のように、『世間胸算用』では巻一から巻五まで、すべて一章と二章のブロック、三章と四章のブロックに分けて意識的に編集した傾向を結論として得た。

しかし、このように各巻の完結性と目録の関係に編集意識を考察しながらも、一つの課題が残る。それは、目録の題目との相違である。

	目録の題目	章題
巻一の四	「芸鼠の文づかひ」	「鼠の文づかひ」
巻三の二	「餅ばなは年の内の詠め」	「年のうちの餅ばなは詠め」
巻四の四	「長崎の柱餅」	「長崎の餅柱」

他にも巻三の一「顔」と「白」、巻三の四「お目ちがひ」と「お目違ひ」、巻五の二「軸すだれ」と「ぢくすだれ」などがある。ただ、このような相違は、『世間胸算用』だけでなく、例えば、『好色一代男』巻五の一「後には様付けてよぶ」と「後は様付けてよぶ」、『西鶴諸国はなし』巻二の六「楽の男地蔵」と「男地蔵」など数多い。ただ、『世間胸算用』の場合、巻四の四の本文を見れば、「ことにおかしきは柱もちとて」とあり、目録の題目がふさわしいことがわかる。とすれば、『世間胸算用』は本文編集後、目録を書き、その後に章題をつけたということになろう。巻一の四の場合も「芸鼠」の「芸」が落とされたとなるわけである。もっとも、この問題は目録の重要度とも相俟って、書籍全体の問題に発展する課題である。

課題として言えば、やはり『世間胸算用』のテーマについてであろう。「大晦日」ばかりに固執していてよいのか、という原点に戻る問題であろう。西島孜哉氏[11]が巻四の分析で『胸算用』の巻四の正月風俗譚について、『胸算用』ならざる章というのではなく、また旧稿利用ということでもなく、西鶴の『胸算用』創作の過程で必然的にもたらされた章群であろうと考えている。そのことは、巻四のそれらの章が、他の章群と深い関連のもとに制作され、『胸算用』としての統一主題に含まれる、というよりもそれらの章を含めた形での主題を考えねばならないとするものであった。

と提言されたように、巻四に限らず、統体としてのテーマを求めることが責務であるとして、本節を終えたい。

注

(1) 暉峻康隆『西鶴　評論と研究　下』(中央公論社)一九五〇年刊。
(2) 拙稿「『西鶴諸国はなし』の余白―その序文からの読みをめぐって―」『日本文芸研究』第五十巻四号　一九九九刊所収。本書所収。
(3) 宗政五十緒「西鶴の後期諸作品の成立についての試考」『国文学論叢』十輯　一九六二年刊所収。
(4) 江本裕「黄昏の小説空間・世間胸算用」『国文学』一九七九年刊所収。
(5) 信多純一「『万の文反古』切継考」『西鶴論叢』一九七五年刊所収。
(6) 杉本好伸「『世間胸算用』試論」『安田女子大学紀要』十五号　一九八七年刊所収。
(7) 『対訳西鶴全集』(明治書院)、『日本古典文学全集』(小学館)などの注釈。
(8) 注(6)に同じ。
(9) 杉本好伸「「才覚の軸すだれ」考―『世間胸算用』試論―」『安田女子大学紀要』十六号　一九八八年刊所収。
(10) 右注(9)に同じ。
(11) 「『世間胸算用』の主題―正月風俗譚を通して―」『武庫川国文』四十六号　一九九五年刊所収。

第四章　西鶴浮世草子と同時代

第一節　『西鶴諸国はなし』試論

――「人はばけもの」論――

一

先に「『西鶴諸国はなし』の余白(マルジュ)」[1]と題して、その序文の意義を問い直したが、本文から序文への具体的な読みを課題として残した。序文から読みはじめ、本文を読み終えながら、再度本文から序文への読みを行うという作業が無為の繰り返しとすれば、無意味な試みかも知れない。しかし、テクストの読みに一次的なものと、二次的なものがあるならば、その両者の差異に序文を介在させて考えてみることは有効ではあるまいか。ロジェ・シャルチエ氏は「書物から読書へ」[2]の中で、読書行為の歴史に印刷との問題を第一にあげられ、分析された後、

第二の問題は、受容の微獏が二つのパースペクティヴのあいだに揺れ動いているという点にある。一つは、読者は、テクスト内に施されたさまざまな仕掛けによって、必然的に、作品に対してしかるべき立場を持ち、テクストを一定の約束事・参照体系の中に位置づけ、一定の読み方、一定の理解の仕方を強要されているという考え方で、もう一つは、テクストは、読者側の個人的、文化的、社会的差異に応じて、多様に読まれうるという考え方である。

と読者とテクストの関係の問題をあげられている。

読者は自由である。どのような読みもできる。ましてや序文を読むことを拒否することもできる。しかし、ここ

に西鶴が序文という「余白」、メッセージを用いて、読者にある読み方を提供しているとすれば、いかがであろうか。前掲論文では、

やはり、「是をおもふに、人はばけもの。世にない物はなし。」という一文が最後に付け加えられたことは、『西鶴諸国はなし』という序文も含めた、テクストを考えるうえで、たいへん意義深いものといえるのである。(3)

としたが、「人はばけもの」を視座に据えた時、その個々の読みはどのように変容するのであろうか。以下分析するものである。

二

巻一の五「不思議のあし音」は、伏見にすむ「一節切」で「万の調子」を聞きあてる名人の話である。早速「人はばけもの」ということで、冒頭から、この名人を「唐土の公治長」、「安部の師泰」と同様、あるいはそれ以上の達人として「ばけもの」クラスの名人に位置づけていると読むのが、一次的な読みであろう。

確かに、ここに登場する人々を検討するとき、異形の人々が目に浮かぶというより、挿絵がその読みを見事に増幅して具現化してくれている。余談ながら、この章の挿絵は『西鶴諸国はなし』の中で本文に忠実であるという点では秀逸ではなかろうか。あるいは西鶴作品全体でもその評価は与えられるはずである。北国屋の二階ざしきの月侍の様子。丸行灯は油行灯。「茶のかよひする小坊主」が油をこぼすことに呼応する。一節切の名人のこぎれいな服装は、「ただ人とは見えず」に呼応する。亭主が客人をもてなす以上、旦那山吹や小坊主が大道を覗く位置に描かれていないのも納得できる。しかも「虫籠をあけて待」にあわせて、虫籠の窓を描く。実に、本文どおりである。より具現化してくれるのが大道を行く人々である。大道を行く第一番目、老女の「取揚ばゞ」と産まれてくる子

の父親の様子。老女なれば、杖を必要とし、それを急がせる父親が「物おもひ」顔であるところから、出産慣れしていないことを読み、男の子の誕生を願うことから、初めて子に恵まれることを読み、設定の可能性として若い男として描いている。これなら、両者に歩みの差が出て立ち止まりつつ、若い男の急ぎ足の音、老女の急ぎ足の音が交じり、杖の音も含め、その特徴ある足音を聞き分けるのがまんざらではないことがわかるのである。

第二番目は下女が小娘を負うて行く姿である。下女の負う手の拙劣さに玄人の絵師の技らしからぬを見るがそれは別儀。幼児とはいえない、わりと大きな小娘を下女が背負うという構図にしたことによって、下女には重い小娘を、再三立ち止まってなりとも、落とすまいと揺すり上げねばならず、足並みも乱れざるを得ない。やはり特徴のある足音となるのである。

第三番目は鳥足の高足駄の「行人」である。「行人」が乞食僧で首に鉦をかけている姿は、『男色大鑑』巻六の二の挿絵でも確認するが、この「行人」は更に頭に水の入った桶までのせている。しかし、この姿もそのまま『諸艶大鑑』巻二の五の挿絵にのせるもので、当時のこの種の「行人」のパフォーマンスとして、案外と日常的に目にする姿であったと考える。これでは「道をしづかに歩行」しかなく、これも特徴のある足音として耳になじみのあった足音ではなかったろうか。

第四番目は男装の「おかた米屋」とその下人である。当時の男性と女性では服装や躾などによって、その足音が微妙に違うことは想像できる。そのために男装という条件が生きてくるのであろう。しかし、男装の武士となると、「おかた米屋」がにわかに細心の注意を払おうとも、その歩き方には、武道の心得による足さばきからくる、独特の足運びがなかったと予想できよう。さらに挿絵では本文にはない杖を持たせている。これによって、いくら「風俗」が男性であっても、杖を持った女性の足運びとあまり変わらない足音であったことが推察できる。修練を積んだ名人なら、解決できる問題である。名人は、この難問には「弐人づれ也、壱人は女、一人は男」としか答えていない。男装の「おかた米屋」とその下人であることは調べてわかったことであり、名人の言い当てた範囲は、二人が男と女であるという事実だけである。これは、より現実性を求めてのことと考える。

以上を分析すると、大道を行く第一番目から第四番目までの人を当てることは、そんなに驚くべきほど神業ではなかったことが考えられよう。そう考えれば、先に述べたように、その冒頭で「あし音」を聞き分けた名人の超人ぶりを予期させながらも、「不思議のあし音」が、そのような人物の不思議さだけをとりあげたものではないことが了解できるのである。読者も期待に満足できない中空に投げだされてしまう。

ここで、序文に戻り、「人はばけもの」という読みにこだわることとなる。それでは、二次的な読みはどこに求めて行くべきであろうか。言い換えれば、「ばけもの」はどこにいるのであろうか。それはここに登場する人物すべてなのである。かくも色々な足音を立てることができる。その人間たちこそが不思議な存在と読めるのではあるまいか。そして、さらに、その彼らを傍観して、そのことで遊び楽しんでいる群衆（北国屋の二階の人々）がいる。これこそが人間のそら恐ろしさなのではなかろうか。

すなわち、「人はばけもの」なのである。

巻一の二「見せぬ所は女大工」は、守宮が御所方の奥局において、お礼とともに「胴骨を金釘」で打ち貫かれたまま生きながらえ、その成仏できぬことを怪異となって知らしめたことが眼目の話である。

しかし、ここでもう一つの読みが提示できる。それは章題となっている「女大工」にかかわってくる。先に、守宮は単なる守宮の霊ではない。守宮の霊の描写は、

> 天井より四つ手の女、㒵は乙御前の黒きがごとし。腰うすびらたく、腹這にして、奥さまのあたりへ、奇と見へしが、……

とされている。すなわち、守宮の風体を予期させるとともに、守宮をわざわざ女性とし、しかも「乙御前」に似た

「醜女」としての怪異としているのである。

ところが、話の冒頭で「女大工」も「醜女」として、形象化されているのに気づく。

道具箱には、錐・鉋・すみ壺・さしかね、𠑊も三寸の見直し、中びくなる女房、手あしたくましき、大工の上手にて、世を渡り、一条小反橋に住けると也。

「女大工」の形象は顔を醜女としただけではない。その居住地を「一条小反橋に住ける」としたことにより、怪異性まで付け加わるのである。「一条小反橋」が「戻橋」のことであり、とかく異類にまつわる話が多く、特に渡辺綱が鬼女の片腕を切り落とした場所であることは、読者との確認事項なのである。

このように考えれば、「守宮」とともに「ばけもの」の表象として、「女大工」を読むことがあらかじめ設定されていることがわかる。「女」の「大工」の存在が非現実的なのではない。女性の身で「大工がつとまるのは、御所方の奥局の多くある京都ならではのことであることは話の中で筆が割かれているところである。むしろ現実として読まねばならない。しかし、その「女大工」像を男性に伍する「手あしたくましき、大工の上手」とすると、当時の男性中心の「大工」像からは、異様である。そのうえ読者に、「醜女」と怪しげな住み場所という情報を提供すれば、それは異類であって、この人物像そのものが守宮の霊と重なりあうように読めるのである。そのために、意図的に話全体を「女大工→奥局→雌の守宮の霊」と女性だけの世界の物語として構成したとも考えられるのである。結果、人間であるはずの「女大工」を「ばけもの」として楽しむ、二次的な読みが存在するのである。

三

右のような観点から読むと、巻一の個々の章においても二次的な読みが提出できる。

巻一の四「傘の御託宣」の梗概は以下である。紀州掛作の観音にある貸し傘の一本が、吹き飛ばされて肥後の国の山奥まで飛ばされてしまった。肥後の山奥の村人にとって、その頃都市部で行き渡り始めた傘を知る者とてなく、そうこうするうちに怪異現象も伴い、村人は恐れおののき、傘自体をご神体として崇め奉ってしまう。そのうえ、人身御供までご託宣のもとに行われることになる。そこで、娘が選ばれようとするが、身代わりを申し立てた色好みな後家が御供となる。ところが、傘ゆえに何もおこらず、むしろ、後家にとっての期待が奪われる結果となってしまう。そこで後家は怒りにまかせ、ご神体である傘を破ってしまったという話である。これは、都鄙の差異をテーマとして、「傘」にまつわる怪異とユーモラスな話の種を、読者に提供していると読むのが妥当であろう。

しかし、このように「後家」自体を好色化して、独自な意味を持たせることによって、異様な「後家」という記号が提示されているのに気づくのである。これを「人はばけもの」という読みからすると、この戯画化したような「後家」こそが恐ろしい生きたばけものであると楽しむべきなのである。

この恣意的に「後家」を「ばけもの」の部類にしてしまう方法は、巻一の三「大晦日はあはぬ算用」でも用いられている。

巻一の三は、あるわび住まいの「浪（牢）人」が大晦日をおくりかね、医者の義兄に無心したところ、十両を貰い、そのよろこびで浪人仲間を呼び、酒宴をひらいたことが事件となる。事件といっても、酒宴で披露した十両のうち一両が途中でなくなり、探索するうちに一両がでてきたが、不明であった一両も重箱の蓋についていたものとわかり、先の一両が騒動の中で気をきかせた仲間の一人の計らいであったことが露見したというものである。しかし、事件が収拾したにもかかわらず、なかなかこの一両を出したというものが名乗らない。そこで酒宴を開いたあるじの機転で、皆が帰宅する際に手水鉢に桝を置き、その中に一両を入れておき、一人一人送り出すことで、ようやく一両が持ち帰られていたという話である。話はこのように閉じられている。

あるじ即座の分別、座なれたる客のしこなし、彼是武士のつきあい、各別ぞかし。
右の結び方からは、この話の眼目はあるじの機転の妙と武士仲間のつきあいの高潔さ、武士の精神性の高さを賛美している点にあると読むべきであろう。

さりながら、ここで酒宴を開いた浪人仲間は、はたして尋常な集団であろうか。賞賛される「あるじ」は、この話の冒頭では

……餅突宿の隣に煤をも払はず、廿八日迄髭もそらず、朱鞘の反をかへして、「春迄待てといふに、是非にまたぬか」と、米屋の若ひ者をにらみつけて、すぐなる今の世を横にわたる男あり。

とされる、ねだれ者である。その仲間である以上、同じ程度の浪人たちといえよう。世間の人が、何とかやりくりし、掛け乞いへの支払いや借財を返済しようと苦心する大晦日に、無心をして情けで得たお金で酒宴をしようとする「あるじ」、それに預かろうとする仲間。異様な酒宴である。世間の人が「大晦日はあはぬ算用」で翻弄されているのに対し、「浪人」たちは、何とも異様な酒宴を「大晦日」にし、妙な事件を起こし、「あはぬ算用」に悲喜こもごもする。かくも、「浪人」という記号は異様な集合体であることを提示しているといえる。ここでは、「浪人」そのものが「ばけもの」と読めるのである。

それでは、『西鶴諸国はなし』の冒頭を飾る巻一の一「公事は破らずに勝」は、どうであろうか。この章は、興福寺と東大寺が太鼓の所有をめぐって争う話であるが、眼目は、興福寺の学頭の老僧が、東大寺から借りていた太鼓の「東大寺」の銘を削り、再度「東大寺」と書いて返した「知恵」にある。これによって、翌年の両寺のこの太鼓の所有権をめぐる公事において、東大寺の「古代」からの所有権の主張が危ぶまれ、興福寺の所有権、置き所としての東大寺と裁かれたからである。巻一目録においてもこの章の章題の下に「知恵」とするのもそのためであろう。

詳述は省くが、この太鼓の所有権をめぐって、興福寺と東大寺の僧たちが熱くなる様は尋常ではない。天下の学僧が熱くなることだけでも異様であるのに、範を示すべき興福寺の学頭である老僧の知恵は、両者を円く納めるためのものではなく、興福寺側の所有権を有利にするための狡猾な知恵であることに一驚する。すなわち、ここに描かれる僧たちは世俗と変わらぬエゴイストたちなのである。学僧の暴れることは、古典における「山」「寺」において確認するところではある。しかし殊更、『西鶴諸国はなし』の冒頭を飾った理由は、「ばけもの」に対峙するはずの「僧侶」というコードの組み替え、すなわち、怪異ではない万人を「ばけもの」とする読みにつながるものと理解すべきである。

このような角度からは、巻一の六、巻一の七の読みも二次的な読みを有する。

巻一の六「雲中の腕押」は、元和年中箱根の嶺に住む百余歳の木食僧、短斎坊のもとに現れた常陸坊海尊の義経時代の話と、この海尊に会いに来た源氏の猪俣の小平六の腕相撲が眼目である。とはいうものの、これらは、現実に立ち返れば、単なるほら話または夢話にしかすぎない。このような長寿の者がいるやも知れずが『西鶴諸国はなし』の奇談であろうか。いや、少なくとも目録の章題の下の「長生」からはそう読むべきであろう。

しかし、この章では「短斎坊」に常陸坊海尊が義経のまわりの人物の逸話を語りながら、

「まだ咄したい事もあれども、皆うそのやうにおもやろ。誰ぞ証拠人、ほしや」

と言った「折りふし」に「猪俣の小平六」が現れるという組み立てに注目できる。この種の昔語りは権威的に行われてしかるべきで、自ら「皆うそのやうにおもやろ。」とするのが、うさん臭く、いかにも人間くさい。また、「短斎坊」という命名も木食上人にはふさわしくない。「単細胞」がこの時期にあてはまらないことは当然であるが、「短才」が「才能の劣っていること」の意で使用される例は多い(4)。そのような材料が揃えば、この場面は、愚かな者がほら話を受け容れる様の戯画化であると考えられまいか。「短斎坊」に自らが常陸坊海尊であることを名乗る

くだりも

　彼老人こしより、革巾着を取出し、「是は鞍馬の名石にて、火の出る事はやしと、判官殿に、もろふた」と、まざまざしう語る。

と書かれている。「長生」の奇跡を信じるための話であれば、「まざまざしう語る。」とは書かないであろう。やはり、これは人をたぶらかす手口であり、「猪俣の小平六」と名乗る者とも謀らっての仕業と考えられる。すなわち、「長生」の劫を経た「人」をもたぶらかす「人」がいることこそが「ばけもの」なのである。

　巻一の七「狐四天王」は、姫路を舞台とした、娘を殺された「於佐賀部狐」の復讐譚が眼目である。「於佐賀部狐」は、

　としひさしく、播磨の姫路にすみなれて、其身は人間のごとく、八百八疋のけんぞくをつかひ、世間の眉毛おもふまゝに読て、人をなぶる事自由なり。

という桁外れの霊力を持った狐である。にもかかわらず、姫路城下の米屋門兵衛が「何心もなく」「礫うち掛け」たことによって、娘の命が奪われてしまうのである。この原因は、巻四の三「命に替る鼻の先」で天狗が嘆くのと同じ、予期できぬ人間の不可解な行動によるもので、人間をはるかに凌ぐ霊力の「ばけもの」の思慮をさらに越えてしまっているのである。この人間の日常の行為が「人はばけもの」に通じることとなっているのである。

四

　巻二は「ばけもの」を意識してか、全体的に巻一よりも怪異性のきつい話を揃えている。そのためか、類似の話が見受けられる。

巻二の一「姿の飛のり物」は、最初摂津池田の呉服神社の山に二十二、三の美女が乗った女乗物が置き去りにされていたところから始まる。翌朝には瀬川に移っており、そこに夜、馬方の荒男たちが忍んで来る。しかし、乗物から蛇が出て食いつき、男たちはその年一杯苦しむほどの難病に襲われる。その後も乗物は芥川、松尾神社、丹波と場所を変え、美女も禿や翁や目鼻なしの老婆に姿を変える。これが久我畷の飛び乗物であるとするが、最後に橋本、狐川に火の玉が出たことを伝える、というものである。

この眼目は、当然、この「飛のり物」の怪異であろうが、場所を変え、姿を変えていたとするのは、複数の人からの情報である。狐川と火の玉で狐が化かしたものである可能性を示唆するが、これもある里人の証言に過ぎない。つまり、二次的な読み方をすれば、「ばけもの」とは人の証言によって作り出されたものである。という事実の提示ではあるまいか。一つの事実に対し、人々の噂が噂を呼び、恐怖を増幅していくという図式は、同じく巻二の六でも指摘できる。

巻二の六「男地蔵」は、京の北野の外れに住むある男が、幼女たちに玩具を与えて遊ぶのが趣味で、別に罪もないので親たちもこの男を子供をかわいがる地蔵菩薩のように思っていたというところから始まる。その後、この男は京の街にいき、美しい娘を誘拐し、二、三日泊めてかわいがっては返すという仕業を繰り返した。端午の節句のとき、この男が菊屋某の娘をさらったので、後を追いかけたが足が早く追いつかなかった。京から伊勢まで一日で下るという速足であったからだ。後にその在所を探しだし、親元に返しただけとのことであった、ただ幼い娘と見ると欲しくなり盗んだだけだとのことで、五日三日とかわいがり、役人を尋問したところ、ただ幼い娘と見ると欲しくなり盗んだだけだとのことで、親元に返しただけとのことであった、というものである。この話で眼目とするのは、この奇妙な蒐集癖にあるであろう。しかし、この奇妙な男については、巻二の一の「飛のり物」と同様に、速足による空間の移動という怪しい能力が与えられている。さらに、

其面影を見し人のいふは、「先菅笠を着て、耳のながき女」と、見るもあり。「いや、顔の黒き、目のひとつ

あるもの」と、とりどりに姿を見替ぬ。

と書かれるようにいろいろな噂が飛び交う風体のわからぬ謎の人物であった。それで噂が噂を呼び凶悪な犯人に仕上げられてしまったのである。これも巻二の一と同様で、人に作り出されたところが多分にある「ばけもの」なのである。「人」が「人」を「ばけもの」にしてしまう。これも「人はばけもの」ではなかろうか。それは次の二章でも指摘できる。

巻二の四「残る物とて金の鍋」と巻二の五「夢路の風車」には共通項が認められる。

巻二の四は、時雨の中、大坂平野の綿買いの職人が、大和からの帰り道、八十余りの老人から背負ってくれと頼まれた。背負って一里ばかりも行くと降りて、老人が礼にと、吹き出す息とともに、酒樽、肴、金の鍋、十四、五の美女、季節外れの瓜を出し、もてなしてくれた。老人が酔って寝ると、今度は美女が息を吹いて、密夫の若衆を出した。二人はどこかへ行ってしまったが、いつとなく帰ってきて若衆を呑み、目覚めた老人が美女や一切のものを呑み込み、金の鍋だけを残して商人に与えた、というものである。話の最後で生馬仙人の仕業とするが、話の眼目もこの奇妙な老人の所業ということになるであろう。

しかし、老人と別れたあとの商人は、

　商人しばし枕して、夢見しに、花がちれば、餅をつき、蚊帳をたゝめば、月が出、門松もあれば、大踊あり、盆も正月も一度に、昼とも夜ともしれず、すこしの間に、よいなぐさみをして、残る物とて鍋ひとつ、……

と「一炊の夢」のような体験をしたとされている。つまり、「金の鍋」をのぞいて「夢」の出来事なのである。章題どおり、「夢」のあとの「残る物とて金の鍋」なのである。

この種の不思議な夢の体験は個人の胸中では、それだけで終ってしまう。ところが、この商人はこの話を「里にかへりて、此事を語れば」として、他者に夢体験を語っている。他者を巻き込むことで不思議話として成立させているのである。生馬仙人の仕業と決めたのも里人の言と考えられる以上、綿買いの職人の「夢」に現れた老人が、現実に現れた「ばけもの」とされたのも、里人という他者によって形成された話であると言えるのである。つまりは、巻二の一や二の六と同様、「人」が作り出した「ばけもの」なのである。

巻二の五は、飛騨の国の奉行が奥山の隠れ里に入り込んでしまったところから始まる。そこで寝込むと、女の首が二つ現れて、自分は先立った夫の遺言に従い、縞絹の商いをしていたが、谷鉄という男に懸想文をもらい、それを無視したため恨まれ、彼に自分ところの女中を斬り殺されたことを告げた。さらに女は、この谷鉄が実は色仕掛けで絹を自分のものにしようとしてうまくいかず、我々を殺したのだといい、国王に申し上げて、敵をとってほしいと頼んだ。夢から醒めた奉行は、夢に従い証拠の二人の遺骸を発見し、谷鉄は死刑となった。国王は奉行に唐織の縞絹を褒美を取らせ、この国にいては命が短いと紅の風車で返してくれた、という話である。

やはり、この話の眼目は隠れ里の不思議にあるであろう。しかし、これも「夢」の話なのである。素直に読めば、その「夢」の部分は、二人の女の首が語った部分となろうが、章題「夢路の風車」が暗示するように、夢路を風車で帰ってくるまでの話、つまり隠れ里のすべてが「夢」と考えられるのである。

……すみなれし国にかへり、ありのまゝに申せば、「其所をさがし出せ」と、数百人山入して、谷峰たづね見れども、今にしれがたし。

とするように奉行の話をもとに捜索したにもかかわらず、発見できなかった隠れ里とは、やはり「夢」での背景に他ならない。ただ、唯一の証拠の品である唐織の縞絹はどうなったのであろうか。これがもしあったとしても、「金の鍋」と同様、それが「夢」と現実を錯誤させるための装置にすぎないといえよう。

巻二の四と同様、この話でも他者は振り回され、一己の「夢」の話を奇談として形成させてしまっている。「数百人」の他者によって、現実にあったはずの不可思議な隠れ里の話として語り伝えられたといっても良いかも知れない。その場合、挿絵が示すように二人の女の首が「ばけもの」であり、これも巻二の一や二の六と同様、「人」が作り出した「ばけもの」なのである。

このような人の心理の不可思議さは巻二の七「神鳴の病中」でも読み取れる。

信濃浅間の百姓、藤六藤七の兄弟は、父の遺産相続で、家宝の刀を奪い合い、ついに兄の藤六が刀を手に入れ、刀以外の財産を弟に与えた。藤六は百姓をすて、都にのぼり、目利きにこの刀をみてもらったところ、奈良物の鈍刀で、焼刃もついていない、何の値打ちもないものであった。古里に帰り、母に子細を尋ねると、昔、父が水争いの時、この刀で人を斬りつけてしまったにもかかわらず、まったく相手に危害を与えず、命拾いをしたことから、家宝となったとのことであった。その時、火神鳴がおりてきて、村人が水争いをしなければならないほどの日照りとなったのは、水神鳴が流星へたわぶれたためだと告げ、牛蒡を求めた。翌日には牛蒡の効果で淋病治療時の放尿のような雨が降った、というものである。

後半の火神鳴云々の話は挿絵にとってはいるものの、『西鶴諸国はなし』として、怪奇はなしに仕立てたための付けたりであることは明白である。

むしろ、前半の鈍刀が家宝となった経緯の方に注目してみたい。父の遺言は、

我相果ての後、揩糠の灰迄も、ふたつに分けてとるべし。さてまた此刀は、めいよの命をたすかり、此年迄世に住む事の目出度、此家の宝物となれば、たとへ牛は売るとも、是をはなつ事なかれ。

というものであった。兄弟にすれば、前後の言葉より牛に匹敵する刀となれば、家宝であるにちがいないと合点したのであろう。兄弟の胸中だけで理想化され、兄弟で刀の所有をめぐって諍ううちに、さらにその思いが増幅し、田畑や財産などより大事のものとなってしまったのである。これは母に子細を尋ねた際、

はじめより、無銘の何の役にも、たゝざる物とは、かくれもなきに、其方が万に替ても、ほしがる事の不思

議也。

と言ったことでも確認できる不可思議な心理なのである。この他者によって、現実が忘れられ、話が形成されていくという図式は、「人」が「ばけもの」を生み出して行く過程に通じるものとして読み取れるのである。

五

右のように論を展開したうえでは、巻二の二「十二人の俄坊主」と巻二の三「水筋のぬけ道」は共通項を持たないものとして報告しなければならないが、実は、巻二の二は巻三の五「行末の宝舟」と、巻二の三は巻三の七「因果のぬけ穴」と対応している。

巻二の二「十二人の俄坊主」は、紀州藩初代藩主の徳川頼宣公が加太の浦で船遊びをされたことがすべてである。前半は御座船でのさまざまの水中での曲芸を見てのご遊興とともに、関口某の居合いの妙手を描いている。後半は淡島神社のあたりで現れた長さ十丈の大蛇を、殿が自ら長刀で退けたが、その大蛇が小早船を呑み込み、乗っていた十二人が呑み込まれ、無事尾から出たものの、恐怖で丸坊主になった、という話である。

眼目は、徳川頼宣公の大蛇退治と大蛇に呑まれた恐怖体験にあろう。長さ十丈の大蛇とは即ち竜であろうが、寛文十一年に薨去した徳川頼宣公の諡号が「南竜公」であったことは周知のことで、この話が「南竜」の諷喩から発していると容易に察せられるのである。その点からは創作の可能性が高く、管見でも「南竜公」が海上で「竜」を退治した話を見ない(5)。しかし、徳川頼宣が剛勇であった話や紀州藩で水中での曲芸が実際に行われていたことも先学が既にご指摘されているところである(6)。また、「関口某」についても『南紀徳川史(7)』巻之三「南龍公第三」「慶安四年」「将軍我藩士ノ武術上覧」の条で大猷院様御代芸者揃之節此方も被遣候様被仰出候付御撰之人ハ居合田宮平兵衛柔術瀧尾柔心鈒術木村助九郎射術葛西園右衛門石野伝市都合五人之内柔心、伝市両人は不参助九郎久世大和守と仕合被…（中略）…按ルニ田宮平兵衛長家之譜ニハ年月日不知家芸上覧ニ入ルヽトス瀧尾ハ関口ノ誤リナラン柔心瀧尾ト称セシ事見ヘス……

と訂正されるように武芸の上覧といえば、「関口柔心」とされるほど、これも周知の実在の武芸者「関口某」が存在するのである。

他にも先学がこの章が正確な事実に基づくことを指摘される中で[8]、一つの疑問が残る。それは、大蛇が現れることとなった原因と関係する問題である。本文では、

おふねは浦々めぐれば、家中の舟は、磯にさしつけ、阿波嶋の、神垣のあたり迄も荒し、若き人々、酒興せしに、俄に高浪となり、黒雲立かさなり、長十丈あまりの、うはばみの出……

としているので、若い家臣が酔って、淡島神社の神域を犯したための大蛇の怒りととれる。しかし、管見では、徳川頼宣公が淡島神社を粗末に扱ったり、その怒りにふれた例を見ない。むしろ、『南紀徳川史』巻之三「南龍公第三」「寛文五年」「玉津島社ノ祭典ヲ定ム」の条からは、徳川頼宣公の藩領の神社への手厚さが窺える。これらの理由から、卑見からは、この淡島神社の神域の侵犯は創作部分としたい。

そう考えると、神域の侵犯を話の転機に置いた理由は何であろうか。それはやはり、神域を犯したことによって、大蛇の怒りにふれた「人」の愚行に二次的な読みを求めたからであろう。若い「人」の愚行によって「ばけもの」を呼び出すことになり、「十二人」の「人」が命拾いをした原因となっていることに注視して読むべきなのである。

このことは巻三の五「行末の宝舟」でも確認できる。

巻三の五は、春の諏訪湖、暴れ者の根引きの勘内という馬方が、皆が止めるのもきかず、まだ残る氷の上を歩い

て渡って行った。しかし、真ん中過ぎで氷が解け、あえなく波の下へと沈んでいった。その年の七夕の暮れに、その勘内が立派な姿で、輝く船の玉座に座り、多数の部下を連れて戻って来た。今は竜宮の都で大王の買い物役を勤めていると、黄金の銭二貫を土産に渡し、竜宮の国の素晴らしさを説き同行者を募る。同行の願う者が多数ある中で七名が選ばれるが、直前に一名が思い止まる。勘内は六名を船に乗せ、波間に沈んで行き、そのまま十年経っても帰ってこなかった、という話である。

この話の眼目は、波の下の竜宮からやってきた「宝舟」の怪である。しかし、巻二の二との関係からは、根引きの勘内の愚かな所業に二次的な読みを求める。諏訪には、

信濃の国諏訪の湖に、毎年氷の橋がかゝつて狐のわたりそめて、其跡は人馬ともに、自由にかよひをする事ぞかし。春また、きつねの渡りかへると、そのまゝ氷とけて、往来をとめけるに、……

という俗信があった。にもかかわらず、勘内は、

まはれば遠しと、人の留るにもかまはず、我こゝろひとつに、渡りけるに、……

と自らの無謀で死に至る。つまり、勘内の死は自己中心的な無謀な行為とともに、諏訪湖の禁忌にふれたことによる制裁とも読めるのである。「無謀な行為」は「愚行」として、「禁忌にふれたこと」は「神域を犯したこと」として、巻二の二と共通項を持つのである。

ただ、「愚行」は、怪しき竜宮からの舟に欲づくで乗った同行者六名にも及んでいる。

巻三の五の冒頭は、「人間程、物のあぶなき事を、かまはぬものなし。」とする。まさしく、「人」は節操がない。無謀な「勘内」という「人」の所業によって、「宝舟」という「ばけもの」があらわれ、六名の「人」の命を奪い、「此六人の後家」は「なげ」くこととなるのである。「人」の愚行が「ばけもの」を呼び出すところは巻二の二と同様であり、そこには「ばけもの」を越える「人」の愚行がある。「人はばけもの」なのである。

巻二の三「水筋のぬけ道」の梗概は以下である。若狭小浜の商人越後や伝助の奉公人にひさという、美しい女中がいた。ひさには京屋の庄吉という夫婦約束の者がいたが、これを越後屋の女房が見とがめ、顔に焼け火箸を当てるなど折檻した。ひさは醜くなった顔に半狂乱となり、遺書を携え小浜の海に投身してしまうが、遺骸は行方知れずのままであった。そのころ、大和の秋篠で田畑の用水池を掘っていると、水脈に当たったのか、大量の水が溢れ出てきた。翌日見ると、その中に女の水死体があり、たまたま二月堂のお水取りの見物に来た小浜の者がひさと確認、遺書もあり、供養のあと遺品を携え帰国した。話を聞いた庄吉は出家し、秋篠の里の塚を訪れ、その笹陰に仮寝する。すると夢に、二人の女が乗った火車を見るが、その二人とは越後屋の女房に焼鉄を当てるひさの姿であった。その日、若狭では越後屋の女房が一声叫んで息絶えたのであった、という話である。

章題が「水筋のぬけ道」であることからも、眼目にお水取りで周知の、若狭から大和の東大寺二月堂への水脈の不思議があることは確かである。それに加え、同時的とも言えるものに、ひさの「夢」の中での敵討がある。では、この「夢」の中での敵討ちとは何のために存するのであろうか。「夢」は、巻二の四や巻二の五でも確認した装置である。夢は先にも述べたように一己のもので、夢話とすることで他者を振り回して、話として成立する。その意味では、先の二話の「夢」は、他者に聞かせることで、「ばけもの」話として成立させるための装置であったといえる。ところが、巻二の三の「夢」は、ひさの恋人庄吉だけの中での体験で終っている。すなわち、「ばけもの」話として成立させていないのである。その理由は、巻二の三としては、この「夢」話がなくとも、既にお水取りの水脈の話で不思議話は成立しているからである。

右の理解からは、「夢」の中での敵討と現実にあった越後屋の女房の死を盛り込んだ話は付けたしであったとも言える。しかし、庄吉以外にも、詳述を省くものの、ひさの悲恋に同情し、涙する者を多く登場させたうえでは、同じ立場の読者をも含め、ひさの敵討を願う者が創造される。結局、彼らの溜飲が下がるようにするには、敵討が

必要不可欠な話であったと考えられる。ひさが庄吉の「夢」の中で敵討を果たした後、
「今ぞおもひを晴らしけるぞ」といふ声ばかりして消ぬ。
とするのも彼らの思いに応える声であろう。現実の越後屋の女房の死こそ「夢」の敵討を完結させるための付けたりなのである。

そのような意義を認めるものの、二次的な読みとしては、「夢」の中で敵討をするひさの姿は、やはり「ばけもの」といえる。それは、越後屋の女房のひどい折檻、特に女性として顔を傷つけられたことによる恨み、それによって愛する人がありながら死を選ばねばならなかった悲しみ、などから発する情念の憤りの究極の姿である。その点において、巻二の五の二人の女の首の犯罪に対する敵討と性格を異にする。「夢」の中なれども、「人はばけもの」となって、無念の思いを果たすことができるのである。

それに対応するのが、巻三の七「因果のぬけ穴」である。江戸に住む大河判右衛門に故郷で兄判兵衛が寺田弥平次に討たれたとの知らせが届く。そこで息子判八を伴い、江戸を発ち、但馬で潜伏する弥平次を捜しだし、夜に屋敷に忍び込む。しかし、逆に見つけられ、弥平次を討つことができず、退散する時、不覚にも壁穴で判右衛門が動けなくなってしまう。判八は仕方なく、その首を斬り落とし、持って逃げた。入佐山の奥深く逃げ込み、その首を埋めようと木の根を掘ると、髑髏がもう一つ出てきた。判八は供養のため髑髏と首を並べて埋め、その塚を枕に仮寝をするが、その時夢を見た。先の髑髏が現れて、私は兄の判兵衛であるが私が討たれたのは前世に寺田一族を多く討った因果で科は免れない、縁者のお前も仇討ちの意志を捨てて出家しろと告げて消えてしまったのである。しかし、判八は聞き入れず、結局返り討ちにあって果ててしまった、という話である。

この話の眼目は、敵討の経緯と前世からの因果によって返り討ちにあった武士の痛ましさにあるであろう。それは冒頭部の「武士の身程定めがたき物はなし」と西鶴武家物に多く認める言葉に裏打ちされている。さりながら、

これも「夢」の話が出てくる敵討として、巻二の三と呼応する。二次的な読みをこの「夢」にこだわってみたい。

まず、この「夢」は判八だけが体験したもので、巻二の三と同様、他者を振り回さない。反面、敵討が達成されるのではなく、敵討を思い止まるよう説得するという対極となっている。これは如何なる理由によるものであろうか。

それは、もともとこの敵討には、巻二の三のような「情念の憤り」が希薄であったためである。唯一、それを求めれば、肉親である判兵衛を失ったことによる。その判兵衛自身が髑髏という「ばけもの」になって、「夢」で敵討を思い止まるように語ったことによって、敵討の存在意義は崩壊する。残る物は「武士の身」としての愚かな意地だけであった。そこで、現実的な返り討ちという付けたりの結末が与えられているのである。

「人はばけもの」となって、無意味な敵討を行うという、愚行をとどめることもできるのである。しかし、現実には失敗した。それは、巻二の二と巻三の五の共通項として確認した、「人」の愚行は「ばけもの」を越えるからである。やはり、「人はばけもの」なのである。

六

巻三の三「お霜月の作り髭」は、以下の話である。楽隠居の大上戸の四人が十月二十八日のお取越の説教の後、いつものように大酒に及んだ。隠居たちの次の間には、若い者たちが眠っていたが、その中に今夜美人の家に婿入りする男がいた。隠居たちはやっかみ半分に、顔に墨でいたずら書きをしたが、男も気づかず婚礼に赴き、恥をかいた。そこで死装束で飛び出すのを周囲がなだめ、隠居たちが白昼に作り髭に裂き紙をつけ裃を付けて詫びることで落ち着いた、という話である。言わずと目録の章題の下に「馬鹿」とあるように「愚行」の典型である。巻二の二、巻三の五のような禁忌にふれる「愚行」に比べれば、何とも大人げないものであるが、「ばけもの」を越える「人」の「愚行」として、「人はばけもの」に加えられると言えよう。

巻三の四「紫女」も実はこの系列にある。筑前の国袖の港に三十まで妻帯せず、庵をむすんで精進している男がいた。ある日、その人里離れた庵に紫の衣を身にまとった女がたずねて来て、誘惑された。その後は逢瀬に夢中になり、ただならずやつれていくのを友人の医者にとがめられ、経緯を話すと、それこそ紫女、殺すしかないと言われる。そこで紫女を斬りつけると、山の洞穴に姿を隠したが、その後も妖異の姿で現れるので国中の僧侶を集め供養したところ、姿を消し男も命が助かった、という話である。これが『剪灯新話』巻二「牡丹灯記」もしくは『伽婢子』巻三の三「牡丹灯記」などを典拠としていることは間違いないし、「紫」から狐の怪奇話であることもいえる。それだけに怪異性のきつい作品である。しかし、主人公を紫女から男に転じた場合はいかがであろうか。紫女が男を蠱惑したことは事実だが、男の側からは日常の精進を捨て誘惑に走ったとも言える。男が「おろかなる心を取なをし」たことで紫女を斬るわけであるが、紫女からは男が豹変したことになる。その恨みで国中の僧侶を集めなくてはおさまらないものになったといえよう。いずれにしても、男の「おろかなる心」が怪異を引き起こしたわけで、「愚行」である。そして、退治も含め、紫女という「ばけもの」を振り回したのは「人」である男なのである。「紫女」の口からは「人はばけもの」の恨み言が聞こえてきそうである。

そのような系列が続く中で巻三の一と巻三の二は系列だけでなく、「人はばけもの」の中におさまらない。巻三の一「蚤の籠ぬけ」は、冤罪の話である。府中の町である浪人の家に夜盗が大勢押し入ってきたが、浪人は一人でこれを斬り立てて追い返した。その夜紺屋にも強盗が押し入って、主人を殺すという事件があったが、浪人の家の前に血が滴っていたので弁明できず、入牢となった。ある雨の日、牢内では芸尽しや自慢話となり、偶然に紺屋の犯人二人が判明し、浪人は無罪となった。浪人は冤罪の難儀を思ったお上から所望を聞かれ、無罪を証明するのに協力してくれた二人の助命を願い、聞き入れられた、という話である。そこに「人はばけもの」の視点は考えにくい。巻三の二「面影の焼残り」は、以下の話である。京の上長者町の裕福な造り酒屋に十四歳になる美しい娘がいた。両親に大切にされ、結婚の話も間近となっていたが突然の病死、野辺送りをし、雨の中、火葬となった。次の日の早朝、娘の乳母の夫が墓場に行くと柩から転び出た死体に当たり、よく見ると娘でまだ息があった。ひそかに連れ帰り、看病すると全身黒木のように焼けていた体も元に戻る。実家に話すと両親は大喜びしたが、無常を感じた娘は十七歳で出家してしまった、という話である。これも「人はばけもの」というより、「またためしもなき、よみがへりぞかし。」とするように奇跡譚である。その生命力には驚嘆するが、まさしく特殊な例で普遍化はできない。ただ、その生命力という生きる力という点では、巻三の一の浪人も、少なくとも七年以上の入牢生活を送っており、認められる力である。章題が「蚤の籠ぬけ」であるように浪人よりも長いかもしれない入牢生活の中で、ちり紙で仏像を作ったり、蚤や虱に虫籠まで作って芸を仕込むなどの生きる楽しみを求める人々を描くのは、視点がそこにあるからと考えられる。その意味で「人はばけもの」といえるかも知れないが、それならば巻三の二の娘も同等であると言える。いずれにせよ、隣接する二話に同じ視点が注がれていることは興味深い。

七

巻三の六「八条敷の蓮の葉」は序文との関係で最も注目しなければならない作品である。五月雨が降り続くとき、吉野山に住む道心者のもとに土地の人々が集まっていると、茶臼から七寸ばかりの小さな蛇が出て花柚の枝に飛び移って、上に登ると見えたが雲に隠れて行方知れずになった。すると、麓の里から人々が駆けつけてここから十丈あまりの龍が天上したと言う。皆が驚くと、和尚は世間には常識を越えるものが多くあることを例示した上で、策彦和尚が信長公の前で霊就山の蓮の葉は二間四方あると話して笑われた逸話をあげた、という話である。序文との関係というのは、例示の箇所である。

おのおの広き世界を見ぬゆへ也。我筑前にありし時、さし荷ひの大蕪菜あり。又、雲州の松江川に横はゞ一尺弐寸づゝの鮒あり。近江の長柄山より、九間ある山の芋、ほり出せし事も有。竹が嶋の竹は、其まゝ手桶に切ぬ。熊野に油壺に引蟻あり。松前に一里半つゞきたるこんぶあり。つしまの嶋山に、髭一丈のばしたる、老人あり。

これは明白に序文の一部と同様である。念のため序文をあげる。

世間の広き事、国々を見めぐりて、話の種を求めぬ。熊野の奥には、湯の中にひれふる魚あり。筑前の国には、ひとつをさし荷ひの大蕪有。豊後の大竹は手桶となり、わかさの国に弐百余歳のしろびくにのすめり。近江の国堅田に、七尺五寸の大女房も有。丹波に一丈弐尺のから鮭の宮あり。松前に百間つゞきの荒和布有。……

「広き世界」は「世間の広き事」、「我筑前にありし時、さし荷ひの大蕪菜あり」は「筑前の国には、ひとつをさし荷ひの大蕪有」、「雲州の松江川に横はゞ一尺弐寸づゝの鮒あり」は「丹波に一丈弐尺のから鮭の宮あり」、「竹が嶋の竹は、其まゝ手桶に切ぬ」は「豊後の大竹は手桶となり」、「熊野に油壺に引蟻あり」は「熊野の奥には、湯の中にひれふる魚有」、「松前に一里半つゞきたるこんぶあり」は「松前に百間つゞきの荒和布有」、「つしまの嶋山に、髭一丈のばしたる、老人あり」は「わかさの国に弐百余歳のしろびくにのすめり」に各々対応していることは、容易に確認できる。

本来、一々の注釈や典拠をあげ、さらに論じるべきであるが、紙幅の都合もあり、別に示したい。しかし、そのような作業がなくとも、あまりに近似した例示の仕方は西鶴に何らかの意図があったと言える。これは、結論で示す編集意識によるわけであるが、この章を書いてのちに序文を書いた可能性は高い。それだけに『西鶴諸国はなし』全話の中でも特別に力を注いだ章段であることが、推測できるのである。

巻三の六は一つの構図をもつ。道心者のもとで見た小さな蛇が消えた。すると十丈あまりの龍が見えたと里人が騒いだ。出てみると榎木の大木が裂けている。当然、龍と見えたのは大きな稲光であることはわかる。ただ、非現実的ながら小さな蛇が大きな龍に変じた可能性も残す。いずれかは別として、榎木の下は掘れて、折からの大雨を湛え、池のごとくなっている。「さてもさても大きなる事や」と人々の騒ぐのに道心者即ち法師が笑って語ったのが、右の例示なのである。構図からは、法師の主張は、こんな瞬時に大きな池ができたぐらいで慌てるな。なんとも情けない方々だ。世間知らずにはわかるまいが、人の常識を越えた予期できぬ存在はあるものだ。ということになる。そこで策彦和尚が信長公の前で霊就山の蓮の葉が二間四方の大きなものであると話した、逸話となる。これは「入唐あそばし」た策彦和尚ならではの情報で、霊就山（インド）にあるオオニバスの話である。オオニバスはアマゾン等熱帯に生息する蓮で、策彦和尚がこれを確たる情報として入手したか、はたまたインドで実際に見聞したもので、けっして「ほら咄」ではない。それを「信長公の御前にての物語」としたのである。それが巻三の六での挿絵で示す大きな蓮の花の話である。日本人が想像もつかない、それは偉大なる国際人中国の人でも殆ど知らない、とっておきの物語であったはずである。ところがその話をすると、「信長公笑せ給へば」という反応であったのである。本来なら、知らぬこととて聞き入る筈。策彦和尚は次の間に立って、涙を流した。それを見て、ある人が「只今殿の御笑ひあそばしけるを、口惜くおぼされけるか」と聞く。その問いに対する策彦和尚の答えが、

信長公天下を御しりあそばす程の御心入には、ちいさき事の思はれ、泪を洒す。

なのである。

それでは、この涙は何であろう。『新日本古典文学大系』は「信長の心が小さいとする説と、壮大な心の信長に八畳敷の蓮の葉の話は小さ過ぎると解する説とに分かれるが、ここでは前者に解しておく」とされる。『対訳西鶴全集』は後者をとり、「感激して涙を流した」とされる。宮澤照恵氏(9)はそこに色々な解釈を可能にする西鶴の作為・謎掛けを指摘される。

しかし、この話は信長を中心に解釈するのでは、意味がなくなる。この話は無知な人々に教訓として法師が授けたものなのである。さらに目録の章題下に「名僧」とある以上、名僧は「策彦和尚」でなければならない。「策彦和尚」の名僧伝になるためには、世俗の信長の度量を測ったり、ましてや信長に屈してしまっては本末転倒となるのである。

右の前提から、涙の理由は「名僧」「策彦和尚」の自戒を込めた涙とした方がよいであろう。策彦和尚は知っている広い世界の見聞を話した。信長はその世界を受け入れるのではなく、笑った。信長に笑われたことに悔しく思って涙を流したのではないことは、ある人との会話でわかる。信長がその世界をどう理解したかは別のこと。この話を聞けば驚くであろうと思ったのは自己満足。自分の常識を越えた態度で接する人物がいた。策彦和尚は自分の話ぶりに自分しか知らないことを自慢げに話そうとする高慢さがあったことを悟って涙したのである。その涙である。「策彦和尚」ほどの人物の常識を越えた人物があった。それが信長である。だから、信長が偉いというのではなく、たかが信長に「策彦和尚」の常識が破られた。「高僧」も「人」にはかなわない。「人はばけもの」なのである。

八

巻四の一「形は昼のまね」は、人形浄瑠璃、井上播摩掾の道頓堀芝居小屋での話。昼間好評の源平の合戦、一の谷の逆落としを演じた人形たちが、人気のなくなった深夜に勝手に動きだし、斬り結び、各々面白い演技をする、というもの。結末は調べてみれば、古狸の仕業であったというわけである。それではこの話のどこが「人はばけもの」となるのであろうか。先学のほとんどは人形と狸の怪異という点に注目されている。なるほど、典型的な夜に人形が踊る話や狸の類がなすいたずら話である。しかし、それならば章題にその意図がつながってくるはずである。ところが章題は「形は昼のまね」である。そうある以上、この章の眼目は人形が人もいないのに昼間のように動いた怪にあることとなる。人形に霊力があることは、古代の「人形（ひとがた）」の呪詛などの例から、現代まで伝わる人形供養の例、さらには人形浄瑠璃の場合でも『菅原伝授手習鑑』の道真の場合など枚挙に暇はない。ここで問題なのは、あくまで話の中心が「昼のまね」にあることなのである。それだけに話は、狸の人形を操る技の方が昼間より上手に演じていたとか、逆に獣だけに限界があって昼間より下手であったとかいう評価までは言及していない。昼間の人間の人形操りのまねをして、夜に人形が演技していた見事さに芝居小屋の番人が驚いたというのが話の筋なのである。

この怪異話を狸の見事すぎる人まねと結論することは容易であろう。巻一の七「狐の四天王」の於佐賀郡狐に対し、古狸のそれと対置すればなおさらであろう。

しかし、視点を変えれば、驚かされ、怪異に脅えている対象は、狸でなく、人のごとく人形が演ずるという、その技術の存在、そのこと自体が問題となりはしないであろうか。人が人を演ずることだけでも見世物にあたいするのに、人形で人の演技を迫真に演じさせる。この人形操作の高等な技術、そして太夫井上播摩掾を含めた総合芸術として成立する人形浄瑠璃。当時の道頓堀、そして大坂には、この一座以外に人形浄瑠璃、そして歌舞伎等他の見世物もあるであろうに、「大坂中うつして、是見物事」という大好評なのである。その成功の要因は「井上播摩掾」も一つであるが、「人形もひとつひとつ細工人こゝろをつくしてこらへ、役者もめいめいの魂ひ入て」という、細工人と人形遣いの高い精神性に支えられた、総合芸術としての高度な技術が認められたことにあるのである。狸に操られた人形の動きを「其まゝ人間のごとく」「人にすこしも替る事なし」とするのは、あくまで「昼のまね」なのであって、ひいては播磨の人形浄瑠璃の神意に近い芸術性を賞賛しているのではなかろうか。このようなメディアを変えた中からリアリティあふれる作品を形成する常識を越えた人間の力。すなわち、「人はばけもの」なのである。

ただ、この場合の「人はばけもの」も、巻三の六で確認したのと同様に人間の常識をこえたものへの驚きで、そこに賞賛と敬意をこめていることも同様である。そして、この一味違った「人はばけもの」の流れは巻四の二の章段にも確認できるのである。

巻四の二「忍び扇の長哥」は『西鶴諸国はなし』を論じた論文の中で、もっとも多く触れられている章段ではあるまいか。話は以下である。上野の花見の折、さる大名の美しい姪御様を乗り物ごしに一目見て、恋い焦がれた男がいた。その男は、中小姓ぐらいの身分の醜男であったが、伝を求めてその大名家の奥方での奉公がかなった。二年ばかり恋い慕いながら奉公を続けていると「縁は不思議なり」、姫君の方もこの男に恋をして、ある日姫君の方から「連れて逃げてほしい」との長歌を送った。その夜二人はうまく逃げ、裏長屋で所帯を持ち、慣れない貧家の生活を送る。半年後ついに屋敷からの捜索に捕まり、男は成敗、姫君は座敷牢となった。大殿から不義を理由に自害を迫られるが、これを拒否。

我命おしむにはあらねども、身の上に不義はなし。人間と生を請て、女の男只一人持事、是作法也。あの者下下をおもふは、是縁の道也。おのおの世の不義といふ事をしらずや。夫ある女の、外に男を思ひ、または死別れて、後夫を求るこそ、不儀とは申べし。男なき女の、一生に一人の男を、不儀とは申されまじ。又下々を取あげ、縁をくみし事は、むかしよりためし有。我すこしも不儀にはあらず。その男は、ころすまじき物をと主張し、自ら髪をおろし男を弔った。という話である。

この章の悲恋の構図はよくできており、『更級日記』の竹芝寺縁起譚[10]や矢都姫事件[11]などが指摘されるが、素材としての典拠はあっても、身分制の強い封建時代にこのままの話が存在したとは考えにくい。むしろ、そこに違ったメッセージを読み取ろうとするために論が百出してきたと言ってよいであろう。では、メッセージとは何か。

その際、注視すべきは右の姫君の恋愛論である。すなわち、自分は命を惜しむのではなく、不義をしていないのだということを明らかにしたいという自己主張が大事なのである。いくら身分が違っても、浮気でも再婚でもなく、独身女性が一人の男を恋することは当然でこれがどうして不義となるのか、という怒りは現代では至極当然の理論である。しかし当時の封建下において、身分制を否定すること、主君である大殿の御意に反抗すること、女性が自己主張すること、などどれを取っても非現実的である。しかし、これらは誰に否定されることもなく受け入れられたのか、姫君は自害ではなく剃髪という結末を得ている。

この結末は、どういう効果があるのであろうか。少なくとも、この長いメッセージが西鶴のもので『武家義理物語』の序文にみるような身分階層意識から発せられているのは確かであるが、その分析はここではひとまず置きたい。この話の中で、大殿の言葉は使いの者によって、姫君に伝えられことなっている。読者の側からは使いの者が姫君に一気にこのメッセージを浴びせられ、ただただたじろぐばかりの使いの者の姿が目に浮かぶ。それは痛快であり、滑稽ですらある。深窓の姫君の思いもよらぬ、このような啖呵。この発想は屋敷では得られない。裏長屋で生きてこそ得られた啖呵なのである。半年ばかりでかくも変貌した姫君。まるで後の世の『桜姫東文章』で桜姫から風鈴お姫へとたくましく変貌するのと同じような面白みが演出されているのである。かくも変貌する潜在力を秘めた女性の存在。常識を越えたこの驚きは、巻四の一同様に「人はばけもの」なのである。

そのような「人はばけもの」論の顕著な流れは巻四の三「命に替る鼻の先」にある。

巻四の三は以下のような話である。高野山のある檜物細工屋の前に少女に化けた天狗が現れ、職人をからかいはじめる。少女は追い払おうとする職人の心底を次々と見抜き、職人が打つ手なく考えあぐねていると、不意に、杉板を曲げるためにとめている割り挟みがはずれて、少女の鼻の先に当たり、天狗は驚き正体を現し逃げていく。驚かされた天狗は、仲間を集め、その仕返しに職人を高野山ごと焼き払おうとするが、それを聞きつけた宝亀院の住職が身を天狗道に落として、阻止する。住職の弟子も後を追い、宝亀院は天狗の住処となり、その後は廃れていった。というものである。

この話は天狗の怪異譚として位置づけられるべきもので、特に後半の宝亀院に関し、中川光利氏[12]などが指摘されるように高野山に伝わる伝承を典拠としていることもほぼ間違いないであろう。しかし、前述からの「人はばけもの」論の流れの中からは、前半が問題となる。すなわち、天狗が人の心をよむ、いわゆる「さとり」の妖怪であることは日本各地の数々の伝承から当時の読者の知るところである。その天狗に心底を悟られながら、その天狗の「さとり」以上の行為をできる人間の存在。それが高野山の檜物細工屋であるわけであるが、けっしてこの人物は特殊ではない。むしろ、信長や井上播摩掾の一座ややんごとなき姫に対し、一般庶民の代表といえよう。天狗が怒り、職人に復讐を企てる原因はたかが人間、しかも名もないこの庶民に「さとり」の術が破られたことにあろう。天狗が人間をはるかに超越した天狗の優れた思考能力。何も考えていない人間、檜物細工屋。次元が違う二人の出会いである。天狗にとっては、天狗の考える常識というのがあり、それを逸脱している人間の存在は脅威ですらある。だから、抹殺しようとしたのである。ところが読者としては、その両者の齟齬が面白い。巻三の六「八畳敷の蓮の葉」で見た、策彦和尚の次元に対する信長の次元の違いと同様な珍妙さがあるのである。これを天狗の側から見れば、天狗の理解を超えた「人はばけもの」として位置づけることができるのであるが、巻三の六の流れの上にあることに相違ない。また、常識からの逸脱という点で二話と同じ系列に属することも言えるであろう。

九

巻四の四「驚は三十七度」は、常陸の猟師が鳥を捕って生活していたが、ある日男が狩猟に出た時に、留守の家で寝ていた子供が三十七度痙攣した。帰って来た男に妻は「紺屋の鳥の数、三十七羽有べし。」と今夜絞め殺した鳥の数を言い当てる。子供の痙攣の数と殺生した鳥の数が同じであったために深く悔いた男は、猟師をやめ、鳥塚を築いて供養したという話である。これは狩人の鳥への殺生が子に祟るという因果譚である。しかし、結末は父が猟師をやめるだけで子は死なない。鳥の復讐譚ではない。むしろ、親子の不思議な縁をベースにするわけで、その意味では、巻三の七「因果のぬけ穴」の親子の縁につながり、その点での人の不思議さがある。すなわち、「人はばけもの」なのである。

その系列には、巻四の六「力なしの大仏」で力なしの大仏の息子に力持ちの小仏がさずかったこともつながるし、極端ながら巻四の七「鯉のとらし紋」で内助が鯉との間に子をもうけることまでもつながるといえよう。

ここで、この巻四の七までを同列に入れることは筋違いとされるかも知れない。話としては異類婚姻譚の不思議話である。しかし、親子の不思議な縁を「人はばけもの」として、茶化しながらも読者に知らしめるのは、前述の檜物細工屋と同じ方法ではあるまいか。他にもこのような系列意識は確実に読み取れるのである。

ただ、巻四の五「夢より京に戻る」は右のいずれの系列にも入らない。後述するように夢話が出てくる点では、前半の巻二の三「水筋のぬけ道」巻二の四「残る物とて金の鍋」巻二の五「夢路の風車」と同様であるが、装置としての機能が違う。この章は藤の花の精である。藤の花を花見客が手折ることを憂えて、藤の花が美しい女となって、土地の人に伝えるというものである。「さては名木名草のきどく」とあるように「木霊」伝説の類いであり、木の精の不思議話といえるであろう。『堺鑑』「金光寺」などを典拠とし、ある意味では他作品に比べ、オリジナル性の少ない作品といえよう。しかし、「人はばけもの」の視点は失わない。藤の花の精に困苦を与えている敵は、花見として我が身のためのみならず、「見ぬ人の為」にまで藤の花を手折っていく、エゴ深き人間なのである。話の中にも後小松帝が美しいと聞いた堺の金光寺の藤を御所に移したところ、時節になっても花が咲かず悔やんでいると、ある夜、夢に藤の精が出てきて、堺の浦が恋しい旨の和歌を歌ったので、元の堺にもどしてやったという昔話を挿入している。これもエゴ深き人間が木の精を嘆かせた例なのである。木の怪異のものさえも苦しめるもの。それが人間なのである。やはり「人はばけもの」なのである。

十

巻五の一「灯挑に朝顔」には、茶をめぐる三つの話が登場する。一つめは、奈良で風雅に澄んでいる茶人の話。ある時、その彼に半可通の者たちが「朝顔の茶の湯」を所望してきた。朝顔の茶湯であるから、亭主である彼は朝早くより用意して待っていたにもかかわらず、客たちは昼前にやってきた。亭主は腹を立て、まだ明けきらぬ早朝の体で灯挑をともして案内したが、客は粗相に気づかない。そこで亭主は茶席の花いけに朝顔の代わりに、まだ土のついた芋の葉を生けてみせたが、やはり客は気づかない、「兎角こゝろへぬ人には、心得あるべし。亭主も客も、心ひとつの数奇人にあらずしては、たのしみもかくる也」と結ぶものである。二つめは、すぐれた茶人が茶の湯を催したが、庭の掃除もせず、秋の景色をそのままにして、客を迎えた。茶席の床の掛け物には、庭の風情に似つかわしい「八重葎しげれる宿の」がかけてあったというものである。三つめは、ある人に「漢の茶湯」を希望したところ、茶道具はすべて唐物を用いながら、掛け物だけ阿倍仲麻呂の「天の原」を用意し、仲麻呂の中国より故郷を想う体としたというものである。この章と茶道との関係は石塚修氏のご研究[13]に詳しいが、三つの話の典拠もわかっており、素材に忠実な作品といえる。茶道にまつわる三つの「はなし」として所収したと考えられなくもないが、それでは、三話に怪異性がないだけでなく、あまりに編集意識が薄く思える。

しかし、巻五の一は、その書き出しを「野は菊・萩咲て、秋のけしき程、しめやかにおもしろき事はなし。心ある人は哥こそ和国の風俗なれ。何によらず、花車の道こそ一興なれ。」とする。秋の景色をよしとするのは、第一話が秋の「朝顔」(『毛吹草』などが秋の部にいれている)、第二話が秋の景色の庭で相通じる。しかし、第三話は掛け物の「三笠の山に出し月かも」という歌は、『古今集』では「羇旅」の部のように秋の景色とはしがたい。「哥こそ和国の風俗なれ」から和歌にポイントを絞れば、第二話が「八重葎しげれる宿の」の歌、第三話が「天の原ふりさけ見れば」の歌であるが、第一話には歌がない。結局「花車の道」に編集意識を認めれば茶道にまつわる三つの風流な「はなし」となる。

しかし、この章では後半の二話が風流人である亭主と風流を解する客との風交を描くが、前半の一話は逆である。三話をこのように配するのに何らかの意識を認めなくてはいけない。第一話の亭主はなるほど風流人である。それに比べ、客の無粋さは、ひととおりでない。亭主の報復の昼の「灯挑」、芋の葉の「朝顔」にも屈しない。というよりも両者の次元が違うのである。この亭主の常識を超えるレベルの人間の出現は、まさしく、巻三の六「八畳敷の蓮の葉」の策彦和尚に対する信長や巻四の三「命に替る鼻の先」の天狗に対する檜物細工屋と構図を同じくしているのである。

巻五の四「闇の手がた」もこの部類である。故郷越後で人を殺め、急に立ち退かざるをえなくなった男が、ともにと願う一人の美しい女を連れて、信濃路を通り、ある宿場はずれの一軒家まできて、ここで旅宿した。ところが、そのあたりには木曾の赤鬼というあばれ者がおり、この美しい女を目当てに仲間たちとともに深夜にこの家を襲った。翌朝、襲われたことを奉行所に訴え出たが、夜であり、頭巾で顔をかくしていたこともあり、誰が犯行に加わったか手がかりがないとの仰せとなった。しかし、女は宿場中の男を役所に集めてもらい、夜に襲ってきた男たちの背中に鍋墨を塗っておいたことを申し上げ、その場でお調べとなり、十八人の仲間が捕らえられ、死刑となった。女は闇の中でよく証拠の手がたを残したことを褒められたが、もはやこれまでと男と刺し違えて相果てた、という話である。奉行が出ての比事物という点では、巻一の一「公事は破らずに勝」や巻二の五「夢路の風車」や巻三の一「蚤の籠ぬけ」と同様である。この話の『西鶴諸国はなし』への所収もその面からと考えてよさそうである。しかし、奉行も驚いた女の機転は、捜査される側も捜査する側までも、皆の常識考えの及ばないものであったのである。この驚きは常識を逸脱した女の行為にあるわけで、前章などと同じ系列に含めることができるはずである。

巻五の七「銀が落てある」もこの流れの中にある。万事に正直な男がある人に、大坂から江戸へ下って、新しく商売をして身を立てたいが江戸ではどのような商売がいいかと相談した。その人が「今は銀ひろふ事が、まだもよい」というと、その男は真に受け、江戸へ銀を拾いにと旅立った。この男の正直さに江戸での引き受け先の亭主も驚き、近所の人と話し合い、お金を出し合い、小判五両をわざと落として男に拾わせてやった。すると、男はそれから次第に富貴になり、江戸で成功を収めた、という話である。最終話であるので、非現実性を帯びた祝言形式的に終っているといえるが、江本裕氏は典拠を『百物語』に求められている(14)。しかし、人の言を信じて正直者が成功するという話型は昔話には多く見つけられるであろう。例えば、御伽草子『藁しべ長者』しかりであろうし、同じく『ものぐさ太郎』においても、主人公が清水寺で、宿屋の主人の言を信じて、強引な求婚におよび最後には幸福になるとするのも、この話型ではあるまいか。ただ、江戸でものを拾って出世する話は、西鶴自身の『日本永代蔵』巻三の一「煎じやう常とはかはる問薬」に、江戸の日本橋で大工が落としていく檜木の切れ端を拾って、その切れ端をためて売ったり、それから箸を作って儲けて金持ちになっていく話を紹介するように一つの成功譚として定着していたのかも知れない。

そうすれば、現実味を帯びた成功譚となるが、「人はばけもの」の視点からはいかがであろうか。初めに相談された人物は大坂人ながら、江戸で大いに儲けた過去を持つ。今は大坂で裕福な老後の生活を送る。そんな彼に正直者ながら大坂で商売に行き詰った男が相談する時点で次元の違う二人が存在する。そして、彼の紹介で江戸に宿を求めるわけであるが、その宿屋の主人や男の正直さに興味を持って五両を献じた酔狂な人々も、男とは次元の違う人々である。その男を推す彼にしても、江戸に彼に興味を持った人々にとっても、まさか男が彼の言葉を信じて、本当に江戸へ行けば銀が落ちていて、それを拾って成功すると思い込み、しかもそれを実際の行動にうつすとは考え及ばなかったであろう。自分たちの想像したレベルをはるかに打ち破ってしまったわけである。常識を逸脱した人物としての男。巻四の三の天狗に対する檜物細工屋と同様、「人はばけもの」なのである。

十一

このように読むことができる巻五であるが、巻五の二「恋の出見世」と巻五の三「楽の摩鮎の手」は、右の系列に入らない。巻五の二は、江戸の安倍川茶の問屋から暖簾分けを許された実直な男がいた。あとは嫁取りだけであったが、ある日この男の店の中をしきりにうかがう不審な浪人がいた。ゆすり者かと思っていると、店内に入って来て、いきなりこの男を見込んでいると言い、自分の娘を嫁にもらってくれと言い出す。強引に婚姻を承知させ、美しい娘と嫁入り道具をかつぎ込み、五百両を持参金とし、自らの差す刀・脇差までも引き出物として渡し、自らは即座に髪を切り、いずこともなく、立ち去ってしまった。という話である。これには杉本好伸氏が指摘される(15)ような近しい話があっての奇談であるが、唐突な行為という点では現実離れが過ぎる。その点で先述の巻五の七と同様といえるかも知れないが、その奇想天外さをして「人はばけもの」とするには困難さを禁じ得ない。

巻五の三は、鎌倉の金沢に住む出家のもとに摩鮎が二匹やって来て、痒い所をかいてくれるなど人のように世話をしてくれる。そんなとき、一匹しかやって来ず、もう一匹を見なくなった。気がかりのまま百日ほど経ったある日、二匹が連れ立ってやって来て、紫の衣を差し出した。見ると自分の郷里においでになる伊勢大淀の円山上人の衣であった。不思議に思っていると大淀から円山上人遷化の報が届いた。という話である。動物の奇談として何かの予知をするという話型は多い。その種の奇談として所収していることは否めない。二匹の霊獣を手下にした人間として「人はばけもの」論を使うことはできようが、話としては二匹の側が理由もなく（報恩譚ではない）、仕えているだけで化け物論として「人はばけもの」論を適用するのには憚りを覚える。

右のように分析すれば二話は先述の系列から外れるだけでなく、「人はばけもの」論自体から離れていると考えられよう。ただ、巻四の一と巻四の二の隣接した二話に共通項を見出したように、この巻五の二と巻五の三にも共通項を見出せる。それは両者の謎が共通するところにある。巻五の二の場合、実直な男に多額な持参金を持った美しい嫁が突然来るわけであるが、その実直ぶりを一番評価しているのは安倍川茶の問屋の主人であって、店を立てて間もないこの男を世間が評価するには材料が不足しているといえる。仮に父に先見の明があったとして、実直であるというのは商人としての評価であって、なぜ武家の娘がこのような好条件で嫁いでくるのか、その必然性に説得力を欠く。巻五の三の場合も前述したように報恩譚でもないのに、この出家の面倒をかいがいしく見たうえに、頼まれもしないのに、百日もかけ遠く外洋に出て鎌倉から伊勢まで往復を泳ぎきる危険を冒すのは、あまりに必然性がない。この巻五の二と巻五の三の無償の贈り物は読者に奇異すら感じさせる。「人はばけもの」論から離れるが隣接した二話だけに興味深い。

巻五の五「執心の息筋」と巻五の六「身を捨て油壺」の二話はまさしく「人」が「ばけもの」になる話である。巻五の五は以下の話である奥州南部の鉄の商人には三人の息子がいたが、妻に先立たれ、後妻を求めた。商人は臨終の際、後妻を枕元に呼び、自分が死んだ後に再婚するつもりなら、自分が生きている間になんでも欲しいものを取って家を出なさい、と言った。すると後妻は黒髪を切ったので、これはうれしいと商人は全財産を譲って死んでいった。ところが、三十五日もたたない間に次男三男が死んで、長男もはっきりしない病になってしまった。後妻はこの長男に物をろくに与えず、長男は恨みながら死んでいった。息子が三人とも死んだため、「今は我物」と後妻は髪を伸ばし、淫奔をしながら裕福に暮らしていた。そこに息子が幽霊となって現れて、軒端から息を吹きかけた。すると、それが火炎となって、髪を燃やし、女を残らず焼き尽してしまった、というものである。又、巻五の六は、河内国平岡の里に由緒ある家で生まれ美人の誉れ高い娘がいた。しかし、夫婦となった男が十一人いたが、次々と死んで、今は八十八歳の老婆となってしまった。昔と変わり、見るも恐ろしい老婆となったが、生きんがために平岡明神の灯明の油を盗んで生活していた。神主たちは毎夜毎夜、灯明がなくなるのを不審に思い、ある夜様子をうかがっていると、山姥が現れたと思い、雁股で老婆の首を射落としてしまった。老婆の首はそのまま火を吹いて消えたが、それからのちも夜な夜な現れ、往来の人を驚かせた。という話である。いずれも恨みの妄念が業火となった話であり、「人」が「ばけもの」になった話である。他の話が「人」のまま「ばけもの」として位置づけられるのに対し、「人」が妖異そのものに変化することは、かえって「人はばけもの」論からはずれるかもしれない。むしろ、「人はばけもの」論からすれば巻五の五の後妻の行状の方がふさわしいといえる。あえて答えを出せば、巻五の五と巻五の六は「人はばけもの」論から外れると言えようが、この二話も隣接しているのに気づく。

十二

以上のように「人はばけもの」論を展開したが、これを全話に統一の視点とするのは難しい。しかし、『西鶴諸国はなし』の多くの章が、表向きの怪奇咄、伝奇咄などの咄とは違った人間洞察に「人はばけもの」を機軸としていることは分析できた。これは『西鶴諸国はなし』を成立させる前から、西鶴の中では意識していたものであったはずである。各話を統合し、編集し、序文を付す段階にあたって、最大公約数である視座が「人はばけもの」であることを再認識し、序文の最後にあげたのではなかろうか。読者は序文を読み、「人はばけもの」論を楽しむことができる。読む行為を最大限に面白くする有効な編集方法であったと考える。

今回「人はばけもの」論に属さない章として、巻三の一と巻三の二、巻五の二と巻五の三、巻五の五と巻五の六をあげたが、その際にこの属さない章が隣接していることを共通項としてあげた。巻一、二、四にはなかった、「人はばけもの」論に属さない章群であるが、隣接して挿入するという編集方法は、『世間胸算用』でも確認した方法なのである。(16)

「人はばけもの」を視座に据えれば、かくも面白い結果を得ることとなったが、二次的な読みも含め、それが『西鶴諸国はなし』だけの特殊な方法なのか、西鶴の他作品にも見られるものなのか、それを今後の課題として本節を終えたい。

注

(1) 拙稿「『西鶴諸国はなし』の余白（マルジュ）―その序文からの読みをめぐって―」『日本文芸研究』第五十巻第四号　一九九九年刊。本書所収。

(2) ロジェ・シャルチエ編　水林章・泉俊明・露崎俊和共訳『書物から読書へ』（みすず書房）一九九二年刊所収。

(3) 注(1)に同じ。

(4) 『日葡辞書』にある。用例としては、「此宗を好む世は必不亡云事なしと申条、愚案短才の第一也」〈太平記・二四〉「まして浅智短才の筆に及べくもあらず」〈笈の小文〉などがあげられる（『角川古語大辞典』より）。

(5) 陸上で頼宣公が大蛇を退治した話は『みよはなし』（文化五年序）風の巻（宇野脩平編『常民文化研究第七〇　紀州加太の史料　第一巻』（日本常民文化研究所）一九五五年刊翻刻所収）にある。頼宣公が淡島神社の沖、友か嶋に遊猟の時、腰掛けられた臥木が龍となり、長刀を「蛇頭」に指し当て、臥木に戻したという話である。その帰途御座船に火の玉が落ちた話や、友か嶋の松の倒木を切ろうとしたものが患った話や、「丸きうすがねの物」を拾った者が狂気となり、占えば大蛇の鱗を持ち帰ったためだったという話などをあげている。『みよはなし』は『西鶴諸国はなし』より後年すぎる成立であるが、加太の伝承史料として一級史料であることを考えれば、西鶴が土地の伝承を利用した可能性は否定できない。

(6) 頼宣の剛勇は『武野燭談』（岸得蔵氏・冨士昭雄氏ご指摘）、水中の曲芸は『祖公外記』（冨士昭雄氏ご指摘）にあげる。

(7) 堀内信編『南紀徳川史』第一巻（南紀徳川史刊行会）一九三〇年刊。

(8) 江本裕氏、野間光辰氏、宗政五十緒氏のご論考、注(6)冨士昭雄氏など。

(9) 宮澤照恵「『西鶴諸国はなし』咄の創作―「八畳敷の蓮の葉」の構想と素材―」『北星論集』第三十六号　一九九九年刊。

(10) 宗政五十緒「西鶴と仏教説話」『西鶴の研究』（未来社）一九六九年刊所収。

(11) 金井寅之助「「忍び扇の長歌」の背景」『西鶴考　作品・書誌』（八木書店）一九八九年刊所収。

（12）中川光利「「命に替る鼻の先」の素材と方法―『西鶴諸国はなし』考」『近世文芸稿』二十七号　一九八三年刊、「「命に替る鼻の先」の素材と方法の再検討―『西鶴諸国はなし』考」『高野山大学国語国文』九・十・十一合併号　一九八四年刊、「『西鶴諸国はなし』と伝承の民俗―「巻四の三」の素材と方法を中心として」『西鶴とその周辺』（勉誠社）一九九一年刊所収。

（13）石塚修「『西鶴諸国はなし』に何を読むか―「挑灯に朝顔」を中心に」『江戸文学』二十三号　二〇〇一年刊。

（14）江本裕「西鶴諸国はなし―説話的発想について」『近世文芸』八号　一九六二年刊。

（15）杉本好伸「『古今俳諧女哥仙』勝女の行方」『国語と国文学』第六十巻第六号　一九八三年刊。

（16）拙稿「『世間胸算用』の編集意識―各巻の完結性と目録の関係を中心として―」『関西学院創立一一一周年文学部記念論文集』二〇〇〇年刊。本書所収。

第二節　『西鶴諸国はなし』の形成

――『懐硯』からの考察――

一　『西鶴諸国はなし』と『懐硯』

『西鶴諸国はなし』（貞享二（一六八五）年刊）の研究の多くが、その典拠研究にかたよっていたことは、研究史を見れば明らかである。その研究成果はめざましく、これらの報告によって、西鶴の他作品を研究する際の大きな指標となっている。同時にその研究成果は、『西鶴諸国はなし』の「序」に言う「はなしの種」がどれほど広い読書圏、情報源から集められたものであるかを提示するものである。しかし、西鶴が、どの先行作品を読んでいたのか、また、当時に伝わる伝承を、どの程度知ることができたのか、その仮題は、あくまで可能性との問題になるしかない。それでもなお、『西鶴諸国はなし』の典拠研究が、行われねばならないのは、『西鶴諸国はなし』の成立を探究し、西鶴の方法を解明する有効な方法と考えられるからである。それは是認されるとして、あえて本節では、試みに西鶴の文芸を、様式美の一つの展開ととらえたうえで、『西鶴諸国はなし』の「はなしの種」が西鶴の作品でどう生かされているかを考察し、そこから逆に、『西鶴諸国はなし』の創作視点の一端を、うかがい知ろうとするものである。

『西鶴諸国はなし』の創作視点を考えるうえで、どうしても考えなくてはならないのが、『懐硯』（貞享四（一六八七）年刊と推定）の「序」である。

> 雨の夜草庵の中の楽しみも旅しらぬ人の詞にや。亦、人のいへるあり、「しらぬ山、しらぬ海も、旅こそ師匠なれ」と。我朝朝（あさなあさな）わらんぢのあたらしきをたのみ、夕夕（ゆふべゆふべ）ゆたんのあかなるゝをわざにて、……或はおそろしく、或はおかしく、或は心にとまる人の咄しを、くきみじかき筆して、旅せぬ人にと如左。

このことについて、水田潤氏[1]は次のように述べている。

> ここに西鶴が言うように、これらは、怪異や奇談の集録であるというだけではなく、西鶴の「心にとまる」事象への作家的関心によって選択された説話である。内容的に見ても、『西鶴諸国はなし』がかなり超自然の事象への傾斜をもつのに対し、『懐硯』では現実の世相や人間世俗への関心がつよい。これは、西鶴の説話的興味が、より人事的なものへむけられたことを意味する。

『懐硯』は、半僧半俗の「伴山」という人物が諸国をめぐるという形の「諸国はなし」で、『西鶴諸国はなし』の延長線にある作品であり、旅僧が視点人物という点からは、特に世俗を形象化しようとする意図がうかがえる。

『懐硯』は、書誌面からは、刊記がなく、「序」に「貞享四年花見月初旬」とあるだけの大本五巻五冊、初板本不明の作品である。この作品が、西鶴作であるかどうかを論じる必要があろうが、右に述べたように、西鶴文芸史を様式美と考えれば、『懐硯』が、西鶴文芸の世界であることは言えるであろう。その内容からは、西鶴の「好色物」から「武家物」、そして「町人物」へと展開していく過渡期の「諸国はなし」として注目できる作品である。

『懐硯』には、『西鶴諸国はなし』に似かよった「はなし」がある。『懐硯』巻二の五「椿は生木の手足」と『西鶴諸国はなし』巻一の七「狐四天王」、『懐硯』巻三の一「水浴は涙川」と『西鶴諸国はなし』の巻三の三「お霜月の作り髭」、および、『懐硯』巻四の一「大盗人入相の鐘」と『西鶴諸国はなし』巻三の一「蚤の籠ぬけ」である。

ここに両話を比較検討するとき、ひとつの共通項がある。この共通項こそ、西鶴の機軸とも言えるもので、『懐硯』にさきだって、『西鶴諸国はなし』として作品化されている以上、『西鶴諸国はなし』の独自性として、西鶴の創作視点をうかがい知るところではないか。その仮説のもとに、以下、論をすすめていきたい。

二　「復讐譚」の形成

まず、『西鶴諸国はなし』巻一の七「狐四天王」であるが、この「はなし」は以下のとおりである。妖力の強い大和の「源九郎狐」の姉狐（於佐賀部狐）の住む姫路で、米屋を営む「門兵衛」が、あるとき人里離れた山里を通ったところ、白い小狐が集まっていたので、何心なく小石を投げつけたところ、偶然にも当たり所が悪く、小狐が一匹死んでしまった。その夜、小狐は、その狐たちのお姫様であったことが、多くの狐たちによって告げられ、「門兵衛」の家には雨のように石が投げ込まれ、家はあちこち壊された。その翌日には、旅の僧が店にやって来るや、まもなく捕り手の同心たちが亭主と内儀を、僧をかくまったという理由で坊主にしてしまった。実はこれは、僧や同心に化けた狐たちの報復であった。また、「門兵衛」の息子の「門右衛門」は、北国に行って留守であったが、そこへ狐が「門右衛門」に化けて、嫁の実家に四、五人づれでやって来て、これも「門右衛門」の留守に密夫をこしらえたという理由で、嫁の頭を剃ってしまった。彼らの正体は、「狐四天王」であったが、さらに、その次の日には、大きな葬礼の行列があり、「門兵衛」の葬送であると「門兵衛」の親里に連絡があった。駆けつけた父親に、その場の者たちが、息子を弔っての法体を勧め、にわか坊主にしてしまった。これも狐に化かされてのことで、姫路に帰ると、「門兵衛」は元気であったが、内儀もろとも坊主頭であったというものである。このような人間の悪戯が狐の恨みをかい、手ひどい復讐を受けるという「はなし」は、落語の『七度狐』に近似しているが、その成立の前後は不明である。また、『西鶴諸国はなし』の「大下馬」の趣向として、影響を与えたとされる『宇治拾遺物語』では、「狐家に火つくる事」（巻三の二十）があり、侍が何げなく狐を矢で射たために、傷ついた狐が、報復のために人に化け、侍の家を焼いてしまうということになっている。その結尾は「かかる物もたちまち仇を報ふなり。これを聞きて、かやうの物をば、構へて調ずまじきなり」と、教訓的に終っている。俗信として狐が霊力をもち、人を化かし、報復する執念をもった動物であったことの事例はあげるまでもない。「於佐賀部狐」は、『好色五人女』(貞享三(一六八六)年刊)でも「兎角女は化物、姫路の於佐賀部狐もかへつて眉毛よまるべし」(巻一の三)とあるように、人びとに知られた妖力の強い狐であり、当時、すでに民間伝承にも数多く取材されていた。この狐の「報復譚」のうち、最後にあたる葬送の人びとの様子を、狐が扮装したものとして、リアルな挿絵で、いずれの版本も、巻一の「二十一丁ウ」と「二十二丁オ」の見開きに載せている。この狐たちの奇想天外な挿絵は、『懐硯』巻二の五「椿は生木の手足」にも類似して登場する。

『懐硯』の場合は、「伴山」が稲荷大社からの祭礼の使者の様子を垣間見るという趣向になっているが、衣冠束帯を着て、二本足で行列する狐たちの姿は、『西鶴諸国はなし』の行列と、ハレとケの違いがあるだけで、よく似た挿絵となっている。もちろん「狐の嫁入り」「狐の提灯行列」のように、狐たちが集団化することは多いが、狐たちの「変化」という挿絵は偶然ではなく、やはり二話の関係が指摘できるところである。ただそれは、画工や画法の関係を意味するだけのものではない。二つの挿絵の構図の相違は、細部から検討すれば、たとえば両者の狐の足の場合、『懐硯』の方がより人の足に近くなっているなど、多くの差異が発見される。それに対して、両者の文章の筋の展開には、一つの類型がある。その一つは、『西鶴諸国はなし』が、「大和の源九郎」「姫路の於佐賀部狐」といった有名な悪狐をすえるのに対し、『懐硯』の場合は、信太の森の「うらみ葛の葉」「伏見大社」など、むしろ人間には善意で接する狐を配して、両者とも狐に親近感をいだかせている点である。前者が「狐四天王」として、「頼光」と「四天王」をもじって、名のある狐を紹介するように、後者も「蟻通の歌之介」「金熊寺の彦惣」など、ありそうな名の狐を羅列させて登場させていることである。また、前者が狐に化かされて頭を剃られた人を「俄坊

『西鶴諸国はなし』巻一の七「狐四天王」

（二十一オ）

（二十二オ）

『懐硯』巻二の五「椿は生木の手足」

（二ノ十九ウ）

（二ノ二十オ）

主になし、姫路にかへれば、門兵衛内儀も姿をかへてありし。様子聞て悔めども、髪ははへずしておかし」と笑いで終るように、後者も「次に鉢巻に釣髭、大小、見るからねだれ者、酒手くれねば通さぬ男は、助松のねじ介と、大笑に尻声なく明れば元の森になりぬ」と、うまく化けた狐を、狐たちが笑って終るようにしている点である。しかし、この笑いは楽しい笑いではない。笑いのあとに、前者では狐たちの報復の執拗さ、後者では、笑いの場面が夜明けとともに、元の林にもどってしまうという不気味な狐の霊力を、あらためて知ることとなり、両者とも狐への畏怖の念をいだかせる結末となっている。この三点から、『懐硯』は、『西鶴諸国はなし』の「狐四天王」と類似すると言える。

しかし、「狐四天王」の構成と、『懐硯』の「椿は生木の手足」とを比較した際の創作視点の相違点は、恨みによる「復讐譚」にある。罪のない小狐の死への恨みが、憤りとなって報復という行為に代わることを、『西鶴諸国はなし』の「狐四天王」は、創作視点においていることである。その意味で、「狐四天王」が、巻一の目録見出しで、「恨」とするのもよく内容を言い当てたものと言える。

この創作視点について、『西鶴諸国はなし』で確認すると、「水筋のぬけ道」（巻二の三）、「夢路の風車」（巻二の五）、「執心の息筋」（巻五の五）、ある意味では、「命に替る鼻の先」（巻四の三）、「驚は三十七度」（巻四の四）、「夢に京より戻る」（巻四の五）、「力なしの大仏」（巻四の六）、「鯉のちらし紋」（巻四の七）、そして、「因果のぬけ穴」（巻三の七）がふくまれる。

「水筋のぬけ道」は、若さの小浜の「越後屋」の奉公人「おひさ」が、行商人の「庄吉」と恋仲になったが、越後屋の女房にその仲を責められ、海に身を投げた。ところが、大和の「秋篠の里」で池を掘っていたところ、その水脈から娘の遺体が発見され、その顔を知る旅人があって、その遺体が若狭の「おひさ」であることがわかった。人びとは、若狭から大和に続く水脈に驚きながら、「おひさ」の菩提を弔ったが、その話を聞いた「庄吉」も出家し、「秋篠の里」へやってきた。その「庄吉」の夢枕に「おひさ」が現れ、「今ぞおもひを晴らしけるぞ」と姿を消したが、ちょうど同じころ「越後屋」の女房も息が絶えたと言うことである。「おひさ」は、生前に「越後屋」の女房に顔を火箸で焼かれるという折檻を受けている。その「恨」によって死霊となって、報復したと考えられる。

「夢路の風車」は、飛騨の隠れ里に分け入った奉行が、夢の中で、殺された女商人二人に頼まれた殺人犯の捜査に、一役かう「はなし」である。女商人二人が、自分たちが殺されながら、犯人「谷鉄」の思うまま事件が迷宮入りとなることに対し、「今に谷鉄をば浮世に、置事の口惜や……かたきをとつてたまはれ」と「恨」のすべてを奉行に託するのは、「水筋のぬけ道」が、自己による復讐なら、これは他に委託しての復讐と言えるが、どちらの場合も、「恨」は憤りとして、加害者にむけられている。

「執心の息筋」は、豊かに暮らす商人の後妻が、夫亡き後、残された三人の子供に不審なことをしたのか、まもなく二人が死に、一人残った長兄も病気になった。しかし、後妻は長兄の看病も、生活の面倒もしてくれなかったので、長兄は後妻を恨みながら死んでいった。三人の息子が死んだので、後妻は「今は我物」と、「髪をのばし、いたづらを立、世にさかゆる」とき、継子の幽霊が現れて、軒端から息を吹きかけたところ、火炎となって後妻の毛に燃えつき、焼け死んでしまったというものである。これこそ死んだ継子の「恨」が、火炎となって、後妻を焼き殺すという壮烈な「復讐譚」となっている。

「命に替る鼻の先」も、読む角度をかえれば、「復讐譚」である。天狗が女の子に化けて高野山に住む檜物細工屋をからかっていたところ、職人が使っていた割挟（わりはさみ）のせめが自然とはずれ、天狗の鼻に当たった。そのことを予知できなかった天狗は、腹いせに高野山を全山焼き払おうと計画するというものである。「宝亀院」が天狗道に落ちてまで、その計画を阻止したので、山が焼き払われることはなかったが、これも天狗の「恨」による「復讐譚」である。「鶖は三十七度」は、明け暮れ数限りなく鳥の命をとって生活している男が、ある晩三十七羽鳥をとったが、家に帰ると、妻からその夜は寝ているわが子が、三十七度痙攣したことを聞き、驚いて狩の道具を全部埋めて、「鳥塚」として供養したということである。これも殺された鳥たちの「恨」による「復讐譚」と考えられる。「夢に京より戻る」は、藤の花の精が、人びとによって花が手折られることを嘆き、「見ぬ人の為とて、折て帰りし人の、妻や娘のにくさに、かく取かへしにありく」（傍点筆者、以下同じ）と、藤の花を取りにまわるという筋で、手折る人への「恨」から、藤の花を取り返すという「復讐」に近い行為におよんでいる。「力なしの大仏」は、「大仏（あふほとけ）」という大男が、自分の非力を「世間の笑ひもの」とされる無念をはらすために、生まれた子供に鍛錬させて、大力にするという小編で、「恨」と「復讐」ほどでないにしても、その要素はふくんでいる。「鯉のちらし紋」は「内助」という漁師が、寵愛していた鯉が、「内助」が妻を迎えたことを恨んで、「内助」の留守に妻をおどし、漁中の舟に「内助」との間にできたという子供のようなものを吐いて行ったという奇談である。「異類婚」のような構成ではあるが、鯉が「内助」の妻に向かって、「こなたをむかへ給ふ。此うらみやむ事まし」と言いすてるところから、これも、「恨」と「復讐」との一つの形と理解できる。

これらのような報復のパターンは、一つには、「はなしの種」である原話によっていると考えられるところがある。この点について、中川光利氏[2]は、さきの『西鶴諸国はなし』の「命に替る鼻の先」の原拠と推定される「覚海上人の伝承」が、かつて究明されなかった理由として、「原拠離れの手法」と説明し、宗政五十緒氏[3]の「逆設定の手法」を援用したうえで、「毘張房」の「天狗伝承」での「報恩譚」を、「復讐譚」に逆設定したと、論を展開しているが、そのような西鶴の創作手法もあったことは、容易に想像できる。しかし、この「復讐譚」の存在する理由は、西鶴が世俗を観察することによって発見した、「恨」と「復讐」の相関関係にあると考えられる。すくなくとも『西鶴諸国はなし』の「狐四天王」「水筋のぬけ道」、「夢路の風車」、「執心の息筋」はそうである。そしてまた、「命に替る鼻の先」、「驚は三十七度」、「夢に京より戻る」、「力なしの大仏」、「鯉のちらし紋」のように、喜劇的な場面もあるが、「復讐譚」は形成されている。しかし、それらの「復讐譚」も、「恨」が不明確なまま、「復讐」を企図する場合があり、それをはたせずに終ることもある。「因果のぬけ穴」は、それらの集約されたものである。「因果のぬけ穴」は、江戸で武士の鑑として、衆目を集める使者役の、「大河判右衛門」は、兄嫁より夫「判兵衛」が討たれたため、敵討をしてほしいと頼まれ、一子の「判八」をつれて、敵である「寺田弥平次」の潜伏する但馬の屋敷まで下った。屋敷の警戒は厳しかったが、「判右衛門」親子が潜入したところ、「弥平次」に見つかってしまった。「弥平次」の用心棒たちに追いかけられ、抜け穴から逃げ出そうとしたところ、「判右衛門」は逃れ遅れ、仕方なく「判八」が、「判右衛門」の首を切り落として逃げのびた。その後「判八」が、「判右衛門」の首を木の根に埋めようとして掘ると、その穴から「しゃれかうべ」が出てきた。「判八」は二つの首を葬ったが、その塚を枕にまどろむと、「しゃれかうべ」が夢に現れ、それが「判兵衛」であることを告げる。「判右衛門」や自分が「弥平次」に討たれたのは、前世の因縁によるので、「判八」に敵討をやめて出家して、二人の菩提を弔ってくれるように告げて姿を消した。「判八」はそれでも敵討を試み、返り討となってしまったというものである。この悲劇に終る敵討は、「恨」「復讐」がどれほど無意味であるかを主題としている。また、報復することだけが、正しい選択ではないことを主張している。しかし、それでも「恨」と「復讐」だけは、存在している。このことを基底とし、これらの『西鶴諸国はなし』は形象化されている。

右の現実認識は、そのまま西鶴の創作視点そのものであり、『西鶴諸国はなし』で確認されたこのことは、やがて『武道伝来記』（貞享四（一六八七）年刊）によって、より明確にされていくと言っても過言ではない。『武道伝来記』は、目録に掲げる副題が「諸国敵討」であるだけでなく、西島孜哉氏が指摘したように(4)、「諸国咄しとして計画していたと考えるのが自然な」作品である。その点では『西鶴諸国はなし』と同様に、「はなしの種」を諸国に求めて形成された方法をもつと言える。そのために『武道伝来記』は、その「序」で「これらは見ぬ世の事、中古武道の忠義、諸国に高名の敵うち、其はたらき聞伝て、筆のはやし詞の山」と、「敵討咄」を所期しながらも、実際は、「復讐譚」が多いという実態が出ている。[5] これは、「本来の敵討を離れ、虚構化され、更に当世を描こうとする西鶴の姿勢が存在する」[6] 作品となっている。したがって、武士を対象とするかどうかの差異をのぞけば、『武道伝来記』にいたる人間の「復讐譚」の悲喜性という創作視点は、『西鶴諸国はなし』で、すでに形成されていたと言える。

三　「失態譚」の創作視点

『西鶴諸国はなし』の「お霜月の作り髭」(巻三の三)にも興味がひかれる。大酒呑みの浄土真宗の仲間四人が、十月二十八日の「報恩講」のお取越の夜、隣の間で近所の若い者が寝ているなかに、今深夜祝言をあげ新郎となる男が寝ているのを見つけたが、「にくいやあいつ目が、御ぞうしやうに、髪さかやきをしすまして、よばぬさきから、女房自慢なる皃つきに、さらばいわふて、釣髭」と、四人でいたずらに顔に墨でつり髭を書いているうちに、墨で真っ黒の顔にしてしまう。そのままの顔で婿入りし、恥をかいた若者は、脇差を抜いて暴れ、仲裁も出て大騒動となったので、結局四人には作り髭をさせ、頭に引き裂き紙をつけ、裃を着て、真っ昼間に詫び言をさせることで落着した。それに対し、『懐硯』の「水浴は涙川」(巻三の一)では、商売上手ながら、「愚なる男」伊勢山田の「清蔵」が、人もうらやむような女房をもらった。その新婚の「清蔵」をからかって離婚させてやろうと、「謡講」の仲間五人が一計を案じ、空言の女房の悪口を耳に入れたところ、まんまとひっかかってしまい、一方的に女房を離縁してしまった。その後「清蔵」は、離縁したことを後悔し、仕事も手につかず暮れから寝こんでしまったが、女房が再嫁したという知らせを聞き逆上し、無念の思いの怒りを、五人への復讐にむけた。正月元旦もかまわず、五人の家を抜き身でかけずり回り、大騒動となり、町の者総出の仲裁で、五人の命を助ける代わりに、全員の女房を離縁させることで落着したという結末になっている。

両話には、五つの共通点がある。一つは『西鶴諸国はなし』が、大酒呑みの四人組、『懐硯』が、「謡講」仲間の五人組という設定である。次は、その仲間に、前者の場合は「御寄講」に招かれた法師、後者の場合は「謡講」の師匠「武右衛門」という分別あるはずの人が加わっていることである。そして、両方とも結末では、この二人が嘲笑の中心となっていることである。法師の場合は、「中にもすぐれておかしきは、御坊の上髭ぞかし」と直接的に笑われているが、「武右衛門」の場合は、「武右衛門女房は今年六十一なりしも堪忍せず。馴染て四十三年。いまになつて去るゝ、是はいかなる因果となげかれしも断ぞかし」と古女房の嘆きの様子が笑いをさそっている。この妻の嘆きを描きながら、妻の離縁される理由のない離縁への悲しみと、そのとまどいによる笑いは、間接的に加害者の夫である「武右衛門」へむけられている。両者ともに、笑われながら、さらし者のように、悪の代表者の末路を歩む。三つめは、いたずらの動機が、被害者の男の妻が、ことに美しいという理由による。いわば嫉妬によるものである。前者は、「先の娘のうつくしさ、むかしの浄溜利御前も及ぶまじ」と表現される美女であり、後者は、「清蔵」が妻を離縁した後、他人から「うつくしきお内儀を、何として離別なされたぞ。心だてと申、結構なるお人、千人の中にもまたあるまじ」と言いたてられるほどの美女で申し分のない妻であったことである。それを、前者の場合は「法師」、後者の場合は、「謡講」の仲間の一人の「彦左衛門」が、仲間に報告し、集団でいたずらを行うこととなることである。四つめは、被害者が逆上し、自らの命を投げうってまでも、復讐するところである。前者では、「指添をさげて、かけ出を、しうと留めて申は、此上は、おのおのかんにんあそばしても、我等きかず。もはや百年目と、死出立になりて行を……」その悲壮な覚悟のほどが描かれている。後者でも、「清蔵」の狂乱は、次のように描かれている。

今はたまりかね、無念至極と奥へかけ入、何のおもしろからぬ浮世にながらへて詮なし。とかく世に二人ともなき女房を嘘ついて去せし。五人の者をかたはしよりさし殺して死んで、胸をはらすべしと思ひさだめ、長持の錠ねじきり脇差取出し、髪は去年の廿日過に結たるまゝなるを乱し……。

両者とも殺意と自殺願望をいだき、前者は「両町きゝつけ」後者は、「五人の者の家々を抜身にてかけ歩行きしに、途中の礼者肝ひやし、元日に此のような事は終にためしなき騒動、やれ喧嘩よ、狼藉ものよと、かざり松ふみ倒して逃げるもあり」と、大騒動におよぶ。五つめは、両方とも仲裁者が現れ、結果として加害者は、被害者に対して行ったいたずらに近い罰を与えられて落着するという結末である。前者は、「やうやう四人に、つくり髭をさせ、かしらにひきさき紙をつけ、上下をちやくし、日中に詫言」をさせ、制裁を受けさせるというものである。「よいとしをして、孫子のある者共、めんぼくなけれど、しなれぬ命なれば、是非もなき事也」と、西鶴は感慨を述べるが、罰を受けた大酒呑みの四人組は、巻三の「十丁オ」のような惨めな姿で、大勢の人びとの笑い者となっている。その点は、『西鶴諸国はなし』の「狐四天王」で、「髪ははへずしておかし」と笑い者となるのと同様であるが、「狐四天王」のようなただの哄笑ではなく、分別ざかりの四人の男の度のはずれたいたずらに対する軽蔑がふくまれる。冷ややかな笑いでもある。後者の「清蔵」は、「宿老になだめさせてもきかぬを、旦那寺の長老、医者の春徳、上下四町の年寄」の説得によって、ようやく堪忍した。その条件は、「命はたすけ、右の五人者の女房みなみな去せて給はれ」というものであった。「惣じて此たぐひの悪口いふまじき事なり」とむすばれているが、前者と同じく、この一言も笑いをさそう。それは、あきれた者への笑いである点で共通している。

いずれにしても『懐硯』の「水浴は涙川」の創作視点が、『西鶴諸国はなし』の「お霜月の作り髭」の延長線上に存在することはまちがいない。「お霜月の作り髭」の目録での小見出しは「馬鹿」である。『史記』の「趙高」の言葉に起源をもつとされる「馬鹿」は、『好色一代男』（天和二（一六八二）年刊）などでも、今日的な使われ方がしており、無分別な四人の男ということになる。その「無分別」を、目録の小見出しにもつのが、「行末の宝船」（巻三の五）である。諏訪の根引の「勘内」という「あばれ者」が、冬の湖にかかる氷の橋を春先にもかかわらず、人びとのとめるのもかまわず渡って、氷が解け波間に沈んでしまった。人びとは悲しんだが、同じ年の「七夕祭り」の日に、「勘内」が、光り輝く立派な舟に乗って戻ってきた。自らは、「竜の中都」の大王の買物役と名のり、そこが住みよいところであることを人びとに強調し、興味をもった七人の男たちは、同行を希望した。一人は「分別して」ひき返したが、後の六人は十年経過しても帰ってこず、六人の男の後家の嘆きは言うまでもなかったというものである。ここでは、まず氷の解ける春に、湖の氷の上を渡ろうとした勘内の「無分別」があげられる。そして、「竜の中都」にさもしい心で乗りこんで行った六人も、「取残されし人、是をなげきしに、耳にも聞いれず」という「無分別」である。この章の冒頭は「人間程、物のあぶなき事をかまはぬものなし」で始まっているが、周囲の人びとの「まはれば遠しと、人の留るにもかまはず」、危険な行為に出て命を失う「無分別」な行為も、悲しくも日常的なものである。それらを中心の創作視点として、西鶴が形象化したのが、序を持つ『本朝二十不孝』（貞享四（一六八七）年刊）である。

『本朝二十不孝』の「序」には、次のようにある。

……生としいける輩、孝なる道をしらずんば、天の咎めを遁るべからず。其例は、諸国見聞するに、不孝の輩、眼前に其罪を顕はす。是を梓にちりばめ、孝にすゝむる一助ならんかし。

『本朝二十不孝』も、やはり「諸国見聞」を発想とした「諸国はなし」である。そのテーマを「不孝」とするだけで、『本朝二十不孝』としたのである。なかでも、『西鶴諸国はなし』で確認した、「馬鹿」や「無分別」による失態は、その中枢となっている。たとえば「八人の猩々講」（巻五の二）のように、母の諫言も聞かず、大酒飲み仲間と飲み明かし、「母果らるゝにも枕をあげず、此死めにあはず、はるかの後に夢さめてなげく」痴態や、「無用の力自慢」(巻五の三) のように、相撲好きのために、自らを滅ぼす「はなし」は、さきの「お霜月の作り髭」や、「行水の宝船」の失態や自滅と相似している。世間からは、「馬鹿」「無分別」と思われる「不孝はなし」を、「孝にすゝむる一助」とする「不孝はなし」として集めたのが『本朝二十不孝』である。このような失態を冷徹に見つめる創作視点は、すでに『西鶴諸国はなし』で形成されていたと言える。

四　「失言譚」の創作意識

直接的な類話ではないが、創作視点という問題では、『西鶴諸国はなし』の「蚤の籠ぬけ」(巻三の一) と『懐硯』の「大盗人入相の鐘」(巻四の一) についても指摘できる。「蚤の籠ぬけ」は、以下のような「はなし」である。府中の浪人「津河隼人」の家に、盗賊が「しのび入った」。「隼人」は、四、五人を切りたてて、追いちらしたために、何一つ取られなかった。そのまま近所に知らせずに済ませた。その夜また盗賊が「紺屋」におし入った。家の中を荒らしまわったうえに、抵抗した亭主を切り倒して、諸道具を奪って逃げ去った。夜が明けて、取り調べが行われると「隼人」の家の門口に、血が流れていたので、「隼人」に疑いがかかり、入牢することになった。七年後には、京都の牢屋に移されたが、そこには器用なものが多く、ある老人などは、薄縁の畳糸で虫籠を細工し、十三年になる虱と、九年になる蚤を飼っており、虱は「獅子踊」をし、蚤は「籠ぬけ」などをする。諸芸の最後には、「高名咄」になり「ちょろりの新吉」という男は、片耳のない子細として、駿河で浪人の家で切りたてられたことや、その夜「染物屋」の亭主を切り殺したという「武勇はなし」をした。それを聞いた「隼人」は、その仕業のために、自分に疑いがかかった汚名を、なんとか晴らしてくれることを男に頼んだ。男は「隼人」の言葉を聞きわけ、もう一人の仲間とともに、お上に真実を申しあげてくれたので、疑いは晴れ、お上も長い間の難儀を考慮し、何なりと望みをかなえると言ってくれた。そこで、男たちの命乞いをして、犯人たちは助けてもらったというものである。

一方、「大盗人入相の鐘」は、次のような「はなし」である。越後立山の「嶺梅庵」には、「吐雲法師」が住んでいたが、ある夕方夜盗がおし入った。夜盗はあまりの貧しさにとまどっていたが、「吐雲」のすすめる酒に「懺悔はなし」を始めた。一人は、元は歴々の武士ながら、「虚病」中にあげた武功をとがめられ、夜盗になりはてたこと、また一人は、田畠持ちの百姓ながら、自らの怠惰から水を運ばず、隣の畦を切って水を流し込んでいたところ、それが発覚し、土地を追われ夜盗になったこと、もう一人は神主ながら八卦にでたらめを言い、仲間の神主の家を、非道な方法でつぶしたりして、土地を追われ夜盗になったこと、もう一人は、大坂で第一の問屋でありながら、ちぎの錘に細工をして、あこぎな商売をし、罰があたり零落し、ついには盗賊になりさがったということ、最後の一人は、銀細工の職人としてひとかどの腕をもちながら、欲にくらんで合鍵を作ったことから、合鍵打ちとして評判がたち、夜盗たちからの仕事をひき受けたことから、詮索がおよび逃げ、夜盗の道に入ったことなどを話した。そのあと、その懺悔ができたお礼に無理やり灯明代を置いて帰った。「まことに心は善悪の入物ぞかし」としてむすばれている。

両話の共通の展開方法として、真は悪人ではない盗賊の登場と、その独白があげられる。「蚤の籠ぬけ」の場合の独白は、盗人としての手柄話であり、巻三の目録の小見出しには、「武勇」とある。「多盗人入相の鐘」の場合の独白は、「懺悔はなし」である。その趣向は違うが、どちらも、その独白がなければ、「はなし」は成立しない。「大盗人入相の鐘」のように、盗人が法師にあって翻意する「はなし」は、『囃物語』〔延宝八（一六八〇）年刊〕「盗人のはなし」（巻下の二）の「安養の尼物語」に酷似しているとされるが[7]、「懺悔はなし」は、『三人法師』『七人比丘尼』が、先行することは明らかである。また、『世間胸算用』〔元禄五（一六九二）年刊〕の「平太郎殿」（巻五の三）にも似かよっており、それらは、いずれも創作視点でつながっていると考えられる。しかし、両話とも、このような盗人の独白をあつかいながら、『西鶴諸国はなし』では、そのなにげない失言が、他人の運命を左右することとなっているのが注目できる。この創作視点は、『武家義理物語』（貞享五（一六八八）年刊）につながっている。『武家義理物語』の「我物ゆへに裸川」（巻一の一）の冒頭には、「口の虎身を喰、舌の剣命を断は、人の本情に非」とあるが、「序」を欠くこの作品では、この言辞は、その創作視点を知るうえで、ひとつの意味をもっている。「我物ゆへに裸川」は、「青砥左衛門尉藤綱」が、「滑川」で「十銭」たらずの銭を落としたとき、人足を呼び集め、「三貫文」を使ってまで探させた。その行為にこたえる者があって、その銭は発見することができ、その人足は褒美をもらった。ところが、人足は夜の酒もりの場で、「利発」によって、自らの銭を出すことで、「青砥」をだましたことを自慢した。それが「青砥」の耳に入り、その人足は罰として裸で川に入れられ、本当の銭を拾うまで、九十七日間川底をさらわせられたと、いうものである。さっきの「蚤の籠ぬけ」の場合と同じで、無用の失言をしなければ、悪事は露見しなかったことになる。『武家義理物語』には、ほかにも「口の虎」によって、運命を左右された「はなし」が多い。そのことは、かつて詳述した。(8) ここでは、それらの章題と、「口の虎」となった契機をあげるにとどめる。

「衆道の友よぶ衛の香炉」（巻一の三）―「申かはせし義理にせめられ」

「神のとがめの榎木屋敷」（巻一の四）―「申出して是非に及ばず」

「身躰破る風の傘」（巻二の一）―「其方何物にて、すいさんなる言葉といふ」「かへつて雑言申段、爰は堪忍なりがたしと」

「我子をうち替手」（巻二の四）―「たがひに鞘とかめして」

「発明は瓢簞より出る」（巻三の一）―「すこしの疵を見付、何心もなく是迯疵かといふ」

「約束は雪の朝食」（巻三の二）―「日外かりそめに申しかはせし言葉をたがえず」
「具足着て是見たか」（巻三の三）―「三人は雑言ゆへに、あたら身をうしなひ」
「思ひ寄ぬ首途の聟入」（巻三の四）―「外には聞人もなく、祝言いひかはして」

右の「はなし」はいずれも「口の虎」が事件のきっかけとなっている。これは、『武道伝来記』でも確認できる。『武道伝来記』では「相当数の「口の虎」により、敵討と発展する話群が存在する」(9)。やはり、この「口の虎」という創作視点が、『西鶴諸国はなし』にすでに存在したと言ってよい。「蚤の籠ぬけ」では、盗賊の話材であるものの、反面、浪人「津河隼人」の武士道、あるいは小見出しの「武勇」と考えられるところもある。その場合、視点人物が武士であるところからも、「武家物」の形成の創作意識が、『西鶴諸国はなし』で、すでに指摘できる。

五　『西鶴諸国はなし』から『懐硯』への展開

『西鶴諸国はなし』との類話を、二年あまりあとの『懐硯』から考察したが、両者には素材としての共通項はあるものの、その西鶴の創作視点という点からは、微妙な相違がある。それを、『西鶴諸国はなし』の各巻の目録の言葉を借りるなら、「狐四天王」は狐の「恨」に対する畏怖の念、「お霜月の作り髭」は、いたずらを越えた失態、つまりは「馬鹿」を、「蚤の籠ぬけ」では、「武勇」と、その後の事件の思わぬ展開に、「はなし」の説話的興味を設定している。そして、「恨」による「復讐譚」は、『武道伝来記』各巻の「諸国敵討」（目録副題）に、「馬鹿」な「失態譚」は、『本朝二十不孝』の「不孝はなし」に、「武勇」を語ったことによる「失言譚」は、『武家義理物語』の失言による「失敗譚」に、それぞれ創作視点としてつながっている。これらは、『西鶴諸国はなし』の世界を形成するとともに、西鶴文芸そのものの形成に大きく関与している。

たとえば、『西鶴諸国はなし』の「公事は破らずに勝」（巻一の一）は、「東大寺」と「興福寺」とが、太鼓の所有権を争い、裁判事となる「比事物」である。「比事物」である以上『本朝桜陰比事』（元禄二（一六八九）年刊）に先行する話と言えよう。この点については、すでに宗政五十緒氏(10)が、「恋の出見世」（巻五の二）とともに、「比事物」であることを指摘している。「比事物」という見解からなら、「闇の手がた」（巻五の四）も加えなくてはならない。この「はなし」は、章題どおり、乱暴者に集団で襲われた女が、闇の中で、鍋墨で乱暴者たちの背中に手形を残しておいたのを証拠に、奉行所で申し立てた話である。女の知恵が、事件の証拠だになる点からも、「謎とき」の「比事物」であり、『本朝桜陰比事』の刊行時期からも先行すると考えられる。

「大晦日はあはぬ算用」（巻一の三）は、章題の「大晦日」でわかるように、『世間胸算用』（元禄五（一六九二）年刊）の方法である。話は、貧しい浪人が正月を迎える準備の金として、義兄に無心して金子十両をもらった。それを喜びとして、浪人仲間七人で宴をもうけたが、その席で十両を披露し、皆に一巡したところ一両が紛失してしまっていた。一人の浪人が疑われたが、だれかが自分の持つ一両を出し、その場は収まった。しかし、あとで勝手元から一両が出てきて、だれかが友をかばっての行為であったことがわかった。その一両は、亭主の浪人の機転によって誰にも知られず持ち主にひき取られたというものである。この話は後半こそ武士らしい美談となっているが、十両を得るまでの前半は町人物に通じる展開となっている。この浪人は、次のように形象化されている。

……廿八日迄髭もそらず、朱鞘の反をかへして、春迄待といふに、是非にまたぬかと、米屋の若ひ者をにらみつけて、すぐなる今の世を横にわたる男あり。

掛け取りに来た商人を時代遅れの「朱鞘」でおどす浪人は、『世間胸算用』の人物形象そのままである。また、その浪人が、義兄に金の無心をして、金子を贈られたとき、義兄は医者であることによって、「ひんびやうの妙薬、金用丸、よろづによし」と上書に書いている。これは、『日本永代蔵』（貞享五（一六八八）年刊）の「煎じやう常とはかはる問薬」（巻三の一）に、貧病の苦しみを治す「長者丸」というものをあげているのと同趣向と言えよう。
また、これは、「銀が落てある」（巻五の七）の方が、より明確である。『西鶴諸国はなし』最終話のこの一話は、大坂のある正直な男が、江戸で商売をして成功して帰って来た人に、江戸に行って商売をしたいが、最近の江戸では、何の商売をしたらよいか教えを乞うた。その男は、この人物があまりに正直なので、「今は銀ひろふ事が、まだよい」と教えたところ、男は正直に信じこみ、江戸に着いても、毎日金を拾いに出かけていた。そのことを世話になっていた宿の亭主が聞き、近所の人に話したところ、「是ためしもなき事也。はるばる正直にくだる心ざし、咄しの種に、ひろはせよ」と小判五両を出し合って、その男に拾わせてみた。男はそれから富貴となって、江戸で繁盛したというものである。最終話として祝言形式に終っているものの、この「成功譚」は、「夢物語」ではない。さきの「煎じやう常とはかはる問薬」も、その「長者丸」に力づけられて、広い江戸で商売に成功する話であった。男の成功のきっかけは、大工の落としていった檜の切れ端を、拾い集めたことにはじまる。この拾い集めた檜の切れ端を箸にしてかせぎだし、ついには材木屋となり四十年のうちに十万両の財産を築いたというものである。発想・展開ともに、「銀が落ちてある」に相似している。ただ、『日本永代蔵』では、「され共、人の大事にかくる物はおとさず、銭を壱文いかないかな、目に角立ても拾いがたし。是を思ふに、徒につかふべき物にはあらず」と、より現実性を付加していることとである。致富道には、「夢物語」は存在しない。檜の切れ端を拾うという創作視点は、『日本永代蔵』の「浪風静に神通丸」（巻一の三）の大坂の母子の「致富譚」に継承され、「町人物」の世界として結実している。ほかにも共通項を求めれば、西鶴文芸の多くに、それを指摘できる可能性が考えられよう。

以上のように、『西鶴諸国はなし』が、「はなしの種」を集めて、作品世界を形成したものであることは、その「序」からも明瞭である。『西鶴諸国はなし』刊行後の作品それぞれから分析すると、『西鶴諸国はなし』は、「武家物」「町人物」「雑話物」などと通じる創作視点をもって形成された作品である。西鶴文芸史上、重要な位置をしめる作品であることも理解される。このことによっても、これは『西鶴諸国はなし』の作品論だけのものではなく、西鶴文芸の展開そのものが、個々の作品世界の集合体ではなく、同一の創作視点によって形成されていると結論づけることができよう。

注

（1）水田潤「「諸国はなし」の近世的性格」『西鶴論序説』（桜楓社）一九七三年刊所収。
（2）中川光利「『西鶴諸国はなし』と伝承の民俗」『西鶴とその周辺　論集近世文学3』（勉誠社）一九九一年刊所収。
（3）宗政五十緒「西鶴注釈の方法」『西鶴の研究』（未来社）一九六九年刊所収。
（4）西島孜哉「『武道伝来記』の成立」『西鶴と浮世草子』（桜楓社）一九八九年刊所収。
（5）田中邦夫「『武道伝来記』の構造（上）」『大阪経大論集』一〇九・一一〇号　一九七六年刊所収。
（6）拙稿「『武道伝来記』における創作視点」『日本文芸学』二十二号　一九八五年刊所収。本書所収。
（7）冨士昭雄　対訳西鶴全集　五『西鶴諸国はなし』『懐硯』による。
（8）拙稿「『武家義理物語』試論―巻一の一「我物ゆへに裸川」を視座として―」『日本文芸研究』第三十七巻第四号　一九八五年刊所収。本書所収。
（9）（8）に同じ。
（10）宗政五十緒「『西鶴諸国はなし』のあとさき」『西鶴の研究』（未来社）一九六九年刊所収。

第三節　「年をかさねし狐狸（きつねたぬき）の業（わざ）ぞかし」考
――西鶴と出版統制令に関する一考察――

一　はじめに

『好色五人女』巻二は大坂を舞台に展開される樽屋おせんの物語である。巻二の二「踊はくづれ桶屋更て化物」では、その冒頭で大坂天満の七つの化け物について、以下のように紹介されている。

天満に七つの化物有。大鏡寺の前の傘火、神明の手なし児、曾根崎の逆女、十一丁目のくびしめ縄、川崎の泣き坊主、池田町のわらひ猫、うぐひす塚の燃からうす、是皆、年を重ねし狐狸の業ぞかし。世におそろしきは人間、ばけて命をとれり。（波線は森田）

一つめの大鏡寺の前の傘火は、燃えている傘が浮遊でもしているか、傘と人魂の怪かわからないが、見えて不思議ではない怪異である。大鏡寺は、『曾根崎心中』にも出てくる大坂三十三所の札所で、当時の大坂を知る人にとっては、大坂の名所の一つといってよかろう。見た人が実際にあったり、すでに巷説にあがり、評判になっていた可能性は十分に考えられる。

続いて、二つめに神明の宮の手なしちご、三つめに曾根崎の逆さま女、四つめの十一丁目（西天満の町名）に首しめ縄、五つめに川崎（北区川崎町）の泣き坊主をあげているが、これらも当時の大坂に実在する場所で、どの怪異も非現実的と言い切れない怪異である。

ただ、逆さま女は想像しがたいかも知れない。しかしこれも、すでに信多純一氏[1]がご指摘されるように、『因果物語』や古浄瑠璃『他力本願記』などの「さかさ幽霊」が井戸や川などに逆さまに落とされ非業の死をとげた亡者の姿であることを当時の人々は了解しており、殊更特異な怪異とは言えないのである。

六つめの池田町（北区）の笑い猫、七つめの鶯塚（北区長柄東）の燃え唐臼も容易に想像がつく怪異で右の怪異と同じく、出会う可能性のありそうな化け物といえよう。

これら七つの化け物を羅列した後、それらの恐怖を語ることもせず、西鶴は「是皆、年を重ねし狐狸の業ぞかし」として簡単にまとめている。

このまとめ方はいかなる理由によるのであろうか。

従来、この部分はさほど重視されず、続く「世におそろしきは人間、ばけて命をとれり」を高く評価し、『西鶴諸国はなし』序文の「人はばけもの、世にない物はなし」や『好色盛衰記』巻一の三「世に人程化物はなし」とともに、西鶴の人間観察の深さを知るところとして注目してきた。巻二の二の話の展開上もそちらの方が要である。しかし、ここでは「是皆、年を重ねし狐狸の業ぞかし」の方に注目してみたい。

そこでここに一つ、理由として仮定をあげるなら、「是皆、年を重ねし狐狸の業ぞかし」は怪異を語るときの常套句的に使われており、怪異の要因というよりは、怪異現象に遭遇した者が実際あったり、これからあったとしても、それは昔より語られる「狐狸」の類の仕業である、恨みを持った幽霊や化け物などはこの大坂にはいない。皆安堵するようにという効果があったのではないかと考える。

大都市における怪異の無用な煽動は人心を惑わし、攪乱する。それを鎮めるための「是皆、年を重ねし狐狸の業ぞかし」という一文ではなかったかと仮定するのである。

それでは、その必要性はどこからくるのかとなると作家西鶴と出版統制令との関係ではないかと考えている。

ここで今田洋三氏(2)が日本の最初の出版統制令として紹介される、明暦三（一六五七）年七月に京都で出された触をあげる。

条々

一、和本之軍書之類、若板行仕事有之レ者、出所以下書付、奉行所へ指上可レ請二下知一事。

一、飛神・魔法・奇異・妖怪等之邪説、新義之秘事、門徒又者山伏・行人等に不レ限、仏神に事を寄、人民を妖惑するもの の類、又ハ諸宗共に法難ニ可二成申一分、与力同心仕之族、代々御制禁之条新義之沙汰ニあらざる段可レ存レ弁二其旨一事。

（以下一条略─礫打ちあい禁止─）

右条々違犯之族於レ有レ之者可レ為二曲事一者也。

明暦三年丁酉二月廿九日　　佐渡印

下京　町中

この条によれば、「人民を妖惑するものの類」は、取り締まられるとなっている。読者がつけばつくほど、作品の影響は一人歩きしていく。その効果は大きいと考えてよい。

もちろん、当時、西鶴に先行して、いわゆる百物語のような口承系の怪奇小説や『伽婢子』のような中国怪奇小説の翻案物など優秀な怪異物が出版されていることは事実である。

それらが明暦に続く、天和の統制令や貞享の統制令でも姿を消さなかったことも事実である。しかし、西鶴が彼らと軌を一にしているかどうかは疑問である。

近年の西鶴研究において、西鶴と出版統制令との関係は、西鶴のカムフラージュとか自主規制として作家西鶴の側に認められるところとなっている。

西鶴が出版統制令に対して、何らかの統一した意識があって、「是皆、年を重ねし狐狸の業ぞかし」とまとめたと仮定することはできないであろうか。

以下、右の仮定を都市と狐狸をキーワードに検証していくものである。

二　『男色大鑑』巻二の二「傘持てもぬるる身」考

『男色大鑑』巻二の二「傘持てもぬるる身」は、明石藩を舞台としている。怪異の場面は以下のように展開している。

ある夕暮、風待亭に、前髪あまためしよせられ、名所酒数かさなり、御遊興の折から、にわかに星の林も影くらく、人丸の社の松さはぎて、風なまぐさく雲引はゆる中に、一眼の入道、軒端まぢかく飛来たり、左の手を二丈あまりもさしのべて、一座の鼻をつまむ事興覚て、先殿の前後をしゆごし、常の御居間に、取いそぎて入らせたまふ。跡地ひびきして、山も崩るるごとし。

夜半過て、御築山の西なる桜茶屋の椙戸を破りて、幾年かふりし、狸の首切はなされて、今に牙をならし、すさまじき有様を言上申せば、「扨は今宵のしんどう、其わざなるべし。誰かしとめけるぞ」と御家中僉議あれども、此手柄申出る人もなく、あたら名を埋みぬ。〔波線は森田〕

これを要約すれば以下である。殿様と小姓が夕涼みしているところに、大きな一つ目入道があらわれて、鼻をつまんだ。殿が居間に入られた後、大きな音がして、お築山の西にある桜茶屋の杉戸を破って古狸が入ってきたので首を切った。そのことを殿に申し上げると、「さては今夜の震動はその狸の仕業であったか、誰が仕留めたのか」と御家中をお調べになったが、誰も申し出ず、せっかくの功名も埋もれてしまった。

この怪異を常識的にとらえれば、「一眼の入道」と「幾年かふりし、狸」は同一とすべきであろう。「幾年かふりし、狸」が「一眼の入道」として悪ふざけをして、勢いあまり、杉戸にぶつかり、成敗されたと読むのである。明石市に現在残る明石藩の記録や民話に、この一つ目入道や古狸の怪奇話は見出せない。それは、フィクションで西鶴の創作によるのだとすればそれまでであるが、明石出身で明石城間近で育った論者には、逆にこの話がノンフィクションである可能性を思う。

まず、狸が破った「桜茶屋」であるが、対訳西鶴全集が注記するように「城内の庭園の桜のほとりにある茶屋」とするのが、一般的であろう。

しかし、明石城は小笠原忠真を城主とし、元和五（一六一九）年よりの本格的な築城工事の折から、その背後を守る堀として、「桜堀」を有していた。歴代の明石藩主の御殿は、居屋敷廓として明治まで残る（現在の明石球場付近）が、それは寛永八（一六三一）年の御殿消失以降のことであり、それ以前は本丸にあった。後の居屋敷廓に「築山」があったことは古図面からも明らかであるし、梁田蕫州の五言絶句で知られている。消失する前の御殿にも同様の「築山」があったと考えてよいであろう。「桜茶屋」が桜堀に面したものとすれば、「御築山の西なる」とぴったりと符号する。もし、寛永八（一六三一）年以降では、北西もしくは北となり、符号しないという事実が判明するのである。

そこで、この話が寛永八（一六三一）年以前の明石城とすれば、本丸に「常の御居間」があったことになる。本丸は現在の明石城、つまり角櫓に囲まれていたが、高台である。夏向きに「風待つ亭」があったことは十分に考えられる。東に目を転ずれば「人丸の社」が見える。その方角から一陣の風とともに「一眼の入道」があらわれるのである。

明石城本丸と「人丸の社」を結ぶ線上、二点のほぼ中間に現在、神戸大学付属中学校が建つ小高い丘がある。二〇〇二年九十二歳で亡くなられた小山鈴子氏は、(3)この近所に住み、大正時代、現在の神戸大学付属中学校に隣接する神戸大学付属小学校に通っておられた。お話では、子供の頃のこの小高い丘はうっそうとしており、誰言うとなく見越し入道を封じたという古い祠があったと教えていただいた。

見越し入道と「一眼の入道」は違うものの、これが一致すれば存外、『男色大鑑』のこの話は一六〇〇年代前半に実際に起きた事件として巷説では有名ではなかったかと考える。

ただ、そこには明石藩主ならびに明石という都市に住まう人々への配慮が働き、西鶴としては、非常にリアルな形で「幾年かふりし、狸」を出し、「一眼の入道」の怪異すらも古狐の仕業と取れるように読者を誘導し、狸話としてまとめたのではあるまいか。

あるいは藩主自身が「扨は今宵のしんどう、其わざなるべし」と宣言して、「一眼の入道」の怪異までも古狸の悪戯とし、人心を落ち着かせた藩主の行動までが巷説であったかも知れない。

江戸時代の明石藩自体は、十万石前後の譜代、親藩であったが、海路では明石海峡を擁して瀬戸内の海上交通路の要であったし、陸路でも畿内の最西端として旅人の往来も多かった。西鶴にとっても芭蕉も訪れるなど俳諧も盛んで情報源に事欠かないだけでなく、何よりも大坂に近い。巷説ともなれば、明石一国にとどまらず、その噂は一両日で畿内、西国のものとなる。その意味で明石は当時の上方の衛星都市といえよう。

この明石という都市で身近に起きた怪異譚を、庶民が納得するように「是皆、年を重ねし狐狸の業ぞかし」と同様の古狸の話に仕立てることは、やはり明石藩に対する配慮とともに、幕府の出版統制令にも配慮した西鶴のカムフラージュではなかったかと考える。(4)

三　『本朝二十不孝』巻四の四「本に其人の面影」考

『好色五人女』及び『男色大鑑』で分析した古狸話の方法は、『本朝二十不孝』巻四の四「本に其人の面影」でも確認できる。

要約すれば以下である。松前の武士の家に作弥・八弥という美しい若衆の兄弟がいた。父を亡くし、ついで母も亡くしたが、この家にその母が夜な夜な幽霊として出てくるという噂が立った。兄弟もついにこの母の幽霊を見、兄の作弥が成仏を願うのに対し、弟の八弥は半弓でこれを射た。射たところの正体を見ると年を経た狸であった。このことが国守のお耳に聞こえ、文武の達人が集まって評議された。その結果は兄の作弥が再び現れた母を悲しんだのは武士の誠の心底で、弟の八弥はたとえ変化でも親の形に弓を引くとは不孝と、兄にはとりあえず二十人扶持を与え、弟は取り立てもなく、この国を立ち退くことになったというものである。

本来の親不孝話を逸脱していると思われるが、この典拠が『宇治拾遺物語』(5)や古狸話(6)によるとすればそのようにも理解できる。しかし、この話ではそのような典拠による組み立てというより、母の幽霊話が意図的に形成されているといえる。実際に本文からは母の怪の描写が大変執拗であることが指摘できる。母の生前の姿は

此形、二人の若衆とは各別違ひ、勢たかく、痩かれて、色あをざめて、㒵ながく、常さへ醜かりしに、此たび愁に沈み、髪かしらを其のままに、身を捨ければ、すさまじげになりて、他人は見るさへ嫌ひぬ。

と描写されている。夫に先立たれたこともあって、愁いに沈み、風体かまわぬ上に、日頃の薄気味悪い容姿が重なり、すでに恐ろしい幽霊の形相ができあがっている。

また、この母の死後、近所の者がこの母の幽霊に遭遇する場面も、

其夜は、雨ふりて、物淋しく、近所に人の歎きをかまはず、月待して、音曲のかずかず過て帰るに、臆病者共、何が目に見えける、「作弥・八弥が母人の幽霊来る」と、仮初に云出し、其後は、「我も見し」「人もあひつる」と、よしなき取ざたをして、夜に入れば往来とまりて、所の噪ぎとなれば、……

と、怪異に出くわす夜の雰囲気、近所で幽霊話が広まる様子が丹念に描かれている。

ところが、これらに比して八弥が母の幽霊を射殺す場面では、

かひがひ敷枕に有し半弓つがひ、放ちければ、形ちは消て、ぱつと光あり。立よりてみるに、年ふりし狸の鼻筋より射通し、……〔波線は森田〕

とあり、狸話にしては、狸の恐ろしき物の怪の様に欠けている。

これは、「年ふりし狸」の悪戯であり、ここまで確認してきた「是皆、年を重ねし狐狸の業ぞかし」のパターンにあてはまるのではなかろうか。

つまり、「松前のある武士の家に美しい若衆兄弟がいて、その母が亡くなると、夜な夜な幽霊として現れた。」という噂が実際にあって、それを作品化するにあたり、西鶴が松前藩に配慮して、幽霊話を古狸の仕業としたのではあるまいか。

そう考えれば、城下町で起こった物の怪話を古狸の話として処理しているという点で、『男色大鑑』巻二の二と『本朝二十不孝』巻四の四の構造は酷似している。

当時、松前藩は江戸からは遠いが、大坂からは海上交通でつながるなじみ深い場所であったはずである。『西鶴諸国はなし』の序文に「松前の百間つづきの荒和布」が出てくるが、日本海航路あるいは北廻り航路を経て直接大坂に入る昆布は、松前昆布として、早くから大坂名物であった。船人から得る松前の情報は、存外多かったはずである。

江戸時代の松前は、それ以前よりアイヌ交易の拠点であった。松前独特の商場知行制の武士達は直接商人と向き合い、情報を得、与えていたはずである。

その意味では、この十万石に遠く及ばない、辺境の小藩は思いの外、上方の読者にとっては、近い都市としてよい存在であったのではなかろうか。この藩での幽霊の怪を言い立てることは、世情を騒がせるきらいがある。やはり、ここでも西鶴のカムフラージュが行われたのではないかと考える。

四　『西鶴諸国はなし』三話考

『西鶴諸国はなし』巻一の七「狐四天王」が姫路の於佐賀部狐の復讐であることは知られるところであるが、これは『懐硯』巻二の五「椿は生木の手足」の信太の「恨み葛の葉」の怪とともに妖怪の域に達した古狐の怪そのものである。ここまで論じた「年を重ねし狐狸」の仕業を結末とする手法とは異なる。

その手法の典型は『西鶴諸国はなし』巻四の一「形は昼のまね」である。

大坂道頓堀の人形浄瑠璃で人気の太夫、井上播磨小掾の芝居小屋での話。正月興行で好評の源平の合戦、一の谷の逆落としを演じた人形たちが、二月の末の物寂しいある深夜、勝手に動きだし、斬り結び、各々面白い演技をする、これを二人の楽屋番が一晩見ていたという怪奇話である。結末は調べてみれば、古狸の仕業であったというわけである。

当時の人々にとって、人もいないのに人形が昼間のように動いた怪となると世間の耳目をひくこととなる。しかも、現実に芝居小屋が立ち並ぶ大坂道頓堀である。そのまま、怪異の話として結んでしまっては、いたずらな攪乱だけが引き起こされる。

古代より人形供養があるように、人形に人魂や霊力があると信じる人々の心は現代まで続いている。人形浄瑠璃の『菅原伝授手習鑑』の道真の場合などをあげるまでもなく、このような人形の怪異の噂は実際によく流布していたのではあるまいか。さらに当時の芝居小屋の繁盛からは、大坂道頓堀で囁かれていた実例のある怪異ではなかったろうか。

そこで西鶴はここでも以下のような事件の顚末を与えている。

あけの日、木戸番・札売ども、大勢掛て、かつて見るに、年へし狸ども、ゆかの下より飛出て、今宮の松原へうせにける。おそろしきとも中中。〔波線は森田〕

これも大都市大坂を舞台としたゆえに「是皆、年を重ねし狐狸の業ぞかし」の手法が用いられているといえるのではなかろうか。

『西鶴諸国はなし』巻二の一「姿の飛のり物」は、その手法の変則例といえる。

摂津池田の呉服神社の山に二十二、三の美女が乗った女乗物が置き去りにされていた。ところが、翌朝には瀬川に移っており、そこに夜、馬方の荒男たちが忍んで来る。しかし、乗物から蛇が出て食いつき、男たちはその年一杯苦しむほどの難病に襲われる。その後も乗物は芥川、松尾神社、丹波と場所を変え、美女も禿や翁や目鼻なしの老婆に姿を変える。これが久我畷の飛び乗物であるとするが、最後に橋本、狐川に火の玉が出たことを伝える、という怪奇な話である。

かつて、この二次的な恐怖の読み方が、一つの事実に対し、人々の噂が噂を呼び、恐怖を増幅していくという図式があるとし、それが同じく巻二の六「男地蔵」で京都の風体のわからぬ謎の男の場合でも確認できるとし、「人」が「人」を「ばけもの」にしてしまう例として論じたが(7)、恐怖の本質はそこにあろう。摂津を中心とした畿内は、都市部であり、人が多い。人の多さが噂となって「ばけもの」を作り出したのである。これも当時、実際に広まった怪奇話ではなかったかと考える。

しかし、一時的な怪異物としての読み方では、その怪異現象は上方に出現するだけに上方の読者は薄気味悪い。そこで次のような結末となるのである。

> 陸縄手の、飛乗物と申伝えしは、是なり。慶安年中迄は、ありしが、いつとなく絶て、「橋本・狐川のわたりに、見なれぬ玉火の出し」と、里人の語りし。

ここであげる「狐川」は単に『雍州府志』や『山城名跡巡行志』が伝えるような伝説的な川の名前ではないであろう。「狐」と「玉火」が付け合いとして、狐火を指し示しているだけでも不足である。

西鶴は「狐川」を、『好色一代男』巻三の一「恋のすて銀」の中で、世之介が橋本の宿で泊まったときに以下のように使用している。

> かやうの類の宿とて、同じ穴の狐川、身は様々に化る（ばかす）ぞかし。

右の用例から、「狐川」は地名というより、ダイレクトに「狐」であり、西鶴が読者に「飛のり物」は狐の仕業であると伝えていることがわかる。「姿の」「飛のり物」と題するのも、狐が「姿」をかえ、人々を「化る（ばかす）」のだという意図ではないかと考える。

そうすれば、この話も「古狐」に関して、直接表現こそ用いていないが、「是皆、年を重ねし狐狸の業ぞかし」の手法にあてはまるといえよう。

同様の例が『西鶴諸国はなし』巻三の四「紫女」である。

筑前の国は方の袖の港に三十まで妻帯せず、庵をむすんで精進している男がいた。ある日、その人里離れた庵に紫の衣を身にまとった女がたずねて来て、誘惑された。その後は逢瀬に夢中になり、ただならずやつれていくのを友人の医者にとがめられ、経緯を話すと、それこそ紫女、殺すしかないと言われる。そこで紫女を斬りつけると、山の洞穴に姿を隠したが、その後も妖異の姿で現れるので国中の僧侶を集め供養したところ、姿を消し男も命が助かった、という怪奇話である。

この「紫女」が狐の怪であることは、『和漢三才図会』巻三十七「狐」の項に

> 三才図会云狐ハ古ハ淫婦ノ所レ化スル其名ヲ曰レ紫ト

と「紫」が狐の化けた淫婦の名であることを記していることなどから明らかである。

しかし、当時の読者が「紫」としただけで「狐」を連想できたかと言うと、それは極めて難しかったと言わざるを得ない。

大半の読者にとって、この化け物語は、紫の衣をまとった淫婦の怪異話として読むのであり、それが博多を舞台としており、正体は狐か狸か狢であると読んだはずである。そのように推論するのも化け物の正体があらわれたときの箇所が

> ぬきうちにたたみかくれば、其ままに消かかる、面影をしたひ行に、橘山のはるか、木深き洞穴に入りける。

とあることにのみよるからである。

当時、またはそれ以前にでも「橘山」が狐の名所であれば別であるが、「木深き洞穴」だけで正体が狐と断定することは難しい。

西鶴も承知の上で、「木深き洞穴に入りける」としたのであり、この話を特に狐の怪異話として形成する意志はあっても、読者にまで狐に限定して読んで欲しいというところまで企図はしていなかったはずである。

実際に巷間に出まわった題材があったかどうかも含めて、博多は西国の大都市であり、その地にかような幽霊女の話があったとするのは、はばかられたはずである。

そのための結末が「木深き洞穴に入りける」であるとすれば、これも「是皆、年を重ねし狐狸の業ぞかし」の手

法の一つではないかと考えるのである。

五　おわりに

「是皆、年を重ねし狐狸の業ぞかし」以下分析したように、劫を経た怪異を狐狸の仕業として、まとめることは、ある種、常套の方法であったことがわかる。

ただ、そう結論するには、当時の人々にとって、怪異現象の正体が劫を経た狐狸であったという種明かしが、非日常的な怪異現象の領域ではなく、至極日常的な結末として受け止められていたという確認が必要である。具体的に言えば、「幽霊の正体見たり枯れ尾花」と同じレベルで「幽霊」の正体が狐狸だったということで心理的安堵感を得ていたという事実が大前提なのである。

だが、この大前提はあながち独善的なものではなかろう。

例えば、『本朝桜陰比事』巻三の三「井戸は則末期の水」には、隣家の井戸水の人気をなくそうと、我が家の清水で儲けていた老人が赤熊をかぶり、鬼の面で隣家の井戸に来た人々を驚かせ、怯えさせていた事件がある。その真相を知らぬ隣家の主人は「定めて狐狸の業ならん」と親類とともに待ち伏せ、鬼の姿の老人を叩き殺してしまうのである。老人と知って後悔するのであるが、ここで問題になるのは、「定めて狐狸の業ならん」と思えば、異形の怪とでも格闘していることである。異形の怪の正体が狐狸であれば、安堵して攻撃にまでまわる心理的優位を得ている事実は右の解答になるのではあるまいか。

迷信が信じられた時代では、怪の正体を暴いたり、作り上げ、その妄を正すことが必要であったことは、『古今百物語評判』（貞享三（一六八六）年刊）の山岡元隣と弟子との問答を見ても明らかである。『武道伝来記』巻五の四「火燵も歩く四足の庭」で、ある武士が怪と戦ったはずが、その正体がこたつの下の飼い犬であったと笑い話にされたことが事件の発端となっているのは、その逆の滑稽さなのである。

怪の正体がわからず、庶民は恐怖を抱くのに、武士や剛毅の者は怪と戦う。『武家義理物語』巻一の四「神のとがめの榎木屋敷」で剛毅な武士が化け物屋敷を拝領して靭の怪と戦ったり、『武道伝来記』などに多い、肝試しとしての怪との遭遇は非日常なのである。

むしろ、怪を見れば怪に怯え、怪を聞けば怪の恐怖を人に話すことで怪に怯える共同体を形成しようとする、その消極的な姿が日常である。それは町民に限らず、武士とて内より表すか否かの違いで同じなのである。すなわち、読者は怪に怯えるのである。

作品の怪異を楽しむ読者にとっても、怪に遭遇した恐怖のままでは、落ち着かない。人心を日常に戻すには、「是皆、年を重ねし狐狸の業ぞかし」という装置が必要だったのである。

これを西鶴の手法の一つとすれば、作品全体がオープン・エンドではなく、祝言形式で「四海波静かに」終る方法に通じるかも知れない。

つまりは、この読者を怪の世界から日常に戻すことが、西鶴の一つの方法であり、西鶴の意識の中に「人民を妖惑」しないという自主規制が働いていたあらわれなのである。

この自主規制が一連の出版統制令によるのか、自己の自然発生的なモラルによるのかは不明と言えば不明であるが、都市という幕府の目と向き合いやすい舞台を選んだ場合に用いられていることに注目すれば、西鶴と出版統制令も皆無ということはできないであろう。

ここに出版統制令と都鄙の問題、上方中心の読者論という問題が課題として残ったことを報告し、論を終えたい。

注

（1）信多純一「中世小説と西鶴―『角田川物かたり』『好色五人女』をめぐって―」『文学』四十四巻九号　一九七六年刊。

（2）「出版取り締まり令と禁書」『江戸の禁書』（吉川弘文館）一九八一年刊所収。

（3）二〇〇二年六月ご逝去。明石市大久保町大窪在住。実家の池内氏（明石市上ノ丸）は、八代藩主松平若狭守直明公が明石藩に転封の際、越前大野よりつき従ったと伝えられている。江戸時代の池内家の屋敷とその祠との距離は、直線で二〇〇メートルと離れていない。

（4）篠原進氏は「『男色大鑑』の〈我〉と方法」（『青山語文』第二十七号　一九九七年刊）の中で巻二の二「傘持てもぬるる身」を取り上げられ、「明石の殿」左遷事件との関連を指摘されている。当時の読者に明石の不祥事を暗示した可能性もあるが、当時の八代藩主松平若狭守直明は、歴代明石藩主で最も名君の誉れ高く、近隣諸藩での評判も良かったとされている。むしろ、作品化することは自粛したのではないかと考えるが、推論の域を出ない。

（5）島津忠夫氏、吉江久弥氏などが『宇治拾遺物語』巻八の六「猟師仏ヲ射事」との関係を指摘されている。

（6）吉江久弥氏は『お伽物語』巻三の二「ふるたぬきを射る事」が典拠である可能性を指摘されている。〔「本朝二十不孝」『西鶴文学研究』（笠間書院）一九七四年刊所収〕

（7）拙稿「『西鶴諸国はなし』試論（上）―「人はばけもの」論―」『日本文芸研究』第五十一巻第三号　一九九九年刊所収。本書所収。

第四節　『日本永代蔵』における創作視点
――巻四の一〝貧乏神〟を視座として――

一

『日本永代蔵』（貞享五（一六八八）年刊）巻四の一「祈る印の神の折敷」は、結局は一代分限となる成功譚である。あまりの貧しさに逆に貧乏神を祀ったことによって、その御託宣を得て、それに示唆を受けて、甚三紅を発明して分限になるという内容で、後半は町人の処世の在り方について述べている。本章の意義は、貧乏神のお告げの趣向を設け、主人公を論評しつつ町人の処世法を明確に打ち出すことによって、平板に堕するおそれのある立身出世譚のストーリーに変化を与えている[1]というものである。殊更、『日本永代蔵』における致富道を象徴するでもなく、町人の処世法も常識的で、取り立てて出色であるとは言い難い作品といえよう。

しかし、この作品において注目されるべきは、〝貧乏神〟という「人を貧乏にさせると信じられている神」（『日本国語大辞典』）を題材としたことにある。〝貧乏神〟を祀る巻四の一の桔梗屋が、承応から延宝期にかけて、実際に活躍した、桔梗屋甚三郎がモデルであることは、先学の研究に詳しいが、『本朝世事談綺』に、

承応のころ、京長者桔梗屋甚三郎といふもの、茜を以て紅梅にひとしき色を染出す。又中紅と云。世俗ニ云、此甚三郎は、貧乏神を祭りて富貴となれり。其神像は藁にて作り、紙を以て冠衣服とし、旦暮これを祈りしと

云り。(2)

と伝えるように、甚三郎が〝貧乏神〟を祀っていたことは、真偽は別として、巷間の噂であったらしい。西鶴はそれを誇張化し、再構成したと考えられる。〝貧乏神〟を信心することが致富につながるという逆の構図は滑稽味があるが、貧者を助ける神なら「福の神」とすべきである。『日本永代蔵』において、「福の神」は三話に語られている。〔傍点は森田。以下同じ。〕

▼……さてもせちがしこき人心、豊かなる福の神これを笑ひ給ふべし。（巻四の三）

▼……山﨑屋とて身業の種は親代からの油屋なりしが、家職の槌の音を嫌ひ、……この家の福の神は……出させ給ふにや、次第に淋しくなりて、……（巻五の二）

▼……久しくこの家に住みなれし金銀に憎まれ、内蔵の福の神お留守なりし時、……（巻五の五）

この三話に見る「福の神」は、善の神というよりは、むしろ富の神であり、富貴な状態の象徴として扱われているように考えられる。この「福の神」は、『日本永代蔵』以外の作品では富貴が作品主題にあまり関係しないためか、好ましい用例を見ない。それに比べ、「貧乏神」は他作品に多い。

▼此女郎に勤めさせ給ふは、びんぼう神の仕業なるべし。（『好色盛衰記』巻四の三）

▼びんぼう神とあい住して世を果る事、人の本意にはあらず、合点して見給へ。（『西鶴織留』巻二の二）

▼……此次手の道寄に京の嶋原へ心ざしければ、目にみへての貧報神なり。（『西鶴織留』巻五の一）

▼「ひとつも埒のあかぬ男。貧乏神の社人になれ」（『日本永代蔵』巻二の二）

これらの用例からは単に「貧乏神」は貧困・貧者の象徴であり、貧者から富者へと九在してくれる善の神にはほど遠い存在である。反面、民俗学的・宗教学的に「貧乏神」は「厚くもてなせば幸いを与える、まれ人的存在(3)」であったという性格を持つ。この事を考慮すれば、巻四の一の〝貧乏神〟のように、悪神を神とする事により、福を授かるという点では、まさにその典型をなす話といえるかもしれない。本論攷で、悪神信仰としての「貧乏神」の意義を論ずることは避けたいが、巻四の一での行為を肯定し、正常なものと解釈することは問題があろう。類例に巻一の三「浪風静かに神通丸」があるが、北浜に陸揚げする歳にこぼれた米を拾って生活する身から、倹約の末に銭店を出し、分限となるという話である。ここでは、富を得た後、昔、筒落米を拾った「筒落掃」「薬箒子」「渋団扇」を、福の神を置くべき乾の隅に祀るという行為が見られる。これは、ある意味では巻四の一と同様な〝貧乏神〟であるが、過去の貧者としての日常性を代表する代物を飾ることによって、富者になり得たことを感謝し、貧者の時代を懐しみ、又、自戒するところに目的を持つもので、〝貧乏神〟が善神として独立したものではない。この事から、又、西鶴他作品の用例からも、『日本永代蔵』巻四の一における〝貧乏神〟という言辞は、悪の神というより貧の神であり、その意味では貧者の素材的代表といえよう。

二

貧者が〝貧乏神〟を祀るという発想は奇抜であるというより、後述するように、自暴自棄な行為であるように形象化されている。その中で分限者への活路を開いてくれた「貧乏神のお告げ」という得意な趣向は意義深い。(4)

貧窮の者が、その貧者の層からの脱却を願って祈る中に、夢枕で貧乏神に会うという類話では、『沙石集』(5)巻第七・二十二「貧窮ヲ追タル事」がある。この話では「貧乏神」ではなく、「貧窮殿」「貧窮ノ冠者」として、「ヤセガレタル法師」「ヤセガレタル小冠者」という化身をもって、夢に現れている。又、『御伽比丘尼』巻二の二「祈に誠あり福神」は題目通り、貧窮する者を救済するのは大黒神であり、夢の中で「富貴への道をおしへむ」とお告げを与えられることで「富貴の家」になるもので、この点は、非情に『日本永代蔵』に似通った話である。『御伽比丘尼』の刊行が貞享四年ではあるが『日本永代蔵』は貞享五年、その他の西鶴と西村本の相互の影響関係を考慮すると、その受容を認めることも不可能ではあるまい。[6]

しかし、これらの原型は、例えば『宇治拾遺物語』巻六ノ六「自賀茂御幣紙米等給事」などにもみるように、説話、或は民話にある常套法ともいえる、貧者が霊力を借りて富者になるという奇跡譚にあり、非現実性を提示するものである。

『日本永代蔵』における、巻四の一以外の非現実的成功契機には、巻二の三（大黒信心）、巻三の五（峰の観音↓娘の玉の輿）、巻四の二（定家の真筆の発見）、巻五の二（煎豆に花が咲き、大豆収穫）、巻六の四（漆のかたまりを拾う）などがあるが、これらは巻三の三で嘆く、

分限は才覚に仕合せ手伝はではなりがたし。

「智恵・才覚」で金持ちになれることを教唆できる[7]一時代前と違い、結局は「仕合せ」即ち、幸運という偶然性がなければ、長者になり得ないことに基づく。そこで、「自然の福ありける」（巻一の一）という必然性につながるのである。その神仏として、〃貧乏神〃を祀るという行為は、富者への挑戦権を捨てるが如き態度であり、副題「大福新長者教」を自己否定する、アイロニーに他ならない。

右の話群の場合、〃元手〃を幸福にも得られたが、

「とかく商売に一精出し見ん」と心は働きながら、手振でかかる事は、今の世の中に、取手の師匠か取揚婆々より外に銀になるものなし。（巻三の一）

〃元手なし〃での致富への努力は、安定した現代の商業資本主義の中では絶望的状況に直面する。巻六の二でも、

……これらは格別の一代分限、親よりゆづりなくては、すぐれて富貴にはなりがたし。

とあるように、このような現状が作品世界の背景を形成していたと考えられる。その中での致富とは如何にして可

能になるものか。例えば巻三の一の場合、

「……人は知恵・才覚にもよらず貧病のくるしみ、これをなほせる療治のありや」

とするように、貧者は「貧病のくるしみ」という疾病にあえいでいる層である。それを治すには特効薬が必要であるとして、以下長者丸として、長者の処方伝授が行われるが、この趣向は本来『可笑記』巻二、四十五[8]に存在する。薬名を養名補身丸とする『可笑記』ではその内容については語られていないが、『日本永代蔵』が「四百四病は、世に名医ありて……」とする点は同様である。あえて、西鶴がこの趣向を用いたのは、特効薬長者丸という、珍奇な（内容は致富道として常識的である）妙薬の霊力を借りて、初めて貧者の層から富者の層へと脱却できるという、奇跡譚を作り、長者になることの非現実性を提示したものと考える。巻三の一での現実の方法は、木屑を拾うことから財を得るもので、巻一の三の船米を拾って財を得るのと同様、非合理的で、精彩を欠く非現実性を感じる。まだしも、巻五の二の丹波、近江の鯉・鮒を「淀鯉」と称して分限となった話の方が現実性を帯びている。経済機構の面白さとして、些細な契機が好利潤を生む範例と考えられようが、説得性に欠けていることは事実である。〝元手〟を有している場合も

銀が銀をためる世の中（巻二の三）

今は銀がかねを儲くる時節……（巻五の四）

を背景に利殖する範例の多いのにも気がつく。金利・相場・買置等が、経済学的にどれだけの利鞘を得るにしても、『日本永代蔵』の三分の一以上の話が、これによる成功を収めている点には、少々出来過ぎの感がある。モデル小説として、実名を使用した実際の長者譚である、三井八郎右衛門（巻一の四）藤屋市兵衛（巻二の一）鐙屋惣左衛門（巻二の五）などの話群が精微に或は、せいぜい歪曲気味にその致富道を実状的に述べているのと比べると、その説得性の欠如を見ざるを得ない。このような『日本永代蔵』の非現実的世界、つまり、富裕になれない世での致

富道という虚構の中で、貧者が「貧乏神のお告げ」を得ることは、逆に他者（富者）の世界を受け入れることを示し、見事にフモールに変移していると同時に、西鶴の『日本永代蔵』全体の創作視点を顕現している。

三

前章で貧者→富者という世界が多く非現実性を呈することを見たが、『日本永代蔵』の三分の一近くの話は、その理由に説得性を有した、富者→貧者への没落譚である。現実性はむしろ、「貧乏神のお告げ」でも見たように、貧者自身即ち、貧者層に形象化されているのではなかろうか。

巻四の一の場合、桔梗屋夫婦は「渡世を大事に正直の頭をわらして」という、商人として、価値的精神の持ち主である。このことは、次の巻四の二に

正直なれば神明も頭に宿り、貞廉なれば仏陀も心を照らす。

と「人をぬく」（巻四の二）商売を批判してのこの言辞につながっている。そのような正直者が、節分など信心深いにもかかわらず恵まれないで、「貧より分別かはりて」貧乏神を自暴自棄的に信心するのである。つまり、〝貧〟という階層にいることが、非常識にも忌むべき貧乏神（貧乏神）を祀るという倒錯に陥った直接原因としているのである。貧乏神の言葉にも「我は貧よりおこり」とあるように、〝貧〟という階層そのものが、非常に精神的にも否定的価値を伴った階層であると啓示するのである。これは、『懐硯』の巻五の二においても、「貧より無分別」と使用されるが、以下のように犯罪契機にもつながるとされる〝貧者〟の意味内容なのである。

……貧より悪事をたくみ……（『本朝桜陰比事』巻二の三）

……さてもさても、身の貧からはさまざま悪心もおこるものぞかし（『世間胸算用』巻五の三）

これらは個人的性格価値を離れて〝貧者〟という階層否定と考えられる。ところが〝富者〟の場合『西鶴織留』に

> 親分限なれば、不孝者も隠れてしれず、親貧なれば、すこしの悪も包み難し。（巻一の一）
>
> 富貴は悪をかくし、貧は恥をあらはすなり。（巻一の三）

とするように消極的要素は捨象され、反対に〝貧者〟は、消極的要素を露呈する結果となる。例えば、先述の巻一の三で、船米を拾って金を儲け、両替仲間となった成金の主人公に、「昔の事はいひ出す人もなく」と周囲の人々が自粛するのは、巻五の二で「この家繁昌の時は、昔の鯉売の事はいひ出する人もなく」とするのと同様で、負い目である〝貧者〟の過去を、〝富者〟にさえなければ、消し去ることまで出来るのである。逆に考えれば、貧者はいつまでも〝貧者〟を消し去ることは出来ないのである。これは

> 世は愁喜貧福のわかちありて、さりとは思ふままならず（巻二の二）
>
> 貧者ひんにて、分限は、分限になりける（巻四の三）

という世界観から発せられる二元論的価値観より、富者と貧者は階層的に対置するものとして確認できる。しかし、

> かしこき人は素紙子きて、愚かなる人はよき絹を身に累ねし。（巻二の二）
>
> 随分かしこき人の貧なるに、愚かなる人の富貴、……（巻三の四）

この二例から、西鶴の視点が、貧富の差異を人間的価値判断として形象化するのではなく、社会構造を風刺する所に置かれていたことを看取する。この差異は何によるものでなく〝金〟にある。〝金〟のある者は富者として積極的価値を有し、〝金〟のない者は貧者として消極的価値しか得られないのである。〝金〟は全能である。

> 世にある程の願ひ、何によらず銀徳にて叶はざる事、天が下に五つあり。それより外はなかりき。（巻一の一）

それ故、蓄財せよと巻一の一冒頭部はいう。

> 一生一大事身を過ぐるの業、士農工商の外、出家・神職にかぎらず、始末大明神の御託宣にまかせ、金銀を

溜むべし。これ、二親の外に命の親なり。

そして、その努力によって〝金〟を持つことが〝富者〟という価値的階層を得、その家柄・血筋と無関係に出世し、怠惰であれば生来の条件とは無関係に、価値否定された〝貧者〟という階層で甘んじなければならないとする。

……常の町人、金銀の有徳ゆゑ世上に名を知らるる事、これを思へば、若き時よりかせぎて、分限のその名を世に残さぬは口惜し。俗姓・筋目にもかまはず、ただ金銀が町人の氏系図になるぞかし。たとへば、大織冠の系（つり）あるにしてから、町屋住ひの身は、貧なれば猿まはしの身にはおとりなり。とかく大福をねがひ、長者となる事肝要なり。（巻六の五）

ところが〝金〟は両義性を有する言辞である。

おのづと金がかねまうけして、……（巻六の四）〔類例の巻二の三・五の四は前章で既出。〕

というような利殖の富を得れば〝金〟は好転するが、

金銀まうくるはなりがたく、へる事はやし。（巻三の五）

溜るはとけしなく、減るは早し。（巻四の五）

それ世の中に借銀の利息程おそろしき物はなし。（巻一の一）

などとするように、〝金〟は減退し、借金に走り、悪化する場合とがある。まさに「世に銭程面白き物はなし。」（巻四の三）であるし、「まうけもつよし、損もあり。」（巻六の四）である。〝金〟は、この両極の機能性を常に有している。それ故、〝金〟を多く持つ富者は、この両方の可能性を同時に背負うわけであるから、「一度は栄え、一度は衰ふる」（巻一の二）という消長も当然であり、次のような諦念観となる。

朝の繁昌夕に消えて、かくも又なりはつる世の習ひ……（巻三の五）

その身一代のうちの分限（巻五の四）

「一代」で「分限」というが、『日本永代蔵』の主人公達は、その隆替は別として、〝金〟にめぐり会う機会を持った者ばかりである。〝金〟を持てたが故に繁盛し、〝金〟を持ったが故に破産していく者達が主人公なのである。その人世の常に哀歓は覚えるにしても、栄枯盛衰の媒材は必ず〝金〟なのである。「金銀はまはり持ち」（巻四の一）とするように、一所に〝金〟が定着せず、「流れありく銀もあり」（巻一の三）故に「分限」になり得るのであり、名を「日本大福帳」に残す誉れもある。それが一過性のものでも、その二代目が元の木阿弥になろうが、かまわないのである。巻三の五の

「我一代今一たびは長者になし給へ。子供が代には乞食になるとも、只今にたすけ給へ」

にみるような町人の意力をくんで、西鶴は巻四の一でも貧乏神をして、「この家につたはり貧銭を、二代長者の奢り人にゆづり、忽ちに繁昌さすべし。」と言わせているのである。それが『日本永代蔵』全体に流れる町人のエネルギーである。以上、西鶴は町人の〝金〟に翻弄されて、貧富の層を漂う、哀れな姿を形象化するところに創作視点を置いていたと考えられる。その点で例外的な作品として巻五の四「朝の塩籠夕の油桶」があがる。これは形式的に一代分限の成功譚を用いているものの、端的に言えば「浪人うれがたき世」の浪人の処世を描いているが、

皆知行も取りし者の、死なれぬ命なれば、かくはなり下りける。

という哀れな現実を形象化したもので、「武士の身は」「定めがたし」とする西鶴の創作視点[9]と同質のものと考える。そのような武士階級の不安定さ[10]は、〝金〟による町人階級の不安定さ[11]と同様であり、その意味では『日本永代蔵』という町人物と武家物が西鶴の同一の創作視点で形成されていることが了解できることを付記しておきたい。

四

〝富者〟と〝貧者〟との媒体に〝金〟をみたが、その点で〝貧乏神〟も軌を一にしているのに気づく。しかし、〝貧乏神〟は〝貧者〟の代表とした。それでは〝富者〟とはどのように照応しているのであろうか。その独白部で、

分限なる家に不断丁銀かける音耳にひびき、癪の虫がおこれり。

とするように、まず〝富者〟を嫌忌している。又「その家の内儀に付いてまはる神」として、贅沢な日常を送り女房に憑依することを拒否しているが、これは「貧家をめぐる役」には不相応な生活への参入を否定している。逆に

貧なる内の灯、十年も張りかへぬ行灯のうそぐらきこそよけれ。夜半油をきらして、女房の髪の油を事欠きにさすなど、かかる不自由なる事を見るをすきにて、年々を暮らしぬ。

愛すべきは〝貧者〟の「不自由なる事」であるとする。この貧をこよなく愛する〝貧乏神〟の独白部にこそ、西鶴の創作視点は存在する。巻三の三「世は抜取りの観音の眼」で質屋の善蔵宅に出入りする人々を「さりとてはかなき事かずかずなり。」と活写し、「さてもいそがしき内証、しばし見るさへ見に応へて泪出しに」と感傷的言辞を用いたりしているところや、昂じて、そのような〝貧者〟から取り立てた金や、初瀬観音の戸帳から儲けた不義の金で俄成金になった男に、「さてもすかぬ男」と西鶴個人の感情的価値判断を吐露している点からも確認できることである。

〝貧乏神〟が不相応な〝富者〟の生活を忌避し、〝貧者〟を愛したという当然ながらの構図は、〝貧者〟の代表としての〝貧乏神〟だけに、階層からの脱却を拒み、現状の維持を至高とする人々の姿の具象化といえる。

その分際程に富めるを願へり（巻一の一）

その分際相応のおもはくあり（巻一の二）

更に、『日本永代蔵』という富者⟷貧者の世界において、「分際相応」の生活を守ることが至福であるとする、自己否定とも受取れる考えを示す。

人は、堅固にてその分際相応に世をわたるは、大福長者にもなほまさりぬ。（巻六の五）

しかし、これは西鶴自身が、処世術として、富者⟷貧者の可逆性の渦の中に巻き込まれず、安定を志向する当時の現実主義者の代弁を務めたといえよう。巻四の四「茶の十徳も一度に皆」はその意味で悲劇である。飲茶に茶の煮殻を混ぜて商った為に分限にはなったが、その悪事のためか狂乱するという話で、主人公利助が、「道ならぬ悪心」による商売で分限となったのであるから、「さてはあの分限もさもしき心底より」と敬遠され、孤独な死を迎えるのも仕方がない。「一度は利を得て家栄えしに」とする変動の範例である。無理をして、〝富者〟を志向した〝貧者〟の結末といえよう。西鶴も、その結末部で

いかに身過なればとて、人外なる手業する事、たまたま生を受けて世を送れるかひはなし。…（中略）…世間にかはらぬ世をわたるこそ人間なれ。

とその処世の法外さを指摘している。この裏打ちになっているのは「世の仁義」（巻一の一）を規範化する西鶴の倫理感の表出であろう。そこから発して、先述の巻三の三「すかぬ男も」許せぬ対象なのである。

尋常にして長者になれぬ世に、倫理的に不当な営利も否定される。そして、分際相応に生きるのが現実的処世法であるとする。致富道が絶たれた世には、現状維持の生活をすることが幸福とする。ところが

……かく豊かなる人は稀にして、悲しき渡世の人数多なり。（巻五の二）

とするように、〝貧者〟こそが浮世の主役である。果たして〝貧者〟の生活に甘んじることが幸福かどうかは別として、〝貧乏神〟が〝貧者〟を愛したように、すでに西鶴の眼は、愛すべき〝貧者〟に向けられているのである。

〝貧者〟は否定的価値を伴う階層であるが、それを構成する人々の人間的価値は如何なるものか。その命題を『日本永代蔵』は残し、新たな創作視点として、『世間胸算用』の世界の秘鑰とするのである。

注

（1）日本古典文学全集『井原西鶴集（3）』（小学館）一九七三年刊。谷脇理史氏の鑑賞注による。
（2）『日本随筆大成12第Ⅱ期』（吉川弘文館）一九二八年刊所収。『本期世事談綺（近代世事談）』巻之一「甚三紅」より。
（3）大塚民俗学会編『日本民俗事典』（弘文堂）一九七二年刊。
（4）野間光辰氏が「西鶴五つの方法」（『西鶴新新攷』（岩波書店）一九八一年刊所収）で詳述されるように夢想は西鶴の趣向であるが、「貧乏神のお告げ」に対し、特異な趣向であるとした。
（5）『沙石集』と西鶴作品の関係は宗政五十緒氏の研究（「西鶴注釈の方法」『西鶴の研究』（未来社）一九六九年刊所収）に詳しいが、『武家義理物語』と関連深いこと（拙稿「『武家義理物語』試論」『日本文芸研究』第三十七巻第四号　一九八六年刊所収）から、その二ケ月前に刊行された『日本永代蔵』にも推測できることである。
（6）『日本永代蔵』の成立時期をめぐっては、諸先学の研究に詳しいが、箕輪吉次氏の説（『日本永代蔵』板下成立考（上）（中）（下）、『学苑』五一八、五二一、五二二号、一九八三年刊）では、貞享三年下半期に巻四が執筆されていたこととなり、『御伽比丘尼』との関係は考えられない。しかし、暉峻康隆氏の貞享三年春までに執筆され、稿本で京阪の文人仲間に読まれていた（「『日本永代蔵』の成立」『西鶴新論』（中央公論社）一九八一年刊所収）という説を考慮すれば、逆影響が可能となる。さらに研究を必要とするものである。
（7）『可笑記』巻一・八に「ふつき（富貴）になりやうの行（てだて）才覚工夫思案色々あるべし」（『可笑記大成』（笠間書院）一九七四年刊より森田が翻刻）とあるが、当時の概念として認められよう。
（8）『定本西鶴全集第七巻』頭注でも指摘されている。「四百四病の其中に貧ほどつらき病なしと古人もかなしめり……」（『可笑記大成』より森田が翻刻）の影響。
（9）拙稿「『武道伝来記』における創作視点」『日本文芸学』第二十二号　一九八五年刊所収。本書所収。

（10）注（9）に同じ。

（11）水田潤氏は「状況の不可知の不安」と論じられている。（『日本永代蔵』の状況と方法」『西鶴論序説』（桜楓社）一九七三年刊所収）

〔付記〕注（7）他にも『可笑記』との関連は考えられる。例えば巻一の一冒頭部は『可笑記』巻一・三十五の後半部の逆接的表現と臆断できる。

第五節　『色里三所世帯』と京都・大坂・江戸
――西鶴と貞享期の読者の三都意識をめぐって――

一　はじめに

『色里三所世帯』（貞享五（一六八八）年六月刊）は、従来より、西鶴存疑作として、取り沙汰されてきたが、貞享期（ここでは、後述する一六八四～一六八八年の西鶴多作期をさす）の読者と作家の関係から、京都、大坂、江戸の三都意識を分析するには、面白い作品と言える。

本書は、京都、大坂、江戸の三都を舞台に好色遍歴を展開しながら、主人公外右衛門が江戸で好色の果ての悶死をとげるという構成に仕立て上げられている。

主人公外右衛門はなぜ、「江戸」で死ななければならなかったのであろうか。

一方、同年刊行の『日本永代蔵』の最終章では、「人のすみかも三ヶの津に極まれり」としながらも、理想とすべき商人の姿としてかかげる三夫婦世帯は、「京都」に住んでいる。なぜ、商人の町、「大坂」ではないのか。

右の矛盾に対する素朴な疑問は、単に『色里三所世帯』が西鶴作か否かという問題にとどまらず、作家西鶴と貞享期との読者との関係から考えるべきものではなかろうか。

そこで、本論考では、『色里三所世帯』を視座として、西鶴の貞享期作品をとりあげ、西鶴と読者の関係を三都意識から解明しようと以下考察するものである。

二　貞享期の西鶴作品

さて、『色里三所世帯』の分析に入る前に、貞享期の西鶴作品について考えたい。

周知のごとく、西鶴の散文学におけるデビューは天和二（一六八二）年の『好色一代男』である。しかし、翌々年の天和四（一六八四）年の二月には貞享に改元されている。その年に西鶴の『諸艶大鑑』すなわち、『好色二代男』が刊行されているのである。以降の西鶴は、

貞享二年……『西鶴諸国はなし』、『椀久一世の物語』、浄瑠璃では『暦』『凱陣八島』。
貞享三年……『好色五人女』、『好色一代女』、『本朝二十不孝』。
貞享四年……『男色大鑑』、『懐硯』、『武道伝来記』。
貞享五年……『日本永代蔵』、『武家義理物語』、『嵐無常物語』、『好色盛衰記』、『新可笑記』、及び『色里三所世帯』。

と刊行されているのである。

浮世草子というジャンルに絞れば、西鶴はこの貞享期に、実にその作品数の五割を刊行していることとなる。すなわち、貞享期はいわゆる、作家西鶴としての多作期であり、円熟期にあたるといえるのである。

それゆえにその並はずれた制作スピードに疑念がおこり、西鶴代作者説、共同執筆という方法から西鶴工房説が生まれたことは、これも周知のことである。

その点について、谷脇理史氏(1)は、とくに貞享三年の西鶴について、

貞享三年の後半期に西鶴は、なぜ突然のようにこれ程多量の作品を書いたのか、又、書けたのか—この問題

に答えることは比較的簡単であろう。（中略）西鶴の立場から見れば、俳諧や浄瑠璃に対する情熱を失っている反面、『一代男』以後の小説が好評を博しているのが、貞享三年の時点であるから、小説執筆に最も情熱をそそげる主体的な条件は十分に整っていたわけであり、それがこの時期の西鶴が意欲的に創作を行おうとする第一の理由となっていることは確かである。と同時に、『一代男』刊行後すでに四年、もはや浮世草子界の第一人者である西鶴に、売れる作品の執筆を依頼する書肆の要請も又、西鶴の書く意欲を刺激したであろうことは、十分推測出来る所でもある。

との見解を示されている。この時期にこそ、西鶴の円熟味があるのであり、作家と読者との関係ももっとも有効に機能した時期ではないかと考えるのは同感であるが、ここではそれを作家西鶴の活躍した、貞享三年までの貞享期として考えたい。

また、京都、大坂、江戸の三都という観点からは、この時期の西鶴作品に書肆の要請があったのではないかということも注目できる。西鶴作品が大坂版から、江戸と大坂版に、そしていわゆる三都版に移行しているからである。

貞享二年……『諸艶大鑑』（大坂）、『西鶴諸国はなし』（大坂）、『椀久一世の物語』（大坂）。
貞享三年……『好色五人女』（江戸・大坂）、『好色一代女』（大坂）、『本朝二十不孝』（江戸・大坂）。
貞享四年……『男色大鑑』（大坂・京都）、『懐硯』（刊記なし）、『武道伝来記』（江戸・大坂）。
貞享五年……『日本永代蔵』（京都・江戸・大坂）、『武家義理物語』（京都・江戸・大坂）、『嵐無常物語』（版元不明、京都か）、『色里三所世帯』（大坂）、『好色盛衰記』（江戸・大坂）、『新可笑記』（江戸・大坂）。

すなわち、事象面からだけでも、西鶴と書肆が意図的に上方を脱して、読者を江戸にも求めようとした行為のあらわれと見ることが出来るからである。

三　三都と色里評判記

さて、そのように西鶴の貞享期において、三都と読者の関係が重要視できる中で成立した、『色里三所世帯』は面白い存在といえよう。

ここで『色里三所世帯』であげる「三所」すなわち、「三都」についても考察する必要があろう。三所とは江戸時代通じての三大都市、京都・大坂・江戸であるが、当時の西鶴の読者にとっては、京都の島原・大坂の新町・江戸の吉原という三都の遊里を狭義にさしているという期待がある。特に「色里」とある以上、当然である。当時、三都の遊里比べが、浮世草子の読者たちの耳目をひく話題であったことは、容易に想像できる。

・京の女郎に、江戸の張を、もたせ、大坂の揚屋で、あはば、此上、何か有るべし。（『好色一代男』巻六の六）

・目前の喜見城とは、よし原・島原・新町、此三箇の津にます、女色のあるべきや。（『諸艶大鑑』巻一の一）

・さればさる人、長崎の寝道具にて、京の上﨟に、江戸のはりをもたせ、大坂の九軒町にて遊びたしと、ねがひしとかや（『難波鑑』巻二　延宝八（一六八〇）年）

このように三都の遊里は無造作にその特性があげられ、読者を納得させるのであるが、その根拠はどこにあるのであろうか。

データ主義から言えば、粋人たちが実際に三都の遊里体験を行い、その共通認識から得た結論と言えるであろうが、果たしてそのような経験が可能であったであろうか。

なるほど、『好色一代男』の世之介や『色里三所世帯』の外右衛門は、右を可能にした実践派である。しかしそこには、莫大な財産を持って初めて可能になる、つまり、非現実的な夢物語なのである。が、ゆえに読者が歓迎したとも言えるのではなかろうか。

仮に経済的な問題をクリアすることがあっても、せっかく馴染みの大尽客となりながら、三都の遊里制覇のために、また新しい遊里におもむき、一から出直すということは、大尽の在所や馴染みの太夫との関係などを考えれば、常識的にはあり得ない体験であったといえよう。それは、かの『色道大鏡』の藤本箕山をしてもなかったと言うべきではなかろうか。つまりは全否定すべき仮定といえよう。

そうなると、架空体験と言うことになるわけで、読者たちは書物から情報を得ざるを得ないということになる。その場合、一番に思い当たるのは『遊女評判記』である。しかし、いざ三都の遊女の比較となるとそうは言えなくなる。

そこで、本論考末に付した「遊女評判記と三都の関係」の表をご参照いただきたい。これはそこにも注を付したが、野間光辰氏『初期浮世草子年表』所収『近世遊女評判記年表』および西山松之助氏『遊女』より森田が作成したものである。

『遊女評判記』そのものは、寛永十八（一六四一）年以前からあったが、今回、三都としたため、三都のいわゆる三大遊里の成立年次を加えた。特に大坂新町は諸説あり、※とした。寛文十二年以前に大坂が散見できるのもそのためである。

その付表によれば、京都島原、江戸新吉原、大坂新町の『遊女評判記』が出揃っても、三都を比較した『遊女評判記』が貞享年間までに出版されていないのがわかる。

延宝六（一六七八）年に『色道大鏡』の名をあげているが、広く知られていることながら、本書を「諸国」と分類したように、巻十二、十三「遊廓図」に、他の遊廓とともに三都の遊里があげられているだけである。つまり、取り立てて、三都の遊里の比較を目的としていないといえるであろう。

天和二（一六八二）年『恋慕水鏡』をあげるが、野間光辰氏が『近世遊女評判記年表』に入れられていることに従ったものであるが、山の八（やつ）の浮世草子とも仮名草子ともいえる作品である。巻一の諸分秘伝書に続く、巻二、巻三が三都の遊女をあげるもので、このような取り上げ方であれば、まだしも同年刊行の『好色一代男』の方が三都の比較意識があるといえよう。

その後は、『諸国色里案内』までない。野間光辰氏の『日本古典文学大辞典』（岩波書店）に書かれた解題によれば、『諸国色里案内』は全二冊。空色軒一夢序。貞享五年正月、京都吉田六兵衛・いせ屋市郎兵衛刊。元禄五年、同九年の『書籍目録』には、「色里案内者」または「色里案内」として、三冊と注することから、下巻に絵図があって完本は三冊の可能性がある。日本全国四十三か所の遊廓・茶屋等についてその縁起・沿革を記し、特に京都島原・大坂新町の廓については、女郎名寄せ、揚屋・茶屋家名、揚銭等をも挙げている。しかし、江戸吉原については「先輩の書」に詳しければとて、揚屋・女郎屋の数を記さない。

この書は『色里三所世帯』と同年の正月に刊行されている。『色里三所世帯』が六月刊行であるから、版行を急いだものであれば、ぎりぎり、この『諸国色里案内』の影響を受けた可能性はあるといえよう。

また、偶然の一致という可能性もある。実際、西村市郎右衛門未達の『好色三代男』が、その一ケ月後刊行の西鶴の『好色五人女』の女性たちに多くふれていることなどからも、当時の時代感覚が求めるものに聡い作者であれば、異なる作者であっても、同一の着眼点を持って、作品化する可能性はあったと考える。

さらに二書には「色里」というネーミング、三部（？）仕立て、都島原から始まるなどの共通項もある。

しかし、自家撞着ながら、この『諸国色里案内』が三冊仕立てであったという可能性については、疑問を持つ。それは素朴な疑問からで、『諸国色里案内』の諸本いずれもが、二冊めに刊記を持つからである。

『諸国色里案内』に関する、長谷川強氏の翻刻解題(2)によれば、絵図が、下巻であったとされている。長谷川氏は、東北大本を底本とされている。もう一種の翻刻は『未刊文芸資料』に朝倉治彦氏によって載せられ、解題は中村幸彦氏が担当されている。底本は忍頂寺本である。その解題で、中村氏は元禄五年刊『広益書籍目録大全』に「三色里案内者」とあることから、これが三冊めにあたるとされ、三冊めに絵図の存在の可能性を本文との整合性から指摘されている。長谷川氏もこの説を承けられての解題である。

前述の野間氏もその説をとっておられるので従いたい。ただ管見を加えれば、調査した京都大学文学部頴原文庫本は、父君謙三氏による書写本であるが、内題に「並び因縁揚屋しはらひ付」とある。二冊本の本文に揚屋の料金が散見できることから、さらに付録としてこれを書留めたものが三冊めの「因縁揚屋しはらひ」ではないかと推論する。必ずしも絵図である必要はないかと考えるが、これにはさらなる調査を課題としたい。

さて、その『諸国色里案内』をしても、諸国の色里紹介であり、三都は書かれているものの、三都にしぼったものではない。それどころか、後年、柳亭種彦をして、江戸の記述に間違い多しと指摘された書でもある。

さすれば、三都の色里に絞り、そこを舞台にした作品は『色里三所世帯』が嚆矢といえるかも知れないのである。

四　『色里三所世帯』と三都

ここでようやく『色里三所世帯』とは、どのような作品かについて考えてみたい。書誌的なことや梗概については、以下冨士昭雄氏の「解題」(3)をあげる。

本書は大本三巻四冊、各巻五章（五話）、全十五章から成る短編小説集である。貞享五（一六八八）年六月に刊行された。版元は原本に記されていないが、元禄九（一六九六）年の『増益書籍目録大全』等から大坂の書肆、雁金屋庄兵衛と判明する。（中略）本書は、京の東山岡崎に二十四歳で若隠居した浮世の外右衛門が、金のあるのにまかせて女色道に打ち込み、京・大坂・江戸の三都で、様々な途方もない遊興をし尽くすことを描いている。作品の構成は、右の三都（三所）の話を上・中・下の三巻として、また各巻は五章（五話）ずつから成る。下巻は第一・二章の二話と第三・四・五章の三話とをそれぞれ分冊して、計四冊とする。

本書の内容は、他の西鶴作品に比べてわい雑・低俗な節があるとして、以前西鶴作品を疑う説も出たが、現在は岸得蔵等による、文体・筆致・連想などに関する精細的確な研究から、西鶴作と認められている。

右にみるように、作品の趣向は、主人公外右衛門が京都、大坂、江戸と好色遍歴して江戸で好色の果ての悶死をとげるというものである。その点では、『浮世栄花一代男』とともに、『好色一代男』を追随した作品といえるかも知れない。

もっとも、『好色一代男』や『諸艶大鑑』、『好色盛衰記』には、多くの三都の遊女が登場するものの、諸国咄形式をとっており、三都の遊里だけを論じたものではない。『色里三所世帯』こそ三都を正面から扱った作品なのである。

粗々ながら、以下に『色里三所世帯』の筋と、三都にかかわる言葉を抜き出してみた。

【京都】

・浮世の外右衛門（二十四歳）
・京都の東山岡崎に住む若隠居で生まれながらの金持ち。
・「ただ人のもてあそびは女道と思ひ入」、楽しみは酒淫美食。
・二十四人の妾女と戯れるが、やがて、跡継ぎ産みたさの騒動に発展し、素人女に辟易とし、島原の遊女狂い（「太夫天職かりそめにも十四、五人の一座」）をし、東山大尽と呼ばれる。末社遊びの豪遊もする。
・島原の太夫を千五百両で身請けして、所帯を持つ。

【大坂】

・新町の遊女狂いと末社遊び。

・四つ橋での太鼓もちたちとの男世帯。

・「京より薪やすし。米自由にして、酒からく、延紙は吉野より手廻しよく、伽羅は堺より取よせ、南請にふんどしの干場もよし」（中ノ二）

・未婚娘の後家仕立て遊び。

・木津川での屋形船遊び。

・住吉社に向かう途次での色女との出会い。

・「大坂に世帯持といふは、太鞁を名代にして、内証は我ままにしてのたのしみ、又うへももなき願ひ。……其身は新町を家にして」（中ノ五）

・「女郎と名の付たるをひとりも残さず、毎日壱人づつ揚げ」たうえに素人女とも遊ぶ。

・美女ばかり「遊女にて四人素人女に十一人」と所帯を持つ。

【江戸】

・太鼓持ちたちと逢坂の関をこえて、東海道を江戸へと下る。

・浅草の今全盛の太鼓もち、源次のところに身を寄せる。

・元吉原の裏店でを借りて、太鼓持ちたちと男世帯をする。

・吉原で太夫全員集めた上での三十日買い切りの大尽遊び。

・太夫小紫を三千五百両で身請けするが、太夫勤めは続ける。

・上方から連れてきた太鼓持ち十一名とともに女嫌いとなりぶらぶら病となる。

・小塚原での草庵暮らし。
・「人間一代を十五さいより六十三までにつもり、さかん四十五年が間、昼夜の女遊を勘定せば、いづれも大分算用残り有べし。」（下ノ五）
・外右衛門は極楽往生を願ったが、夢に太夫、幻に後家が立ち、現に京の妾どもがあらわれ、後ろからは大坂でだました娘がとりつき、前からは置き去りにした女房がとりつくので、気力が衰え、最期は太鼓持ち共々、女の執心に呵まれ、悶死した。

【三都】
・「京と武蔵と難波に、民の竈の三所所帯をかまへ」（上ノ一）
・「外右衛門はそなはりし福者、三万三千両の光り、是を三つに分て、京、大坂、江戸にて皆にする覚悟」（上ノ五）
・「いづれも鯛は、京も大坂も江戸も、人皆是をほめけり。」（下ノ三）
・「外右衛門は今の世の大臣、その子細は、諸分は京の嶋原に身をなし、口舌は大坂の新町に魂をくだき、はりつよき所を江戸のよしはらに見初」（下ノ三）
・「三个の津の女好み、さまさまの罪をつくらせ、其報ひ眼前に身をせめ、男ざかりの我々、東の土と果ん事、残念なる皃つきすれば」（下ノ五）

これを見る限り、結論を急ぐようながら、『色里三所世帯』は、単に京都島原、大坂新町、江戸吉原の三大遊廓をわたり歩いただけではなく、その遊廓周辺に「世帯」を構えたところに特徴があるのがわかる。まさに「三所世帯」なのである。

それも『好色一代男』のように、寄寓するのではなく、その地で世帯を持っている。

京都では、東山岡崎の隠居屋で二十四人の妾と生活し、皆で女相撲を催したり、水風呂に入るなどの毎日を送る。やがて、そのうちの一人が懐妊するとともに、十七人が懐妊し、全員が男子をもうける。それで、この生活にピリオドを打ち、島原へと繰り出す。

島原では、太夫、天神とりまぜて十四、五人の一座での豪遊をし、東山大尽と呼ばれるが、一人の太夫を千五百両で身請けし、世話女房にしている。

大坂では、新町の住吉屋、扇屋での遊びのあと、四つ橋に借り座敷をして、大勢の太鼓持ちたちと共同生活を送る。それも豪遊というより、この地を選んだのは、まさしく所帯っぽく、「京より薪やすし。米自由」という理由からなのである。

さらに、そこに多数の後家を呼び、遊んでからは、後家にはまり、娘を後家の装束にしての後家遊び、この遊びは、娘十二人に一人につき、前金で十両まで支払って、年季契約までも結んでいる。

三軒家での舟遊び、住吉の松原での戯れも四つ橋を生活基点としていると推察できる。

もっとも、外右衛門としては、「大坂に世帯持といふは、太鼓を名代にして」であり、「其身は新町を家にして」、新町での遊びに励んでいる。それも太夫、天神から鹿恋にまで及ぶ、廓の女たちすべてを相手としたものである。

その後は素人女を毎日取り替え、三年過ごしている。

大坂では、選りすぐりの美女である遊女四人、素人女十一人を裏座敷に囲いながら、皆捨てて、太鼓もちたちと江戸へと下ってしまう。

江戸では、まず、浅草の有名な太鼓もちのところに身を寄せる。その後、元吉原の裏店を借りて、男世帯を始める。水道の水も飲みなれた頃、吉原に行き、ここでも、太夫全員を集めた上での三十日買い切りの大尽遊び。外右衛門一行は吉原に住むようになる。

そこでは、太夫小紫を三千五百両で身請けするが、太夫勤めはそのままで客は外右衛門一人という贅沢。太夫との生活は続くが、貯えは後一年ほどの金となってしまう。

そうこうする中、外右衛門は、太鼓持ちともども女嫌いとなり、ぶらぶら病となり、吉原に近い小塚原に庵を結び、皆、今までに棄ててきた女たちの幻に呵まれながら、一人残らず、枕を並べて死んでいくというものである。

このように話の筋を追えば、外右衛門の人物形象は、京都・大坂・江戸と好色遍歴を重ねた往生ながら、『好色一代男』のように永遠の性の謳歌と言うような前向きなものではなく、大尽遊びのあげくに零落し、死んでいった悲しい遊蕩児の末路と読めてくる。

また、この間に二十四歳の青年は、確実に年を重ねている。京都で、大坂で、江戸で世帯を持って、どのくらいの月日が経ったかは如何様にでも解釈できる。豪遊はするものの、世帯そのものは質素であることから、三万三千両を使い切るには相当の月日を擁したことが見て取れるのである。

「十五さいより六十三までにつもり」のような吐露を外右衛門にさせているのも、外右衛門が六十三歳を越えて、すでに男性としての肉体的な衰えの中にあることを示唆しているのかも知れない。

六十歳を越えて、性の限界をつくづくと感じて死んでいく哀れな外右衛門。

その意味では、『好色一代男』の六十歳を越えた世之介が掲げた性への挑戦に対する反措定的な人物と言えるかも知れないのである。

五　三都からみる『色里三所世帯』と『諸艶大鑑』

それでは、『色里三所世帯』は、『好色一代男』の世界に一番近いかと言えば、そうとは言えないであろう。世之介と違い、外右衛門の場合は、「ただ人のもてあそびは女道と思ひ入」と言う女色一本の好色男とされているからである。その意味では、外右衛門の同系は、『諸艶大鑑』の世伝とするべきであるからである。世之介の息子世伝は、諸国を好色遍歴し、三十三歳で大往生を遂げる。その世伝の臨終には、先だった太夫たちが菩薩の姿で来迎するというものであった。それに対し、『色里三所世帯』は今までに棄ててきた女たちの幻に呵まれながら死んでいく。色道の成功者として成仏する世伝に対し、色道の敗残者として地獄に堕ちていくようなこの外右衛門の設定は『諸艶大鑑』を意識して創作されたことを示しているのではなかろうか。

『諸艶大鑑』最終章、巻八の五には、

「二十よりうちのさはぎは、此道に入、皆足代」と、分知り和尚も、ときたまへり。それより十年、大輿に入て、太夫の有がたひ所を覚、四十より内に、留る事をさとらずば、揚げ銭の淵に沈む事、まのまへ也。

という警鐘がある。外右衛門の死をなぞらえれば、まさにこの警鐘を無視したところにあると言えるのである。

加えて、『諸艶大鑑』冒頭、巻一の一には、

目前の喜見城とは、よし原・島原・新町、此三箇の津にます、女色のあるべきや。

という三都の色里世界を形象化しようとする作品化の意図が窺われる。これもまた、『色里三所世帯』創作時に『諸艶大鑑』を意識した可能性はとても高くなるのではなかろうか。

そう考えれば、『色里三所世帯』上ノ二で「女護が嶋」の語が、

爰もさながら女護の嶋、男のすがたは見ず共、せめてや其袖風もなつかしと……

とあるのも、『諸艶大鑑』との関係で考えることが可能となってくる。

ところが、その関係を明らかにしたことによって不明な点があらわれてくる。『諸艶大鑑』の終焉が「大坂」であるのに対して、なぜ、『色里三所世帯』は「江戸」かという問題である。その点について、以下「京都」も含め

て三都意識から考察をすすめたい。

『色里三所世帯』の場合、上ノ一には、

> 我ままなる遊楽、王城の思ひ出には、誰とがむる事なく、又上もなき奢ぞかし。〔波線は森田。以下同じ。〕

と、「京都」には大名がいない「王城」の地であるために、自由気ままな贅沢な遊興生活ができるとしてる。

また、「大坂」の地については、中ノ三に

> 爰も天下の町人なればこそ、世間を恐れず、思ひ思ひの色さはき、遠国にてなるべき事か。

と、天下の町人の町で将軍様のいる「江戸」より遠く離れているために、好き放題な遊興ができるとしているのである。

これは、明らかに天和三年以来頻繁に出された「奢侈禁令」を意識しての二都の位置づけではなかろうか。実際、外右衛門は「京都」では東山で、「大坂」では三軒家で豪快な遊興をするが、それが「江戸」においては、吉原の廓の中に限っている。

そのように考えれば、外右衛門にとって、「江戸」は閉塞の地であったのかも知れない。『色里三所世帯』は、版元が「大坂」の雁金屋であるとされている。三都版が主流になりつつある時代に、あえて、ローカルな読者を対象として作品を形成したとすれば、「江戸」で悶死するのも納得できる終焉である。あるいは、「江戸」は単に政治都市であるという閉塞感だけでなく、巨大都市ゆえの恐怖に似た居心地悪さがあるのかも知れない。下ノ一で

> 江戸は女のすくなき所を今覚て、尤この数百万人の男に、其相手はたらぬはづなり。

と人の多さに圧倒される当時の人々の驚きは、『日本永代蔵』で江戸日本橋南詰を描いて、

> 流石諸国の人の集り、山も更にうごくがごとく、京の祇園会、大坂の天満にかはらず（巻三の一）

とする心境と一致したものと考えられないであろうか。

ただ、色里については、「江戸」の吉原の記述の方が「京都」の島原、「大坂」の新町より具体的で、太夫小紫など延宝期を代表する太夫たちの名前が連なっている。

これは、遊廓の事実を伝えるべき、先日の『諸国色里案内』が島原、新町の詳細を伝えながら、こと吉原のことになると「先輩の書」に譲るとして、吉原の記述が圧倒的に少なくなることと相対的にとらえるべき事象と考える。『諸国色里案内』の場合、「京都」の版元と考えられるので、読者も京、大坂の人を多く想定し、作者が書く島原、新町については間違いのないものでなくてはいけない。さりとて、「江戸」も間違いなくそのレベルで書くべきなのであるが、資料が足らない。そこで、このような逃げ方をしたとも考えられるのである。

一方、『色里三所世帯』は、そのような事実を伝える必要性はなく、フィクションとして読者の期待を満足させればいいので、読者に知り尽された島原、新町より、馴染みの薄い江戸吉原の方がフィクション化しやすかったといえるのである。

そのように考えれば、『色里三所世帯』が色里物語として読者の期待を最後まで引きつけるには、江戸を最終巻としなければならなかったといえるのである。

さて、それでは先述の『諸艶大鑑』の場合はどうであろうか。

版元は「大坂呉服町心斎橋、池田屋三郎右衛門」の単独版である。『色里三所世帯』の場合と同様に考えれば、読者の想定は大坂中心と考えられる。それで、主人公世伝が昇天するのは「大坂」の地であると推論すれば、それはあまりに短絡的であるかも知れない。

『諸艶大鑑』が刊行される一ケ月前には『好色一代男』の江戸版が刊行されている。『好色二代男』と角書きした『諸艶大鑑』が、このような『好色一代男』の続刊を楽しみにしている全国の読者の求めに乗じていたことも確かである。

また、『諸艶大鑑』が随所で遊女評判記の方法を意識して、その上に形成されたことは、有働裕氏の一連のご論考が示すとおりである。(4)

かかる事情を鑑みれば、先に示した冒頭部分で企図した三都の遊里物語をさらに広げて、全国の読者のために新しい諸国遊里物語を創作しようとしたと考えてよかろう。

そうなると、その諸国遊里物語の中で、よりによって、「大坂」の地に戻って昇天するという行為は注目すべきであろう。

そこで、思い浮かぶのは『西鶴諸国はなし』の最終章「銀が落としてある」である。

この話の眼目は、大坂から江戸へと下り、江戸で一生生活できる程の富を儲けて戻ってきて楽に暮らす商人に、大坂で食い詰めた馬鹿がつくほどの正直者が、江戸で成功する商売を伝授してもらうところにある。商人はこの正直者に江戸で銀を拾う商売がいいと勧めたところ、本気で信じ、結局商人たちの陰ながらの助力も得て成功するという話である。

ここで考えるべきは、この成功した商人像である。大坂の商人がうらやましく思う、理想の商人像は、「大坂」から「江戸」に棚を出して、一生分の大儲けをして再び「大坂」に戻り、楽隠居するという姿なのである。『諸艶大鑑』の世伝も「女色の道」で成功して帰ってきたわけである。生まれは京都ながら、「江戸」で成功して再び「大坂」に帰るという大坂商人の王道を重ね合わせたとは考えられないであろうか。

ただそうすると、やはり『諸艶大鑑』が大坂中心の読者を狙った可能性は否めないことになる。ただし、その場合は、三都版という機構が出来る前である。『色里三所世帯』は三都版以降であるにもかかわらず、大坂版なのである。

もっとも『色里三所世帯』の作者の思いとは別に、書肆の思惑だけから、三都版となり、再編改題した『好色兵揃』の版行につながったと考えるのである。

六　西鶴と三都

しかし、二つの作品の終焉の地は、西鶴の三都意識の問題として重要な問題である。『日本永代蔵』（貞享五年）の場合、あれだけ多くの商人像を描きながら、商人の町「大坂」ではなく、「京都」の三夫婦世帯で終っている。

しかし、意外なことに『日本永代蔵』を読めば、諸国商人咄となっていることがわかる。そして、断片的に大坂の商人や商売が出てくることはあっても、正面から闊達な商都「大坂」を描いたものは、存外少なく、巻一の三「浪風静に神通丸」のみと言ってもよいかも知れない。

それに対して、「京都」の商人を扱った話は、巻一の二「二代目に破る扇の風」から始まり、巻二の一「世界の借屋大将」、巻四の一「祈るしるしの神の折敷」、これに淀、伏見、山城の話を加えれば、大坂を圧倒している。

さらに「江戸」となると、巻一の一「初午は乗てくる仕合」に続き、巻一の四「昔は掛算今は当座銀」の三井八郎右衛門高平、巻三の一「煎じやう常とはかはる問薬」、巻四の三「仕合の種を蒔銭」、巻六の二「見立て養子が利発」など「京都」を凌ぐ数である。

あげくは巻二の三「才覚を笠に着る大黒」のように京を下って、江戸成功した商人まで描いているのである。

この事象を『色里三所世帯』の視座から見れば、三都版ゆえの江戸、京都への配慮といえるのではなかろうか。

それが、北御堂の書肆森田庄太郎の意志なのか、西鶴が読者に与えたサービスかは不明であるが、少なくとも読者の三都意識に応じた可能性は考えられるであろう。

巻一の二は「京都」、巻一の三は「大坂」、巻一の四は「江戸」である。三都の均衡意識はここからも窺えると言えよう。

巻一の一では、「江戸」の俄分限の商人を「万歳楽」で飾っているが、そうした以上、最終話は「京都」の商人への賞賛で終らなければ、「大坂」商人としての西鶴の立場がない。そのような謙抑の心からの終章ではないかと推し量る次第である。

蛇足ながら。右の論を用いれば、三都版『世間胸算用』の最終章が、大晦日の掛乞いとは関係ない、「長久の江戸棚」で終っていることも理解できるのではなかろうか。

以上のように分析したが、三都版に受容者側の読者、作家の意識を求めたが、三都版が単なる出版流通機構の変容にすぎないという見解もあるであろう。そして、『色里三所世帯』の作家意識とした場合、それが西鶴であるかどうかという問題。三都が「京都」「大坂」「江戸」という順番になっていることなど課題は山積されている。この論考を『色里三所世帯』を視座として、貞享期の読者の三都意識を探る、一つの足がかりとしたものとしてご理解いただくことをお願いして結びとしたい。

注

（1）谷脇理史「貞享三年の西鶴」『西鶴研究序説』（新典社）一九八一年刊所収。
（2）芸能史研究会編『日本庶民文化史料集成　第九巻』（三一書房）一九七四年刊。
（3）『新編　西鶴全集第三巻』（勉誠出版）二〇〇三年刊「解題」による。
（4）有働裕『西鶴はなしの想像力』（和泉書院）一九九八年刊に所収。

〔付記〕本節は、日本文学協会第二十三回研究発表大会（二〇〇三・七・六、於龍谷大学）において口頭発表した「西鶴と京都・大坂・江戸〜貞享期の三都意識をめぐって〜」を改稿したものである。会場では多数の方々から様々なご指摘をいただいた。心より感謝申し上げる次第である。

【付表】遊女評判記と三都の関係

野間光辰著『近世遊女評判記』（青裳堂書店）および西山松之助編『遊女』（東京堂出版）より森田作成。網がけは三都関連事項。上より刊行年・書名・形態・記事内容（三都名）。不明は空白とした。

寛永十八年（一六四一）	京都　柳の馬場遊里移転。島原遊郭の始め。		
	そゞろ物語	大一冊	江
寛永十九年	あつま物がたり	半一冊	江
寛永末年	秘伝書	中一冊	京
正保年間	左縄		京
承応二年（一六五三）	こそぐり草	横二冊	京
	さんげ物語		
明暦元年（一六五五）	桃源集	大一冊	京
	難波物語	中一冊	京

明暦二年	ね物がたり	半一冊	京
	まさぐりぐさ	大一冊	京
	美也古物語	中一冊	京
	桃源集追加	中二冊？	京
明暦三年	江戸　明暦の大火。元吉原消失。		
万治三年（一六六〇）	高屏風くだ物がたり	中二冊	京・大
	吉原かゞみ	中二冊	江
	高尾物語		江
寛文元年（一六六一）	吉原用文章	中一冊	江
寛文二年	をかし男	半二冊	大
	吉原伊勢物語	半二冊	江
寛文三年	空直なし	中二冊	京
寛文四年	讃嘲記時之太鼓	半一冊	江
寛文五年	吉原大全新鑑	中一冊	江
寛文六年	吉原根元記	中一冊	江
	吉原袖かゝみ		江
寛文七年	吉原すゞめ	中二冊	江
	遊女録		江
	吉原花の露		江

寛文八年	吉原よぶこ鳥	半一冊	江
	よし原六方	小一冊	江
	吉原こまざらい	半一冊	江
寛文八年以前	吉原かい合		江
	吉原しもしも草		江
	吉原玉手箱		江
	吉原心がく抄		江
	吉原難波草		江
	このてがしは		
	高尾落し文		
	吉原太夫かせん		江
	吉原つれづれ草		江
	あざけり草		
	女秘伝		
	恋の文尽		
寛文十年？	吉原袖かゞみ	大一冊	京
是頃	遊女の大がい		江
	品がわりよし原新評判記		江
寛文十一年	ぬれぼとけ	大三冊	江

寛文十二年	吉原丸裸	半一冊	江
	大坂　島原の扇屋四郎兵衛、大坂新町へ移る。		
	※大坂新町遊郭の始め。		
延宝二年（一六七四）	吉原しつゝい	半二冊	江
	嶌原太夫手跡文章もんづくし	大一冊	京
是歳以前	好金集		
	奴問答		
	秘伝集		
	なぞなぞ		
	題林抄		
	柴垣集		
	江戸物語		江
	白露ほどの恋草		江
延宝三年	吉原局惣鑑	中一冊	江
	吉原大ざつしよ	中一冊	江
	山茶やぶれ笠	中一冊	江
是頃	よしはらつぼねてうつがひ		江
	古きつね		
	吉原黒白		

百物がたり		江
さん茶時花集		
あすか川		
万年暦		
吉原しづめ石		江
吉原荒木船		江
吉原うき世のさが		江

延宝五年

たきつけ	横一冊	京
もえぐゐ	横一冊	京
けしずみ	横一冊	京
きのふの夢	写一冊	江
芥子鹿子	半一冊	江
いなかものとはずかたり		江

延宝六年以前

瓢簞町の記		大
朧夜の友		大
鼬鼠論		京・大
四二物語		京

他に書名のみ伝わるもの、無用草・山鳥物語・寝覚床・小手巻・麻姑の手・はらすぢ・

	ゑのこ草・白鳥・なたて草		江
延宝六年（一六七八）	山茶よし垣		江
	吉原恋の道引	大一冊	江
	色道大鏡	写十六冊	諸
延宝七年	嶋原評判やりくり草	半二冊	京
延宝八年	さん茶評判胡椒頭巾	中一冊	江
	吉原三茶本草名寄	一舗	江
	らいでん		江
	色道諸分なには反鉦	大六冊	大
	色道古銀買難波鉦返答	半二冊	江
	吉原歌仙（仮題）	小一冊	江
	山茶徒坊評判	中一冊	江
	吉原人たばね	中一冊	江
	てうつがい		江
	大てんぐ		江
天和元年（一六八一）	嶋原評判雀遠目鏡	半二冊	京
	おもはく歌合	半一冊	京
	吉原三茶三幅一対	中一冊	江
	伽羅包	小二冊	江

	吉原あくた川	中一冊	江
	吉原下職原	中一冊	江
	嶋原紋日雀諸分鑑	半二冊	京
	大坂新町古今若女郎衆序	半一冊	大
	雀遠目鏡跡追	半二冊	京
	さんちゃうたゝね		江
	太夫つなぎ馬		
	女郎むかふかゞみ		
	けんどんへつひりむし		
	よしはら高ばなし		江
	懐鑑		大
天和二年	恋慕水鑑	半五冊	京・大・江
	吉原買もの調	中一冊	江
	小夜清水		
	浅草川土取舟		
天和三年	吉原大豆俵評判	中一冊	江
	島原大和こよみ	半四冊	京
	吉原鏡ヶ池	中一冊	江
	つぼね開山記		

さん茶たいないさがし
局総まくり
吉原ふせ石　江
都鳥昔話
山郭公

貞享元年（一六八四）
好色女郎花　半三冊？
太夫前巾着
遊女割竹集
内証論
嶋原懐草　京
後の白鳥
松梅鹿懐案内

貞享二年
しらやき草　一冊

是歳以前
島原袖かゞみ　二冊　京
茶屋友りんき　四冊
祇園丸はだか　四冊

貞享三年
吉原酒てんどうじ　小本二冊　江
だいばぼん
なわしろ水

	大ひでり		
	小さかづき		
	女郎草		
貞享四年	朱雀信夫摺	半二冊	京
	吉原源氏五十四君	写大一冊	江
	山茶東雲	中一冊	江
	色里夢想鏡		大
	栄花物語		
貞享五年	諸国色里案内	小三冊？	諸
	胸の焼つけ		

第六節　西鶴『本朝桜陰比事』考
――三田（さんだ）の山公事と巻一の一――

一　はじめに

西鶴の『本朝桜陰比事』〈元禄二（一六八九）年正月刊〉は、四十四章からなる短編集である。すべて、「王城」すなわち京都を舞台とした比事物である。比事物とは、江戸時代にはやった名裁判物を指すが、ここでは、名奉行が民事、刑事等幅広い事件を解決する話となっている。嫌が上にもその実話に近いサスペンス性に読者の期待は集まる。西鶴としても、その巻一の一の冒頭で、

夫、大唐の花は、甘棠の陰に、召伯遊んで、詩をうたへり。和朝の花は、桜の木かげゆたかに、歌を吟じ、……

とするように、『本朝桜陰比事』が、中国宋代の『棠陰比事』〈桂万栄編〉を対抗意識にあることを宣言している。数々の西鶴作品において、編集意図を宣言するのに「序」がその役割を担っていることは自明である。しかし、その「序」がない場合はどうであろうか。それは『本朝桜陰比事』に先行する『日本永代蔵』〈貞享五（一六八八）年刊〉巻一の一の冒頭で確認するように「巻一の一の冒頭」がその役割を果たしている。『本朝桜陰比事』巻一の一の冒頭が特にその傾向顕わなることは、すでに第三章第七節「『本朝桜陰比事』における創作視点」で論証している。（1）

それでは、『本朝桜陰比事』巻一の一冒頭だけではなく、内容はなぜ、巻頭を飾るにふさわしいのであろうか。言い換えれば、なぜ、『本朝桜陰比事』全四十四章から、この章が冒頭に選ばれたのであろうか。『本朝桜陰比事』は全章の順番が、年代順はもちろん、初版初印本の題簽[2]などにみるテーマ別のような画一的な分類方法を用いても説明がつかない。また、いまだ各章の内容を分析することによって、各章の配列を考察しようとする研究方法も行われていない。その意味では、従来の研究において、このことが正面から扱われたのは、杉本好伸氏[3]のご研究以下数少ない。

本論考においては、その点を巻一の一の典拠となったと考えられる、現在の兵庫県三田市に残る、江戸時代の山公事訴訟および三田の伝承に依拠し、その世界との関係から、この章が『本朝桜陰比事』の冒頭に選ばれた理由を解明することを目的として、以下論じるものである。

二　『本朝桜陰比事』巻一の一「春の初の松葉山」

まず、西鶴『本朝桜陰比事』巻一の一「春の初の松葉山」の本文を以下にあげる。〔波線部は森田。後述。〕

夫、大唐の花は、甘棠の陰に、召伯遊んで、詩をうたへり。和朝の花は、桜の木かげゆたかに、歌を吟じ、此時なるかな、御代の山も動ず。四つの海原、不断の小細浪静に、王城の水きよく、流のすゐの久しき、ひとりの翁あつて、百余歳になるまで、家に杖突事もなく、善悪ふたつの耳かしこく、聞伝へたる物語り、今の世の慰さみ草ともなりて、心の風に乱れたる萩も薄も、まつすぐに分れる道の、道筋の広き事、筆のはやしにも中〳〵書つきずして残しぬ。

むかし、都の町に、高家の御吉例を勤むる年男あつて、毎年十二月廿一日に定めて、丹波堺なる里の山入し

て、御かざりの松をきりける。此山の東の麓に里有、西のふもとにも里有、此両所の入組の山にして、年〳〵庄屋出合、山ざかいのあらそひやむ事なし。爰をかざり山とて、古代より切所に極まる記録を持伝へ、「此山は我しはいの所」といふ。又、一方の庄屋も巻物を出しけるに、双方一字一点違ひなく、なを此事すみ難し。扨又、高根の景地に、大同年中の建立といひ伝へて、楠木作りに、一間四面の観音堂あつて、ないじんの戸びらは、昔日より釘付にして、本尊拝たるためしなし。つゐに灯明の影もせず、参詣の人もなく、柴男の休み所となつて、御仏前は木の葉に埋もれおはしける。此堂の事、第一あらそひ、訴状さしあげ、山公事に取むすびぬ。

時に両里の庄屋を京都にめされ、「同じ記録を持つたへし事、子細あるべし。此巻物に、観音堂事は、何ともしるし置ざり。記録は大同より後の年号也。秘仏といへば誰か拝せし者もあるまじ。然ども、我〳〵どもは様子をしるべし。何観音の尊像なるぞ、両方より申出べし。云当しかたの堂に申付べき」との御意なれば、爰ぞ思案大事の所也。一方よりは、「清水寺の御同体千手観音」と申上る。又、壱人はしばらく頬(ほお)づえして、分別極め、「如意琳観音」と申上る。両方極めさせての後、丹波に御役人をつかはされ、彼堂の戸びらを引明しに、各別なる事にて、おの〳〵横手をうちける。すさまじき神鳴の形を、八方へ鉄の鎖を掛ていましめ、目を留て見るも身のふるへる事也。

京都に帰りて、此ありさまを言上申に、さのみ不思議にもおぼしめされず、洛中の仏師を残らずめしよせられ、「もし此神鳴の像を刻みたる事を聞伝へたる細工人はなきか」と、御たづねの時、其比、五条の大仏師、法橋民部といふ者、六代の先祖、是を作りたる家業のまき物、さしあげしに、「後小松院、応永元年霜月十八日の夜、大雪ふつて、雷なり出し、其数しらす落かゝつて、諸木をくだき、里の屋を破り、人の命をとる事、男女に弐十四人、万民のなげきなる時、北国がたより真言の旅僧きたつて、是をふうじ籠られし後、此山里に虫出しの神鳴さへ音なく、是をよろこび、其像を作りて、此所ひさしかれと祝ひ籠、両里より是をあがめ、雨乞の願ひをせしに、叶はざるといふ事なし。其事、里人するゐになつて、とめこし候とぞんじたてまつり候。私先祖是をつくり申候証拠には、則岩座のうちに、書付残し候と、此巻物に見え申候」段言上申せば、台座を改めさせ、御らんありしに、ひとつの折紙あつて、仏師が申せし通り、すこしもたがはず、願主は両里の庄屋なり。其比は聟舅の中なる事しれきたれり。

「扨は記録一方より書移して遣はしけると見えたり。昔日縁者なれば、今もつて外の義にあらず、自今以後は、申合て此堂をかぎつて、東西の山を守るべし。松は先例にまかせ、一方の山にて十弐本づゝきつて、十二門の松をたてまつるべし」と、仰せ付させられ、永代かはらぬ松葉山、ちよに八千代と、祝ひおさめける也。

以上がこの章の全文である。梗概をあげれば以下である。

——京都の高家の正月吉例を勤める男があって、松飾りの松を丹波の山里で切り出していた。この山には、東と西にそれぞれ村があり、この山の所有権をめぐって争いが絶えなかった。と言うのもどちらの村の庄屋も古くから、所領についての記録を持ち伝えてきたが、どちらの巻物も、一字一点違わない、全く同じ記録であったからであった。その山の上には荒れ果てた地蔵堂があったが、昔から内陣の扉は釘付けにされており、本尊は誰も拝んだ者がないという、謎の地蔵堂であった。両村はこの観音堂の所有争いの訴状を京都奉行に出して、ついに山公事となった。お上では肝心の観音堂を争点に定め、両村の庄屋を京都に召し出し、地蔵堂のご本尊をお尋ねになったところ、論が割れた。そこで、丹波へ役人を使わし、地蔵堂を開いたところ、本尊はもの凄まじい雷神の像を八方へ鉄の鎖をつけて縛めたものであった。

お上は、京都中の仏師を集めて、この雷神を彫った者をお尋ねになったところ、この像を作った子孫が記録を持ってあらわれ、その像が、ある僧に村に害をなした雷を鎮めてもらったことに由来して作られたものであることを申し上げた。その作った証拠も一致し、この雷神が作られた経緯が判明したが、施主は訴え出た両村の庄屋であった。また、当時は両村の庄屋が婿と舅の間柄であったことも判明した。お上は、記録も両村が仲の良かった頃にどちらかが書き写して所持していたものであろうから、両村仲良く話し合い、地蔵堂を境界として、松の伐採も平等にすることを判決して下された。——

というものである。

先学の御指摘としては、雷に注目して酒呑童子や菅原道真伝承と結びつけられている例がある。(4)

そのような中で、この『本朝桜陰比事』巻一の一の雷と山公事のモデルではないかと考えられる山公事の事件を見つけ出した。山公事とは、山林の所有権、伐採権、境界などに関する訴訟である。近世に限らないことであろうが、山の所有権、入会権をめぐって、隣接する両村で争いごととなることは多い。力で解決する時代と違って、平和な近世には土地問題の訴訟は多く、山公事の例も多い。それは、三田の地で起こった事件である。次に論じる。

三　三田（さんだ）の山公事と「くわばら」伝承

それは、『三田市史』に記されている。原文を探し得なかったので、『三田市史　下巻』から、その箇所を引用する。(5)

「第二編第六章第八節　九鬼氏統治時代　山論（山公事）」・「天和二（一六八二）年の山論絵図」

……寛文六年有馬郡の山論があって十五、六年の後、天和二年の山論絵図（畳二畳敷位の大きさ）が残っている。この絵図に書いてある判決によると天和二年三月十二日京都御奉行前田安芸守様、井上志摩守の御前において山論の出入は波豆村の非分（負け）、桑原村山田村の理運（勝訴）となって落着した。すなわち両方の相絵図を御前においてその写を書き留め両村の山堺はとどり松の尾よりなめし谷、大岩が山高見通し、はぜのたにまでと永久に定められた。前中丈太郎氏蔵、天和三年八月の文書にその時のものがある。その内容は、三田、田中両村と山田、桑原両村とが山論の判決に従わず上様が実検使をつかわされた。桑原村山田村に証拠が成立するから三田、田中には塩生野村へ山手米申し付けこれは三田田中方の敗訴にて、境目は岩鼻より嶺べを行き、右手つなどまり迄である。万一後年山論を起すような時は、上様より御成敗あるべきものである。

天和三年八月　貞清、村貞、三田村田中村年寄中……とある。

『本朝桜陰比事』巻一の一は山公事であるから、右のような山公事の記録と照合すれば、場面展開が共通するところが多いのは当然であろう。天和三年の文書によれば、「実検使」がつかわされているが、『本朝桜陰比事』の場合も直接役人が地蔵堂まで来ているので、同様かも知れないがモデルとしての論拠には至らない。

ここで問題になるのは、『本朝桜陰比事』巻一の一の挿絵と三田の山公事の訴えた村の一つが「桑原村」であることである。

『本朝桜陰比事』の挿絵の解説として、『新編西鶴全集　第三巻』の巻一の一の挿絵解説をひく。[6]

背景は松葉山。章題に呼応している。神鳴を縛り上げているが、真言の旅僧に封じ込められ、雷神の像として八方に鉄の鎖で縛られたまま鎮座していた来歴によるか。行列の先頭に先棒を持つ三人が描かれているが、これは「丹波に御役人をつかはされ」に呼応し、科人を引き立てて練り歩く呈か。いずれも返し股立ち姿であるが、素足の者もあり、身分は高くなく、下役人ないしは村人といえる。

雷神像をさし荷ないする二人、右面の肩衣の五人は村人か。五人のうち、四人は雷太鼓を持ち、残り一人は撥のようなものを持つ。雷神は、『西鶴諸国はなし』巻二の七や『日本永代蔵』巻二の二にも描かれているが、この挿絵の雷神の腰巻きは豹柄である。虎皮ならぬ豹皮の腰巻きをつけるのは、当時、虎の雌が豹と信じられていたからであり、他意はない。

ここで注視すべきは、『本朝桜陰比事』の挿絵の中に、本文にはない、雷神のみじめに捕縛された姿と雷神の捕縛を喜ぶかのような村人の姿をわざわざ書き入れている点である。

西鶴と作品の挿絵の密接な関係についてあらためて論じるまでもないが、本文と挿絵との関係に西鶴の創作視点がうかがえることは確かである。

ここでもこのような雷神について挿絵で強調するということは、西鶴にとって、仏師の語る雷神像作成の理由が重要な筋組であることを物語っているといえよう。

ところで、先述の三田の山公事の桑原村には、全国的に有名な雷神伝承が残っている。これも『三田市史　下巻』から以下引用する。

「第三編第二章第二節　著名な伝承」「桑原欣勝寺」

昔桑原村欣勝寺の井戸に落雷があった。時の和尚はその雷の落ちた井戸に蓋をしたので雷は出られなくなり、「これからは決して落ちないから蓋をとってくれ」と頼んだ。和尚は雷と堅い約束をしてその蓋をとってやった。それから桑原へは雷が落ちないし、広く雷除けのお守をこの寺では一般に授与している。毎年五月頃になると諸国からそのお札をもらいに来るものが多い。

何か身に危険が迫るような場合にはよく「桑原、桑原」というがこの落雷の話にまつわるものとしておもしろい。寺伝によれば、この雷の伝承は弘治二（一五五六）年夏のこととしているので、西鶴の『本朝桜陰比事』成立時には、広く知られていたものと考えられる。

『本朝桜陰比事』においても、挿絵で確認したように村に相当な被害を与えた雷神を封じ込めたことを全面に出している。また、雷神を封じ込めてからは、「此山里に虫出しの神鳴さへ音なく」と、この山公事の舞台となった山里だけが、雷神の被害より免れたことが書かれている。けっして、偶然によるものではあるまい。

さらに興味ひかれることは桑原村であるということである。

今日でも、落雷の難から逃れようとするとき、お題目のように唱えるのが「くわばら、くわばら」である。『古語大辞典』（角川書店）の「桑原」の項には、「感雷地震などのときに唱えるまじないのことば」として、「くはばら」を引き、先述の「欣勝寺」と同様の伝承を「和泉国和泉郡」として記す『秉穂録』の箇所を引用し、他の語源として、「摂津国有馬郡三田の桑原欣勝寺の通元和尚の説話」とあげ、「桑原は菅公所領の地名である、時平の一族で桑原中に逃れて災いを逃れた者があったとかの諸説がある。」と説明している。

ちなみに引用書『秉穂録』は、寛政七（一七九五）年刊。岡田新川著。この書が後世の記録であること、著者岡田新川が畿内から外れた尾張藩士であることなどから、絶対的資料とは言えない。

いずれにしても、他の辞書類などにも「くわばら」の語源として、「欣勝寺説話」を引くものが多く、雷除けの考えられる。

「くわばら」として、三田の桑原村にある欣勝寺というのは、西鶴の頃にもすでに人口に膾炙した伝承であったと

それゆえに、西鶴は当時の読者の期待にあわせ、桑原村で起こった山公事という事件を「雷封じ」ということで、面白おかしく戯作化したのではないであろうか。

言いかえれば、『本朝桜陰比事』巻二の一は、天和二年の三田の山公事がモデルであるということを一部の読者は知っていたということである。

しかし、まだ数点疑問に残るところがある。「大同年中」「後小松院、応永元年霜月十八日の夜」などの年時であるが、これは西鶴独特の数字のマジック、韜晦性の手法といえよう。つぎに西鶴が雷神を封じ込めた人物を「真言の旅僧」としている点である。

この「欣勝寺」の寺伝について調べてみると、天禄年間（九七〇〜九七三）に清和天皇より分かれた源満仲の開基を伝えており、真言宗の道場で桑原山欣浄寺と称された古刹であった。その後、安貞二年（一二二八）曹洞宗の開祖道元禅師が二十八歳のとき留学から戻り、保養のため有馬温泉に入湯した際に、桑原の地に立ち寄り、この寺の山が宋の不老山に似ていることから太宋山欣勝寺と命名し、曹洞宗に改宗、今日に至っているのである。

開基が「真言宗」であること、道元禅師が「旅僧」として立ち寄ったことを併せれば、「真言の旅僧」となり、このように形象することが、直接の雷神封じ込めの和尚と食い違っても、桑原村の「欣勝寺」を読者に想起させるには一役買っていたといえよう。

また、なぜ山公事の場「三田」が「丹波堺なる里」としたかという問題もある。本来、三田は北摂とされ、丹波と境を一にしているわけであるから、問題にする必要がないともいえる。しかし、蛇足気味に三田藩主のことについてふれる必要がある。先述した三田藩主九鬼氏は戦国末期織豊政権を支えた水軍の雄であった。志摩国から海を

奪われた三田に入部したのは寛永十（一六三三）年のこと。それ以前の藩主荒木平太夫、山崎堅家、有馬則頼、松平重直氏は摂津三田藩主である。九鬼氏になって、所領は三田藩三万六千石とされるが、内訳は摂津国有馬郡三万と丹波国氷上郡六千石であった。この加増は九鬼氏が鳥羽より所替えになるまで五万五千石であったことによるのであろうが、三田藩を摂津国として、丹波国と切り離す見方は当時の人々にはなかったのではないかと考える。むしろ、三田藩と言えば、摂津国と丹波国が混在しているというのが、当時の人々の共通理解ではなかったかと考える。「丹波堺なる里」を三田藩の村々としても、齟齬はなかったのではないかと考える。

以上のように分析すると、「天和二年の三田の山公事」は『本朝桜陰比事』巻一の一のモデル素材として差し支えなかろうし、西鶴としてもそのことを読者に伝えたかったのであろう。

残っている問題として、なぜ、京都の役人が「丹波堺なる里」の山公事を裁いたかという問題がある。三田の山公事の場合も京都奉行が裁いている。この点については『本朝桜陰比事』の本質性に関わる大きな課題なので、次章で論じることとする。

四　山公事を裁いた京都町奉行

この三田の山公事を裁いた人物とは「京都御奉行前田安芸守様、井上志摩守の御前」とされている。「前田安芸守」とは、「京都東町奉行前田安芸守直勝」のことで、在任期間は寛文十三（一六七三）年二月十三日から元禄五（一六九二）年四月一日まで、約十九年間京都東町奉行を務めたこととなる。同じく「井上志摩守」は「京都西町奉行井上太夫衛門正貞」のことで、在任期間は延宝七（一六七九）年三月四日から元禄二（一六八九）年十一月十二日まで、約十年間京都西町奉行を務めたこととなる。

『本朝桜陰比事』が刊行されたのは元禄二年正月。その当時、実際に京都と畿内を統治していた両奉行は「前田安芸守」と「井上志摩守」であったのである。

ここで「京都町奉行」の職制について『徳川幕府事典』(7)より引用したい。

定員二名。芙蓉之間席。諸大夫。老中支配。一五〇〇石高。役料六〇〇石。与力二〇騎、同心五〇人を付属する。寛文八（一六六八）年に任命された雨宮正種・宮崎重成を初代とする。東西の両役所があり、京都市政全般を管掌したほか、禁裏の警衛や、所司代不在時の所司代代理も務めた。畿内近国八ヵ国（山城・大和・河内・和泉・摂津・播磨・丹波・近江）を支配したが、享保七年に山城・大和・近江・丹波の四ヵ国支配となった。伏見奉行や大津代官を兼帯した時期もある。慶応三年十二月廃止。

波線で示したように、京都町奉行は京都の民政、司法、警察のみならず、西鶴当時は「摂津」「丹波」など畿内八ヵ国も管理していたのである。もちろん、山公事のような問題は藩ではなく、京都町奉行に訴えていたことがわかる。

すなわち、『本朝桜陰比事』の場合も三田の山公事の場合も京都町奉行に訴え出ているわけで、当時として正しい手続きであったわけである。

となると、『本朝桜陰比事』巻一の一の名判官は、京都町奉行の名裁きとなるわけである。さらにこの山公事を三田の山公事とすれば、京都町奉行の「前田安芸守」「井上志摩守」の手柄を描いた話となるのである。先に示したようにともに約十九年間、約十年間、その役職にあり、京都の町衆から慕われていたことはわかる。特に『本朝桜陰比事』刊行時は、両人の声望最も盛んであったはずである。

さりながら、『本朝桜陰比事』を論ずるとき、先学が必ず検証されたのが、板倉所司代親子の名裁判を集めた『板倉政要』であった。『本朝桜陰比事』の口語訳や解説にも所司代とするものが多い。しかし、「京都所司代」の職制は以下である。同じく『徳川幕府事典』より引用したい。

定員一名。侍従。役知一万石。大坂城代や奏者番、寺社奉行から就任し、所司代辞任後は老中、西丸老中などに昇格する例が多い。慶長五年九月に任じられた奥平信昌を初代とする。朝廷や西国大名の監察、京都諸役人の統轄にあたった京都・西国支配の要となる重職。与力五〇騎、同心一〇〇人を付属する。慶応三年十二月廃止。

つまり、西国大名の監察がもっぱらで、京都における治安統轄は行うが、実際におこった京都での事件に直接の裁きを下すということはほとんどなかったはずである。

もちろん、所司代は東町奉行と西町奉行の上司であるが、歴代所司代は、初代から『本朝桜陰比事』が刊行される時期まで以下のように変遷している。

奥平美作守信昌　慶長五（一六〇〇）年～慶長六（一六〇一）年
板倉伊賀守勝重　慶長六（一六〇一）年～元和五（一六一九）年
板倉周防守重宗　元和五（一六一九）年～承応三（一六五四）年
牧野佐渡守親成　承応三（一六五四）年～寛文八（一六六八）年
板倉内膳正重矩　寛文八（一六六八）年～寛文十（一六七〇）年
永井伊賀守尚庸　寛文十（一六七〇）年～延宝四（一六七六）年
戸田越前守忠昌　延宝四（一六七六）年～天和元（一六八一）年
稲葉丹後守正往　天和元（一六八一）年～貞享二（一六八五）年
土屋相模守政直　貞享二（一六八五）年～貞享四（一六八七）年
内藤大和守重頼　貞享四（一六八七）年～元禄三（一六九〇）年

このように並べると、『板倉政要』で有名な板倉親子は約五十三年間にわたって、京都の安寧をはかった功労者といえる。京都の町衆に慕われていたことは想像できる。ちなみに後世の『大岡政談』の大岡越前守忠相は、江戸町奉行を南町北町あわせて約二十年間に長きにわたって務めている。ともにそのカリスマ性を持って名裁判官として名を残したわけである。

ところが、西鶴の頃の京都所司代を見てみると、その交代は早い。特に『本朝桜陰比事』執筆当時には、めまぐるしいばかりである。ということになれば、やはり、『本朝桜陰比事』は京都町奉行「前田安芸守」「井上志摩守」の治世を褒めたたえているということになる。

和朝の花は、桜の木かげゆたかに、歌を吟じ、此時なるかな、御代の山も動ず。四つの海原、不断の小細浪静に、王城の水きよく、流のするゑの久しき

という表現がこの二人の治世にのみ向けられるものでないにしても、手に取る二人の奉行には嬉しいものであり、特に二人が裁いた三田の山公事を巻頭の巻一の一に据えるということは、いっそう花を添えることとなっている。

さらに巻一の一を

永代かはらぬ松葉山、ちよに八千代と、祝ひおさめける也。

と結ばれては何も言うことはない。

これは世辞や形式的な祝言形式の踏襲もあろうが(8)ここまで西鶴はお上に気を遣っていたと言えるのではなかろうか。

それは、やはり、京都での裁判物という御政道を題材として、出版取り締まりにかかりそうなテーマを選んだ西鶴の配慮と言うべきであろう。書き出しを「昔」という書き出しにしたり、『本朝桜陰比事』の巻頭と巻末に翁を登場させて翁物語の呈にするなどの工夫も同様の意図によるのであろう。

その努力によって、御政道物ながら、写本『板倉政要』と違い、出版が許されたのではあるまいか。一部の読者にも巻一の一が、あの雷除けで有名な三田の桑原村の山公事と知られることで、奉行以外や関係者以外の読者にも、この『本朝桜陰比事』が現代の裁判物と黙契されたのではないかと考える。

もっとも、そこには京都町奉行と本屋仲間以前の出版システムというものが明らかにされなくてはならないが、それは課題としたい。

ところで、この三田の山公事という情報は西鶴にどのようにもたされたのであろうか。西鶴と結びつく情報源を有すためには、三田に何らかの文事のネットワークがあったはずである。その点について、以下むすびにかえて、検討を加えたい。

五　近世三田の文事

近世における三田は九鬼氏三万六千石の城下町として知られていた。現在の三田市市街の基礎もこの時代の城下町のとき、形成されたとされるが、都市としては、中世の永禄年間すでに真言宗金心寺の門前町として誕生したと言われている(9)。

ここで、近世に先立つ、中世の三田の文事について考えてみたい。しかし、中世の文事について、今回調査を行ったが、先人が記されている研究書、もしくは論文について未見である。もちろん、基本調査には『三田市史』等歴史、郷土史資料を参考としているので見逃している可能性は高いが、直接的に文学に関わる人物を排出していないことは確認できる。

中世の三田は戦乱の中にあった。多く、どこの国の歴史でもそうであるように、平和な時代にこそ文事は育まれると言ってよい。

もちろん、文化は都に近い地域だけに形成されたことは予測できるが、文学の場としても「三田」の場の記述は少ない。

本来、文学を実践する文事と文学に登場する場は違うが、たとえば、『奥の細道』の場合のように、古歌の枕詞の地や数々の源平合戦の古戦場跡などを来訪し、遺跡踏査に文学的情緒を醸し出す姿を見れば、古くに文学の場となることも、後世の文事と結びつくと考えられよう。そのように考えれば、後世からの文事にとっては、一つの調査対象と成りうるのである。

それでは、中世の三田の場合はどうであろうか。

『平家物語』「鵯越」の段において、源義経を中心とした丹波迂回軍がこの近辺を通ったらしい記述を認めるが、「三田」の地名は、いずれの『平家物語』諸本にも名をとどめていない。『太平記』においても、足利尊氏は倒幕後、建武の新政下の内乱において、再三、都周辺で戦を行い、主に敗戦の退路として、三田周辺が出てくるか、合戦の場として名をとどめていない。

室町幕府成立後は赤松氏、嘉吉の乱後は山名氏、戦国期は別所氏、摂津の荒木氏などの攻防の地となった。中世の三田はむしろ、有馬郡であったといい。しかし、その場合でも、軍記に記されるようなドラマティックな戦いの場はなく、文学の場としても、名を刻んでいない。

中世から時代は近世を迎える。明智光秀の一時期を経て、羽柴秀吉の統治下となった三田は、豊臣秀吉政権下においては穀倉地の一つであった。そのまま、徳川政権下においても農産地域として組み入れられていくわけであるから、おおよそ、文事としての文学的名声は得られない。

このような時代の流れの中でも、三田に名刹の寺社は多く名を残している。その盛況を示す文書も数多く残っている。そのような状況からは、文学活動の胎動は名刹の寺社を中心として存在したことは想像できるが、「三田」という文化圏の存在自体が危うかったのではなかったのかと推論する。

もっとも、ここでいう文事とは、文字による文学活動について述べており、芸能を対象とすれば、この評価はあてはまらない。特に中世を代表する民衆芸能『田楽』については、現在の三田市貴志の御霊神社など、県下では三田市に集中して伝承されていることが報告されている[10]のような民俗学的な文化の成熟という意味からは、三田の文化の水準はまったく違った評価が得られるのではなかろうかと考える。

その一例として、推測するのが「連歌」である。中世より近世初期にかけて、連歌の世界は和歌に劣らぬ文芸となった。武家の間においても、広く流行した。連歌の名家里村家の住む京都に近い三田の地での活況は容易に想像できる。

やがて連歌は俳諧と展開する。連歌、俳諧に関して、三田の人々がいかに関わっていったか。顕著な資料を有しない。

しかし、ここに貞門俳諧の二大発句集『玉海集』（安原貞室編　明暦二（一六五六）年刊）（発句数二六二〇余句、付句数五八〇余句、作者数六五八人）に以下の入句を知る。

▼巻一　春の部　桜

銭ならて虎の尾の花やあな見事　　摂州三田住　重香

▼巻一　春の部　桃

糟ならて是もみの日のはらひかな　　摂州三田住　重香

▼巻一　春の部　春草

莇つむ子の名や鬼にかなほうし　　摂州三田之住　重香

▼巻二　夏の部　杜若
沢やかにあらふやかほるかほよ花　摂州三田ノ住松永氏　親次
▼巻三　秋の部　仙翁花
折をいかること葉やあらら仙翁花　摂州三田之住　重香
▼巻三　秋の部　むし
声をきく人にはむるや轡むし　摂州三田住　無及
▼巻三　秋の部　秋田
里の長田たはかるは是かまたかな　摂州三田住　重香
▼巻三　秋の部　菊
白菊の歌人も霜のみつねかな　摂州三田住　重香
▼巻四　冬の部　雑冬
咲花の香に又煮茶の花香哉　摂州三田住　無及
▼他に付句巻上に「重香」一句。付句巻下に「重香」二句。

近世前期、三田における俳諧の学びの場がどのように行われたか、現行資料では想像の域を出ないが、右の資料からは、三田に一流の俳人があったことを知る。

この当時、俳諧の世界は、旦那芸に近く、堂上、地下を問う和歌の世界とは違い、経済人の余興であった。ここに三田においても「摂州三田之住　重香」「摂州三田ノ住松永氏　親次」「摂州三田住　無及」が貞門俳壇に名をとどめているということは、三田俳壇なるものが形成されていたことを物語る。

当時の三田の地を商業路線で都市と結ぶ線は、三ルートに集約できるといえる。一つは「加古川水系」を利用した加古川ルートである。これは加古川下流に及び、現在の加古川市の沿岸部より大坂に至るルートである。また一つは「武庫川水系」を利用した武庫川ルートである。本来大坂まで直通すべきであるが、武庫川の地質的高低のなさから、宝塚に至るのが精一杯で、それ以降は別の水運を利用していた。と言うことは、このどちらを利用しても近世前期大坂の繁盛のもとに交渉を求めるのはある程度の困難が生じると言ってよい。さりながら、年貢米などの大量輸送は少々の困難を含んでいてもこの両ルートを用いるしかなく、人々の交流もおのずから大坂に向いたと言える。

しかし、大量の物資流通という必要性を離れれば、人々の商いの道としては、大量消費地との交流があればよく、三田の場合、それは陸路による京都との交渉であった。

俳諧のはじめは、中世後期から近世初期における連歌の里村家との交流にあり、その流れをくむ松永貞徳の貞門派のもとで俳諧に精進することは、当時の当然の傾向であった。その貞門俳諧の後継者安原貞室の『玉海集』に三田の俳人がいることは三田の文事が一流であったことを示している。

いずれにせよ、貞門俳諧の俳壇が三田に存した事実からは、西鶴の活躍の場である談林俳壇が、その宗匠西山宗因が貞門俳諧から別れたことを考えれば、ひいては三田と西鶴の結びつく場を仮定することができる。というよりも、三田の俳壇を通して、西鶴は「話の種」を得た可能性は高くなる。

換言すれば、西鶴文学の情報源として三田が寄与した可能性があるといえるのではなかろうか。まだまだ研究の手続きを必要とする結論ながら、今後の課題も含めてむすびとしたい。

注

（1）拙稿『日本文芸研究』第四十三巻二号　一九九一年七月。本書所収。

（2）『本朝桜陰比事』五巻の各題簽の下部には、「ちゑ　小判壱両」「ふんべつ　小判弐両」「しあん　小判三両」「じひ小判四両」「かんにん　小判五両」と記して、巻数名をあらわしている。

（3）『『本朝桜陰比事』の考察―巻頭章の方法について」『国語国文論集』（安田女子大学日本文学会）二十四号　一九九四年一月、「『本朝桜陰比事』試論―巻頭の意義をめぐって」『安田女子大学紀要』二十二号　一九九四年、「『本朝桜陰比事』試論―巻一の諸章にそくして」『安田女子大学大学院開設記念論文集』一九九五年等。

（4）「酒呑童子」説話については、檜谷昭彦氏が「作品研究から作家論への展開」『国文学解釈と鑑賞』第四十四巻十二号、一九七九年十一月で詳述された。その後、杉本好伸氏は前掲の注（3）のご論文や、「西鶴と説話―〈酒呑童子・道真〉をめぐる手法―」『国語国文論集』（安田女子大学日本文学会）二十五号　一九九五年一月、さらに「西鶴と雷・地獄―作品背景としての発想基盤―」『安田女子大学紀要』二十三号　一九九五年、などで、「酒呑童子」説話に「菅原道真説話」を加えた虚実ない交ぜの手法を論証された。

（5）『三田市史　下巻』一九六五年刊。

（6）新編西鶴全集編集委員会『新編西鶴全集　第三巻』（勉誠出版）二〇〇三年刊。本文挿絵解説は森田。

（7）竹内誠編『徳川幕府事典』（東京堂出版）二〇〇三年刊。

（8）染谷智幸「西鶴の浮世草子と祝言（その一）―序章末尾の祝言をめぐって―」『日本文学論叢』第十号　一九八五年三月。

（9）注（5）に同じ。

（10）神戸新聞社学芸部兵庫探検民俗編取材班編『復刻　兵庫探検　民俗編』（神戸新聞総合出版センター）一九九六年刊による。
なお、「五　近世三田の文事」については、『兵庫県の歴史』（山川出版社）二〇〇四年刊を参照している。

〔付記〕本論考は、二〇〇五年度関西学院大学春季オープンセミナー（於　神戸三田キャンパス講座）において、「三田学入門」（コーディネーター　森田雅也）と題し、連続講座が開講されたが、その際の五月二十八日（土）に森田が講演した「三田の文学と歴史」に基づいたものである。

第七節　「銀遣（かねつか）へとは各別の書置」考

――相続制度からの読みをめぐって――

一　はじめに

西鶴作品は、近代の夜明けとともにはやくより研究が進められ、特に先達が示された好色物・町人物・武家物・雑話物という分類法は、対象素材とともにいわゆる主題形成論までにも及び、ゆるぎないものである。しかし、雑話物という分類項目でもわかるように、それらは実体論に過ぎず、単なる便宜上の区分であることは、すでに言わずもがなのことであろう。しかし、ここで新たに西鶴作品全体に対し、構造的に普遍的な分類を企図しても無為であろう。先達もそれを思い、「世の人心」論という作品世界を越えた創作視点の側からの読みの問題を提唱されたと理解する。西鶴作品をどう読み直すか、それは難題であるとともに我々に課せられた大きな課題であることも事実である。私は、それを受容文芸学の立場から行うべく、当時の読者側からの読みの分析を試みてきた。果たして、それがどこまで有効であるかは個々の集積によるが、ここでは当時実態として存在した町人の相続という問題を視座として、雑話物として分類され、比事物（裁判物）として特徴づけられている『本朝桜陰比事』（元禄二（一六八九）年刊）の一章を比事物という趣向をひとまず外し、町人物として読み解いていきたい。

二　『本朝桜陰比事』にみる町人の成年相続

『本朝桜陰比事』巻三の七「銀遣へとは各別の書置」という話がある。利発な商人が自らの死に際し、遺書をしたためる。実子で当年十五歳になる一人息子に手元の銀二百貫目を譲り、後妻には二十貫目を残す。また、二人の手代にも甲乙なしに銀十貫目をとらせるというものである。さらに遺言があり、息子が二十五歳になるまでの十年間、何事についても意見してはいけない。特に女色男色の遊興は、どんなことがあっても止めてはいけない。ただし、二十五歳が過ぎてからは一銭でも無駄づかいをするようであれば、お上に申し上げて、この家を追い出すがよい。というものであった。商人は死ぬが、息子は案の定、遊興にふけり、お銀をどんどん遣っていく。二人の手代は、これでは身代が続かないと、お上に息子が銀を遣うのをやめるようにお願い申し上げる。しかし、お上はあと二、三年のことだから、遺言を守るように仰せられる。手代は承伏しかねるが、お上は主人は利発な商人であるから、何か手だてはしてあるはずだと推量して、内蔵を探させる。すると、予備にまだ一万両が置かれてあった。息子には二十五歳でこの金を受け継がすが、息子の方も二十五歳以後は、無駄金を一銭も遣わず、家を立派に立てた、という話である。

誠に富裕がなせる話であるが、話の主眼がお上の推量の違わなかったことと、普通の商家に多い、いわばありきたりな、家の安泰や質素倹約に努めるようにというような遺言とはまったく逆の、十年間好きなだけ、「銀遣へ」という遺言の特異性にあることは、現代の読者として認めるところであろう。

しかし、この話を読むに際し、相続という点を視座とすると、面白い読みが得られる。

大坂町方の不動産台帳に「水帳（みずちょう）」というものがある。宮本又次氏(1)によれば、水帳は元和二年松平忠明の領分に制定され、「御図帳」から「水帳(みずちょう)」の字があてられたのだろうとされる。これは公役・町役の両役賦課の基礎とされるものである。水帳は人別帳と違って、毎年新規に作成されるわけではなく、だいたい、三、四十年間は家持人の身分異動のたびに、同一水帳に対する付箋貼り付けによって処理されてきた。これを「水帳貼替」という。家持ち人に限られるとは言え、特定の家に関して、三、四十年分の相続関係を貼り紙を見ることによって即座に知り得る便宜が得られる点で、「水帳」は「宗門人別帳」「宗旨巻」とともに町人相続例の蒐集の有力史料たり得るのである。

中埜喜雄氏(2)は、これらの史料をもとに、寛永十六年から明治五年までの大坂四町（道修町三丁目・平野町二丁目・菊屋町・木挽町南之丁）の町人相続の実態を調査されている。全相続例は、一五〇七例に及ぶが、そこからは、さまざまな実態が浮かび上がる。

ここで、それに『本朝桜陰比事』の相続の場合を照合する。まず、江戸時代の成人とは十五歳以上であった。十五歳になれば、行為義務能力者として扱われるわけであるから、『本朝桜陰比事』の息子は、相続する資格が十分にあった。中埜氏のデータによれば、先日の一五〇七例のうち、未成年者の相続は三九四例であった。これを割合に直せば、四人に一人以上の割合で未成年者が相続しているのである。

ただし、そこには『本朝桜陰比事』の舞台が京都で、右のデータが大坂の町であるという齟齬が生じる。これについては、まだ大摑みな推論ながら、西鶴作品は、ある地域を題材にしているからと言って、特殊な地方凡例に基づく法の適用がなされて筋が展開するという例をほとんど見ないように思う。むしろ、どの地域であれ、同一の法社会、いわば大坂を尺度に作品形成しているのではないかとすら思っている。それゆえに、ここでも京都と大坂の差異をことさらに考慮する必要はないと考える。

では、巻三の七の息子の場合、父の死後、すぐに相続することが法的にも慣習的にも許されているにもかかわらず、なぜ、そのようにしなかったかという疑問がおこる。

物語として、面白い展開にするためにとった手段とすれば、創作方法として首肯できるであろうが、比事物としてサスペンスを楽しむ当時の読者の側からは、現実に矛盾を見つけ、読むことによる期待が離れてしまうであろう。殊更取り上げるまでもなく、『本朝桜陰比事』には、巻一の二「曇は晴る影法師」の八十余歳の老人の子には影がないという話や巻四の三「見て気遣は夢の契」のいもりの血による「虫じるし」や本夫と密夫の血による契りの証の話など不可思議な証拠立ては多く見られる。しかし、それらは当時の制度に反する非現実的な話ではない。

そこで、すぐに息子が相続できなかった理由を話の展開から鑑みれば、遺言書によって、店の経営を託された二人の手代との関係で生じていることがわかる。それでは、「相続」と「遺言」さらに「手代」はどのようにかかわっているのであろうか。

三　町人の遺言と遺書に基づく相続について

林玲子氏の一連の三井家研究の中に、三井高利が元禄七年に作成した「宗寿居士古遺言」についてのご論考がある。[3] 以下引用する（「宗寿」は三井高利の剃髪後の号）。

「宗寿居士遺言」の内容は、妻かねへの遺贈分銀百貫目（他家へ嫁した娘二人分を含む）を除いた財産を、八人の男子と二人の婿（長女の夫、孫娘の夫）に配分する比率を示したものである。そのなかで、長男の高平（宗竺）の分は四一％余と大きな率を占めているが、この遺言書作成と同時に他の九人から高平あてに誓いの一札が差出された。それには高利の没後、高平を父の代りにうやまい、自分たち一代は今までどおりの資産を分割することはしない旨が記されている。

ここで、『本朝桜陰比事』巻三の七の書置にあたる部分を参照する。

当年十五に成、男子より外に、子といふ者はなし。此子が母親は、九年跡に相果、其後よびむかへし妻には、一子もなく、継母ながらひとりの跡取をかはゆがりて、万事のしかたに如在なく、自子にすこしも替る所なし。親仁もこれに満足して、世に思ひ残す事もなく、有銀弐百貫目は一子にゆづり、銀弐十貫目、後家一代の遣ひ銀に、扨又、手代両人に、銀拾貫目づゝ、甲乙なしにとらするなり。今迄の通りに此の家を見立申べし。

三井家と名もなき商家、数年の違いなどはあるが、『本朝桜陰比事』の書置が、当時の商家の書置としてリアリティを持ったものであったことがわかる。特に妻への遺贈とともに、遺子に全財産を相続させるのは、多子と一人子の違いはあるにせよ、順当であることがわかる。

ところで、『本朝桜陰比事』には、この章によく似たケースの遺書に基づく相続にからむ訴訟の話がある。巻四の五「何れも京の妾女（てかけ）四人」の場合である。話は以下である。

都に大金持ちの町人がいたが、本妻をなくしてからは、筋目のよい所の美女を迎え、中屋敷に置き、時々通った。本宅には、前妻腹の十四歳になる男の子に後見をつけ、すべては手代にまかせてしまった。自分は、下屋敷をいくつもつくり、中でも四季の歓楽にあわせた四つの下屋敷には、妾女四人をそれぞれ住まわせて、世にあるかぎりの遊興を尽した。特に無理酒に興じたため、男盛りに大病となり、死んでしまった。死んだ後のことは、用意がよいことに書置箱があった。

皆の前で開くと意外なことが書かれていた。「本妻は長屋町の屋敷に移し、主人より使用人がゆったりと暮らせるように本宅から仕送りを続け、このたびの相続として銀千枚を渡せ。妾女四人には各々一人ずつの娘がいる。十二歳の娘には銀百貫目とよい家屋敷、十一歳の娘には銀八十貫とよい角屋敷、十歳の娘には銀五十貫目と家屋敷、八歳の娘には、財産・家宝を残らず、釜の下の灰、広庭の落ち葉までも譲る。さて、惣領には、室町の家屋敷に銀二百貫目を添えて取らせるがよい。」とあって、もう一通には諸親類方、下々の者までの書き置きがあって、自筆である上に、紛れもない印判が押してあった。

「この書き置きとおりに引き渡してもらいたい。」と、末娘の親類が申し出たけれども、手代たちは承知せず、「渡すことは思いもよらない。」と断った。町内でも、「惣領に男子がありながら、非道の書置だ。」と評判し、世間でもよくないと話題になったので、一族や手代たちが相談して、お上へ訴え出た。

そこでお上は皆を召し出され、「とにかくこの親は愚か者で、思慮の足らない処置をしたものだ。証文が反古になるとはこのことだ。町内の者・親類・手代どもまでことごとく立ち合い、そのほか洛中の智恵者まで集めて、裁決し直せ。」と言いつけられた。

皆は、明け暮れ相談した結果を書面で「惣領は本妻の子で、男子で、まだ十四歳ですので、親の気持ちに背いたこともございません。お上が仰せのように、この書置は亡父が大酒の上で書かれたものと思います。諸事跡目のことは、惣領に仰せつけられるようにお願い申し上げます。後家は同じ屋敷に置いて、後見を致させたく存じます。三人の娘には書置どおりに渡し、末娘には、惣領に譲って置かれた財宝を遣わしたいと存じます。」と申し上げた。

お上の方でもお裁きの書き付けをしたためておられたが、これと寸分違わなかったので、一同感服した。お上は「たしかに右のとおりに取り計らい、その家の立ちゆくようにいたせ。」と、仰せ渡されたということである。

まず、この章の場合、相続を生前に行い、男子ながら十四歳なので、成年相続にならず、後見を必要としている。最後の評決でも母を後見人としているが、それは前章に述べた相続制度を遵守するもので、当時の慣習にならったものであることがわかる。つぎに、皆の前で遺書を開いた結果であるが、遺産分けは、惣領よりも四人の娘にあつく、特に末娘の取り分は、惣領を超えているかもしれない。このような遺産分けを末娘の親類が求めるままに行ったのでは、家の資本金が分散し、家の商売が破綻することが歴然としている。

このことは当時の人々にとっては、重々承知のことであったはずである。それは前述の三井家の場合でも、そのことを一番心配し、長男の高平に取り分を四一％余と遺書にした上で資産分配を行わなかったのである。西鶴もこの問題を『本朝二十不孝』巻二の四「親子五人仍書置如件（よってかきおくだんのごとし）」で作品化している。家の現金が二千両しかないのに、これを八千両あることにして、各々に二千両ずつ譲る書置を作成すると遺言したにもかかわらず、父の死後、長男以外の三人がその言を信じず、遺書どおりの額面を長男に請求し、その板挟みによって、長男が自害するという話である。父としては商人として家を守るための苦肉の策であったが、親不孝な三人の自己本位な息子に台無しにされてしまうわけである。しかし、この話の結末は、長男の嫁が三人の弟を夫の敵として討ちとり、二歳になる息子が家の跡を継ぐわけで、皮肉な一子相続が守られることとなっている。

右の壮烈な団円は、親の遺言を守らず、多子相続しようとした愚かな息子たちに怒りを覚えた読者があって、その溜飲が下がるように設定されたものと考える。つまり、「たわけ」の語源のように多子相続は、一家の繁栄を分散させてしまうものなのである。

この巻四の五の遺産相続の場合、惣領および後妻を含め、四人の娘たちに分散して相続させることは、この家を消滅させてしまうのである。一代の繁栄の末路として譲られた遺産に喜ぶのは、末娘やその親戚のような類だけである。生活がかかる手代にとってはもってのほかの遺言なのである。

そこで西鶴は、この主人の愚行を印象づけるために、家を手代にまかせ、遊蕩生活にふける姿に筆をさき、後妻の他に四人の妾女を寵愛し、酒に溺れ、酒に死ぬ、まったく好ましくない商人像を形象し、読者に提出したのである。ここまで愚行となれば、そんな人物の遺書など効力がなく、前代未聞の非道の遺書となり、第三者である、町内やお上、あるいは洛中の智恵者まで巻き込んだ騒動となっても不思議ではないのである。

ところで、この場合の「町中」の役割であるが、原文は以下である。

書置の衆中、其外町人残らずめされ、「菟角此親、虚気の沙汰なり。証文の反古に成とは、此事也。此義は町中・親類・手代どもにいたるまでの立合、其外洛中の案者をあつめ、廿日が間に相談して、すこしも贔屓の沙汰なく、是を扮きて出べし」と、仰付られ、御請申て罷帰り、……。

右の場合、親類・手代に混じり、「町中」をも含め、お上が再判決の決裁を求めるのは、違和感があるが、これは、当時は常識であったようである。宮本又次氏は、[4]

町奉行の下で、下級の自治的な職制を持つものに、江戸では町年寄、大坂では惣年寄がいた。

と、江戸の町年寄、大坂の惣年寄についてふれられた上で、

惣年寄の職務は御触の伝達、奉行所の依頼による諸調査、新地の地割、地子銭・地代銀・運上銀の徴収及び上納、町々年寄の任免、諸仲間の人別調査並びに諸仲間の選んだ年寄の身元調査上申、川船所持人及び借受人の身元調査、新版物の稿本の調査上申、出火の節、火消人足の指揮などであった。（中略）江戸の町年寄の職務も大坂の惣年寄に似ていた。御触の伝達、奉行所の依頼による諸調査、新地の地割、……（後略）。

とされている。江戸では町年寄の下に名主があり、家主五人組の集まりである各町の上に置かれた。大坂では、惣年寄の下に町年寄以下が置かれて「町中」が存在した。江戸、大坂の都市では、ほぼ同じような形で「町中」が幕府の末端組織として、自治を行っていた実態があったのである。脇田修氏も「町内のつきあい」として、近世大坂の町組織を以下のようにまとめられている。

大坂でいえば、大坂三郷としての組織はあるが、それは幕府の行政末端の組織であり、法令の伝達や宗門改めなどの事務をおこなうとともに、全体として大坂の都市管理をおこなった。そしてさまざまな問題の処理は、各町内でおこなわれた。[5]

すなわち、お上よりこの一件を、町中である惣年寄以下の代表などを通して、再調査を求めるのは非現実的ではなく、むしろ、至極当たり前のことであったようで、京都と大坂の違いは前述したものの、システムとして「町中」が存在しても不思議ではない。元来、巻四の五は『板倉政要』巻六の一「養子ヲ閣テ妾女ニ譲状之事」を典拠としていると指摘されるように(6)、『本朝桜陰比事』全体も『板倉政要』を意識したために、「都」という場に設定しているだけで、ここに大坂や江戸の町制を取り入れていても、読む側の読者にとって、何ら問題はないと言えよう。『本朝桜陰比事』には、この「町中」が訴えたり、調査を求められたりする例がかなり多いが、西鶴はこれらの点を読者周知のこととして、物語の中で「町中」を機能させたと考えるが、さらなる研究は別の稿に譲りたい。

いずれにせよ、このように分析してくると、『本朝桜陰比事』巻四の五の話は、商家の主人の遺書にもかかわらず、世間から不当な相続として遺書が反古にされた話となるわけで、そこには主人の意志が映ぜられなかったという結果がある。この話の商家の主人は終始、「大酒を好み」、「妾女（てかけ）」を侍らせ、「虚気（うつけ）」の商人として形象されている。逆の性格づけが「手代」であり、遺書による不当な相続から「家」を守ったのである。主人より「手代」あっての商家の経営という話として過分ではなかろう。

それでは、同じく遺書を前にした巻三の七の「手代」の場合はいかに形象されているであろうか、次に商家の相続と手代という観点から考えたい。

四　商家の相続と手代

西鶴の商家を扱った話には、その多くに、手代あるいは手代らしき者が登場する。これは商家のシステムとして、いくつかの例外を除いては、手代なくして商売が成り立たないためで、いわば実際の家の営業を掌握した立場の人物なのである。

『本朝桜陰比事』の巻五の六「小指は高ぐゝりの覚」には、両替商両店の手代同士が、小判十両の貸し借りをめぐってトラブルを起こし、訴訟に及ぶ話がある。事が明らかになるまで、借り方の手代の方が指を小指で括られ、貸し方の手代の方は常時二十五桁の算盤を持たされるという裁きを受け、軽い体刑の後、家に戻されたが、借り方の手代の方が不注意を申し出、お許しいただいたというものである。当時の刑罰からは、九両余りでも遠島、十両で笠の台がとぶ時代である。(7) この場合、十両の紛失にこのような笑い種の仕置きは非現実的であるといえる。しかし、当時、両替商仲間がいかに裁量で大金を動かしていたかはこの章の始めで殊更に述べられている。そのような商家の手代たちであれば、十両ごときの一時の紛失のトラブルは隣り合わせに生活していたともいえるのである。当然、家の主人たちも奉公人を信じて、金の出し入れを任せている。この話でも、事の露見は当事者の手代同士からである。いかに手代が営業面で信頼されていたかを物語る例である。

それだけに自らが奉公する店の営業権に関しての発言力は大きい。『本朝桜陰比事』の場合、営業権にからむ訴訟が多いのもそのためである。その点からここで巻三の七を取り上げるわけであるが、もちろん、前章で述べた巻四の五も手代が訴訟に加わっている例である。また、巻一の六「孖は他人のはじまり」の場合、一子相伝の妙薬が双子の二家に分れて伝わるのはよくないと訴え出たのは、この家に長く勤めていた手代である。

さらに高じれば、『万の文反古』巻一の二にあるような、手代九人が連判で先代の主人に、当代の放蕩な若主人を一時隠居させ、その間の営業権の掌握を願い出るという、強引とも思えるほどの実力行使となるのである。

しかし、これとて、当時の商家で実際に行われた可能性があるような例でないと、読者は受け容れてくれず、作品を離れてしまう。そこには現実性が伴わなければならないが、個々の人物の形象化を行わなくても、商家の「手代」が総じて滅私奉公で家のために尽す人々であったという共通認識は作家と読者の間にあったわけで、物語に登場する「手代」は、おのずからそのような役割を割り当てられた人物であったはずなのである。(8) もちろん、『本朝桜陰比事』にも巻二の七のように、手代と縫い物役の女が家の跡目を狙う話があるが、この場合も手代より縫い物役の女の方が悪事を企んだように描かれている。少なくとも西鶴は手代を家に忠実な奉公人として位置づけようとしていたことは否めない。

それでは、本当に手代は純粋な気持ちで私利私欲なく、自己犠牲的に主人に奉公していたかというと、それは疑問である。やはり、仕えていたのは主家であり、家とは自分も含めた存在で、その家の繁栄に尽すことは自己の繁栄にもつながるのである。そこであわよくば、使用人という立場から脱することができれば至福の喜びであったはずである。

まず、手代が使用人から脱するには入り婿という方法が考えられるが、実力以外に諸条件を伴い、始めから願うべくもない状況に置かれては致し方ない。最も良いのは、主人に実力を見いだしてもらい、抜擢され、家なり元手なりを譲渡されるという例である。『本朝桜陰比事』巻五の七「煙に移り気の人」の場合がそれである。ただし、この話では、隠者気質の手代に下屋敷と元手を与えようと考えていることから、いわゆる、のれん分けといえる。この家は、事件に乳母がからむことから、乳母に育ててもらった惣領が相続すると考えられるが、奉公に励む者にとって、目標とするところであったろう。

実際、商家において、その家の主人亡きあと、その遺族親族以外の人物が相続する例は、多かったようである。前述の中埜喜雄氏の大坂四町の町人相続の実態調査一五〇七例を見ると、三三六例にも及ぶ。これは、長男相続三六〇例に続く第二位で、率にして二割二分三厘にとなり、奉公人として開かれた出世コースになっていたはずである。

西鶴も『日本永代蔵』で、その実態を作品化している。巻六の二「見立て養子が利発」は、おおぜい手代がいる中で特に目をかけた小者を養子とし、身代を譲るというものである。その思惑は大いに当たり、この者がこの家を相続するや、それまでは二千八百両と老後の寺参り料の百両だけの身代が、十五年もたたぬうちに三万両の大金持ちになってしまったという成功話である。世襲に固執するばかりが商人の相続ではなかったのである。

このように分析すると、当時の商人にとっても、奉公するとは滅私奉公ながら、主家が繁栄するか、主家を相続するか、もしくは主家の何らかの財産か営業権などを相続するか、心中にそのような野心が大なり小なりあったともいえるのではなかろうか。

そのような商人に対する一般論の下で、主人を亡くして、今後の家のことを遺書で指示された巻三の七の二人の手代の心中はどうであったろうか。二人にかかわる遺書、遺言と行為に原文等を補って整理し直すと以下である。

①遺書には、「二人の手代に甲乙なしに銀十貫目をとらせる」と書かれるとともに、「今迄の通りに此家を見立申べし」とあった。

②十五歳の息子が二十五歳になるまでの十年間は、心まかせに金銀をつかい捨てるようにしてくれと遺言する。

③息子が六、七年で多くの遺産を遣ってしまったので、二人の手代は、このままでは身代が続かないとてお上に息子が銀を遣うのをやめるようにお願い申し上げる。

④お上はあと二、三年のことだから、遺言を守るように仰せられる。そして、「手代ども気づかひなく、商売手広くいたすべし」と沙汰があった。

⑤手代は承服しかねるが、お上は主人は利発な商人であるから、何か手だてはしてあるはずだと推量して、内蔵を探させる。すると、予備にまだ一万両が置かれてあった。そのことを申し出ると、お上は「其まゝに念を入、二十五の年相渡すべし」と仰せられた。

ここで問題になるのは、①でなぜ、二人の「手代」に「銀拾貫目づゝ」の相続が行われたかということである。

この銀がのれん分けを許すものでないことは、「今迄の通りに此家を見立申べし」でわかる。礼金とするのも腑に落ちない。

ここに、林玲子氏の三井両替店の役料の研究(9)の中に以下のような記述がある。

名目役になると小遣いに代り、役料が支給されるようになる。享保四（一七一九）年の定めでは、支配人が一ヵ年四つ宝銀二貫二〇〇匁から三貫目、組頭が一貫二〇〇匁から二貫目となっており、その後、貨幣価値の変動に応じて改定され、……（後略）。

右の数値は三井家のものであり、時代も異なることから、直接の参考にはなり難いが、かりに巻三の七の手代の「銀拾貫目づゝ」が手代としての十年間の役料とするなら、納得できる。つまり、この家の主人は、二人の手代に「銀拾貫目づゝ」与えることで、以降十ヵ年の年季奉公の契約を結び、この家の営業から逃げられないようにしたのである。手代の側からは死んだ主人に十年間の給料をもらって、使用人として拘束されたのである。

この二人の手代は十年の間、辞められないだけではなく、経営権を委ねられ、「家」を守らねばならない立場となったのである。しかも、この十年間は②が遺言として有効なのである。そこで③のように慌てなくてはいけなくなる。お上に④のように訴えてもとりつく島もない。ところが、死んだ主人は予め、⑤のような手を打っていた。二人の手代は、たまたま見つけた一万両に手も出せない。

これらを滑稽とせずして、いかが結論できるであろう。先の商人としての主家の相続等の野心を持つどころか、主家の衰亡に苦悩し、狼狽する手代の姿は、二人だけによけいに万歳のごときおかしみを出しているのである。

五　おわりに

巻三の七は、手代から読めば滑稽譚であることは述べた。しかし、死んだ家の主人からはいかがであろうか。「銀遣へ」という奇抜な遺言から始まり、家は遺書と遺言で十年間、手代に守らせ、息子は二十五歳までは遊蕩の限りを尽させ、相続してからは、また遺言によって、無駄金を一銭も遣わせず、家を立派に立てさせた、という賢者の上人の話の筋となるであろう。

ところが世間ではこの賢者の遺言の価値がわからなかったとする。

銀遣へとのいひげん（遺言）、前代になき事也。「日比は利発なる人なりしが、死前に何をか申けるぞ」と、京中に取沙汰して、是を笑ひぬ。

ここでわざと、主人の遺言が笑われたことを描くことが、話の伏線として見事に機能し、賢者の商人を際だたせているのである。

この逆様の設定こそが、作家と読者の駆け引きなのである。

そのように考えれば、息子の相続が、当時の町人の成年相続の現状にあわないように設定するのも、逆様の設定として読者に送るメッセージなのかも知れない。また、いささかの野心を抱きながらも、謹厳実直に滅私奉公に励んでいる手代を狼狽させて楽しむことも逆様の設定かも知れない。

『本朝桜陰比事』を読むことが、単なる比事物としてサスペンスを楽しむだけでなく、このような散りばめた逆様の設定を楽しむことに通じるなら、それもサスペンスとして新しい読みに加えていただけるのではないかとして論を閉じたい。

注

(1) 宮本又次「第七章　大阪の町制文書」『近世大阪の経済と町制』(文献出版) 一九八五年刊所収。
(2) 中埜喜雄「一　近世大坂町人相続法の研究」『大坂町人相続の研究』(嵯峨野書院) 一九七六年刊所収。
(3) 林玲子「三井両替店の開設と発展」『江戸・上方の大店と町家女性』(吉川弘文館) 二〇〇一年刊所収。
(4) 宮本又次「第六章　大阪の町制(下)」『近世大阪の経済と町制』(文献出版) 一九八五年刊所収。
(5) 脇田修『近世大坂の町と人』(人文書院) 一九八六年刊。
(6) 野間光辰氏の「本朝桜陰比事考証」『西鶴新新攷』(岩波書店) 一九八一年刊のご論考、及び、杉本好伸氏の「『本朝桜陰比事』試論—巻一の諸章にそくして」(『安田女子大学大学院開設記念論文集』一九九五年刊) 所収のご論考による。
(7) 名和弓雄『拷問刑罰史』(雄山閣) 一九六三年刊。
(8) 西鶴作品における「手代」像については、矢野公和氏の『虚構としての『日本永代蔵』』(笠間書院) 二〇〇二年刊の「第三部　造形」「三　手代像」で論じられているが、注目されるべき人物造形である。
(9) 林玲子「三井両替店の展開」『江戸・上方の大店と町家女性』(吉川弘文館) 二〇〇一年刊所収。

第八節　西鶴『万の文反古』考
――相続制度からの読みをめぐって――

一　はじめに

西鶴の『万の文反古』（元禄九（一六九六）年刊）を語るとき、遺稿集という性格上から、その成立の問題に終始せざるを得ないのは当然のことであろう。谷脇理史氏(1)のA系列とB系列の問題は、その形式的な問題から内容面まで展開し、A系列の八章とB系列の九章の微表が存することを明らかにされた。また、その後も内容面において、着想、方法の問題があることは谷脇氏を含めた諸氏によって解明されつつある。

もちろん、それ以前の問題としてのテクストの問題がある。つまり、元禄九年版と正徳二（一七一二）年版の存在(2)や四巻本成立説(3)などである。先人のご研究が多くの成果を出しておられることは言うまでもなく、ここにその一々を掲げることは控えるが、『万の文反古』はある意味で、数多い西鶴研究の中で最も内容の検証が行われた作品と言えるかも知れない。

しかし、それは書簡体短編小説としての個々の話の集合体の分析であって、西鶴文芸の展開における『万の文反古』の位置づけとしては、まだまだ取り組むべき課題を有していると考える。そこで着目すべきは、『万の文反古』が、書簡体短編小説という特徴を有しているということである。ここで「着目」とすると、何を今さらさんざん言い古された発想をということになるであろうが、少なくとも原点に戻り、再考すべき価値はあろう。

かつて、戦前の文学界において、圧倒的な量と質をもった西欧小説が席巻する中、彼我の優劣論がおこったとき、注目されたのは『万の文反古』であった。

それは、当時西欧小説の嚆矢と目されていたのは、イギリスのS・リチャードソン作『パミラ』（一七四〇）であったが、それより早い時期に西鶴の『万の文反古』が刊行されていたというところにあったと言えよう。いろいろな形で戦前の研究者、文豪が西鶴を賞するが、こと『万の文反古』となれば、そこには世界文学における書簡体小説の系譜の嚆矢――今となってはあまりに杜撰な位置づけであるが――として筆圧が加わったのであろう。我々が思いつくままでも、ドイツのゲーテの『若きウェルターの悩み』（一七七四）、フランスのラクロの『危険な関係』（一七八二）、ロシアのドストエフスキー『貧しき人々』（一八四六）等々があげられるし、日本古典文学における書簡体小説となれば枚挙にいとまがない。いわば綺羅星のごとき系譜なのである。

この書簡体という方法の特徴は、一人称で相手に語りかけるというところにある。その面白さに着目したのが右の大文豪たちなのである。

西鶴もその一人であったはずである。しかし、西鶴の『万の文反古』での特性は、書簡体という方法の場合に放棄される第三者としての見解を独自の方法で補ったところにあるといえよう。

それは、先述したA系列とB系列に分ける際の一つの拠りどころとなった、章末の一文の存在である。おのおの、A系列が「此文を考（かんが）見るに」、B系列は「此文の子細を考見るに」という表文を用いている点である。

つまり、西鶴は第一人称で作品を形象しながら、同時に第三者の視点を忘れていないのである。『万の文反古』はその意味で特殊な書簡体小説であるといえようし、すぐれた手法を有した作品ともいえよう。

そのすぐれた『万の文反古』の書簡体という方法について、所期の目的に立ち戻れば、それは、書簡の送り手から、書簡を宛てた人へのダイレクトメッセージなのである。

『万の文反古』の一章の分量は、他の西鶴作品の一章に比して、長いといえよう。そのためか、章の数は十七話しかない。

しかし、各章には敵討、男色、太夫からの艶書、致富成功譚、金の無心、奇談、幽霊話等幅広いテーマを持った書簡が登場し、いわゆる、好色物、武家物、町人物、雑話物のジャンルにこだわらない、ある意味、西鶴の集大成的な独自の世界が形成されている。これも『万の文反古』のすぐれている要因の一つに加えることができるであろう。

西鶴の遺稿集に西鶴らしさに欠ける文章や編集の杜撰さが指摘される中で、統一された形成方法で創作された『万の文反古』は西鶴の創作視点を探究するにふさわしい作品の一つであるということができるであろう。

そこで、本研究においては、その創作視点探究の端緒を、商人の「相続」に求め、それを視座として、『万の文反古』における商人の世界を分析していくものである。

二　巻三の二「明て驚く書置箱」における相続制度の意味

『万の文反古』巻三の二「明て驚く書置箱」には、商家の遺言書による内輪揉めが描かれている。手紙の差出人は甚太兵衛、宛てたのは、兄甚六郎の親類甚太夫へであった。内容は、兄甚六郎の訃報と彼の遺言書による事件の顛末である。「書置」とは、遺書であり、当時の商家における遺書と遺書に基づく相続については、西鶴の『本朝桜陰比事』を例として、すでに別稿で考察したが[4]、「書置」が商家の相続に果たす役割は厳格である。

甚太兵衛によれば、兄甚六郎は臨終まで気持ちは確かで自筆で遺言状を書いたほどであった。正式な手続きを経て、遺言状に基づき、まことに行き届いた遺産分配が行われたが、その中に後家への遺産分配のことが書いてなかった。それどころか別紙には、遺産分けをせず、早く実家に返し、再嫁させよとあった。いくら父の遺言書にあるからと言っても、惣領の甚太郎はこれだけは聞くことが出来ないと申し立てたが、後家も家を出たいと言うので、親類たちも手元にあった銀五貫目だけを持たせて、諸道具とともに親里に帰らせた。その後で、銀箱のありかを探したがわからず、古風な長櫃の中から手形箱が出てきた。あけて見ると、遺産分けした人たちの名札がそれぞれつけてあった。多額な額であるが、遺産は金ではなく、大名貸しした大金の証文として譲り渡されていたのである。証文ではすぐに金にもならないし、回収できるとは限らないので一同驚くばかりであった。

つまり、この家の内証は、現金としては後家に与えた銀五貫目だけが残されていたのであって、惣領は小遣いもなく、家業の酒造りにも、その資本もないという有様であった。甚太兵衛自身も金を立て替えてやっている状態で、甚太夫にも遺産分けの銀五十貫目の証文だけを送らせていただいたというのである。

一方、後家の方は夫の一回忌どころか百か日もたたないのに、近々再婚の相手を決めて結納を贈るという話である。憎々しいやつと思っていると、この後家は自分の道具として残していた雑長持を取りに使いの者をよこしてきた。ところがこれが重くてなかなか動かない。中をあらためてみると、約八百貫文ぐらいもの銭が入っていた。この後家が長い年月、昼夜なしにばら銭をここに溜め込んだものだということになった。という文面である。

評文が

　此文を考見るに、大名借の手形を処務分したるを、同じもらひ物ならば当銀とおもふ心と、女房つねづねの欲心あらはるる事と見へたり。

とするように、この話の眼目は、遺産分けが現金ではなく、大名貸しの証文で行われた愚行と後家の欲心の二つとして読むのが妥当であろう。

後家は、本文では明確にはされていないものの、家の内証が手詰まりなのをよく知っていたのであろう。その上の保身と考えられる。まさに「世の人心」。西鶴の得意とする世態人情話の一つと言えよう。

大名貸しの証文につては、大名貸し自体が危うい商いであったことは周知のことであったといえよう。幕末、特に後の倒幕雄藩に多くみられた、藩政改革の名のもとに貸し金が「徳政令」のごとく踏み倒されたり、無期に近い返済期間を突きつけられた事実があるが、すでに藩政の行き詰まりは元禄期でもあった。西鶴作品でも『世間胸算用』巻二の一「銀一匁の講中」の中で、大坂の金持ちたちが「大黒講」という研究会を作り、諸国の大名衆への御用金の貸し入れの内談をしたというのは、この背景によるものである。

つまりは、兄甚六郎の商人としての失敗は大名貸しを行ったところにあるのであるが、それは強調されていない。逆に大名貸しが危ういなどと直接的に書けば、憚られることは多かったはずである。それは出版統制令との関係をあげなくても、お上を憚る当時の階級意識からは当然であったであろう。その意味では、むしろ右の『世間胸算用』の記述の方が冒険であり、大胆なものであったといえる。

ところで、弟甚太兵衛にしてみれば、別世帯とはいえ、兄の家が苦境に陥るというのは本家の没落を意味し、それは残念であり、歯がゆくもあったはずである。その経緯を

甚六郎事、兼て御存知の通り、すこしも浮たる事はいたさぬ人にて御座候が、京の銀借ども大分限罷成候をうらやましがり、あたら銀を捨られし同前に御座候。〔波線部は森田〕

として、兄が京の金貸し屋にねたまれたために騙されて、やむなく大名貸しに手を出したとしている。さらに、

我々が親道斉藤申置れしは、「町人家質の他、金銀借し申事無用。其上有銀三ヶ一出し申べし。皆皆は慥成事にもかさぬ物」と、くれぐれいひわたされしに、我物時の用に立ざる事にて、道斉の御事おもひ出し候。〔波線部は共に森田〕

とあり、兄甚六郎が失敗したのは、自分たちの親である道斉が遺言した現金の三分の一を越えた貸し付けをしたた

めであるとして、父道斉の「申置」の不履行をここにおいて引っ張り出しているのに気づく。

これを書簡という機能の中で考えたとき、書簡を書いているのは父道斉の薫陶を兄とともに受けた弟であり、宛てたのは、そのような父道斉と二人の兄弟の人間模様を知る親類の一人なのである。書簡を送った動機は単なる訃報だけではない。

「大分限」になったのは兄の代にしても、その基盤は道斉の代にあったであろう。その財を相続しながら、家を守れなかった責任は兄にある。さらに兄が不誠実な妻をもらったために、その女のいいようにされ、相続された惣領は、この酒造りの家の使用人を養い、家業を続けていくことすら、困難な状況にある。

この書簡は、そのような相続の重なる失敗に憤った書簡なのである。書簡の最後に

年内に御上り待申候。万々語り申度候。此御報相待候。

とくどくどしく、会う機会を持とうとするのも、単に嫁の悪口や本家の立ちゆく工夫を話し合うだけではなく、誤った相続に対する憤りを訴えることが目的にあるはずである。商家において、相続の選択を間違った悲劇は、当事者たちにとっては、外部にも言えず、結局、内情を知る人へ憤りをぶつけるしかない。それが書簡という手段を選ぶとより明確になるのである。『万の文反古』では、これとよく似た書簡が次にもある。

三　巻一の二「栄花の引込所」における相続制度の意味

『万の文反古』巻一の二「栄花の引込所」には、商家を相続した若旦那の放蕩をやめさせようとして、手代九人が連判状を持って、親類の隠居にお願いする書簡が書かれている。手紙の差出人は、呉服屋の手代九人。宛てたのは、隠居した親類のご出家である。内容は、若旦那の放蕩三昧への意見と一時的な営業権の譲渡である。

若旦那重九郎の放蕩にかかる費用はすさまじいものである。亡くなった旦那様の遺言により、一年中の小遣いとして、手代たちから年頭に三十両渡しているが、母親は若旦那が望む小袖をいくらでも仕立ててあげている。そのうえ母親は、毎月晦日に百両の小遣いを与えている。いつの間にか、借金も作っており、これが四千五百両にも及んでいる。借金が多くなって、最近では貸してくれないので、呉服屋仲間の競り売りの品を高くで買って、その勘定は店につけておき、品物を売って小遣いを稼いでいる。その勘定は千三、四百両にもなっている。そこで手代たちが仲間に頼んで、品物を若旦那に売らないようにさせると、お得意先の掛け売りの代金を集めて、これも二千両あまり使ってしまった。この六年間で九千両ほどのお金を放蕩に捨ててしまったのである。

これでは、いくら店の者たちが稼いでも追いつかない。そこで、手代たちは辞職覚悟で、三年の間、若旦那の一時的な隠居を願ってみると言うのである。その返事を聞くのが親類の隠居であるが、条件は以下である。

場所は若旦那に好きなところを選んでもらう。そこに広い座敷を新築し、米、油、味噌、薪、四季の小袖代も差し上げる。年中の小遣いは二百四十両をお渡しする。京都から給金百両のお妾を二人抱え、お妾つきの若い腰元三人、仲居、茶の間女、お裁縫女、下女二人、小姓二人、小坊主一人、按摩師、歌唄い、料理人、駕籠かき二人、草履取り二人、手代をつけるので気ままに暮らしてくれればよい。三年たてば、もとどおり「遊女ぐるひ」をしてもらってよい、というものである。評文は

此文を考見るに、若代の人色ごのみ過、身体のさはりと成を、手代どもまことある相談して、親類法師をたのみ、異見すると見えたり。世には身をしらぬ奢りもの有。天のとがめも、町人の分としてよい程あり。此書付の栄花にては、夷が嶋にても住べし。

となっている。これは書簡に示す、手代たちが放蕩息子を一時的に隠居させ、店をたてなおす計画の中での彼の隠居生活に関する条件提示が、「町人の分」を超えた贅沢なものであることを批判しているのである。この章の眼目はははからずも、この評文に集約されているといえよう。

しかし、ここで注視したいのは、手代と隠居の関係である。

重九郎様御事、何とももてあまし、御異見申種もつき果て、手代中間九人、御居所のごふくだなあづかり申候者ども、おそれながら愚礼をもつて所存の通り申上候。

右の文面にあるように、手代は、若旦那重九郎の放蕩を諫めてもらうべき隠居に「御居所のごふくだなあづかり申候者」とわざわざ名乗っているのである。

仮に隠居した主人と手代の関係であれば、「手代某」と名乗るであろうし、旧知の仲の場合でもそうであろう。丁重というよりよそよそしさを感じるのである。つまり、あまり直接的な雇用関係があったと思えないのが手代と隠居の関係なのである。

また、手代は若旦那の放蕩を諫めて欲しいという箇所では、

……こころざしのなをり申候やうに、御しめしくだされ候ば、皆々あり難くそんじたてまつり候。ひとつは御慈悲にも成申候御事、ほかより其身のお為に成申候御事、ほかより其身のお為に成事申せば、はや其人は出入なく、いよいよ我ままさかんに罷成候。

と書かれている。後半は、若旦那に放蕩三昧について意見すると出入り差し止めになるので、隠居以外は余人をもって代え難しという文面である。しかし、前半の文面からすれば、隠居が若旦那に意見することは、隠居にとっては、出家した身の上での善根となり良いことである、他の者にとっては、若旦那のわがままの増長を押さえることができて良いことになる、となっているのである。

このような書き方は、若旦那に意見すべきは隠居しかないことを、商人らしく、利を用いてお願いしているようであるが、手代の丁重な文面にあっては、半ば強迫に近いような文面として伝わってくる。それでは、この手代の迫力を込めた隠居に対する若旦那への意見の要請はどこから生じているのであろうか。それはやはり、手代や「家」を守ろうとする人々の憤りであろう。書面に、

毎年千両づつはたしかに相のび申候身体を、わけもなくつぶし申候事、手代ども口惜しく存候。

と感情を吐露するのも商人として、商売で成功しながら、店を失う屈辱への怒りに他ならないと言える。そして、その憤りとは、この若旦那にこの「家」を相続させた人々への怒りから発しているともいえる。そして、その人々とは、この「家」の親類縁者であり、おそらくは、その長が隠居ではなかったかと考えられるのである。その仮説の上では、前節で取り上げた巻三の二「明て驚く書置箱」も同様である。こちらの場合も誤った相続が行われたことへの憤りの文面があったが、宛てられた兄甚六郎の親類甚太夫の場合も、遺産が一部譲られていることからも、親類縁者の有力な人物と考えられ、この相続の失敗責任をとるべき人物の一人であった可能性は強いといえる。

では、その失敗した相続の責任をとるべき人々とは、商家のグループシステムの中では、どのような立場にあったのか、以下考察したい。

四　相続の失敗責任を取る人々

商家の相続の例として、少し時代が下がるが三井家の資料がある。西鶴の『日本永代蔵』巻一の四「昔は掛算今は当座銀」のモデルとされる、三井越後屋の開祖三井八郎右衛門高平（宗竺）が享保七（一七二二）年、古稀を迎

え、家法を定めた。いわゆる「宗竺遺書」と呼ばれたものである。林玲子氏は(5)、この資料から三井家で定められた「親分」について、

本家は、惣領家を含む高利（高平の父）の男子六人の者を初代とする六件、連家は古賢・高古（ともに高平の伯父の子）・孝俊（高平の次男）を初代とする三軒で、のちに連家は二軒増やした。親分は三井同苗全体の総親分であり、当時高平がこの地位にあったが、その後は高治・高伴（ともに高平の弟）・高房（高平の長男）の順にこれを継ぐこと、高房の死後、息子が幼年であったなら、本家六軒のうち年長の者が二人ずつ親分になることとされ、惣領家の者が若くとも器量のある者であれば、親分を譲り、それまでの親分は後見をするように定めた。

とまとめられている。これは商家のグループシステムを示すもので興味深い。

前節で述べた巻一の二の場合、三井家ほどではないにしても、

さてさて親旦那のよろしく御しこなしなされ、只今で三十四人緩々と暮らし、毎年千両づつはたしかに相のび申候身体……（後略）。

という大店としている。使用人「三十四人」に書簡の連名の手代九名が入るのか否かわからないが、年商千両の呉服屋なのである。年商はほぼ十億円ともいえようか。ちなみに『日本永代蔵』の三井家は、利発な手代が「四十余人」おり、「毎日金子百五十両づつならしに商売しけるとなり」という繁盛ぶりなので、比ぶるべき規模ではないかも知れない。

しかし、ここで問題なのは、そのような大きな商家では一族運営がなされ、本家を出てもグループの一つとして、その結束に加わっていたということである。さらにまた、本家の相続とは別に、グループの「親分」という存在があって、そのグループの元締めを行っていたということである。

三井家のルールがすべての商家に存在したとは言い難いが、ここでその制度を巻一の二の商家にあてはめれば、「親類法師」は本家の旦那が亡くなったあとのグループの「親分」、もしくは「親分」になるべき人物ではなかったかと考えられる。

グループの「親分」ではあるものの、本家を離れて一家を構えていたと考えれば、前述したような「あまり直接な雇用関係があったと思えない」、「よそよそしい」隠居と手代たちの関係にも首肯できる。

さらに推論すれば、隠居した理由である。若旦那への意見を依頼するにあたって、

　御出家あそばされ、然も御当地の御見舞申入さへ嫌はせられ、鎌倉へ御引込なされ、世の事には御かまいあそばさぬ御事、いづれもぞんじながら、かやうの段々申上候は、よくよくの事とおぼしめされ、……。

と書面でことわっている。これは一家の人々が、隠居がこのようなことに巻き込まれるのが嫌で出家したことを熟知していたためと考えられる。

そのように考えれば、隠居は自らグループの「親分」の地位を捨てたのであろう。逆に言えば、出家さえしていなければ、今でも「親分」の地位にある人ではなかろうか。

それでこそ、若旦那に臆することなく意見ができるし、一時的な隠居も迫れる立場なのである。おそらく、隠居はこの若旦那に相続させたことによって、本来後見しなければならない人であろう。つまり、相続の責任を取る人なのである。手代たちの憤りの書簡を受けてしかるべき人物なのである。

このように相続制度を中心に読みをすすめていくと、相続に関係しない手代が憤りとはいえ、グループの「親分」に意見具申をするのが非現実的に思えてくる。

しかし、それも三井両替店の場合、中堅手代がいろいろと経営に関し、上層部に意見具申した資料が、五十川市兵衛、加藤宗次郎等、実名の手代名とともに残っている。(6)むしろ、経営の最前線は手代であり、巻一の二のように

手代連名の書簡で正式に、「親分」などの主人、旧主人筋に意見具申することは現実的ではなかったかと考えている。

さて、巻三の二の場合はどうであろうか。宛名の甚太夫について、

此甚太夫爰元に居申され候ものならば、内証の談合相手に成申候人を、遠国松前までの旅商ひ、一門皆々ふがひなきしかたと、くれぐれ是を悔み申され候。

と記すように、甚太夫を松前まで旅商いに出したのは「一門」であるというのである。

先にあげた三井の「親分」制度からすれば、父道斉亡き後、「一門」の誰かが「親分」になり、兄甚六郎に家督を相続させたわけである。

結果論とはいうものの兄甚六郎は最高の相続者ではなかった。書面にある、

我物大分ありながら、皆々借申され、紙に書たるもの、今といふ役に立ず、子どもの難義仕申候やうに、兄者人不覚悟いたし置れ候。

という箇所は、立派な「家」を相続しておきながら、次に相続する者にきっちりと「家」を相続させてやれなかった兄の過ちを批判したものであるが、さらに嫁の不徳まで加わると語気はきつくなってくる。

かやうに甚六郎大やう成ゆへに、万事勝手あしく罷成候。

と、もはや「兄者」ではなく、「甚六郎」と呼び捨てるところに、その本家相続人としてのふがいなさへの怒りがにじみ出ている。

この兄に相続させた「親分」はまた、甚太夫の処遇も決めたのである。元々、先に抜き出したように、甚太夫は甚六郎にとって、欠かせない経営パートナーであったのである。にもかかわらず、「親分」は、甚太夫を松前まで旅商いに出してしまったのである。「親分」に疎外された甚太夫。なぜであろうか。

そのように考えれば、兄甚六郎と相続時のライバルであった可能性も出てくる。単なる親類というより、父道斉の庶子あるいは、異母弟のような相続順位の高い者であったのかも知れない。三井の相続順位の場合も、必ずしも惣領直系ではないことを考えれば、弟である甚太兵衛も含め、相続時のライバル同士であったはずである。

いずれにしても、この相続を決断した「親分」は、失敗責任を取るべきであるが、この世にはいない。その人物を知る者は相続から外された甚太夫と甚太兵衛だけなのである。

しかし、相続した後は、兄甚六郎が「親分」になったのであろう。遺産譲渡に親戚・一門を含んでいるのもそのためであろう。

そうすれば、「親分」である兄甚六郎が、本家を惣領に相続させたのであるから、その意志決定には従わざるを得ない。しかし、本家が滅びることがないようにするのが、一家の結束である。甚太夫と甚太兵衛は微妙な立場になったといえよう。それが前述した二人の会合での相談事となるはずである。

もっとも、巻三の二の場合、巻一の二の商家が「九千両」を放蕩に費やしても破産していないことを考えれば、商家としては規模が小さく、三井の制度はあてはまらないかも知れない。しかし、当時の商家では、大なり小なりこのような相続制度を規定していたのではあるまいか。それをもとにしていなければ、当時の読者の期待は満足を得られないであろう。

西鶴がこの商人の相続制度の現実を押えた上で、人物設定しているとすれば、以上のような読みが得られるのである。

当時の中堅商家の相続制度の解明、『万の文反古』における書簡の機能をここで取り上げた二章以外でも検証することが残ったことを記して、結びに代えたい。

注

（1）「『万の文反古』の二系列」『国文学研究』第二十九集　一九六四年刊所収。
（2）岡本勝「『万の文反古』解題」（勉誠社）一九七四年刊。
（3）信多純一「『万の文反古』切継考」『西鶴論叢』（中央公論社）一九七五年刊所収。
（4）拙稿「「銀遣へとは各別の書置」考―相続制度からの読みをめぐって―」『日本文学』第五十二巻第一号　二〇〇三年刊所収。本書所収。
（5）「第三章　三井両替店の展開　一　享保―宝暦期の両替店経営」『江戸・上方の大店と町家女性』（吉川弘文館）二〇〇一年刊所収。
（6）注（5）に同じ。

書名・人名索引

本索引は、本文中より主要な人名・書名を採録し、これを五十音順に配列した。
※但し、テキストとして用いた『対訳西鶴全集』は除く。

【あ】

【ま】

【や】

結びにかえて

本論各章においての眼目は以下である。「第一章　西鶴浮世草子の情報源―「米商人世之介」の側面からの一考察―」では、西鶴という作家が、同時代のどのような場から『好色一代男』の題材を取材したか、その可能性を追究した。具体的には『好色一代男』巻七の五「諸分の日帳」において、主人公世之介が「米商人」として設定されていることを指摘し、この章があまりにも、当時の酒田から西廻り航路を利用した「米商人」、特に大坂の「米商人」として微細な事実に基づいた取材であるかを同時代の読者との関係まで含めて検証した。さらには、ここまで詳しい「米商人」像の形成は、よほど親しい米商人が情報源として存在したか、はたまた西鶴自身が米商人であったために確かな情報を有していたのでないかとまで論じた。「第二章　西鶴浮世草子と先行文学」では、西鶴と先行文学との影響関係を検証するとともに、西鶴自身の手法に、典拠としての先行文学の存在を一部の読者に知らしめることで、その読者たちの作品の読みを一層面白くしているのではないかということを考えた。「第三章　西鶴浮世草子の近代的小説の手法」では、西鶴が当時の読者たちに提供した作品の読みが、とても複層的で、かつ斬新な読みであることを述べた。その方法は近代的小説の手法に近いのではないかという問題を提案した。「第四章　西鶴浮世草子と同時代」では、当時の読者が西鶴も含めた同時代的な読みを、その当時の社会背景の認識のもとで増幅させていたのではないかと論じた。

しかし、「西鶴浮世草子の展開」は本論の四章構成のみによって、すべての分析を行うものでも、行えるものでもない。あくまでその途次であるが、ここに今までの成果をご批正いただくために上梓したものである。

本書に収録した各論は、既に論文または口頭発表として公表したものばかりである。それぞれの初出は以下の通りであるが、加筆・補訂を加えた。その箇所については特に提示していない。また、西鶴関係のテキストは『対訳西鶴全集』（明治書院）を用い、旧字等は適宜改訂した。挿絵は『現代語訳　西鶴全集』（小学館）を用いた。

第一章　西鶴浮世草子の情報源―「米商人世之介」の側面からの一考察―

＊『日本近世文学会』平成十七年度春季大会［二〇〇五年六月十一日　於立教大学］口頭発表「西鶴の情報源―〝米商人世之介〟の側面からの一考察―」に基づく。

第二章　西鶴浮世草子と先行文学

第一節　『好色一代男』の構成―巻四の七〝雲がくれ〟をめぐって―

＊『日本文芸研究』第四十二巻四号（関西学院大学日本文学会）一九九一年一月

第二節　『好色一代男』の世界―『伊勢物語』からの読みの試み―

＊『日本文芸研究』日本文学科開設五十周年記念号（関西学院大学日本文学会）一九九二年九月

第三節　『男色大鑑』における創作視点―先行仮名草子との関係より―

＊『人文論究』第三十八巻一号（関西学院大学人文学会）一九八八年六月

第四節　「筑摩（つくま）祭」考―西鶴の古典再構築の方法―

＊『文学六十周年記念論文集』（関西学院大学人文学会）一九九四年十月

第五節　西鶴町人物世界と武家物世界との接点―『日本永代蔵』を中心として―

＊『日本文芸研究』第三十九巻二号（関西学院大学日本文学会）一九八七年七月

第六節　『新可笑記』における創作視点

＊『東大阪短期大学研究紀要』第十三号（東大阪短期大学）一九八八年一月

第七節　『本朝桜陰比事』と『翁物語』

＊『論集近世文学三　西鶴とその周辺』（勉誠社）一九九一年十一月

第三章　西鶴浮世草子の近代的小説の手法

第一節　『好色五人女』における恋愛の形象性

＊『日本文芸研究』第三十六巻二号（関西学院大学日本文学会）一九八四年六月

第二節　〃一代女〃の形象性をめぐって―受容者側からの読みを中心として―

＊『日本文芸研究』第四十巻三号（関西学院大学日本文学会）一九八八年十月

第三節　『西鶴諸国はなし』の余白（マルジュ）―その序文からの読みをめぐって―

＊『日本文芸研究』第五十巻四号（関西学院大学日本文学会）一九九九年三月

第四節　『本朝二十不孝』における創作視点

＊『日本文芸研究』第四十二巻一号（関西学院大学日本文学会）一九九〇年四月

第五節　『武家義理物語』試論―巻一の一「我物ゆへに裸川」を視座として―

＊『日本文芸研究』第三十七巻四号（関西学院大学日本文学会）一九八六年一月

第六節　『武道伝来記』における創作視点

＊『日本文芸学』第二十二号（日本文芸学会）一九八五年十一月

第七節　『本朝桜陰比事』における創作視点

＊『日本文芸研究』第四十三巻二号（関西学院大学日本文学会）一九九一年七月

第八節　『世間胸算用』の編集意識―各巻の完結性と目録の関係を中心として―

＊『関西学院創立百十一周年文学部記念論文集』二〇〇〇年十二月

第四章　西鶴浮世草子と同時代

第一節　『西鶴諸国はなし』試論―「人はばけもの」論―

＊『日本文芸研究』第五十一巻三号（関西学院大学日本文学会）一九九九年十二月

第二節　『西鶴諸国はなし』の形成―『懐硯』からの考察―

＊『日本文芸研究』第五十三巻二号（関西学院大学日本文学会）二〇〇一年九月

＊水田潤編『近世文芸論』（翰林書房）一九九五年三月

第三節　「年をかさねし狐狸の業ぞかし」考―西鶴と出版統制令に関する一考察―

＊『日本文芸研究』第五十四巻第四号（関西学院大学日本文学会）二〇〇三年三月

第四節　『日本永代蔵』における創作視点―巻四の一〝貧乏神〟を視座として―

＊『日本文芸研究』第三十八巻三号（関西学院大学日本文学会）一九八六年十月

第五節　『色里三所世帯』と京都・大坂・江戸―西鶴と貞享期の読者の三都意識をめぐって―

＊『日本文芸研究』第五十五巻第四号（関西学院大学日本文学会）二〇〇四年三月

第六節　西鶴『本朝桜陰比事考』―三田の山公事と巻一の一―

＊『人文論究』第五十五巻第二号（関西学院大学人文学会）二〇〇五年九月

第七節　「銀遣へとは各別の書置」考―相続制度からの読みをめぐって―

＊『日本文学』№五九四　二〇〇三年一月号（日本文学協会）二〇〇三年一月

第八節　西鶴『万の文反古』考―相続制度からの読みをめぐって―

＊『人文論究』第五十三巻第一号（関西学院大学人文学会）二〇〇三年五月

本書に収める論文のうち、第一章と第四章第六節以外は「西鶴文芸史の研究―受容理論を基底とした分析―」と題して、博士論文として関西学院大学大学院文学研究科に提出し、二〇〇五年三月に博士（文学）学位論文となったものに基づいている。すなわち、本書がその公表であることを付け加えたい。

本書は右の経緯より、関西学院大学より二〇〇五年度関西学院大学研究叢書第百十一編として出版補助金の交付を受けて出版されたものである。関西学院大学に感謝申し上げたい。

また、第一章について、著者としては、いくつものジャンルを超えたつもりである。それを可能にならしめたのが、勤務先の関西学院大学の学長も務められた故経済学部名誉教授柚木学先生の蒐集された海運交通史資料である。また、西廻り航路の基礎調査として酒田、佐渡、船の科学館など多方面を訪れる機会を得たのは、武庫川女子大学西島孜哉先生をリーダーとする、二〇〇四年度文部科学省私立大学学術研究高度化推進事業・学術フロンティア推進事業として採択された「関西圏の人間文化についての総合的研究―文化形成のモチベーション―」(MKCRプロジェクト)に参加させていただいたことによる。また、「なにわの海の時空館」「神戸大学海事科学部(元神戸商船大学)博物館」などでもご教示いただいた。記して深謝申し上げたい。

著書全体の個々の論文については、日本近世文学会をはじめとする各学協会、西鶴研究会、西鶴輪講会、大阪俳文学研究会、一日研究会等御学恩は記しても尽きない。故人の先生方を含め、個人的にご教示いただいた先生方、皆々の方々に感謝以外の言葉が見つからない。謹んでこの場を借りて心より御礼を申し上げたい。

本書を刊行するにあたって、励ましをいただいた和泉書院の廣橋研三社長、校正のお手伝いを願った関西学院大学大学院生の寺敬子氏に謝意を申し述べたい。また、見返し図版は『世間胸算用』(関西学院大学図書館所蔵)を用いた。題字は恩師故大森華泉先生義妹、一東書道会専務理事大森明華先生にお願いした。記して感謝申し上げたい。

この書を、暖かく、厳しくご指導いただいた恩師田中俊一先生の御霊前に捧げたい。

二〇〇六年三月

森田雅也

■著者紹介

森田雅也（もりた　まさや）

兵庫県出身。一九五八年生まれ。関西学院大学文学部卒業、同大学院修了後、助手、講師、助教授を経て現在、関西学院大学文学部文学言語学科教授。近世日本文学、就中、西鶴文芸の体系化、近世前期上方文化における文芸世界の展開、近世後期荷田在満等国学者サロンの形成を研究課題とする。所属学会は日本近世文学会、日本文芸学会、和漢比較文学会、日本文学協会、俳文学会、歌舞伎学会等。編著に『西鶴諸国はなし』（和泉書院）『近世文学の展開』（関西学院大学出版会）、共著に『新編西鶴全集』（勉誠出版）『西鶴が語る江戸のミステリー』（ぺりかん社）他。

研究叢書 350

西鶴浮世草子の展開

二〇〇六年三月三一日初版第一刷発行

（検印省略）

著　者　森田雅也

発行者　廣橋研三

印刷所　太洋社

製本所　大光製本

発行所　有限会社 和泉書院

大阪市天王寺区上汐五-三-八

〒五四三-〇〇〇二

電話　〇六-六七七一-一四六七

振替　〇〇九七〇-八-一五〇四三

ISBN4-7576-0366-5　C3395